遺逸文學의 이해

강정화 지음

보고사
BOGOSA

서문

朝鮮前期는 참으로 흥미로운 시기이다. 개국 이후 줄곧 다양한 역사적 변화 양상을 보여 왔고, 이에 따라 문인들도 학문적·사상적·문학적으로 서로 다른 성향을 표출하였다. 그 과정에서 심화·발전되어 계승된 것도 있고, 소멸된 것도 있으며, 새로운 것들이 생겨나 기존의 것과 공존하기도 하였다. 외관상으로는 儒家的 가치이념 속에서 엄격하고 정제된 듯 보이나, 후기에 비해 상대적으로 탄력성과 자율성이 허용된 시기였다고 할 수 있다. 변천 과정에서 그렇게 축적된 다양한 성향들은 16세기에 이르러 절정을 이루었다. 16세기는 이후 朱子學 일변도로 획일화되기 직전 다양한 사상들이 亂立하고 또 심화된 시기였다. 따라서 무엇보다 16세기에 대한 보다 세밀한 연구가 절실히 요구되며, 그 연구대상의 하나가 바로 '遺逸'이다.

'遺逸'은 學德과 재능을 지녀 朝官이 될 자질을 갖추고도 士禍期를 거치면서 지방으로 은거하였다가 16세기 遺逸薦擧制에 의해 被薦된 士人을 일컫는다. 이들은 출사하지 않고 재야에서 심성수양과 학문연구에 진력하여 백성의 신망이 두텁던 당대 碩儒로, 우리 역사상 매우 특별한 의미를 갖는 시대적 산물이다. 遺逸文學은 이들의 문학적 성향을 일컫는다.

'유일문학'은 조선시대 士大夫文學의 범주를 '官僚·處士·方外人'

으로 분류한 기왕의 연구 구도를 심화시켜, 시대 흐름에 따라 변화하는 문인들의 문학적 성향을 보다 다양한 시각에서 접근한 것이다. 다시 말해 이 연구는 '士大夫文學⊃處士文學⊃遺逸文學'의 설정 하에서 16세기 유일의 문학적 성향을 특성화하고, 이들 유일의 문학을 우리 漢文學史에 자리매김하여 한문학 연구의 새로운 지평을 확대하고자 수행되었다. 이는 수십 년 동안 답보 상태에 있는 조선전기 사대부 문학 연구의 進一步한 성과라 할 수 있다.

그러나 '유일'은 학계에서도 연구자에게도 낯선 분야이다. 굳이 유사용어를 찾자면 '隱者·隱逸·處士' 정도가 거론되기도 한다. 중국에서는 이들의 문학을 '隱士文學'으로, 국내에서는 '處士文學'으로 일컫고 있다. 그러나 유일은 조선시대 지방에 은거했던 수많은 처사들과 같은 듯하나 서로 다른 부류이다. 이들에 대한 차별화가 필요하고, 유일문학의 정립을 위한 향후 지속적 연구가 요구된다.

'유일'은 필자에게 '아픈 손가락'이다. 10여 년 전 국내에서 처음 '유일 또는 유일문학'을 摘示하여 박사학위를 받은 후 곧장 인문한국(HK)지원사업에 투입되어 '지리산'을 연구하였다. 지리산에 파묻혀 조선시대 士人의 智異山遊覽錄을 중심으로 '산과 사람, 그리고 문학' 연구에 몰두하면서 '유일'은 자연스레 관심에서 멀어지게 되었다. '智異山學 또는 지리산 유람문학'이라는 제2의 전공 분야를 갖게 된 것은 또 다른 성과이자 학문적 즐거움이었지만, '유일'은 늘 목에 걸린 가시마냥 심적 부담으로 한켠에 자리하고 있었다.

그런데 '산과 문학'을 연구하는 과정에서 16세기 유일이 대개 거주지 인근의 名山에서 일생을 보낸 사실을 알게 되었다. 예컨대 南冥 曺植은 경상도 지리산에서, 聽松 成守琛은 서울 북악산에서, 大谷

成運은 충청도 속리산에서, 그리고 葛川 林薰은 덕유산 자락인 거창 葛溪里에 거주하며 산과 밀접한 삶을 영위하였다. 그제야 뒷전으로 밀어두었던 '유일'을 다시 들추어보게 되었고, 결국 그 동안 내가 거쳐 온 학문적 영역이 一以貫之하고 있음에 새삼 놀랍고 또 고마웠다. 따라서 많이 늦었지만, 이 책은 필자의 유일문학 연구 여정의 시작이라 할 수 있다. 향후 전국 각지에 퇴처한 유일과 그들의 산, 그리고 그곳에서 그들만의 활동 등 다양한 시각에서 유일 연구가 진행될 것이다.

생각해 보면 '도서출판 보고사'는 필자의 학문 여정에서 꽤 오래 전에 만나 인연을 계속해 온 듯한데, 그 동안 한 번도 감사의 인사를 전하지 못하였다. 늘 촉박한 일정에도 꼼꼼하게 그리고 성심껏 원고를 정리해 준 보고사의 여러분께 진심으로 고마운 마음을 전한다. 좋은 사람들과의 좋은 인연에 그저 감사할 따름이다.

2017년 4월

강정화

목차

제1장
문제 제기

1. 연구의 필요성

조선을 건국한 주체세력은 고려 말에 성장한 新進士大夫層이다. 이들은 宋代 性理學으로 정신적 무장을 하고 새로운 세상을 건설하려 하였다. 그런데 이들과 이념을 함께 하면서도 고려왕조에 節義를 지켜 조선 건국에 참여하지 않고 재야를 택한 한 부류의 사대부층이 있었으니, 그 대표적 인물이 바로 吉再(1353-1419)이다.

길재와 같은 인물의 영향을 받고 재야에서 학문에 매진하며 때를 기다리던 士人들은, 15세기 중반 조선왕조가 안정기에 들어선 뒤 서서히 조정에 진출하였고, 성종조에는 훈구세력과 일정하게 대립할 수 있을 정도로 자기 정체성을 드러내기 시작했다. 이들은 金宗直(1431-1492) 문하에서 수학한 인물들과 姜應貞(? - ?) 등 실천적 儒者들의 영향 아래 결집하여 훈구세력의 정치 모순을 개혁하려 하였다. 그러나 이들이 추구하던 개혁은 戊午士禍 · 甲子士禍를 겪으며 실패로 돌아갔다.

16세기 초 中宗朝에 들어와 金宏弼(1454-1504)의 문인 趙光祖(1482-

1519)가 道學의 기치를 내걸고 개혁정치를 실현하려 했으나 이 또한 己卯士禍(1519)로 좌절되었고, 그 결과 사림파는 크게 화를 당하였다. 이로부터 정국은 파행적으로 운영되어, 훈구세력의 權奸·外戚 등이 반세기 동안 정권을 농단하였다. 이런 정치적 소용돌이 속에서 당시의 사림은 그들의 경제적 근거지인 재야에 은거할 수밖에 없었다.

그러나 그들은 초야에서 현실을 외면한 채 칩거하지 않았다. 그들은 부지런히 학문을 연마하여 명성을 드러내기 시작하였고, 부단한 심성수양을 통해 도덕적 인격을 추구하였다. 또한 향촌을 교화하여 인륜을 강조하고, 인간다운 삶을 가르치며 도학을 널리 전파하였다. 이처럼 16세기 在野士人은 경색된 정치·사회적 현실에도 굴하지 않고 자기 정체성을 확립하는데 부단히 노력하였다.

그 결과 16세기 중반에 이르면 이들 가운데 大儒가 나타나고, 그들을 중심으로 인근의 학자들이 모여들어 지방의 학문이 크게 진작되고 활성화되었다. 그리하여 그들은 지역 사림의 정신적 지주가 되었으며, 나아가 전국적으로 그 명망을 크게 드러내기 시작하였다. 비록 지방에 은거하는 학자였지만, 그들을 중심으로 많은 지식층이 모이고 활발한 학술토론이 벌어짐으로써 그 영향력과 위상이 크게 부각되었다. 그리하여 사회적 비중과 신망이 관료보다 더 높아졌다. 이에 조정에서는 이들을 '遺逸'로 천거하여 특별히 예우하였다.

본고에서 주목하는 '유일'은 學德이나 재능을 지녀 朝官이 될 자질을 갖추고도 士禍期를 거치면서 지방으로 은거하였다가 16세기에 이르러 被薦된 이들을 일컫는다. 이들은 출사하지 않고 재야에서 심성수양과 학문연구에 진력하여 백성의 신망이 두텁던 당대 碩儒로, 우리 역사상 매우 특별한 의미를 갖는 시대적 산물이다. 遺逸文學은 바로 이들의 문학적 성향을 일컫는다.

韓國漢文學史에서는 朝鮮前期를 '士大夫文學의 時代'라 규정하고, 이를 '官閣文學·處士文學·方外人文學'으로 개념화하여 통용해오고 있다.[1] 또한 15세기 중엽부터 집권층인 勳舊派에 대항하여 등장한 士林의 문학을 '士林派文學'이라 규정하고 이의 문학적 성격과 양상을 밝힘으로써[2] 이후의 연구에 적지 않은 영향을 끼쳤다. 이는 자연으로 물러났던 처사문학 담당층이 成宗·中宗朝에 중앙정계로 나아가면서 그들이 보여 준 出處 현상에 천착한 연구였다.

이후 사림파 유형과 관련한 보다 발전된 논의가 제출되기도 하였다. 예컨대 선행 논의들이 시대 변천에 따른 士人의 의식적·사상적·문학적 다양성을 충분히 반영하지 못했다는 점을 보완한 김문기와 정우락의 논의가 이에 해당한다. 이는 본고의 논의와도 밀착되어 있으므로 세심히 살펴볼 필요가 있다.

김문기는 지방으로 물러난 處士文人이 정치에서 이루지 못한 유교적 이상을 자연과의 융화를 통해 실현코자 한 점을 강조하면서도 그들의 出仕 여부에 따라 '參與的文學·歸去來的文學·隱求的文學'으로 세분하였다.[3] 예컨대 참여형 문인은 늘 자연에 뜻을 두고 있으면서

---

1 임형택, 「朝鮮前期의 士大夫文學」, 『韓國文學史의 視角』, 창작과비평사, 1984, 361-362쪽.

2 이민홍, 『士林派文學의 硏究』, 月印, 2000, 9-16쪽. 저자는 16-17세기를 '사림파 문학의 시대'라 인정하고, 사림파문학을 창출한 인물로 李滉(1501-1570)과 李珥(1536-1584), 金麟厚(1510-1560)와 奇大升(1527-1572), 尹善道(1587-1671)와 趙翼(1579-1655)을 꼽았다.

3 김문기, 「權好文의 詩歌 硏究」, 『퇴계학과 유교문화』 14호, 경북대학교 퇴계연구

도 현실정치에 적극 참여하여 왕도정치를 이루려 노력한 부류이고, 귀거래형 문인은 일시적으로 정치에 참여한 후 평소 잊지 못하던 자연에 귀의한 부류이며, 은구형 문인은 출사를 통한 道의 실현이 불가능하다고 여기고 자연에 은거하여 내면적 성찰을 통한 자기완성을 추구한 부류이다.

정우락은 金宗直 學壇 이후 사림파의 유형을 '官僚型士林·隱求型士林·方外型士林'으로 분류하고 그들 문학의 차별성을 밝혔다.[4] 이는 기본적인 맥락에서는 김문기의 논의와 유사한 측면이 있지만 또한 시대적 특성을 감안한 분류라 할 수 있다. 예컨대 정우락은 임형택의 위 분류에서 나아가 바로 그 뒷시대, 곧 김종직 학단 및 그 이후의 인물들을 '관료형·사림형·방외형'으로 세분하였고, 그중 사림형을 다시 '관료형·은구형·방외형'으로 분류하였다. 사림파는 경제적 바탕이 지방에 있었으므로, 자연 속에서 성리학적 이치를 발견하고 이를 문학적으로 형상화하고자 했던 부류이다. 이에 준하여 관료형은 문학을 적극적으로 받아들이면서 출사를 통해 자신의 뜻을 펼치고자 한 관료 계열이고, 은구형은 정치적 좌절을 경험하면서 정통 성리학적 입장을 견지했던 부류이며, 방외형은 방외인에 속하면서도 詩文을 통해 중세기의 저항적 역할을 했던 부류로 정의하였다.

통시적 관점의 시대 변화를 내포한다는 측면에서 보자면, 정우락의 논의가 한층 더 복잡하고도 多岐한 시대성을 섬세하게 섭렵했다고

소, 1986, 63-82쪽.

4   정우락, 「士林派 文人의 유형과 隱求型 士林의 전쟁체험」, 『한국사상과 문화』 28 권, 한국사상문화학회, 2005, 7-62쪽.

할 수 있다. 성종·중종대를 거치면서 사림파 내에서 이러한 세 유형
이 이미 복합적으로 드러나고 있었기 때문이다. 위의 두 논의는 시대
적 변천에 따라 당대 문인에게 내재된 多岐性을 심도 있게 다루면서
보다 발전된 다음 단계로 나아가도록 한 공로가 있다.

　위 선행연구의 성과를 수렴하고 지금까지의 논의에 의거해 살펴보
면, 본고의 '유일'은 조선조 사대부 가운데에서도 개국 후 자연으로
은거했던 처사문인의 후예에 해당한다. 따라서 문학사적 측면에서
보아 이들의 문학은 '士大夫文學 ⊃ 處士文學 ⊃ 遺逸文學'이라는 포
함관계가 성립된다고 할 수 있다. 16세기 유일은, 김문기의 논의에서
보자면 귀거래형과 은구형의 복합형이고, 정우락의 논의로 보면 은
구형의 특징을 주로 지니되 방외형의 성향을 겸비한 경우이다. 이들
은 이처럼 하나의 특징만으로 정의할 수 없는 복합적 人物群이라 하
겠다.

　16세기 유일 부류는 그 前後 시기의 處士와 차별을 요한다. 16세기
는 개국 이후 시대 변천과 함께 발전 또는 심화되어 온 사상의 다양성
이 특히 돋보이던 시기이다. 이후 주자학 일변도로 획일화되기 직전
의 학문적 다양성과 역동성이 亂立하던 정점의 시기였다고 할 수 있
다. 그 중심에 '유일'이 있었다. 16세기 유일은 성리학적 세계관을 견
지하면서도 天文·地理·醫學·卜筮·老莊·陽明學·佛敎 등 다
양한 학문 성향을 탄력적으로 받아들였고, 이를 바탕으로 당대 그들
민의 존재방식과 철학적 이념을 내재하였으며, 또한 이를 문학작품으
로 승화시켜 표출하였다. 뿐만 아니라 물러나 있음에도 朝野의 명망
을 받았으며, 그들의 피천은 후대까지 재야지식인을 천거하는 典範
으로 칭송되었다.

이들은 전국 곳곳에 은거하면서도 독립적인 개체로 존재한 것이 아니라 하나의 커다란 공동 집합체를 이루었다. 師友와 從遊人 및 門人을 중심으로 방문과 교유가 이루어져 전국적인 네트워크(network)가 형성되었고, 이를 통해 학문과 사상 등을 공유하였으며, 혼·인척 관계를 통해 유대감을 지속적으로 공고히 하였다. 각자의 은거지를 중심으로 행해진 그들의 興學 활동은 사후 각 지역에서 다양한 형태의 지방학문을 발전·지속시키는 형태로 영향을 끼쳤다. 이는 16세기 유일을 여느 시기의 處士와 변별해야 하고 또 주목해야 하는 특징이자 이유이다.

2. 연구의 범주

16세기 유일을 일목요연하게 정리한 기록으로는 李肯翊(1736-1806)의 『燃藜室記述』이 있다. 이 책은 조선 太祖부터 肅宗代에 이르기까지 각 왕조의 중요한 역사적 사건을 紀事本末體로 기록한 역사서이다. 편찬자의 견해나 비평을 배제하고 여러 서책에서 관련 기사를 뽑거나 기입하는 동시에 일일이 출처를 밝힘으로써 객관성을 확보하고 있다. 그런데 조선후기까지를 통찰할 수 있는 이 책에는 中宗·明宗代에만 '遺逸' 항목을 두었다. 이는 두 왕대에 유일이 가장 활성화되었으며, 이 시대가 전후의 시대와 다른 역사적 변별성이 있음을 뜻한다고 하겠다.

『연려실기술』 중종·명종대 遺逸條에 실린 인물은 모두 15인이다. 그중 중종대에는 徐敬德과 柳藕(1473-1537) 2인이고, 成守琛·成運·

趙昱・李恒・林薰・曺植・李希顔・成悌元・金範・韓脩・南彦
經・鄭礦(1505-1549)・鄭碏(1533-1603) 등 13인은 명종대 인물이다.
이들 중 유우와 정렴・정작을 제외한 12인은 모두 유일 등으로 被薦
되었다.

〈표 1〉『연려실기술』에 수록된 유일피천인

성명	생몰	거주지	피천연대	피천관직	師承	피천연령
徐敬德	1489-1546	황해도 개성	1540년(중종35)	厚陵 參奉(종9품)		52
成守琛	1493-1564	경기도 파주	1551년(명종6)	內資寺 主簿(종6품)	趙光祖	59
趙 昱	1498-1557	경기도 지평	〃	內贍寺 主簿(종6품)	趙光祖	54
曺 植	1501-1572	경상도 진주	1552년(명종7)	典牲署 主簿(종6품)		52
李希顔	1504-1559	경상도 합천	〃	掌樂院 主簿(종6품)		49
成悌元	1506-1559	충청도 공주	〃	敦寧府 主簿(종6품)	柳 藕	47
成 運	1497-1579	충청도 보은	1566년(명종21)	通禮院 引儀(종6품)		70
李 恒	1499-1576	전라도 정읍	〃	司畜署 司畜(종6품)	朴 英	68
林 薰	1500-1584	경상도 안의	〃	彦陽 縣監(종6품)		67
金 範	1512-1566	경상도 상주	〃	玉果 縣監(종6품)		55
韓 脩	1514-1588	충청도 청주	〃	掌苑署 掌苑(정6품)		53
南彦經	1528-1594	경기도 양평	〃	砥平 縣監(종6품)	徐敬德	39

이 시기에 유일이 집중적으로 나타나는 현상은 당시 활기를 띠던
사림의 활동과 그 맥락을 같이 한다. 실제로 중종대에는 12번의 유일
천거가 있었고, 대개 中宗反正에 가담했던 공신들이 세력을 상실한
후 사림이 정계에 진출하여 기묘사화가 일어나는 1519년 이전에 집중
되어 있다. 이로써 중종 초기의 유일천거는 숨어있는 인재를 발굴한
다는 목적 이외에 사림의 정계 진출이라는 또 다른 목적과도 깊은 관
련성이 있었음을 알 수 있다.[5] 그러나 피천 인물에 대해서는 기록이
전하지 않는다.

己卯士禍 이후 사림의 침체와 함께 유일천거 또한 한동안 시행되지 못하다가, 중종 말기에 사림이 재등용되면서 활기를 띠었다. 예컨대 중종 35년(1540)에 서경덕·성수침·조식·이희안·趙晟(1492-1555) 등 무려 44인의 유일이 천거되었다. 이들 중 2인 이상의 擧主에 의해 중복 천거된 성수침·조식·權習·金就成(1492-1551)·申德應·柳仁善·南世賚 등을 등용하라는 傳敎가 내려졌고,[6] 성수침·서경덕·이희안·조식 등이 이 시기를 전후하여 參奉에 봉해졌다.[7] 그 외의 인물에 대해서는 또한 언급된 것이 없으며, 그들의 生平에 관한 자료조차도 확인되지 않는다. 그러나 위 4인은 명종대에도 천거되어 종6품직을 제수받았다.

〈표 2〉 중종 35년(1540) 유일피천인

被薦者		擧主		被薦者		擧主	
姓名	前歷	姓名	官職	姓名	前歷	姓名	官職
金士謹	進士	尹殷輔	領議政	鄭聚	進士	金逡性	判決事
權習	生員	洪彦弼	左議政	慶秀文	進士	〃	
權繼成	生員	蘇世讓	左贊成	琴軸	生員	權橃	知中樞府事
崔彦冲	生員	〃	〃	**李希顏**	幼學	〃	
南世斌	進士	尹仁鏡	右贊成	申鑄	進士	尹任	工曹 判書
徐敬德	生員	金安國	漢城府 判尹	權軾	進士	〃	
柳仁善	幼學	〃	〃	李公矩	忠順衛	韓胤昌	漢城府 判尹

---

5 정구선, 『朝鮮時代 薦擧制度 研究』, 초록배, 1995, 78-80쪽.

6 『中宗實錄』35年 7月 25日 甲寅. "傳于政院曰 頃者 宰相等薦擧人多 而其中或有一人而疊見薦者 故疊薦者 敍用事傳敎"

7 실록에 나타난 이들의 卒記와 『燃藜室記述』 명종조 故事本末에 의하면, 중종대에 성수침은 厚陵 參奉(1541), 조식은 獻陵 參奉(1538), 이희안은 典獄署 參奉(1538), 서경덕은 厚陵 參奉(1544)에 봉해졌음을 알 수 있다.

成守琛	幼學	柳仁淑	刑曹 判書	安伯增	生員	李龜齡	左參贊
趙晟	進士	〃		鄭弘翼	生員	南孝義	大司憲
禹成勳	前別坐	金正國	刑曹 參判	李文幹	鳳節校尉	元彭祖	上護軍
金就成	幼學	〃		梁允補	幼學		
申德應	幼學	蔡世傑	刑曹 參議	金智孫	生員	丁玉亨	禮曹 判書
尹來莘	進士	〃	〃	崔汝舟	生員	崔輔漢	大司諫
鄭世球	生員	柳溥	領中樞府事	鄭蓍	進士	南世雄	同知中樞府事
李世鳴	生員	李萬鈞	副提學	李皐	進士	李芑	上護軍
柳貞	生員			安珣	生員	曹繼商	戶曹 判書
尹友衡	生員	申光漢	兵曹 參判	南舜孫	幼學	金鉊	兵曹 參判
李沖南	進士	洪景霖	工曹 參判	尹世慎	幼學	〃	〃
辛百齡	生員	柳灌	兵曹 判書	金大有	直長	張籍	戶曹 參議
李以乾	察訪	〃		梁澹	進士	〃	〃
鄭深	幼學	朴祐	兵曹 參議	洪德潤	幼學	方好義	上護軍
曺植	幼學	李霖	兵曹 參知	朴珩	生員	李賢輔	

　또한 중종·명종조 유일 가운데 성운·이항·임훈·조식 등은 선조연간에도 천거를 받았던 인물이다.[8] 결국 본고에서 핵심적으로 다루게 될 유일 12인은 중종·명종·선조연간을 포함한 16세기 전반에 걸쳐 신망을 받던 재야사인이라 할 수 있다.

　선조대에 천거된 유일은 모두 17인이다. 그러나 천거를 받아 명단을 올렸는데도 윤허를 받지 못하거나, 피천자의 만류로 천거가 취소

8　①『宣祖實錄』1년 1월 27일 丁丑. "備忘記傳曰 君臣之間 實如父子之間 入對之時 不甚俯伏可也 雖垂簾之時 簾內下觀簾外之人 別無俯伏 亦可賢賢納諫 帝王之美 更請曹植 竝請成運 可也" ②『宣祖實錄』6년 1월 26일 丁未. "三公啓曰 伏見聖上 震悼玄象之變 修德正事 以答譴告 而不遑他務 欲收岩穴之士 訪問闕失 臣等 不勝感激 前都事成運 副正李恒 屛居林下 讀書求志 學術德行 素爲士林矜式 而虛老草野 豈不爲明時之憾 請成運李恒處 特降天札 以誠召之 使乘馹上來 以盡謹災應天之實何如 上從之" ③『宣祖實錄』11년 5월 2일 壬子. "以成運拜司宰正 林薰拜掌樂正 金千鎰拜任實縣監"

되기도 하였다. 예컨대 선조 1년(1568)에 成渾·金千鎰·羅士忱 등이 피천되었는데, 성혼은 典牲署 參奉에 제수되었으나 나아가지 않았고,[9] 김천일은 손수 柳希春(1513-1577)에게 천거를 만류해 달라는 편지를 보내 천거가 취소되었다.[10] 김천일은 5년 뒤인 1573년 다시 經明行修로 천거되어 종6품인 軍器寺 主簿에 제수되었다.[11] 나사침은 慶基殿 參奉에 제수되었으나, 이듬해 伯父의 喪을 당해 물러났다가 2년 뒤 宣陵 參奉을 시작으로 출사하였다.[12]

또한 선조 6년(1573)에는 6월과 12월 두 차례의 천거에 모두 11인이 피천되었다. 그러나 6월에 있었던 천거에서 김천일을 포함한 趙穆·李之菡·鄭仁弘·崔永慶 등 5인은 모두 종6품에 제수되었지만,[13] 12

---

9   成渾의 『牛溪集』 「年譜」에 의하면 "昭敬大王元年戊辰二月 除典牲署參奉"이라 하였고, 間註에 "朝廷命薦遺逸 京畿監司尹鉉以先生應命曰 成某於學問 深有自得之妙 栗谷因人止之曰 成某學者也 早承家訓 行純而無雜 學進而不退 暴得善名 豈非恥乎 尹不從 遂有是除 先生不敢當 欲陳疏不果"라 하여, 그가 유일천거에도 출사하지 않았음을 알 수 있다.

10 金千鎰, 『健齋集』 附錄 권3, 「年譜」. "宣祖大王元年戊辰 先生三十二歲 正月 上柳眉巖書 時朝廷命擧遺逸 眉巖以先生言於方伯 將啓薦 先生書止之" 실제로 유희춘은 조정에서 '그의 나이 겨우 32세로 아직은 한창 학문에 힘써야 할 때이고 또 질병이 많아 벼슬에 나오기를 원치 않으니, 그대로 두고 大成하기를 기다릴 것'을 건의하였다. 『宣祖實錄』 1년 6월 9일 丁亥.

11 『宣祖實錄』 1년 6월 9일 丁亥. "宣祖六年癸酉 先生三十七歲 六月 除軍器寺主簿 朝廷命擧經明行修 先生及李之菡趙穆同被選 命授參上職 有是除"

12 羅士忱, 『錦湖遺事』, 「事實記」. "宣廟元年戊辰 西郊宋相贊按湖南 薦一道遺逸之士五人 以公爲首 稱學行俱備 其四人金應期金千鎰劉好仁金澈也 上敎有曰羅士忱等 行實甚嘉 令該曹議大臣褒奬之 天官遂與大臣議 或旌閭復戶 或給食物 俾勉卒學業 以公旌復 已在先朝 故特擢除慶基殿參奉 其明年伯氏士恒寺正公卒于京 公蒼黃奔哭 扶櫬南歸坐……辛未除宣陵參奉 後五年 復換慶基殿 轉義禁府都事"

13 『宣祖實錄』 6년 6월 3일 辛亥. "三公吏曹同議 吏曹郞廳啓曰 巖穴隱逸之士 臣等

월 吏曹에서 6품직 陞敍로 천거한 洪可臣·柳夢鶴·柳夢井·金富弼·鄭述 등은 윤허를 얻지 못하였다.[14] 따라서 1568년의 김천일과 1573년의 홍가신 외 네 사람은 피천이 취소된 경우이므로, 결국 16세기 선조대 유일피천인은 10인으로 압축된다. 이들 가운데 선조 즉위 초인 1568년과 1573년에 천거된 인물은 명종대의 연장선에서 민심의 동요와 이탈을 막기 위한 방편으로 천거되었다. 이는 피천인이 대개 명종대 유일의 문인이라는 점에서도 확인할 수 있다.

〈표 3〉 선조연간 유일피천인

성명	생몰	字·號	피천연대	피천관직	師承	피천연령
成 渾	1535–1598	浩源, 牛溪	1568(선조1)	典牲署 參奉(종9)	成守琛	34
羅士忱	1525–1596	仲孚, 錦湖	"	慶基殿 參奉(종9)	李仲虎	44
李之菡	1517–1578	馨仲, 土亭	1573(선조6)	抱川 縣監(종6)	徐敬德	57
趙 穆	1524–1606	士敬, 月川	"	造紙署 司紙(종6)	李 滉	50
崔永慶	1529–1590	孝元, 守愚堂	"	主簿(종6)	曹 植	45
鄭仁弘	1536–1623	德遠, 來庵	"	縣監(종6)	曹 植	38
金千鎰	1537–1593	士重, 健齋	"	軍器寺 主簿(종6)	李 恒	37
琴應夾	1526–1596	協之, 日休堂	1587(선조20)	河陽 縣監(종6)	李 滉	62
鄭介淸	1529–1590	義伯, 困齋	"	谷城 縣監(종6)	徐敬德	59
申應榘	1553–1623	子方, 晩退軒	"	稷山 縣監(종6)	成渾·李珥	35

時未有所聞 不敢論薦 姑以當今學行著聞者 前參奉趙穆 學生李之菡 生員鄭仁弘 學生崔永慶金千鎰五人 抄啓矣 此人等 若例授參奉末職 則恐未副各別收用之意 請參上相當職除授 何如 傳曰依啓"

14 『宣祖實錄』 6년 12월 18일 甲子에 의하면, 이조에서 이들을 천거하자 임금이 대신들과 상의한 것인가를 묻고는 윤허하지 않았다. "吏曹啓曰 前日承傳內 山野之間 有操行者 及已授官職者 其中尤異者 不次擢用事傳教 故書啓 六品陞敍可當 康陵參奉奇大鼎洪可臣 禮賓寺參奉柳夢鶴 敬陵參奉柳夢井 生員金富弼 幼學鄭述啓 傳曰 此 公事 議大臣乎"

그런데 선조연간의 유일천거는 기본적으로 이전의 중종·명종대와는 상이점을 지닌다. 중종·명종대는 훈구와 사림의 반복되는 대립 등으로 이탈된 민심을 수습하고 정치적 명분을 확립하기 위해 유일을 불러들여야 할 절박함이 있었다. 반면 선조대는 등극과 동시에 사림으로 주요 인력을 배치하고 중종·명종대에 실추되었던 그들의 명예를 회복시켜 주어 이전과 같은 갈등구조가 없었다. 때문에 선조대의 피천인은 대개 師承의 영향을 많이 받은 인물들이 천거되었으나 나아가지 않았던 경우이다.

예컨대 천거 당시 34세였던 성혼은 부친 성수침과 스승 白仁傑(1497-1579)의 영향으로 출사하지 않았고, 이지함과 최영경은 스승인 서경덕과 조식의 영향으로 출사하지 않았다. 또한 조목과 이지함은 이미 50세를 넘긴 후에 천거되었으므로, 그들 스스로가 명종대의 대립 구조를 공유했던 인물임을 알 수 있다.

이들 대부분의 피천 연령이 30-40대라는 점 또한 주목해야 한다. 명종대 피천인들은 50-60대가 주를 이루며, 성운은 70세였다. 이는 명종대의 천거가 당시 백성의 신망을 한 몸에 받던 宿儒를 뽑는 것이 목적이었던 반면, 선조대는 새로운 왕조와 함께 새로운 시대를 이끌어 갈 참신한 인재가 필요했음을 뜻한다. 이는 두 왕조에서 유일천거를 실시한 목적의 분명한 차이일 뿐만 아니라, 본고에서 명종대 피천인을 중심으로 다루는 이유이기도 하다. 선조대는 중종·명종연간의 士禍期와는 다른 시대적 상황이었으므로, 엄격한 의미에서는 같은 선상에서 논의할 수 없는 측면이 있다.

요컨대 16세기, 엄밀히 말하면 중종 말년과 명종연간, 그리고 선조연간 초에 재야사인이 많이 양상되었다. 그 중에서도 유일은 국가나 백성으로부터 그만큼의 공신력을 얻은 지식인층이었다. 특히 명종대 유일은 각별한 의미를 갖는 시대적 산물이었다. 따라서 본고에서는 명종대에 천거된 12인의 인물을 중심으로 논의를 전개하되, 중종대의 피천인 중 기록 확인이 가능하고 명종대와의 관련성이 깊은 인물, 그리고 선조 초기의 피천인 중 사승 연원이 밀접한 몇몇 인물을 포함하여 다루고자 한다.

3. 연구의 방법

살펴본 것처럼 본고에서 주목하는 '유일문학'은 16세기라는 한정된 시기에 독특한 일군의 재야지식인 '유일'에 의해 창출된 문학적 성향을 일컫는다. 물론 이는 전후 시기 유일과 그들의 문학적 성향과의 비교 연구를 전제하고 있다. 그러나 이는 후속 연구로 남기고, 본고에서는 다음 몇 가지 단계를 통해 16세기 유일과 그들의 문학적 성향에 대한 특징을 살펴보고자 한다.

먼저 유일의 含意에 대한 분석이다. 유일문학의 정립을 위해서는 무엇보다 '유일'에 대한 연구가 전제되어야 한다. 우리나라 유일의 典範인 중국문학 속 隱逸 등을 통해 유일의 개념 및 유래, 역사적 전개 과정 등을 살필 것이다. 나아가 조선에서 유일이 형성되는 과정을 시대상황과 함께 살피고, 특히 16세기에 유일이 형성된 배경을 당시의 退處風潮와 유일천거를 통해 고찰한다. 16세기는 우리 역사상 유일천거가 가장 활성화되고, 또한 유일이 가장 많이 배출된 시기이다. 따라서 당시의 퇴처풍조가 어떠한 시대배경에서 나오게 되었는지, 유일천거와 관련한 정치·사회 및 문화사적 의의를 밝히는 것은 조선중기 思想史와 文學史를 이해하는 데 중요한 요소가 될 것이다.

둘째, 유일은 출사하지 않고 침잠하여 진리를 탐구하고 자기정체성을 확립하려 노력하였다. 이들은 성리학적 세계관에 입각한 삶의 존재방식을 실현하는 데 중점을 두었던 인물이다. 그러므로 그들의 문학을 살피기 위해서는 그들의 사상적·의식적 기저를 살펴볼 필요가 있다. 특히 그들 處世의 핵심이었던 出處와 그에 따른 삶의 대응양상을 살피는 것은, 이들의 존재방식을 규명함은 물론이고 16세기 在野士人의 존재방식을 밝히는 데에도 중요한 요소가 될 것이다. 따라서 유일에게 내재한 사상적 기저를 밝히고, 나아가 이에 의거해 그들의 내적유형을 분류하여 비교 고찰한다.

예컨대 16세기는 정치적으로 매우 혼란한 시기였기 때문에 出處問題에 민감하였고, 아울러 士人의 自我覺醒 또한 매우 두드러진 시기이다. 따라서 16세기 사인의 출처의식을 살피는 것은 이 시기에 특히 두각을 나타낸 유일의 존재방식과 특성을 파악하는 데 중요한 의미가 있다.

또한 이들은 재야에 은거했지만 결코 현실을 외면하지 않았다. 따라서 물러나 은거하는 그들의 삶에서 서로 다른 여러 성향을 발견할 수 있다. 이를 구체적으로 밝히는 일은 재야사인의 존재방식과 삶의 유형을 특징짓는 의미 있는 작업이다. 왜냐하면 16세기 유일의 존재방식은 당대는 물론 후대 사림의 존재방식을 결정하는 데 중요한 본보기가 되었기 때문이다.

셋째, 16세기 유일은 각자의 은거지에 물러나 있었지만 서로간의 방문과 서신교환 등을 통해 끊임없이 교유하였다. 이들의 은거지는 그들의 회합장소나 다름이 없었고, 나아가 혼·인척 및 문인 간의 소통 등 다양한 방식을 통해 서로의 학문과 사상을 공유하였다. 이들은 전국적으로 흩어져 분포하고 있었지만, 각자 고립된 독립적 존재가 아니라 백성의 신망을 한 몸에 받는 하나의 공동집합체로 인식되기에 이르렀다. 따라서 이들 유일이 지닌 공통된 성향들을 고찰함으로써 당대 재야지식인의 특징과 입지 등을 확인할 수 있을 것이다.

넷째, 유일문학 정립을 위해 다양한 시각에서 그들의 문학적 성향을 살핀다. 재야지식인으로 존재하였으나 현실을 외면하지 않았고, 그럼에도 불구하고 그들 삶의 기저는 산수자연이었다. 이와 관련한 그들의 인식과 미의식 등을 다각도로 살피고, 나아가 각각의 작품에 표출된 풍부한 문학적 상상력과 다양한 표현기법 등도 살핀다.

예컨대 16세기 유일은 '자연 속 은거'라는 공통성을 지녔으나, 자연을 바라보는 그들의 인식은 제각각이다. 이들은 각자의 은거지에 퇴처하여 자연을 통해 배웠다기보다는 자신의 입장에 따라 자연을 '재구성'하는 경향을 보인다. 기왕의 연구에서 자연을 體得의 場으로 보는 일반적 논리가 아니라, 그들은 각자 '자신과 닮은' 자연을 찾아 나서고 있다. 이는 大谷 成運과 南冥 曹植이 자연을 읊은 작품에서 여실히 드러나며, 같은 영남지역의 멀지 않은 곳에 은거했던 조식과 葛川 林薰에게서도 서로 다른 차이를 발견할 수 있다. 이 경우 그들의 문학적 표출양상은 그들이 처한 다양한 입장에 따른 감성의 재구성이 된다. 그리고 자연 속 온둔과 自適의 삶을 읊어내었다 하더라도 그 속에 표출된 서로 다른 미의식 또한 같은 맥락에서 이해할 수 있다.

다섯째, 각각의 인물에게서 나타나는 개별적 특징들, 나아가 이를 문학적으로 승화시킨 작품에 대한 개별연구가 절실히 요구된다. 예컨대 절대 다수의 분량이 심성수양과 관련한 작품이면서도 유독 長篇古詩인 「甁笙」·「鴈字」·「影」에 드러나는 后溪 金範의 풍부한 문학적 상상력, 假設的 형식을 활용하여 다양한 의식을 표출한 임훈의 몇몇 散文에서 유일문학의 높은 질적 수준을 확인하게 될 것이다.

여섯째, 유일이 지닌 方外人的 성향에 대한 고찰도 병행한다. 어느 시대든 의식이나 지향하는 바가 체제 안에 있음에도 체제로부터 소외당하거나 자신을 체제 밖으로 이탈시키는 인물이 존재한다. 이들의 행동 특성은 그 현실로부터 등을 돌리거나 적극적 저항의 형태로 나타나기 마련이다. 16세기, 특히 사화기는 이러한 성향의 인물이 대거 양산될 조건을 갖추고 있었다. 훈구세력과의 대립에서 실패하고 체제에서 물러난 사림의 행보에서 그 가능성이 짙게 나타난다. 출사하여 濟世澤民해야 할 士人이 그럴 수 없는 현실에 대한 불만을 표출한 돌출행위나 문학작품에서 그 유사성이 두드러지게 나타난다.

16세기 유일에게서도 이러한 성향은 나타난다. 그러나 이들에게서 나타나는 '방외인적 성향'을 어떻게 규정지을 것인가 하는 점은 쉽지 않다. 앞서도 언급하였듯 이들의 성향에는 성리학이 아닌 사상의 다양성이 짙게 배여 있다. 방외인 또는 방외인적 성향에 대한 선행연구 성과를 토대로 유일에게서 나타나는 이러한 성향들을 분석해 본다.

마지막으로 16세기 유일의 문학적 성향을 '유일문학'으로 정립하기 위한 제언을 확인해 본다. 이 시기 유일은 17세기 이후에 나타나는 山林과는 그 맥을 같이 하면서도 엄연히 구분되는 존재들이다. 이의 비교 고찰을 통해 유일이 우리 역사상 지니는 의의를 살피고, 나아가 문학사적 의의를 정리한다. 요컨대 이 모든 과정의 연구목적을 충실

히 도달하면, 16세기 유일 및 유일문학이 우리 한문학사에서 중요한
문학 용어로 등록되는 토대를 마련하게 될 것이다.

제2장
유일의 형성과 전개

1. 유일의 용례와 형성 과정

　'遺逸'의 본래적 의미는 '숨은 인재', 곧 隱居人을 뜻한다. 이를 명확히 이해하기 위해서는 먼저 역대로 사용된 은거인의 칭호를 살펴볼 필요가 있다. 이들은 행적이나 은거 동기 등에 따라 여러 용어로 일컬어져 왔다.

　각 문헌에 나타난 용어를 살펴보면 '隱士·逸士·逸民·遺民·隱者·隱君子·處士·徵士·高士·高人·幽人·居士·道士' 등이 혼용되고 있다. 직접적 칭호는 아니나 '隱逸·隱遁·隱淪·嘉遯·高踏·遯世·幽居' 등의 용어도 함께 사용되어 왔다.[1] 위 용어들은 그마다의 특징과 미묘한 차이를 가지고 있으므로, 각 용어의 의미를 명

1　이에 관해서는 蔣星煜의 『中國隱士與中國文化』(上海書店, 1992, 1-5쪽)에 상세히 언급되어 있다. 논자는 여러 가지 용어가 사용되었지만 '隱士'가 가장 보편적으로 통용되었으며, 이들 용어의 의미와 출전에 대해 개별적 설명을 더하고 있다. 뿐만 아니라 '隱逸' 이하의 용어에 대해서는 '隱居'라는 의미의 動詞이지, '隱士'라는 명사가 아니라고 하였다. 그러나 역사상 통용해서 사용된 것 또한 사실이다.

확히 구분한다는 것은 사실상 불가능하다. 이는 孔孟 이후의 문헌에서 處士·隱士·隱逸·隱遁 등의 용어가 분별없이 뒤섞여 사용되고 있으며, 『後漢書』에서 「逸民列傳」을 둔 이후 각 歷代의 正史에서 서로 다른 용어를 사용하고 있는 것에서도 확인할 수 있다. 예컨대 『晉書』·『宋書』·『隋書』·『舊唐書』·『南史』·『北史』·『宋史』·『金史』·『元史』·『新元史』·『明史』 등에는 「隱逸列傳」을 두었고, 『南齊書』에는 「高逸列傳」을, 『梁書』에는 「處士列傳」을, 『魏書』에는 「逸士列傳」을, 『淸史』에는 「遺逸列傳」을 두고 있다.

하나의 史書 내에서 이런 용어가 섞여 사용되기도 하였다. 『후한서』 「일민열전」 序文에는 각각의 인물에 대해 幽人·逸民·處子 등의 용어를, 『구당서』와 『신당서』 「은일열전」에서는 處士·居士·高士·逸人·隱士 등의 용어를 혼용하고 있는 사례에서 이들 용어가 지닌 모호성을 잘 드러낸다고 할 수 있다.

이는 우리나라에서도 마찬가지이다. 16세기 유일을 중심으로 살펴보면, 왕조실록에서도 한 인물을 두고 여러 칭호가 뒤섞여 사용되고 있다. 예컨대 조식은 處士[2]·逸士[3]·高士[4]·逸民[5] 등으로 표현되었

2　①『明宗實錄』21년 7월 19일. "山海 植之亭名 而黃江則希顔之所居 蓋亦譏之也 其亭在於金海 自號南溟處士 晚歲結廬於頭流山深谷之中 屢空而晏如也" ②『宣祖實錄』5년 2월 8일 乙未. 조식의 卒記에 "處士曺植卒"

3　①『明宗實錄』10년 11월 庚戌. "植以逸士而在畎畝 雖視爵祿如浮雲 而不忘君 惓惓有憂國之心 發於言辭" ② 上同, 14년 12월 1일 戊戌. "逸士幽居 患人之知己 而其淸節 足以範世礪俗 在當今則成守琛曺植 其人也"

4　『明宗實錄』15년 7월 丁卯. "史臣曰 曺植學問高明 成守琛恬養淸修 皆一世之高士"

5　『光海君日記』7년 12월 1일 癸卯. 鄭仁弘이 올린 箚子에서 "臣不假遠引 試以祖宗

으며, 서경덕은 處士[6]·逸士[7]·遺逸[8] 등으로 불리었다. 성운은 處
士[9]·逸民[10]·逸士[11]·徵士[12] 등으로 불리었으며, 성수침도 예외가
아니었다.[13] 개인문집에서도 혼용하기는 마찬가지인데, 대표적인 경

朝與先生時事言之 往在明廟朝 搜擧**逸民** 特除爲守令 其時 曹植成運成悌元等若
干人 俱登薦書"라고 하였다.

6 ①『明宗實錄』8년 5월 庚午. "許曄嘗學於花潭**處士**徐敬德 頗有所得" ②『明宗實
錄』22년 2월 己丑. "贈花潭**處士**徐敬德戶曹佐郎" 서경덕의 경우는 개인문집에서
도 '處士'로 칭한 경우가 자주 보인다. ① 金烋,『海東文獻總錄』,「花潭集」. "退溪
先生 有徐**處士**花潭集後詩三首" ② 許筠,『海東野言』. "徐**處士**敬德 唐城人 卜居
松都之花潭" ③ 李縡,『陶菴集』,「徐敬德記」. "徐敬德字可久號花潭 世稱**處士**"

7 『明宗實錄』7년 4월 庚辰. "李芑卒……嘗與松京**逸士**徐敬德論學"

8 『中宗實錄』35년 7월 19일 戊申. "上命東班正三品以上 西班二品以上 各擧**遺逸
之士**"

9 ① 申欽,『象村稿』권52,「晴窓軟談 下」. "成大谷名運 生有美質 早脫世網 其兄遇
遭乙巳之難 死於非命 自此 益無意於時名 遯居報恩俗離山下 年八十餘卒 詩如其
人 沖澹閑雅 有西湖**處士**之遺韻" ② 沈守慶,『遣閑雜錄』. "成徵君運 報恩鍾谷人
也 行義甚高 文章亦妙……徵君無意於世 不求人知 眞**處士也**"

10 『光海君日記』7년 12월 1일 癸卯. "往在明廟朝 搜擧**逸民** 特除爲守令 其時 曹植
成運成悌元等若干人 俱登薦書"

11 『孝宗實錄』1년 7월 3일 甲寅. "宣廟朝 首徵文純公李滉 文簡公成渾 **逸士**成運曹
植 其他李恒閔純等 或崇以大官 或布諸臺諫 雖不能克究厥志 大有所爲"

12 ①『宣祖實錄』12년 12월 6일. "**徵士**成運卒" ②『光海君日記』즉위년 2월 21일
戊寅. "敎以薦進遺逸 爲新政第一 遂馳召**徵士**曹植成運等 不次超敍"이 외에 징사
는 임금이 한 번 이상 관직에 불렀으나 벼슬에 나아가지 않고 사퇴한 경우를 일컫는다
는 설도 있다. 금장태,『한국의 선비와 선비정신』, 서울대학교 출판부, 2000, 57쪽.

13 ①『中宗實錄』35년 7월 16일. "上命東班正三品以上 西班二品以上 各擧**遺逸之
士**……刑曹判書柳仁淑 薦幼學成守琛進士趙晟" ②『明宗實錄』14년 12월 1일.
"**逸士**幽居 患人之知己 而其淸節 足以範世礪俗 在當今則成守琛曹植 其人也" ③
『明宗實錄』18년 12월 庚午. "成某初以遺逸授職 謝以身病 終不之官 杜門求志
力行古道 行年七十有二卒 以窮約而死 斯可謂一國之善士 當代之**逸民**" ④『明宗
實錄』18년 12월 26일 庚午. "**徵士**成守琛卒"

우가 조식이다.[14] 이들을 아울러 隱逸之士라 일컫기도 하고,[15] 심지어
는 같은 기록에서 동일 인물을 다른 용어로 칭하는 사례도 확인된
다.[16] 서경덕은 스스로를 逸民 혹은 逍遙子라 부르기도 하였다.[17] 이
러한 용례는 이들 어휘가 명확한 구분 없이 혼용되었음을 뜻한다.

　그러나 그것이 어떠하든 이들 용어가 가지는 보편적 의미는 '숨어
살며 벼슬하지 않는다[隱居不仕]'는 데에 있다. 이는 '숨어사는 삶[隱
居]'과 '출사하지 않는다[不仕]'는 의미가 전제되어 있음을 뜻한다. 이
러한 삶의 태도와 가장 긴밀성을 갖는 용례가 중국 역사 속의 '隱逸'이
다. 은일은 중국문학을 구성하는 주요 용어 중 하나이다. 隱逸文學은
중국 역대 은일의 삶과 사고체계 및 그들의 철학이념을 문학작품으로
표현한 것을 총체적으로 일컫는 것으로, 형성기인 漢代와 六朝 시기
를 거쳐 宋代에 그 定型을 이루었다. 특히 송대 은일의 사상과 특성을

---

14 ① 休靜,『淸虛集』,「上南冥曹處士書」. ② 金昌協,『農巖集』권32,「雜識」. "南冥
　　一齋聽松大谷 一時同有盛名 南冥尤以師道自任 門徒之盛 幾與退溪分嶺南之牛
　　然南冥實不知學 只是處士之有氣節者耳 其言論風采 雖有聳動人處 弊病亦不少
　　遊其門者 大抵皆尙氣好異 甚則爲鄭仁弘 不甚則爲崔永慶 荀卿之門出李斯 未爲
　　無所自也" ③ 李珥,『栗谷全書』,「經筵日記」. "曹植遯世獨立 志行峻潔 眞是一代
　　之逸民也"
15 李選,『芝湖集』권6,「訓子要語」. "金沖菴之淸明 宋圭菴之孝友 金河西之勇退 奇
　　高峰之英識 與夫朴松堂之變化氣質 皆卓卓乎儒林者也 隱逸之士則花潭聽松曁南
　　冥大谷爲最"
16 『明宗實錄』22년 1월 3일조에는 서경덕의 贈爵에 대한 논의가 실려 있는데, 아래
　　두 글은 이 논의에 대한 史官의 언급이다. ① "敬德松都人 中司馬試 嘗結茅於五冠
　　山之花潭 身居窮約 學究淵源 造詣極深 實儒者之高蹈 盛世之逸民也" ② "弘文館
　　副修撰 辛應時憶花潭處士徐敬德做詩曰……"
17 ① 徐敬德,『花潭集』권1,「次留守沈相國彦慶韻」. "自喜淸時作逸民" ② 上同,「山
　　居」. "中有逍遙子 淸朝好讀書"

표현하는 데 주로 사용하여 왔다.[18] 은일은 조선시대 士人이 出處進退의 처세를 결정하는 데에 밀접한 영향을 끼쳤으므로, 이의 형성과정을 중국의 역사 속에서 자세히 살펴볼 필요가 있다.

중국의 '隱居不仕' 風潮는 先秦時代에서 비롯되었다. 특히 春秋時代 말기에는 노비제도가 해체되고 신흥지주 계급이 발생하여, 높은 문화적 소양을 갖춘 士 계층이 형성되었다. 이들은 국가와 군주를 위해 주도적 역할을 담당할 능력을 소유하였음에도 이를 실행하지 못하였고, 이후 혼란한 戰國時代에는 많은 은일 유형의 인물로 나타났다. 선진시대의 은일 유형은 儒家와 道家에서 뚜렷한 차이를 보인다.

유가는 현실에서의 끊임없는 개혁을 그 특징으로 한다. 따라서 出仕를 士의 일차적 임무로 여겼으며, 출사야말로 義를 실천하는 것으로 인식하였다.[19] 때문에 유가에서의 '은일'은 부득이한 선택이었다. 이를 실천한 대표적 인물이 孔子이다. 그는 자신의 정치적·학문적 이상을 실현시킬 수 없는 현실에서 出處義理에 대해 깊이 고뇌하였다.

　① 천하에 도가 있으면 나아가 벼슬하고, 도가 없으면 숨어야 한다. 나라에 도가 있는데도 가난하고 천함은 부끄러운 일이며, 나라에 도가 없는데도 부유하고 귀함은 부끄러운 일이다.[20]

18　劉文剛, 『宋代的隱士與文學』, 四川大學出版社, 1992, 103-112쪽. 저자는 隱逸文學을 표현하는 11개의 대표문자를 제시하였는데, 바로 '逃(隱)·貧·憫(閑)·狂(放誕)·拙(痴)·獨(寂寞)·耕(釣)·讀·醉·足(安分)·樂' 등이다.
19　『論語』, 「微子」. "君子之仕也 行其義也"
20　上同, 「泰伯」. "天下有道則見 無道則隱 邦有道 貧且賤焉 恥也 邦無道 富且貴焉

② 군자로다, 蘧伯玉이여. 나라에 도가 있으면 벼슬하고, 나라에 도
가 없으면 재능을 거두어 간직해 두는구나.[21]

③ 공자가 顔淵에게 일러 말하기를 "우리를 등용하면 나아가 행하고,
버리면 물러나 간직하는 것을, 오직 나와 너만이 그렇게 할 수 있느니
라."라고 하였다.[22]

공자가 출사여부를 결정한 요인은 道의 有無이다. 세상에 도가 행
해지면 나아가 뜻을 펼치고, 그렇지 못하면 물러나 몸에 간직하여 실
천하면서 때를 기다리는 것이다. 이러한 공자의 은일 처세는 이후 孟
子를 비롯한 儒家者에게 그대로 계승되었다.

① 천하에 도가 있으면 그 도에 자기 몸을 바치고, 천하에 도가 없으
면 몸으로 그 도를 따른다.[23]

② 임금이 허물이 있으면 諫하고, 반복해서 간하여도 듣지 않으면
떠난다.[24]

③ 옛 사람은 뜻을 얻으면 그 혜택이 백성에게 더해졌고, 뜻을 얻지
못하면 자신의 몸을 닦아 세상에 드러내었으니, 궁하면 홀로 자신의
몸을 선하게 하고, 현달하면 천하를 아울러 선하게 하였다.[25]

恥也"

21 上同, 「衛靈公」. "君子哉 蘧伯玉 邦有道則仕 邦無道則可卷而懷之"
22 上同, 「述而」. "子謂顔淵曰 用之則行 舍之則藏 惟我與爾有是夫"
23 『孟子』, 「盡心 上」. "天下有道 以道殉身 天下無道 以身殉道"
24 上同, 「萬章 下」. "君有過則諫 反覆之而不聽則去"
25 上同, 「盡心 上」. "古之人 得志 澤加於民 不得志 修身見於世 窮則獨善其身 達則
兼善天下"

士의 출사는 공자와 마찬가지로 반드시 도의 유무에 따라 결정되며, 무도한 세상에서는 몸을 거둬들여 도를 따른다고 하였다. 그렇지만 맹자는 이와는 별도로 부득이하여 경제적 이유로도 출처를 선택할 경우가 있으며,[26] 그렇게 출사하였더라도 임금의 자질이 기대에 미치지 못하면 과감히 떠나야 한다고 하였다. 이는 출사 조건을 도의 유무에다 君主의 자질까지로 그 범위를 확대한 경우이다. 때문에 士의 궁극적 목표가 經世濟民에 있더라도 '獨善其身' 또한 경세제민의 한 방법임을 제시하여, 그 공효는 은일의 방법을 통해서도 완성될 수 있음을 분명히 하였다.

반면 道家에서는 애초부터 출사를 '개인의 자유를 구속하는 굴레'로 여기고 거부하였다. 無爲之治를 최고덕목으로 삼아 출사를 통한 인간의 적극적 개입을 부정하였고, 대신 자연의 질서에 순응하여 살아가는 소극적 처세방법을 택하였다. 실제 『老子』에서는 세속에서 추구하는 입신양명이나 부귀영달 등을 거부하고 있어 이론의 전체가 이미 은일 사상이라 할 수 있다.[27] 또한 그 논리나 표현 자체가 심오하고 추상적이어서 공자·맹자의 은일보다 확대된 범위라 할 수도 있다.[28]

그러나 이러한 노자의 은일사상을 계승한 莊子는 혼란스러운 戰國時代를 살았기 때문에 노자보다 더 강력한 保身態度를 보였다. 그는

---

26 上同, 「萬章 下」. "仕非爲貧也 而有時乎爲貧"

27 邊成圭, 「隱逸槪念의 形成에 대하여」, 『中國文學』 32집, 韓國中國語文學會, 1999, 84-86쪽.

28 王立, 『中國古代文學十大主題』, 遼寧敎育出版社, 1990, 80-84쪽. 이 글에서는 孔孟의 출처가 기본적으로 佐君의 출처와 연계되는 것이라면, 老莊의 출처는 君國의 개념을 초월하여 현실정치에 대한 棄絶 태도에 있음을 밝히고 있다.

현실과의 불화를 타개하고 목숨을 보전하기 위한 자신만의 은일 방법
을 제시하였다.

옛날 이른바 隱士는 몸을 숨겨서 드러내지 않는 것이 아니고, 말을
막고서 내뱉지 않는 것도 아니고, 앎을 감추고서 드러내지 않는 것이
아니니, 時運이 크게 어긋났기 때문이다. 시운이 들어맞아 천하에 크
게 행한다면 하나로 돌이켜서 자취도 없게 하고, 시운이 맞지 않아 천
하에 크게 궁하게 된다면 근원을 심오하게 하고 지극한 경지를 편안히
하여 기다릴 것이니, 이것이 몸을 보존하는 道이다.[29]

이는 현실에서의 작위적 행위를 반대하고 시세의 흐름에 순응하
는 장자 특유의 은일 방법이다. 때문에 장자의 은일은 현세의 장소가
문제시되지 않는 정신적 은일을 강조하였고, 그 속에서 무한한 정신
적 자유를 누리는 완벽한 가상 인물인 '眞人・至人・神人'을 설정하
였다.

① 옛날의 眞人은 적을까 미리 걱정하지 않았고, 성과를 자랑하지
않았으며, 일을 꾀하는 사람도 아니었다. 이러한 사람은 지나치더라도
후회하지 않고, 적당하더라도 자득하지 않았다. 이러한 사람은 높은
곳에 올라가도 무서워하지 않고, 물에 빠져도 젖지 않고, 불 속에 들어
가도 뜨거워하지 않는다.[30]

---

29 『莊子』, 「繕性」. "古之所謂隱士者 非伏其身而弗見也 非閉其言而不出也 非藏其
知而不發也 時命大謬也 當時命 而大行乎天下 則反一无迹 不當時命 而大窮乎天
下 則深根寧極而待 此存身之道也"

② 至人은 신묘하다.……이런 자는 구름을 타고 해와 달에 올라앉아 이 세상 밖에서 유유자적할 수 있다. 삶과 죽음도 자신에게 변화를 가져다 줄 수 없는데, 하물며 利害와 같은 말단적인 것에 있었으랴.[31]

『莊子』에 등장하는 許由·巢父·齧缺·王倪·蒲衣子·庚桑楚 등 수많은 隱者는 寓話의 주인공이나 이치를 설파하고 지혜를 전수하는 인물로 설정되어 있다. 이는 장자 시대에 이르러 발전된 은자의 모습이라 할 수 있다. 인용문의 '眞人·至人'은 세속적 영예를 초월한 절대적 무소유의 존재이며, 또한 자유자재의 상태로 현세를 초월하는 인물이다. 이는 『장자』에서 추구하는 최고의 이상형이다.

魏晉時代는 중국 역사상 최대의 혼란과 암흑의 시기였다. 後漢이 멸망하고 魏·晉이 세워지는 왕조교체 과정에서, 지배층은 권력을 주도하기 위해 정치적 모함과 음모를 자행하였다. 漢代의 儒敎는 영향력이 약화되었고, 대신 黃老·神仙思想이 성행하였다.

이러한 혼란기의 최고 피해자는 지식인이다. 혼란기의 지식인은 출처 문제에 민감하고, 出仕와 處隱의 결정을 강요받는다. 그럼에도 이 시기에는 어느 한쪽도 선택하지 못하고 고뇌하는 지식인이 많았다. 그들은 정치적으로 희생물이 될지도 모른다는 불안감과, 죽음에 대한 두려움, 삶에 대한 회의 등으로 갈등하였다. 그 결과 현실과 부딪혀 좌절하기보다 현실을 초탈하면서도 保身을 위한 은일을 택하였

---

30 上同, 「大宗師」. "古之眞人 不逆寡 不雄成 不謨士 若然者 過而弗悔 當而不自得 也 若然者 登高不慄 入水不濡 入火不熱"

31 上同, 「齊物論」. "至人神矣……若然者 乘雲氣 騎日月 而遊乎四海之外 死生無變 於己 而況利害之端乎"

다. 당시에는 이러한 은일 풍조가 새로이 등장한 玄學[32]과 道敎思想의 영향으로 성행하였고, 神仙思想과도 융화하여 服藥求仙하는 풍조에도 일정한 영향을 끼쳤다.

이러한 은일처세 방식을 취한 대표적 부류가 竹林七賢이다. 이들은 老莊思想을 신봉하여 지배 권력이 강요하는 儒家的 질서나 형식적 禮敎를 조소하고 그 위선을 폭로하기 위해 상식에 벗어난 언동을 일삼았다. 이러한 행위는 현실도피라기보다 살아남기 위한 방편이었는데, 불안한 시대에 출사하여 화를 당하기보다 물러남으로써 목숨을 보전하려는 것이었다. 때문에 이들의 행위를 투쟁과 반목의 난세에 특정한 의사표현 없이 '죽림'이라는 정치적 진공지대에 틀어박힘으로써, 역설적으로 자신들의 현실에 대한 저항과 정치적 의사를 표현하려는 것으로 보는 견해도 있다.[33] 그러나 이들의 은일은 혼란한 시기에 자신을 보호하기 위해 선택한 부득이한 처세방법일 뿐이었다.

이후 宋代에는 가문의 혈통을 중시하던 문벌귀족 사회가 끝나고 儒敎的 교양과 지식을 지닌 士大夫가 새로운 지배계층으로 등장하였다. 五代十國의 혼란기를 武人이 통치하면서 이전 문벌귀족 정치 하의 文人과는 변별되는 인물을 필요로 하였다. 무인정권 하에서는 무엇보다 그들의 難題인 財政·外交·司法 등을 처리하고 행정능력을

---

32 曺松植, 「魏晉玄學이 六朝藝術論에 끼친 영향」, 『美學』 14집, 韓國美學會, 1989, 6쪽. 현학은 당시 지식인들이 혼란한 시대에 삶의 문제를 해결하기 위해 제시한 철학적 사변이었으며, 이를 행위로 표현한 것이 淸談이었다. 청담은 주로 老莊學을 추구하는 학자들에게서 나타났으며, 이들은 일상의 행위를 속박하는 儒家를 배척하고 산수 사이의 유유자적한 생활을 추구하였다.

33 金谷治, 『中國思想史』, 이론과실천, 1990, 163쪽.

지닌 문인관료가 필요했다. 따라서 독자적인 무인세력이 각 지방에
亂立하면서 그 휘하에 있던 새로운 세력인 文人官僚가 급부상하였
다. 이들이 바로 송대 사대부사회를 형성한 주요 인물이었다.

송대는 생산량과 노동력의 증가, 생산기술의 개선 등 농업생산력
발전이 생활수준의 향상을 가져옴으로써 사대부사회의 주요 구성원
인 讀書人層을 성장시켰다. 아울러 이러한 농업발전의 이익이 중소
농민층에게 혜택을 줌으로써 계층 간의 이동을 가능케 했다.[34] 사대부
들은 지방의 中小地主로서 농업생산력의 증대에 힘입어 독서인층으
로 성장하였고, 나아가 계층 간의 이동을 통해 사대부사회를 형성·
발전시킬 수 있었다.

'士大夫'라는 어휘는 그 개념을 명확히 정의하기가 쉽지 않다. '유
교적 교양과 지식, 도덕적 소양을 소유한 자'라는 일반적 정의는, 엄
밀히 말하면 송대 사회를 이끈 주체세력인 그 사대부만을 일컫는다고
할 수 있다. 다만 이런 사대부의 정의가 역사상 송대 이전에 쓰인 士
와 일정부분 부합된다는 점은 부인할 수 없다. 예컨대 전국시대 이후
부터 唐末·五代까지 史料에 나타난 士는 시대마다 지칭하는 계급이
상이하나, 대체로 일반서민과 구분되는 文武의 관료집단 또는 그에
준하는 자들을 의미하고, 그 외의 일반서민을 폭넓게 포함하는 사례
가 없었다.

그러나 송대에는 사대부의 의미가 독서인층으로 확대되었고, 이러
한 현상은 宋朝의 적극적인 文治主義 정책과 科擧制의 확대 시행으

---

34 梁鍾國, 『宋代 士大夫社會 研究』, 三知院, 1996, 23–48쪽.

로 더욱 활성화되었다. 송대 사대부사회는 유교이념이 지배하고 科擧 考試科目 또한 유교 경전이었으므로, 이들의 주된 의식 또한 유교이 념이었다.

이들은 각 지역에서 문화적 혜택을 누리며 독서에 열중하다가 科擧 를 통해 관료사회로 계층이동을 하였다. 그리하여 이들은 대거 중앙 정계로 진출하여 사대부정치 구조를 이루었고, 중기로 갈수록 과거합 격자 수가 지속적으로 증가하였다. 그 결과 그들의 영향력이 커지면 서 정치사회의 주도권을 장악하였다. 또한 이들은 이전의 중앙귀족과 는 달리 지방의 중소지주였으므로, 정치의 중심을 중앙에서 지방으로 옮겨 종족이나 향촌 내에서 자신의 위치를 확보하려는 활동을 중시하 였다.

송대 사대부는 이전의 귀족이나 무인과 달리 개인적 능력에 의해 새롭게 등장한 정치세력이며, 기존 질서에 대해 비판적이고도 창조적 인 정신을 지니고 새로운 사회를 모색하는 부류였다. 그래서 국가와 사회의 현안에 적극적으로 참여하였고, 정치적 입지가 확대되고 두터 워지면서 왕권을 견제하는 역할까지 담당하였다. 이들은 개인 능력에 바탕하여 정계에 진출하였으므로 왕권에 굴복할 필요가 없었으며, 자 신들의 의견이 받아들여지지 않으면 언제든 재지적 기반이 있는 향리 로 물러나 학자로서의 면모를 유지할 수 있었다. 때문에 오히려 물러 서지 않고 왕권과 당당히 맞섬으로써 이전의 귀족관료보다 더 강력한 정치적 입지를 확보하게 되었다. 이들은 출처의 선택에 있어 이전 시 대보다 훨씬 자유로웠던 것이다.

이러한 성향의 송대 사대부는 기본적으로 麗末鮮初의 新進士大夫 와 그 성격을 같이 한다. 신진사대부 또한 재지적 기반 위에서 자신의 능력을 통한 출사였기 때문에, 출사에 있어 당당하고 자유로울 수 있었다. 이들 중에서도 조선 개국과 함께 향리로 물러났던 士人의 성향을 계승·발전시키고, 나아가 보다 다양하고 심화된 재야사인으로서의 삶의 형태를 보여준 이들이 있었으니, 바로 16세기 遺逸이었다. 선진시대 공자와 맹자를 비롯해 역사 속 은자의 다양한 모습은 조선조 재야사인에게도 일정부분 영향을 미쳤다. 이들의 은자적 삶 속에는 이처럼 다양한 역사성이 복합적으로 내재되어 있었던 것이다.

2. 유일의 역사적 전개와 退處風潮

우리나라에서 유일의 용례는 송대 사대부의 出處와 그 역사성이 긴밀하게 닿아 있다. 일반적으로 사대부사회에서는 사인이 벼슬에 나아가고 물러나는 것을 進退 또는 出處라 하였고, 이로 인해 進出 또는 退處라는 용어가 생겨났다. 여기서의 '退'와 '處'는 出仕를 전제한다. 엄밀한 의미에서 '退'는 출사하였다가 물러나는 것을 의미하며, '處'는 애당초 출사하지 않고 은거하는 태도를 말한다. 때문에 기왕의 연구에서는 '퇴처'를 출사하였다가 물러난 경우로 한정하여 사용해 왔다.[35] 그러나 조선시대에는 명확한 분별없이 둘을 '정계에서 물러나다'는 의미로 혼용하여 왔다.[36] 예컨대 우리가 일반적으로 일컫는 조선시대

---

35 鄭景柱, 「朝鮮中期 處士文學의 傾向」, 『釜山漢文學研究』 2집, 釜山漢文學研究會, 1987, 201-202쪽. 논자는 애초 출사하지 않은 인물을 '處士'로, 출사하였다가 知遇를 받지 못하거나 다른 원인으로 인해 물러나는 이를 '退處官僚'라 표현하였다.

36 ① 奇大升, 『高峯集』, 論思錄 卷上, 「丁卯十月二十三日宣宗朝」, "頃日 下書于李

의 '處士'는 애초 벼슬에 나아가지 않은 인물을 일컬었으나, 관직에 제수되었음에도 출사하지 않은 사람, 또는 출사하였다가 은거한 사람까지 통칭하는 용어로 사용하였다.[37] 논제 인물 가운데 여러 번의 관직이 제수되었으나 한 번도 출사하지 않았던 성수침·성운·조식 등이 '처사'로 불렸음은 이미 밝힌 바 있거니와, 출사하였다가 은거생활로 돌아온 成渾이나 崔永慶 등도 왕조실록에서 '처사'로 불렸음을 확인할 수 있다.[38]

그럼에도 불구하고 출사와 퇴처 등의 용어가 儒者에 限하여 통용되어 온 것 또한 사실이다. 이는 유자의 출사 및 퇴처가 정치적 상황에 따라 결정된다는 것을 의미한다.[39] 이중 후자인 '퇴처'는 '출사하지

渾 使之上來 其人自少讀書 當初見善人受罪 故退去 今則年已七十 且多疾病 大槪則見其是非不明 而恥其隨行逐隊 寧欲退處草野也 新政招賢 最善擧也 然欲用賢人 則不得已使是非分明也"② 金宇顒, 『東岡集』 권13, 「經筵講義」. "旣而舊疾發動 不可復止 而竭盡思慮 亦無小補之事 臣之計窮矣 於是瀝情陳懇 退處一年 而沈痾若無小平 計於一生 無復報補涓埃之望也"③ 金麟厚, 『河西全書』 附錄 권4, 「年譜」. "三十八年己未先生五十歲……時高峯退處于鄕 每詣先生 討論義理 而深疑退溪四端七情理氣互發之說 來質于先生"④ 李珥, 『栗谷全書』 권3, 「玉堂陳時弊疏」. "伏願殿下虛心平氣 容受直言 使臺諫盡不諱之忠 無阻隔之患 而頻接大臣 講求治道 至於賢士之退處巖穴者 亦咨詢時務 使盡規畫"⑤ 上同, 石潭日記 卷下, 「經筵日記」, 萬曆六年戊寅. "珥曰 我非山林之士也 雖不食祿 職名常係於朝廷 平時則可辭召命矣 今則主上方在哀疚 退處私室爲未安 故欲一出謝恩耳"

37 鄭求先, 『朝鮮時代 處士 列傳』, 서경, 2005, 219-237쪽.

38 ①『光海君日記』元年 3월 21일 戊申. "伏見故處士成渾 承訓家庭 潛心吾道 儒林之領袖 而士類之宗匠也"② 같은 책, 7년 1월 29일 丙子. "處士崔永慶之死 天下極痛 萬古至冤也"

39 구본기, 「고전소설에 나타난 선비의 進退意識」, 『古典文學研究』 11집, 한국고전문학회, 1996, 371-375쪽.

않는다'는 점에 관건이 있다. 애초 출사하지 않았든, 혹은 출사하였다가 處隱한 경우이든, 모두 '퇴처'에 해당된다고 볼 수 있다. 사인이라면 출사하여 자신의 이상을 펼치는 것이 본연의 책무인데도 이를 마다하고 물러난다는 점에 핵심이 있다.

우리나라의 퇴처 풍조는 고려 말기에 성리학이 도입되면서 새로운 사회계층으로 부상한 신진사대부에게서 그 연원을 찾을 수 있다. 이들은 학문적 소양을 갖추고 정치실무에도 능한 學者的 官僚였다. 권문세족이 주로 蔭敍로 정계에 진출한 반면, 이들은 科擧를 통해 실력을 인정받고 官界로 진출하였다. 또한 이들은 대부분 鄕吏子弟 출신으로, 경제적으로는 지방의 중소지주였으며, 사상적 측면에서는 당시 元나라로부터 유입된 성리학을 바탕으로 하였다. 이들은 과거시험을 통해 실력으로 출사했기 때문에, 고려 말 원나라의 간섭과 권문세족을 봉쇄하기 위한 국왕의 개혁정치에 적극 참여하였고, 급기야는 개혁을 통해 유교적 이상에 적합한 새로운 왕조를 개창하기에 이르렀다.

그러나 고려 말의 사대부들은 왕조교체 과정에서 상반된 두 부류, 곧 고려왕조에 대한 충성을 강조하는 節義派와, 새로운 사회체제를 갈망하여 개국에 적극 참여하거나 지지하는 功臣派로 양분되었다. 이로 인해 鮮初의 사인에게는 뚜렷이 상반된 出處觀이 나타나게 되었다. 개국 후 약 1세기가 지나자 개국 초 지방으로 물러났던 이들이 관심의 대상으로 부상하였다. 이들은 재지적 기반을 중심으로 심성수양과 학문연구에 힘써 학자로서 뿐만 아니라 향촌 지배세력으로 인정을 받았다. 그들은 성리학적 윤리질서를 향촌에 정착시킴으로써 지지기반을 구축하였는데, 향촌교화를 위해 향교교육을 강화하고, 地主

制 확대방지를 위한 토지제도를 개혁하였으며, 留鄕所의 復立과 鄕約·社倉·鄕飮酒禮·鄕射禮 등을 실시하였다.[40]

재야사인들은 이러한 노력에 힘입어 정치적 진출을 모색하였고, 성종·중종대에 이르러 정계로의 출사가 본격화되었다. 특히 趙光祖(1482-1519) 때 賢良科를 실시하면서 활기를 띄었다. 당시 사림의 정치관은 君主觀과 인재등용 방법에서 기존의 훈구세력과 확연한 차이를 보인다. 16세기에 이르면 초기 국왕 중심의 절대왕권 군주제에서 벗어나 군왕과 신하가 함께 통치운영에 참여하는 君臣共治主義가 정착되었다.[41] 이는 聖君·賢相의 遭遇 없이는 이상정치의 실현이 불가능하다는 논리의 또 다른 표현으로, 수신을 통해 도덕적으로 완성된 신하가 보필하더라도 군왕이 수양된 인격체가 아니면 진정한 정치의 주체가 될 수 없다는 것이다. 때문에 이들은 인재등용에 있어서도 특정한 지식능력만으로 평가하는 科擧制보다 薦擧制 방식을 강조하였다. 그리하여 당시 사림의 추천에 의해 많은 재야사인이 출사하였고, 그들의 입지가 넓어질수록 기득층인 훈구세력과의 마찰은 심해졌다.

결국 네 차례의 士禍로 이어졌고, 참패한 사림은 대부분 재지적 기반이 남아 있던 연고지에 은거하였다. 특히 乙巳士禍(1545) 이후 명종대에 지방으로 물러났던 사림은 이후 향리에 기반을 둔 나름의 學脈을 형성하여 지방학문을 크게 활성화하기에 이른다.[42]

---

40 李秉烋, 「朝鮮前期 中央權力과 鄕村勢力의 對應」, 『國史館論叢』 12집, 國史編纂委員會, 1990, 25-32쪽.

41 강광식, 「조선조 유교정치문화의 구조와 기능」, 『조선조 유교사상과 유교정치문화』, 한국정신문화연구원, 1992, 37쪽.

42 高英津, 「16세기 湖南士林의 活動과 學問」, 『南冥學硏究』 3집, 경상대학교 남명

이들이 각각의 은거지로 물러난 가장 큰 이유는 그들의 측근이 사화에 희생된 것을 직접 목격하거나, 또는 그런 암울한 분위기 속에서는 출사하더라도 자신의 이상을 펼 수 없다고 여겼기 때문이었다.

오직 사화가 극심하였기 때문에 기미를 아는 선비들은 모두 출처에 대해 조심하였습니다. 成守琛은 己卯年의 禍가 있을 것을 알고 城市에 숨었고, 成運은 동기간의 슬픔을 당하고서 報恩에 숨었으며, 李滉 (1501-1570)은 동기간이 화를 입은 것을 상심하여 禮安으로 물러갔고, 林億齡(1496-1568)은 아우 林百齡(?-1546)이 어진 이를 해치는 것을 보고 놀라 먼 지방에서 세상을 등지고 살았습니다. 또한 徐敬德이 花潭에 은둔한 것과, 金麟厚(1510-1560)가 벼슬에 뜻을 끊은 것과, 曹植·李恒이 바닷가에 숨어살았던 것 등은 모두 乙巳年의 士禍가 격분시킨 것입니다. 鄭之雲(1509-1561)은 金安國(1478-1543)에게 배웠는데 자기 스승이 큰 罪網에 빠질 뻔했던 것을 징계하여 술로 세월을 보내며 이름을 감추었고, 成悌元은 宋麟壽(1499-1547)의 변고를 직접 보고 낮은 관직을 전전하며 해학으로 일생을 보냈고, 李之菡은 安命世 (1518-1548)의 처형을 보고 海島를 돌아다니며 거짓 미치광이로 세상을 도피하였습니다. 이들은 모두 조정의 큰 그릇이고 세상을 다스릴 만한 고매한 인재인데, 기러기가 높이 날아 주살을 피하듯 세상을 버리고 산골짜기에서 늙어 죽었습니다.[43]

학연구소, 1993, 23-24쪽. 논자는 徐敬德을 중심으로 한 학파가 경기도에, 金麟厚와 李恒이 전라도에, 李滉과 曹植이 경상도에, 그리고 16세기 후반에 나타나는 李珥·成渾이 경기·충청도에 학맥을 형성했다고 주장하였다.

43 『宣祖修正實錄』 19년 10월 1일 壬戌. "惟其士禍之甚酷 故識微之士 咸謹於出處 成守琛知有己卯之難而隱於城市 成運身遇鴒原之慟而藏於報恩 李滉心傷同氣之

이 글은 重峯 趙憲(1544-1592)이 선조에게 올린 상소문으로, 당시 퇴처인의 은거 동기를 밝히고 있다. 성수침은 趙光祖의 문인으로 기묘사화에 스승이 화를 당하는 것을 보고 백악산에 은거하였다.[44] 성운은 仲兄인 成遇(1495-1546)가 을사사화에 연루되어 죽임을 당하자 妻鄕인 충청도 보은 속리산에 은거하였다.[45] 성제원은 처남이자 知己였던 송인수가 을사사화에 화를 당한 후 역시 고향에 은거하였다.[46]

이때 그들에게 중요한 것은 出處去就의 선택이었다. 조선조 사인의 출처는 소양과 능력을 갖추었더라도 개인의 성향이나 가치관, 정치상의 변동이나 군주의 자질 등에 따라 결정되었다. 실제로 조선시대 사인의 퇴처 의식은 15-16세기 사화기를 거치면서 현저히 드러났

被禍而退居禮安 林億齡駭見百齡之戕賢而棲遲外服 又如徐敬德之遯于花潭 金麟厚之絶意名宦 曺植李恒之幽棲海隅 莫非乙巳之禍 有以激之也 鄭之雲學於金安國 而懲其師幾陷大網 韜名麴蘗 成悌元親覩宋麟壽之遭慘則婆娑末班 詼諧終保 李之菡目見安名世之赴市 則週遊海島 佯狂逃世 是皆廊廟大器 濟世高材 鴻飛脫弋 枯落巖壑"

44 成渾, 『牛溪集』 「年譜」. "嘉靖二十三年九月 聽松受學于靜庵趙先生之門 己卯禍後 杜門不出 築書室于白岳松林間 扁以聽松 至是見時事益艱 遂歸于坡山"

45 宋時烈, 『宋子大全』 권172, 「大谷成先生墓碣銘」. "乙巳仲氏與羣賢罹禍 先生作詩以見志 遂歸報恩縣 卜築泉石間 名曰大谷"

46 성제원의 은거 동기에 관해서는 異說도 있다. 『大東野乘』 「奇齋雜記」에 의하면, "을묘년(1555)에 왜구가 쳐들어 왔을 때 報恩縣監인 성제원은 公州에서 그 소식을 듣고 鄕所에 편지를 보내 즉시 모든 군수품을 마련케 하였다. 그런데 長水縣監 趙昱이 미처 군용을 정비하지 못하자, 防禦使가 조욱을 죽이려 하였다. 때문에 두 사람은 벼슬을 버리고 고향으로 돌아갔다. 세상에서는 이 일로 인해 두 사람이 세상과 단절하였다고 생각하였다."라는 기록이 보인다. 그러나 이 기록은 정확하지 않다. 성제원은 1553년 遺逸로 천거되어 보은현감을 지낸 시기를 제외하고는 평생 벼슬하지 않고 살았다. 따라서 1555년 은거를 결심했다는 기록은 그의 전 생애를 통해 볼 때 잘못된 것이다.

다. 출사하여 兼濟天下하는 것이 목표지만, 사화기 이후 퇴처하여 獨善其身의 삶을 택하는 이들이 많아졌던 것이다.

위 인용문에서도 알 수 있듯, 16세기 유일이 퇴처를 선택한 요인으로는 士禍라는 정치적 요인과 깊은 관련이 있다. 때문에 정치사회사 분야에서는 그 동안 이들의 퇴처를 성리학적 이해의 확산과 사화의 빈발이라는 두 관점에 집중하여 연구가 이루어져 왔다. 그러나 이 외에 이들의 퇴처에는 개인적 성향이나 학문 태도가 중요하게 작용했음도 간과할 수 없다.

이들은 10-20대에 사화를 겪어 그 시기에 이미 퇴처를 결심하고 실행에 옮겼다. 이처럼 젊은 나이에 퇴처를 결심한 요인이 사화에 師友나 知人을 잃었기 때문이라는 정치사회사적 이유만으로는 그 설명이 부족하다. 여기에는 퇴처를 실행했던 先代의 영향이나 鄕里的 기반도 중요한 요인이 되었다. 예컨대 성제원의 先代는 鮮初의 개국과 端宗復位 등 역사적 사건과 관련하여 높은 節義를 보여주었다. 그의 6대조 成汝完(1309-1397)은 태조 이성계의 초빙에 白衣를 입고 나아가 세상에서 西宮布衣라 불렸으며, 이후 포천의 王方山에 은거하여 朔望 때마다 松岳을 바라보며 통곡했다고 한다. 曾祖父 成熺는 從姪인 成三問(1418-1456) 등과 단종복위를 도모하다 실패하여 金海에 圍籬安置되어 죽었고, 祖父 成聃年과 從祖父 成聃壽는 부친 成熺가 단종복위 사건으로 해를 입은 뒤 세상과 단절하고 평생을 칩거하였다. 특히 성담수는 生六臣의 한 사람으로 이름났다. 성제원의 퇴처에는 이처럼 선대로부터 내려오는 家系의 영향이 크게 작용하였다고 볼 수 있다.

또 다른 요인으로는 시대가 혼란스럽고 민생이 어려웠던 만큼 時代

救濟에 대한 재야사림으로서의 공감대 형성을 들 수 있다. 이들은 은 거하여 민생의 어려움을 가까이서 접하고 있었다. 정치적 불화로 인한 고통, 장마나 가뭄 등 천재지변으로 인한 백성의 어려움을 직접 느끼면서 민생에 대해 우려하고 정치현실에 대해 개탄하였으며, 그 속에서 자신의 학문적 성취를 통해 실질적 도움이 되고자 노력하였다. 특히 16세기에는 기근과 전염병 등 기후 변화와 관련한 자연재해 및 천재지변이 속출하였고, 인구와 농업생산성의 감소 등으로 인해 백성의 生活苦가 매우 극심하였다.[47] 이러한 사회 전반의 참상은 이들의 학문태도와도 무관하지 않았다. 당시 유일은 성리학만을 일삼는 경직된 학문 자세가 아니라 백성의 삶에 유용한 학문을 추구하고, 이를 통해 어려운 시기를 극복하는 것으로 학문의 지표를 삼았다. 때문에 天文·地理·醫學·律呂 등 다양한 학문과 사상을 탄력적으로 수용하는 개방적이고 박학적인 태도를 견지할 수 있었다.

그 외에도 이들이 퇴처를 선택한 중요한 요인으로는 그들의 가치관을 들 수 있다. 유일은 성리학에 침잠한 지식인이었다. 이들의 속성은 자신이 우주의 보편적 원리를 체득하고 실천하는, 곧 斯文·斯道를 自任했다는 데에 그 특징이 있었다. 이러한 포부나 실천은 굳이 출사하여 현실정치에 참여하지 않더라도 실현가능한 것이었다. 자신들의 세계관을 알아주면 나아가 이를 실현하고, 알아주지 않으면 물러나 향리에서 실현시키고, 향리에서도 알아주지 않으면 자신의 학문을 통해 충분히 실현할 수 있다고 확신하였다. 이처럼 성리학자로서의 세

---

47 오종록, 「16세기 조선사회의 역사적 위치」, 『역사와 현실』 16집, 한국역사연구회, 1995, 126-127쪽.

계관은 16세기 유일이 퇴처를 선택하는 데 결정적 영향을 끼쳤다. 그들에게 있어 정치현실에의 참여는 부차적인 문제였다. 그들은 기존의 관료세력에 피동적으로 편입되기를 거부하였으며, 그리하여 나름의 성리학적 세계관 속에서 전연 부끄럽지 않은 자기 정체성을 확립할 수 있었던 것이다.

그러므로 이들은 출사하지 않더라도 향촌 내에서 신망을 얻는 중심 인물로 성장할 수 있었다. 이처럼 은거하여 영향력을 지니는 士人이 많아지면서 조정에서는 이들을 통해 민심을 수습하고 정국의 안정을 꾀할 정책들을 시도하였고, 그러한 시책의 일환으로 중종·명종·선조대를 거치는 동안 재야사인을 발탁하는 천거제가 활성화되었다. 특히 16세기에 이르러 '遺逸薦擧'에 의해 전례 없는 특별한 예우를 받으며 시대적 산물로 급부상하게 되었다.

3. 16세기 遺逸薦擧와 그 의의

중국의 유일천거는 前漢의 鄕擧里薦에 기원한다. 文帝 때 중앙의 大臣이나 지방의 장관이 鄕黨의 여론을 살펴 인재를 중앙에 천거하는 제도였으니, 그 연원이 짧지 않다. 마찬가지로 우리나라에서도 유일천거는 일찍부터 시행되었다. 제도상 정착되진 않았지만, 고구려 故國川王 때 乙巴素와 통일신라 眞聖王 때 巨仁을 유일의 嚆矢로 보아도 무방할 것이다.

고려시대에도 삼국의 영향을 받아 유일천거가 활발히 시행되었으나, 문헌에 기록된 유일은 많지 않다. 특히 高宗 때부터 성행하였는

데, 이는 당시의 정치상황과도 밀접한 관련이 있다. 『高麗史』 列傳에
보이는 피천자 16인을 중심으로 살펴보면, 睿宗·明宗·忠烈王·忠
肅王代에 각 1명, 神宗代 2명, 高宗代 6명, 恭愍王代 4명이 있었다.
고려시대에 피천자가 적었던 이유는 기록상의 누락으로 보이며, 인물
이 고종과 공민왕대에 집중된 것은 두 왕이 실시한 개혁정책 때문이었
다. 무신정권기와 몽고의 침입 및 元의 지배가 극심하던 시기여서 개
혁을 실행하는 것이 어려운 듯 보이나, 오히려 원나라의 간섭에서 벗
어나 강력한 왕권을 확립하려는 의지의 발로라 할 수 있었다. 이로써
고려시대에는 사실상 成宗 이후로 각 왕대에서 모두 유일천거가 실시
되었음을 알 수 있다.[48] 그러나 피천인물에 대한 기록은 자세치 않다.

　그 외에 삼국이나 고려 때 잦은 천거에도 불구하고 실제 유일이
적었던 이유로는 대부분의 뛰어난 인재가 승려라는 점을 들기도 한
다.[49] 당시 개인적·사회적으로 공인 받을 수 있는 자기실현의 길이
관직과 승려였던 점을 감안한다면, 성리학이 정착되는 고려말기 이전
의 상황을 설명한 견해로 설득력을 지닌다고 하겠다.

　조선시대에는 초기부터 유일천거를 제도화하여 활용하였다. 개국
초부터 이미 이의 중요성을 인식하고서 都評議使司에서 22개 조항을
정해 이에 해당되는 인물의 천거를 건의하였다. 그리고 이 안건이 채
택되면서 『朝鮮經國典』과 『經濟六典』에 유일천거 조항을 명시하고

---

48 鄭求先, 『朝鮮時代 薦擧制度 研究』, 초록배, 1995, 80~94쪽.

49 李東歡, 「16세기 士林에서의 出處觀 問題」, 『慶尙大學校 南冥學研究所 학술대회
　논문자료집』, 2002. 논자는 특히 고려시대에 科擧制度가 變數로 작용했지만, 당시
　功蔭田이나 田柴科 체제 및 家門·功名 의식 등이 결합되어 遺逸이 존재하기 어려
　웠다고 주장하였다.

이를 법제화하였던 것이다.[50]

 이처럼 초기부터 유일천거가 확립될 수 있었던 배경으로는 다음
몇 가지를 들 수 있다. 첫째, 科擧나 保擧 등의 방식으로 발탁할 수
없는 재야의 인재를 등용하려는 목적에서 도입되었다.[51] 특히 개국
초에는 조선왕조에 출사하지 않고 은거한 고려의 遺臣들을 포섭하기
위해 유일천거가 많이 시행되었다. 둘째, 이들은 존경과 인망을 얻고
있던 유학자이므로, 이들을 통해 儒敎倫理를 권장하고 민심을 교화
하려는 의도가 있었다. 셋째, 천재지변이 발생했을 때 이를 수습할
방안으로 유일천거를 시행하였다. 가뭄이나 태풍 등 자연재해가 발
생하면 군주는 이를 자신의 허물로 받아들였고, 나아가 유일을 천거
해 이들에게서 수습할 방책을 구했던 것이다. 실제로 왕조실록에 나
타난 유일천거의 실행 이유를 살펴보면 이러한 사례를 많이 발견할
수 있다.[52]

---

50 ①『太祖實錄』元年 9월 24일 壬寅. "都評議使司……上言二十二條 各道經明行修
　道德尊備 可爲師範者 識通時務 才合經濟 可施事功者 習於文辭 工於筆札 可當
　文翰之任者 精於律算 達於吏治 可當臨民之事者 謀深韜略 勇冠三軍 可爲將帥者
　習於射御 工於捧石 可當軍務者 天文地理 卜筮醫藥 或攻一藝者 備細訪問 敦遣
　于朝 以備擢用 上皆從之"②『太宗實錄』8년 11월 16일 庚申 참조.

51 『成宗實錄』13년 6월 23일 庚申. "我國家設科取士 又立保擧之法 欲其才德之士
　咸使登庸 求賢之路 不爲不廣 然滄海遺珠 自古所歎 草澤巖穴之間 豈無懷才抱奇
　而不自售者哉 凡厥在立 體予至懷 搜訪遺逸以聞"

52 ①『太宗實錄』11년 6월 14일 癸卯. "命承政院曰 今旱災爲甚……爾等 言於政府
　六曹 各陳救荒之策……議政府以舍人申槩啓曰……一則禱雨於諸神 一則求言於
　庶官 使陳政治得失 民間利害 薦擧遺逸"②『太宗實錄』12년 7월 22일 乙巳. "議
　政府啓 今當西成之際 風雨爲災 以示咎徵 專由庶官 不得其人 小民不遂其生"③
　이 외에『成宗實錄』2년 11월 11일 己酉와 同王 12년 5월 27일 辛丑에 천둥과

그러나 유일천거가 여러 차례 시행되었음에도 실제 피천인이 관직을 받은 경우는 많지 않았다. 鮮初의 천거를 살펴보면 개국 직후와 成宗代에 집중되어 있다.[53] 이처럼 개국 초에 몰려있는 이유는 초야에 숨은 인재를 등용해 건국 직후의 혼란스런 정국을 해결하기 위함이었다. 반면 성종대의 상황은 지방에 은거하던 사림이 이 시기 정계로 진출하는 역사적 흐름과 맥락을 같이 한다. 실제로 이 시기 유일천거는 개국과 함께 지방으로 물러나 있던 학자들과 정신적인 맥을 같이 하는 사람이 성종대를 기점으로 출사하면서 본격화되었다.

그렇지만 중종 말기에 활기를 띠던 유일천거도 명종 원년(1545) 을사사화가 일어나면서 또다시 침체의 길에 접어들었다. 을사사화에 희생된 사람은 출사보다 은거하는 풍조가 짙어졌고, 정국은 尹元衡을 위시한 외척세력에 의해 주도되었다. 더욱이 文定王后가 수렴청정을 하면서 외척의 독단은 극에 달했고, 그럴수록 민심은 떠나고 의식 있는 지식인은 정계에 나오려 하지 않았다. 이러한 난국을 수습하기 위해서는 새로운 인물을 필요로 하였고, 특히 백성의 신망을 받던 재야 학자를 대거 활용해야 할 절박한 국면에 이르렀다. 이에 당시 침체되

자연재해로 피해가 발생하자 유일을 천거하도록 했으며, 燕山君 8년 8월 29일 戊辰과 中宗 4년 9월 17일 甲辰에도 같은 이유로 천거 교서가 내려졌다.

53 鄭求先, 『朝鮮時代 薦擧制度 硏究』, 초록배, 1995, 25-31쪽. 『朝鮮王朝實錄』에 의거하여 초기 시행된 유일천거 교령을 살펴보면, 太祖代 2번, 定宗代 1번, 太宗代 5번, 世宗代 3번, 文宗·世祖·睿宗代 각 1번, 成宗代 11번, 모두 25번이었다. 저자는 『朝鮮王朝實錄』·『國朝人物考』·『國朝人物志』·『嶺南人物考』 등을 통해 모두 23명의 피천 인물을 밝혀 놓았다. 이들 중 태종대 인물이 7명, 성종대 인물이 11명으로 전체의 절반을 훨씬 넘는다. 성종대 천거된 인물로는 李復善·鄭汝昌·鄭鐵堅·金宏弼·朴始明 등이 있다.

어 있던 유일천거의 재시행이 활기를 띠게 되었다.

> 국가의 급선무는 사람을 쓰는 것보다 더 절실한 것이 없습니다.……
> 公薦法은 祖宗朝부터 시행되어, 성균관의 천거가 이루어지지 않은 해
> 가 없습니다. 적합한 관직에 제수하여 버려지는 인재가 없도록 하는
> 것이 실로 銓曹의 급선무입니다. 선비들이 지향하는 바가 동일한 것은
> 아니니, 훌륭한 선비로 이름났다 할지라도 명예와 祿利에 유혹되지 않
> 는 사람을 많이 볼 수는 없습니다. 초야에 숨어 바라는 것 없이 善을
> 행하면서 飢寒에도 변치 않고 늙을수록 더욱 그 뜻을 확고히 하여 마음
> 에 한 점 찌꺼기도 없음은 물론, 아무 원망 없이 枯死할 것을 기약하는
> 사람이 과연 몇이나 되겠습니까? 만약 이와 같은 사람을 얻는다면 특
> 별히 어진 이를 높이는 뜻을 보여 구차스럽게 영리에만 급급한 세상
> 사람들에게 부끄러움을 느끼게 할 수 있을 것입니다. 또한 이렇게 하면
> 當世를 격려하고 興起시키는 데 큰 도움이 될 것입니다.[54]

이는 당시 좌의정이던 尙震(1493-1564)이 奏請한 것으로, 초야에
숨어 있는 인재를 등용하여 당시의 침체된 정국을 흥기시켜야 한다는
내용이다. 이러한 주청이 받아들여져 명종 6년(1551)에 成守琛과 趙
昱이, 다음 해인 1552년에는 曺植·李希顏·成悌元 등 모두 5인이
천거되었다. 이들은 은거하여 백성의 신망이 두텁던 당대 碩儒들이

---

54 『明宗實錄』 7년 3월 6일 戊子. "國家急務 莫切於用人……公薦之法 自祖宗有之
如館中之薦 無歲不報 擬除相當之職 俾無見棄之才 實銓曹之所當先也 士之志尙
非一般 名雖善士 不爲聲名利祿所誘者 世不可多見 如隱遁山野 無所爲而爲善 飢
寒不渝 皓首愈確 胸中無塵滓 自期枯死 無寃者 有幾人哉 若得如此之類 別示尊
賢之意 將以愧一世蠅營狗苟者之心 亦滓勵興起之一大助"

었다. 이들은 피천되어 모두 종6품직에 제수되었는데, 이러한 파격적인 예우나 빈번한 천거 횟수를 보더라도 당시 유일천거가 얼마나 절실했는지를 엿볼 수 있다.

이후에도 천거는 계속되었고, 1566년(명종 21)에는 六條를 모두 갖춘 인재를 천거하라는 전교가 내려졌다.[55] 여기서의 '六條'는 '經明·行修·純正·勤謹·老成·溫和'라는 여섯 조항으로, 이로써 당시 재야사인으로서의 遺逸의 조건을 알 수 있다. 예컨대 '經明'은 경전에 밝아 학문적으로 높은 경지를 말하며, 나머지 조항은 모두 심성수양을 통해 이룩한 높은 도덕적 인격을 의미한다. 이러한 두 가지 조건, 곧 학문적 우월성과 도덕적 純正性은 당시 조정에서 요구했던 退處한 隱者의 정체성이라 할 수 있다. 이에 의거해 피천된 인물이 바로 성운·이항·임훈·김범·한수·남언경 등이었다.

坡州에 사는 成守琛은 효행이 卓異하고 청렴으로 자신을 지켰으며, 학문은 經史에 통달하였다. 한가히 지내면서 홀로 즐기고 科擧에 나아가지 않았으니, 비록 옛 逸民에 견주어도 전혀 부끄러울 것이 없었다. 草溪에 사는 李希顔은 才行이 卓異하여 어머니의 삼년상에 한 번도 집에 가지 않았으며, 衰経을 벗지 않고 죽만 먹으며 슬퍼하였다. 中宗朝 때 벼슬을 제수했으나 謝恩하고 고향으로 돌아가 官門에 발걸음을 하지 않았다. 晋州에 사는 曹植은 성품이 方正·廉潔하고, 형제가 함께 살면서도 자기 물건을 사사로이 소유하지 않았다. 부모상을 치르는

---

55 『明宗實錄』 21년 5월 22일 壬子. "傳曰 生員進士中 經明行修 純正勤謹者 老成溫和者 令吏曹議于四大臣及禮曹以啓"

3년 동안 상복을 벗지 않았고, 집안이 매우 궁색했어도 영달을 구하지 않았다. 公州에 사는 成悌元은 작은 일에 구애되지 않는 활달한 성격으로 학문을 좋아하고 힘써 행하였다. 모친상을 당하여 한결같이 예법대로 준행했고, 삼년상을 마치자 묘소 옆에 집을 짓고 죽을 때까지 살 계획을 세웠다. 砥平에 사는 趙昱은 才行이 고결하여 가난을 편안히 여기고 옛 것을 좋아하였으므로, 利祿을 구하지 않고 오직 스스로 한가함을 즐겼다.[56]

　　前 參奉 成運은 인품이 온화하고 공손하고 단아하며, 타고난 성품이 자연스러워 모난 것이 없었고, 남의 잘못을 말한 적이 없었다. 중년에는 모친을 위하여 과거에 응시하였으나 모친이 작고하자 곧 그만두었다. 報恩縣에 거주하면서 산수를 즐기고 琴書詩酒로 소일하였다. 물건을 취하고 주는 데는 의리를 지켰고, 발자취가 官門에 이르지 않으니, 온 고을 사람이 모두 그를 추앙하였다. 그는 참봉을 제수받고서 대궐에 이르러 謝恩만 하고 관직에 나아가지 않았다.……전 참봉 林薰은 성품이 순후하고 성실하며 어버이를 섬김에 효성이 지극하였다. 일찍이 司馬試에 합격하였는데, 公薦으로 참봉에 제수되었다. 나이 예순이 넘었으나 居喪할 적에 예를 준수하고 시묘살이 3년 동안 한 번도 여막에서 나간 적이 없었다. 과격한 행동을 하지 않아 온 고을이 그를 추앙하였고 헐뜯는 사람이 없었다.……進士 金範은 庚子年 司馬試에 합격하였

---

56 『明宗實錄』7년 7월 11일 辛卯. "坡州居成守琛 孝行卓異 廉潔自守 學通經史 閑居獨樂 不赴科擧 雖方古之逸民 足以無愧 草溪居李希顔 才行卓異 母喪三年 一不到家 不脫衰経 啜粥哀毀 中宗朝 除官 謝恩還鄕 足絶官門 晉州居曹植 方正廉潔 兄弟同居 不私己物 父母之喪 三年身不解経 家無甔石 不求聞達 公州居成悌元 爲人磊落軒豁 好學力行 遭母之喪 一遵禮法 三年喪畢 仍築室于墓傍 爲終身計 砥平居趙昱 才行高潔 安貧好古 不求利祿 唯以閑適自樂"

고, 尙州에 살고 있다. 文名이 있어 누차 천거되었으나 끝내 科擧에
응시하지 않았다. 성품이 소탈하여 家業을 힘쓰지 않고, 인자하고 자
상하여 노복에게 매를 가하지 않았다.[57]

위의 두 기록은 당시 천거된 인물에 대한 史臣의 평가이다. 이들은
모두 학문과 孝悌하는 모습에서 모범이 되었으며, 이에 의거해 천거
되었음을 알 수 있다. 당시 정국은 이처럼 물러나 있던 유일을 등용함
으로써 난국을 타개하고 정치적 명분을 찾으려 했으며, 나아가 이탈
된 민심을 되돌리려 하였다.

여기서 명종연간을 전후한 16세기에 이처럼 유일천거가 빈번했던
근본 원인을 살펴볼 필요가 있다. 유일천거를 시행하는 당대 권력층
과 천거에 응하는 유일의 입장에는 괴리가 있었을 것이니, 이를 살피
는 것에서 그 해답을 찾아보고자 한다.

왕권국가에서 군주가 사인을 통치하는 데에는 '억압과 회유'라는
두 가지 방식이 있다. 隱者 또한 집권자의 통치를 받는다는 점에서는
예외가 아니었으나, 그 방법에 있어서는 차이가 있었다. 은자가 출사
하여 세상과 백성을 구제하려는 생각을 가졌다면 군주는 관직을 내려
서 조정을 위해 열성을 다하도록 회유하였고, 반대로 벼슬하지 않고

---

57 『明宗實錄』21년 6월 21일 庚辰. "前參奉成運 爲人溫恭典雅 稟度天然 自無圭角
口未嘗言人過惡 中年猶爲親應科 母沒遂廢 家居報恩縣 愛玩山水 以琴書詩酒自
遣 取與有義 足迹不到官門 一鄕之人 咸推仰之 其授參奉 詣闕謝恩 不就職……
前參奉林薰 天稟純厚詳實 事守甚孝 曾擧司馬 以公薦授參奉 重違父志 從仕踰年
棄官歸路 年過六十 執喪遵禮 居墓三年 足不出廬 不爲矯激之行 而一鄕推服 人
無異辭……進士金範 庚子司馬壯元也 居尙州 有文名 屢擧中 遂不赴科 性疎闊
不事家業 慈詳又過 鞭撻不行於奴僕"

은거의 삶을 고집하더라도 군주는 이들을 자신의 치세로 끌어들일 수
밖에 없었다.

　前者의 대표적인 사례가 前漢의 光武帝와 嚴子陵이다. 광무제는
등극한 후 벗이었던 엄자릉과의 옛 정을 잊지 않고 벼슬을 주어 그를
세상으로 끌어들이려 하였고, 엄자릉은 광무제의 자질이 이에 미치지
못한다고 여겨 나오려 하지 않았다. 결과적으로는 엄자릉을 세상으로
불러내는 데 실패했으나, 광무제는 그를 불러들였으니 은자를 예우했
다고 하여 도량이 넓은 군주라 칭송을 받았다. 엄자릉도 권세에 굴하
지 않고 자신을 지킴으로써 고결한 사람이란 명성을 얻었다. 양쪽 모
두에게 해로울 게 없었으나, 그 효과는 광무제가 훨씬 컸다고 할 수
있다. 광무제가 이후 관대한 군주로 인식되고 또 제왕의 기초를 닦을
수 있었던 데에는 엄자릉이 無言의 도움을 주었던 것이다. 이후의 군
주들도 이를 본받아 은자를 예우함으로써 정치적 기반을 다지거나 仁
君이라는 칭송을 유도하는 방편으로 활용하였다.

　後者의 경우, 군주는 등용할 만한 인물이면 등용하고, 그렇지 못
할 경우 강요하지 않는 대신 은자와의 관계를 악화시키지 않는 방법
으로 이들을 활용하였다. 이는 은자에 대한 예우에서 확인할 수 있
다. 유가사회의 은자는 현실을 떠나서 존재할 수 없고, 무엇보다 지
식인으로서의 자존감을 중시하였다. 군주는 은자를 통해 치세의 명
분을 공고히 할 필요가 있었다. 특히 군주에게 백성의 교화가 통치의
가장 기본 방침이라면, 은자의 삶의 태도는 사회기풍을 배양하고 고
양시키는 중요한 요인이 되었다. 따라서 군주는 이들을 정치교화에
적절히 활용할 필요가 있었다. 결국 獨善其身하는 은자의 삶은 군주
의 치세에 의도하지 않은 영향을 끼침으로써 兼濟天下의 공효를 내

재하게 되었다.[58]

이는 16세기 조선사회에서도 마찬가지였다. 당대의 정치권력에 참여하지 않고 거부하는 지식인이 많아지고, 또 이들이 서로간의 교유를 통해 동질감을 형성하고 나아가 일정한 영향력을 행사한다면, 집권자의 입장에서는 이들의 힘을 간과할 수 없을 것이다. 어떤 방법으로든 이들을 정치권력으로 편입시키거나 그들의 결집력을 해체 혹은 약화시키려 할 것이고, 여의치 않다면 그들과의 우호적인 유대관계를 위해 회유하려 했을 것이다.

16세기의 유일천거도 이러한 측면에서 일정부분 이해할 필요가 있다. 기묘·을사사화 이후 사인의 퇴처 풍조는 가속화되었고, 이들은 각자의 은거지를 중심으로 회합하였다. 당시 퇴처인들은 각 지역에 흩어져 있음에도 끊임없는 방문과 서신 교환을 통해 지속적으로 교유하였다. 예컨대 성수침이 은거한 白嶽山, 조식의 은거지 智異山, 성운의 은거지 俗離山, 임훈의 은거지 德裕山 등은 퇴처인들의 회합장소였으며, 이러한 교유를 통해 그들은 퇴처인으로서의 공동의식 뿐만 아니라 각자의 학문과 사상 등을 공유하였다.[59]

16세기 유일천거는 이처럼 각지에 떨어져 있지만 하나의 사회집단으로 성장한 이들을 정치권력으로 편입시키거나 또는 그들과의 우호적인 관계 개선을 위한 역할에도 유효하였다. 당시는 정치적으로도 많은 문제가 노출되어 민심의 이탈이 심각하였다. 이런 상황에서 민심의 방향을 되돌리기 위해서는 이들을 적절히 활용할 필요가 있었던

---

58 馬華·陳正宏/姜炅範·千賢耕 譯, 『中國隱士文化』, 東文選, 1997, 68-77쪽.
59 申炳周, 『南冥學派와 花潭學派 研究』, 一志社, 2000, 46-55쪽.

것이다.

정치교화적 차원에서도 이들의 삶의 태도는 특히 효용가치가 있었다. 이들은 효성이 지극하였고, 학문연구에 열중하여 박학다식했으며, 또한 수신을 통해 의리를 지키는 데 철저하였다. 게다가 이들은 백성의 삶 속에 깊숙이 들어와 은거하고 있었으므로, 이들의 인격적·도덕적 행위는 무언 중 귀감이 되었다. 정치는 덕으로 백성을 감화시키고 풍속을 개선하는 것을 중시하였으니, 이의 목적에 부합되는 퇴처인을 등용하여 활용하는 것은 당연한 이치였다.

나아가 보다 나은 효용을 위해서는 정치권력에 강력하게 대립하거나 비판하는 인물보다는, 기존의 질서를 준수하고 國政에 일정하게나마 동조하는 인물이 절실히 필요했을 것이다. 이는 1566년에 있었던 천거의 여섯 가지 선정 기준을 통해서도 확인할 수 있다. 당시의 선정기준은 '經明·行修·純正·勤謹·老成·溫和'인데, 이는 학문연구와 심성수양이라는 두 가지로 축약할 수 있다. '경명'을 제외한 나머지 조항은 심성과 관련한 것으로, 특히 '온화'는 온순하고 조화로운 성향의 인물을 가리킨다. 이러한 기준에 의해 천거된 6인 또한 각 은거지에서 백성의 명망을 얻고 있던 이들로, 대체로 정치권력에 강하게 대응하거나 비판하는 부류는 아니었다.

그러나 이들이 몇 번의 천거에도 출사하지 않자, 조정에서는 이들을 특별히 예우하는 방식으로 회유하였다. 우선 이들은 천거와 동시에 전례 없이 6품직인 主簿나 縣監에 제수되었다. 예컨대 성수침·조욱·이희안·조식 등은 이미 중종대에 피천되어 9품직인 參奉을 하사받은 적이 있었다. 이전까지는 천거 후 대개 9품직을 하사하였는데, 명종·선조대 피천인들은 모두 6품직을 하사받았다. 뿐만 아니라 이들은 특별히 上京하여 임금과 면대하라는 特禮를 부여받았으며, 상경할 때 驛馬를 탈 수 있는 特典까지 하사 받았다.[60] 임금과의 引見을 명령받은 이들은 시일을 두고 차례로 상경하여 면대하였다. 이때 임금은 이들에게 '古今의 治亂, 世道의 淸濁, 治國의 道理, 學問의 方法, 嘉言, 善行' 등에 대해 질문하였고,[61] 이들은 각자의 至論을 기탄없이 진언하였다.[62]

또한 피천에도 老患이나 身病을 이유로 사양하고 나오지 않는 이들을 위해 음식과 약제 등을 특별히 하사하였고, 御醫를 보내 치료케 한 뒤 상경하도록 하는 경우도 있었다. 成運이 피천된 직후 병으로 사양하자 監司에게 약제와 음식을 내리도록 명했으며, 임금과의 引見을 위해 상경하자 三公의 예우에 준하는 酒饌과 御需를 하사했다. 선조 때에는 연로하여 나물반찬만 먹으면 안 된다고 하여 쌀과 고기반찬을 내리기도 하였다. 유일에 대한 이러한 예우는 조식 · 남언경은 물론 선조대 成渾 등에게도 적용되었다. 이는 출사하지 않더라도 이들과의 우호적인 관계 유지를 위한 각별한 예우였다.

유일에 대한 이러한 예우는 생전뿐만 아니라 사후에도 이어져 후한 賻儀와 물자를 지원했으며, 贈職과 諡號를 하사하였다. 명종은

---

60 『明宗實錄』21년 7월 14일 癸卯. "傳于政院曰 六條俱備六人 今晦日 皆令乘馹詣京事 各道監司及六人處 下書"

61 『明宗實錄』21년 9월 12일 己亥. "上御思政殿 召見掌苑韓脩 司畜李恒 砥平縣監南彦經 彦陽縣監林薰 上使四人進前 仍傳曰 予以不敏 叨主臣民 雖乏好賢之誠 豈無求賢之意 當今末世 經明行修 豈不可貴乎 予用嘉焉 古今治亂 世道淸濁 治國之道 爲學之方 嘉言善行 予願聞焉 悉陳無隱"

62 『明宗實錄』21년 9월 12일 己亥와 同年 10월 7일 甲子.

성수침과 김범이 세상을 떠나자 超資하여 벼슬을 추증하고 후한 賻
祭를 내리라고 명하였다. 조식의 경우도 訃告를 들은 선조가 신하를
보내 賜祭하고 부의를 하사했다. 또한 성수침은 이후 左議政에, 조
식은 領議政에 추증되고, 두 사람 모두 '文貞'이란 시호를 받았다. 이
외에도 이항·임훈·조욱·성제원·성혼 등이 증직과 함께 시호를
받았다.

　나라에서는 이처럼 빈번한 천거령과 전례 없는 파격적인 관직 및
특전을 내려줌으로써 그들을 존중하고 예우하는 정성을 보였다. 이러
한 행위는 이들을 국정에 활용코자 하는 조정의 절박한 뜻임과 동시
에, 어느 시기보다 16세기에 이들의 존재가 부각되었음을 의미한다.
그리고 이 시기에 인재가 풍성했음을 뜻하기도 한다.[63] 뿐만 아니라
이들을 활용하고자 실시되었던 유일천거와 피천자의 대응은 이후 하
나의 典範으로 남아 계승되었다.[64]

---

63 『正祖實錄』 5년 12월 6일 甲戌. "掌令金東穆上疏曰……昔者 明廟 招致曹植李
恒南彦經韓脩成運等諸人 訪以治道 由是 士皆聳動 擧得其人 人才之盛 菀然於
當世"

64 尹鑴, 『白湖集』 권4, 「陳情疏」. "臣又聞人臣之道 有揣分量力 觀時相勢而自安於
義命者 人君之道 亦有隨其人品 許全素履 不必致之朝廷之上 而亦自有補於國家
崇廉抑進扶植綱倫之風教者 若光武之於嚴周 孝順之於法眞 宋帝之於陳邵 以及
我朝之於成守琛成運等 皆是也 或尤其退歸 或許其辭召 間有聞其名不得見其面
之歎 此皆帝王之高節 國家之盛典 前代之美談 以殿下之聖明 獨不能行此乎"

제3장
유일의 사상적 기저와 내적 유형

1. 16세기 유일의 사상적 기저, 出處意識

조선시대 士人의 출처관은 元나라의 유학자 魯齋 許衡(1209-1281)의 말로 압축할 수 있다. "伊尹의 뜻에 뜻을 두고 顔淵의 학문을 배워, 나아가 벼슬하면 나라를 위해 크게 하는 일이 있어야 하고, 물러나 은거하면 지키는 바가 있어야 한다. 대장부는 마땅히 이와 같이 해야 한다. 나아가 벼슬해도 하는 일이 없고 물러나 은거하면서도 지키는 것이 없다면 뜻을 세우고 학문을 한들 무엇 하겠는가?"[1]라고 한 그의 말은, '窮則獨善其身 達則兼善天下'[2]의 의미에 다름이 아니다. 출사를 하든 퇴처를 하든 그에 맞는 功效가 있어야 한다. 이러한 허형의 出處觀은 조선조 사인의 出處意識에 많은 영향을 끼쳤다. 예컨대 曺植은 이를 통해 爲己之學의 참된 의미와 엄정한 출처의 자세를 깨달

---

1 『性理大全』 권50, 「力行」. "魯齋許氏曰 志伊尹之所志 學顔淵之所學 出則有爲 處則有守 丈夫當如此 出無所爲 處無所守 所志所學 將何爲"

2 『孟子』, 「盡心 上」. "古之人 得志 澤加於民 不得志 修身見於世 窮則獨善其身 達則兼善天下"

앗으며,[3] 林薰 또한 마찬가지였다고 술회하였다.[4]

16세기 유일은 출사하여 經世濟民을 목표로 하는 사대부였지만, 그들 생애의 전반적 삶은 退處에 있었다. 그들의 사상적 기저에는 무엇보다 출처의식이 중요하게 작용하였다. 조식은 평생 출처를 가장 중요시하여 문인에게도 '士君子의 節義는 출처 하나에 있음'을 강조하였고,[5] 古今의 인물을 평할 때에도 반드시 그 사람의 출처를 먼저 살펴보았다.[6] 이렇듯 조선조 사인에게 있어 출처는 그들의 성향 등을 결정짓는 중요한 선택이었다. 이의 선택에 따라 그들의 삶이 달라졌기 때문이다.

이들의 출처는 크게 두 가지 관점에서 결정되었다. '자신의 능력 함양'이 그 하나인데, 여기서의 '능력'이란 완성된 修己治人의 공효를 뜻하며, 나아가 세상을 인식하는 안목까지 포함한다. 이것이 완성되지 않은 상태에서의 출사는, 자신은 물론 사회 전체의 혼란을 초래할 수 있기 때문이다. 이들은 앞 시대 선현들의 경험을 자신의 출처 선택에 밑거름으로 삼았다.

---

3 曹植, 『南冥集』 권4, 「行狀」. "讀性理大全 至許魯齋之言 曰志伊尹之所志 學顏淵之所學 出則有爲 處則有守 丈夫當如此 出無爲 處無守 所志所學 將何爲 於是始悟舊學不是 心愧背汗 惘若自失 終夜不就席 遲明揖友人而歸 自是 刻意聖賢之學 勇猛直前 不復爲俗學所撓 飛揚不羈之氣一頓點化"

4 林薰, 『葛川集』 권3, 「文獻公一蠹先生祠堂記」. "況於懷道抱德之士 志伊尹之志 學顏子之學 雖不能大行於當世 而有一分見施於吾民者"

5 曹植, 『南冥集』 권4, 「行錄」. "謂宇顒曰 吾平生有一長處 抵死不肯苟從 汝尙識之 又語仁弘及顒・逑曰 汝等於出處 粗有見處 吾心許也 士君子大節 唯在出處一事而已"

6 上同, 「行狀」. "泛論古今人物 必先觀其出處 然後論其行事得失"

일찍이 말하기를 "己卯年의 士人은 자신들의 공부가 제대로 되지 않았는데 곧바로 남을 다스리려 하여 일이 그들 뜻대로 되지 않았고, 賢良科도 더욱 구차스럽게 되었다."라고 하였다.[7]

제가 일찍이 생각해 보건대, 기묘년의 領袖들은 도를 배워 완성되지도 않았는데 별안간 큰 이름을 얻어 갑자기 경세제민을 自任하였고, 聖主께서도 그들의 명망을 좋아하여 책임을 무겁게 맡기셨으니, 이것이 이미 헛수를 두어 실패를 자초한 길이었습니다.[8]

기묘년의 禍는 당시 사인들이 『小學』을 통한 修己의 공효를 제대로 갖추지 못한 채 경세제민을 책임지는 治人의 자리를 맡았기 때문이라 말하고 있다. 철저한 준비 없이 혁신적 개혁을 주장하다 화를 당한 선배 사인의 잘못을 지적하고 있다. 수기치인에 바탕한 학문적 뒷받침과 냉철한 세계관을 갖추는 것이 출사의 원칙이라 여겼음을 알 수 있다.

그러나 출처 선택에 있어 자신의 능력 못지않게 '時宜' 또한 중요한 관건이 되었다. 조식과 임훈의 다음 말은 儒家的 출처의식을 나타내는 대표적 언급이라 할 수 있다.

아, 道가 드러나느냐 숨어있느냐에 따라 시대의 治亂이 달려 있다.

---

7 成悌元, 『東洲集』稿中, 「西峰柳先生墓碣文」, "嘗曰己卯士人 己功未盡 徑欲治人 事多不從 賢良科尤爲苟且"
8 李滉, 『退溪集』권9, 「答朴參判」, "愚意嘗謂己卯領袖人 學道未成而暴得大名 遽以經濟自任 聖主好其名而厚其責 此已是虛著取敗之道"

虞舜은 河濱에서 도자기를 구우며 생활하였고, 傅說은 傅巖에서 길을 닦으며 생활하였다. 하빈과 부암은 陋巷만도 못하지만 우순은 천하의 훌륭한 임금이 되었고, 부열은 천하의 훌륭한 신하가 되었으며 또한 천하에 드러난 명성을 얻었으니, 이는 하늘의 뜻이다. 만약 우순이 하빈을 떠나지 않았더라면 누항에 살던 顔回처럼 되었을 것이고, 부열이 부암을 나가지 않았더라면 簞食로 연명하던 안회와 같이 되었을 것이다. 그러니 타고난 시대의 幸 · 不幸은 하늘도 어찌할 수 없는 것이리라.[9]

　세상에 士君子로 태어나 그 누가 천지를 위해 마음을 세우고 백성을 위해 목표를 세워, 하늘이 나에게 부여한 바를 저버리지 않으려 애쓰지 않겠는가. 그런데도 道에는 行 · 不行이 있고 때에는 利 · 不利가 있으니, 用舍行藏은 내 힘으로 어찌 할 수가 없다. 오직 大人이라야만 그가는 바를 마음대로 하여 昇沈에 무관할 수 있다. 孔子는 委吏 벼슬을 편안히 여겼고 柳下惠는 낮은 관직에도 비천하다고 여기지 않았으니, 모두 이러한 부류이다. 만약 겉으로 도의 험준함과 평이함을 생각하지 않고 안으로 재주의 적절함을 돌아보지 않고, 구해서는 안 되는 곳에서 이를 구하며 행해서는 안 되는 세상에서 이를 행하여 내게 부여된 天命을 더럽힌다면, 가령 하늘이 버리지 않았다 하더라도 예컨대 몸으로 도를 따르는 것을 어찌하랴? 혹 하늘이 나에게 부여한 것이 이와 같고 하늘이 나에게 처하도록 한 것 또한 이와 같음을 알지 못하고 반드시

9　曹植, 『南冥集』 권2, 「陋巷記」. "噫 道之顯晦 時之治亂 係焉 虞舜陶于河 傅說築于巖 河濱與巖下 陋巷之不如 而身不失天下之主 亦不失天下之臣 亦不失天下之顯名者 天也 使虞舜不離河濱 則爲陋巷之顔回 使傅說不出巖下 則爲簞食之顔回矣 時之幸不幸 天亦無如之何矣"

'내가 어찌 이에 이르랴'라고 하여, 겉으로는 조그마한 신의를 지키고 안으로는 자잘한 원한을 품고 있으니, 비록 감히 세상에서 구하지 못하더라도 또한 천명을 즐길 수 없을 것이다. 이 또한 어찌 이른바 천명을 아는 자이겠는가?[10]

두 사람의 언급은 출처의 선택이 천명에 의해 결정됨을 강조하고 있다. 조식은 나아가야 할 때와 그렇지 않은 때, 자신의 역량이 갖추어졌는가 그렇지 않은가에 대한 적절한 판단을 출처의 중요한 요인으로 여겼다. 때문에 先代의 학자 중 圃隱 鄭夢周(1337-1392)·寒暄堂 金宏弼(1454-1504)·靜庵 趙光祖(1482-1519)까지도 그의 비판을 비켜갈 수 없었다. 예컨대 정몽주에 대해서는 "辛旽이 조정을 더럽히고 崔瑩이 明나라를 침범하여 군자가 벼슬할 만한 때가 아닌 데도 오히려 떠나지 않았으니, 의심스럽다."라고 하였고,[11] 김굉필과 조광조 또한 출처에 있어서는 先見之明이 부족하다고 비판하였다.[12] 뿐만 아니

---

10 林薰, 『葛川集』 권2, 「送池廣文深源還鄉詩序」. "士君子受命天地間 孰不欲爲天地立心 爲生民立極 庶無負乎天之所以與我者乎 然而道有行不行 而時有利不利 用舍行藏 不可以容吾力也 惟大人 任其所之而不關乎昇沈 孔子之安於委吏 柳惠之不卑小官 皆是類也 若夫外不惟道之險夷 內不顧才之所稱 求之於不可求之地 行之於不可行之世 以瀆夫在我之天命 則假曰不棄乎天 其如以身徇道 何哉 其或不知夫天之賦我者如是 而天之處我者亦如是也 必曰我豈至於是歟 外持硜硜之信 而內懷屑屑之恨 雖不敢求於世 而亦不得樂乎天者 抑豈所謂知命者哉"

11 曺植, 『南冥別集』, 「言行總錄」. "先生 嘗論圃隱出處曰 禑昌之是辛是王 不容辨說 其時 辛旽穢亂朝家 崔瑩侵犯上國 非君子仕宦之時 而猶不去 是甚可疑"

12 曺植, 『南冥集』 권4, 「行錄」. "又答門人鄭仁弘書曰 此何等時也 何等地也 虛僞之徒 盡是麟楦 於此而儼然冒處賢者之位 若宗匠然 可乎 箕子之佯狂 非關商室之興亡 身處明夷 欲不以聖賢自居也 近日之寒暄孝直 皆不足於先見之明 況如我者乎"

라 자신을 천거했던 晦齋 李彦迪(1491-1553)에 대해서도 비판의 끈을 늦추지 않았으며,[13] 李滉(1501-1570)의 출처 또한 古人의 출처에 부합하는 것은 아니라고 하여 부정적으로 평가하였다.[14] 조식은 이들 모두 때를 잘못 판단하여 출처의 도가 어긋난 것으로 여겼다.

임훈 또한 시운과 맞지 않아 나아가지 않았던 태도를 여러 곳에서 확인할 수 있다. 그가 26세 때 쓴 「三水菴重創記」에서는 '사물의 興廢, 幸·不幸과 遇·不遇는 결국 理에 의해 결정된다.'는 논리를 피력하고 있으며, 崔晛(1539-1612)이 임훈의 自怡堂에 쓴 記文에서도 "내가 생각건대 선생의 도는 현달하면 도를 펴서 만물을 모두 구제할 수 있고, 궁색하면 도를 감추고 獨善할 수 있다. 참으로 세상을 경륜할 솜씨로도 밭 갈고 고기 잡는 신세가 될 수 있으니, 이는 단지 천명이 나를 궁색하게 하느냐 현달하게 하느냐에 달려 있을 뿐이다. 그러니 그 도에 무슨 손익이 있겠는가?"[15]라고 하였으니, 후학 또한 시운과 어긋난 그의 처세를 인정하고 있다.

이때 무엇보다 중요한 것은 그 선택의 결정이 오롯이 자신의 몫이

---

13 上同, 「解關西問答」. "嘗恨復古學聖賢之道 而致知之見不明 當時大小尹之禍 朝夕必發 國勢杌陧 愚婦所知 猶不早退於官卑之日 以至於負重而不可解 流死異域 恐虛於明哲之見也" 조식은 大尹과 小尹의 다툼이 심상치 않아 곧 乙巳士禍가 일어날 것임을 알면서도 관직에서 물러나지 않고 있다가 결국 화를 당했다며, 그에겐 명철한 견해가 부족하다고 비판하였다.

14 上同, 「行狀」(鄭仁弘). "嘗曰 近世以君子自處者 亦不爲不多 出處合義 蔑乎無聞 頗者 唯景浩庶幾古人 然論人欲盡 畢竟有未盡分矣"

15 林薰, 『葛川集』, 「自怡堂記」, 恩津林氏大宗會, 1994. "吾惟先生之道 達則行而兼濟 窮則藏而獨善 固可以施經綸之手 亦可以作耕釣之身 只在於天命之窮我達我而已 於其道 何所損益也"

라는 점이다. 예컨대 이황이 "'대체로 出處去就는 스스로 마음에서 결정해야지 다른 사람과 도모할 만한 것이 아니며, 또한 다른 사람이 함께 도모해 줄 만한 것도 아니다.'라고 한 胡安國(1074-1138)의 소견은 탁월하여 본받을 만합니다. 다만 걱정스러운 것은, 평소 이치에 精微하지 못하고 뜻이 강하지 못하면 스스로 결정하는 바가 간혹 時宜에 어둡거나 원하고 바라는 바에 빼앗겨 그 마땅함을 잃게 됨을 면치 못할까 하는 점입니다.[16]"라고 한 언급에서 확인되듯, 당시 사인의 출처는 위 두 가지 조건에 준하되, 궁극적으로는 자신의 결정이 가장 중요한 것임을 강조하고 있다.

그렇다면 16세기 유일은 출처에 있어 어떤 선택을 했는가. 먼저 徐敬德·成守琛·成運·曹植은 몇 번의 천거에도 끝까지 출사하지 않았고, 林薰·李恒·趙昱·李希顔·成悌元·金範·韓脩·南彦經 등은 만년에 유일로 천거되어 잠시나마 출사하였던 인물이다.[17] 물론

---

16 李滉, 『退溪集』 권16, 「答奇明彦」. "大抵出處去就 當自決於心 非可謀之於人 亦非人所能與謀 胡康侯所見 卓然可法. 第患平時理有所未精 志有所不剛 則其所自決 或不免昧於時義 奪於願慕而失其宜耳"

17 명종연간의 유일 가운데 李希顔과 韓脩에 관한 연구가 특히 소략하다. 이는 다른 인물들이 그 분량의 多少에 상관없이 문집을 남기고 있는 반면, 이 두 사람은 그들의 행적을 살펴볼 만한 기록이 없다는 데서 연유한다. 이희안의 문집 『黃江實記』(慶尙大學校 南冥學硏究所, 일련번호 1452)는 1900년에 편찬된 것으로, 실제 12권5책으로 구성된 『陜川李氏世稿』의 일부이다. 때문에 그의 생애를 개략적으로 알 수 있는 연보와, 『남명집』에서 발췌한 것으로 이희안에게 주는 조식의 시 정도가 그와 관련한 작품의 전부이다. 한수는 이마저도 남기지 않았는데, 확인된 기록에서는 그가 六條俱備之人의 한 사람으로 천거되어 掌苑署掌苑에 제수되고, 이어 선조대에 淸州牧使·司憲府掌令을 지냈으며, 장령으로 있을 때 言官으로서 동료들이 비판할 정도의 강직한 성품을 보여주었다고 한다. 『明宗實錄』 21년 9월 12일 己亥

이들이 출사했다 하여 이후 宦路를 전전하며 살았던 것은 아니다. 대체로 이들이 천거된 시기는 1565년 文定王后의 죽음과 함께 尹元衡이 축출·사사되고, 다음해 明宗이 親政을 펼치면서 민심을 수습하기 위한 방편으로 인재를 등용하던 때였다. 이 시기는 이전의 외척정치 시대와는 달라진 상황이었으며, 때문에 이들도 자신의 이상을 펼칠 수 있으리라 기대하였다. 따라서 이들은 천거 당시 바뀐 세상에 일말의 기대를 갖고 부임지로 향했을 것이다.

이는 이후 그들의 행보를 통해서도 확인된다. 이들은 대개 그 한 번의 출사 이후 다시는 관직에 나아가지 않거나, 혹여 다시 관직에 제수되더라도 사직하는 경우가 많았다. 예컨대 성제원은 報恩縣監을 지낸 후 벼슬하지 않았고, 이희안은 高靈縣監으로 부임하였다가 관찰사와 뜻이 맞지 않아 곧바로 사직하고 벼슬하지 않았다. 이항은 林川郡守에 제수되었으나 곧이어 사직하였고 이후 여러 관직이 내렸지만 모두 나아가지 않았다. 그들은 출사에 대한 기대를 가지고 부임했지만 현실이 그렇지 않음을 절감하고 이후 출사하지 않았던 것이다.

그럼에도 불구하고 조선조 사인의 출처 선택은 단순히 出과 處로 양분할 만큼 그들 삶의 유형이 단일하지 않았다. 당시의 정치상황은 물론 개인의 학문성향, 경제여건, 사상적 철학적 관점 등에 따라 출처 유형이 다양하였다. 서경덕과 李珥(1536-1584)의 다음 두 글에서 그 유형을 살펴볼 수 있다.

와 『宣祖實錄』 7년 7월 22일 甲午.

士의 출처에는 한 가지만 있는 것이 아니다. 도를 행할 능력이 있어도 시대가 적절치 않으면 도를 숨기고 걱정하지 않는 자가 있고, 백성을 새롭게 할 능력을 지녔으면서도 자신의 덕이 새롭지 못하면 분수를 헤아려 스스로 퇴처하는 이가 있고, 밝은 군주가 위에 있어 배운 바를 시험할 기회가 있어도 스스로 산림에서 자유롭게 살며 자신이 좋아하는 대로 사는 자도 있고, 자신의 덕이 다 성취되지 못했어도 백성의 어려움을 보고 그냥 있을 수 없어 부득이 세상에 나아가는 이도 있다.[18]

엎드려 생각건대 士의 不仕에는 반드시 한 가지 단서만 있는 것이 아니니, 그 대략을 말씀드리겠습니다. 그 품격에는 다음 네 가지가 있습니다. 도를 품고 덕을 지녔지만 聞達을 구하지 않고, 물러나면 몸을 깨끗이 하면서도 세상을 잊지 않으며, 나아가면 致君澤民할 수 있는 사람은 '遺賢'이라 합니다. 맑은 절개로 스스로를 지키고 높은 官爵을 경시하며, 천하의 일을 달갑게 여기지 않고 홀로 자기 몸을 깨끗이 하는 자를 '隱遁'이라 합니다. 스스로 재주가 부족함을 헤아려 집안에서 편안히 지내며, 스스로 학문이 부족함을 알고서 정밀함을 구하는데 익숙하며, 자기의 분수를 헤아려 감히 벼슬에 나아가지 못하는 자를 '恬退'라고 합니다. 예컨대 자기 마음을 속이고 위선적인 행동을 하며 낚시하고 나물 캐며 사는 것으로 헛된 명예를 구하며, 겉으로 徵辟을 사양하는 척하면서도 속으로는 분수에 넘치는 관작을 바라며, 겉으로는 담담한 척하면서도 속으로는 애태우며, 겉으로는 근엄한 듯하면서도

---

18 徐敬德, 『花潭集』 권3, 「遺事」. "士之出處非一 或其道可行 而時不可也 則抱道而無悶者 有之 或民雖可以新 而其德未新 則揣分而自處者 有之 或明君在上 可試所學 而自放山林 從吾所好者 有之 或其德未盡新 而生民失所 不可坐視 不得已有爲於世者 亦有之"

속으로는 유약한 자를 '盜名'이라 합니다.[19]

앞의 글은 洪仁祐(1515-1554)가 스승인 서경덕의 출사에 대해 '포부를 지녔으면서도 세상에서 벗어나 벼슬하지 않는 것은 옳지 않다'고 의문을 제기하자, 이에 대한 서경덕의 답변이다. 서경덕은 출사하는 것만이 正道가 아니라 여겨 자신의 역량에 맞춰 處隱하였다. 이는 '만약 慕齋 金安國(1478-1543)이 선생을 천거하여 벼슬을 준다면 어떻게 처신할 것인지'를 묻는 홍인우의 질문에, "분수와 능력을 헤아려 보건대 작은 관직도 감당치 못할 것이다. 다행히 발탁을 받으면 우선 謝恩하되 만약 감당할 수 없다면 또한 물러날 것이다."[20]라고 한 서경덕의 또 다른 언급에서도 확인할 수 있다.

두 번째 인용문은 栗谷 李珥가 出處보다는 不仕, 곧 處의 입장에서 살핀 처세의 분류이다. 물론 한 인물에게서 여러 유형이 복합적으로 나타날 수 있기 때문에 이러한 분류가 고정적이고 확정적이라고 할 수 없고, 은자의 다양한 삶을 표현하기에도 그 항목이 부족한 점이 없지 않다. 그러나 위의 두 언급은 출처에 대한 16세기 지식인의 보편적 인식이었고, 그래서 당대 최고의 학자였던 두 사람에 의해 도식화

---

19 李珥,『栗谷全書』권5,「辭直提學疏」. "伏以 士之不仕 固非一端 泛言其槩 其品有四 懷道抱德 不求聞達 藏非潔身忘世 行可致君澤民者 謂之遺賢 淸介自守 輕視軒冕 不屑天下之務 獨潔其身者 謂之隱遁 自度才不足而安於家食 自度學不足而習於求靜 量己揣分 不敢冒進者 謂之恬退 若其矯情飾行 釣採虛譽 陽辭徵辟 陰覬非望 貌澹而中熱 色厲而內荏者 謂之盜名"

20 徐敬德,『花潭集』권3,「遺事」. "余曰 金相國慕齋薦先生 若官之則處之何居 曰揣分量力 雖小官不堪任 幸蒙擢 姑拜命 若不敢當 亦可退也"

되었으므로, 이에 준하여 16세기 유일의 출처를 대비시켜 살펴보는 것도 의미 있는 작업이라 생각된다.

먼저 16세기 유일은 서경덕이 분류한 출처 유형 가운데 어디에 속하는가. '隱遁'과 '恬退'의 복합유형일 것이다. 바로 '배운 바를 시험할 기회가 있어도 자신의 능력과 분수를 헤아려, 스스로 산림에서 자유롭게 지내며 자신이 좋아하는 대로 사는 유형'이다. 그러나 서경덕의 분류가 出과 處의 선택에 관한 것이라면, 이이의 분류는 處隱 내에서의 성향을 살핀 것이므로 본고의 서술 논점과 더욱 일치한다고 할 수 있다. 따라서 이이의 분류에 의거해 살펴보기로 한다.

우선 위 네 유형의 각 특징을 살펴보면 다음과 같다. '遺賢'은 현실에서 눈을 떼지 않는 부류이다. 물러났다고 하여 세상을 외면하는 것이 아니라 심성수양에 힘쓰고 治人의 입장에서 역량을 키워, 때가 되면 출사하여 그 역량을 충분히 발휘할 수 있는 유형이다. 이를 본고에서는 '現實參與型 遺逸'로 命名한다. 두 번째의 '隱遁'은 치인의 관점보다 修己에 치중하여 자신의 고결성과 도덕성을 함양하는 유형이다. 이는 은거하여 산수자연을 중심으로 性情涵養에 힘쓰고 士로서의 自意識과 정체성 구현에 애쓰는 유형이다. 본고에서는 이들을 '隱逸自適型 遺逸'로 분류한다. 세 번째의 '恬退'는 벼슬에 나아가지 않고 학문적 역량을 키우는데 주력하는 부류이다. 이는 학문성취를 통해 자신의 정체성을 찾아가는 것이 주요 특성인데, 본고에서는 이를 '知的 探究型 遺逸'로 분류한다.

마지막으로 '盜名'은 '終南捷徑'하는 부류이다. 곧 '終南山에 은거하는 것이 벼슬길로 나아가는 첩경'이라는 뜻으로, 은거하여 명성을 얻고 그 명성으로 벼슬을 구하는 것을 가리킨다.[21] 출사를 위해 은거를 선택하는 부류를 일컫는데, 이는 16세기 유일의 처세와 무관하므로 논외로 한다.

2. 退處性向에 따른 유일의 내적 유형

1) 現實參與型 遺逸

여기서의 '현실참여'란, 狹義로는 출사하여 정치에 참여하는 것을 의미한다. 그러나 廣義로 보면 퇴처했더라도 보다 나은 사회구현을 위해 현실에 끊임없는 관심을 보이며, 현실 속으로 깊숙이 들어가 백성의 삶이 나아지기를 열망하고 노력하는 자세까지도 포함한다. 따라서 정치적 비판과 時弊에 대한 질책 및 대안을 제시하는 것도 이에 포함되며, 나아가 민생의 질적 향상을 위한 노력까지도 포함된다고 할 수 있다. 중요한 것은 그들이 현실에 대한 관심을 놓지 않았으며, 그 시선의 중심에는 늘 국가와 백성이 있었다는 점이다.

국가와 백성을 염두에 둔 이들의 현실참여 의식은 여러 기록에서 散見된다. 먼저 그들이 피천되어 思政殿에서 임금을 引見했을 때 治道의 방법을 묻는 明宗에게 답한 언급을 살펴보자. 아래의 글은 같은 날 함께 인견한 조식과 김범의 답변이다.

    君臣 간에는 上下의 情에 틈이 없어야 참된 마음으로 서로가 미덥게

---

21 王立, 『中國古代文學十大主題』, 遼寧敎育出版社, 1990, 90~95쪽.

됩니다. 위에서 마음을 열고 간언을 받아들임에 있어 남음이 없도록
중문을 활짝 열듯 하신다면, 여러 신하들도 마음과 힘을 다하여 신하로
서의 도리를 다할 것입니다. 전하께서도 賢否를 똑바로 꿰뚫어 보아
거울처럼 밝게 人材를 판별할 수 있게 될 것입니다.……이렇게 上下가
事理를 講明하여 情意가 서로 통하는 이것이야말로 出治의 근본입니
다.……임금의 학문은 出治의 근본이므로, 自得하는 데에 귀함이 있습
니다. 따라서 한갓 聽講만 하실 뿐이라면 유익할 것이 없습니다. 평소
書史를 보시면서 반드시 스스로 터득하도록 해야 합니다.……옛 임금
은 신료들을 벗처럼 친근하게 대하며 그들과 더불어 治道를 講明하였
는데, 지금은 그렇게 할 수는 없다 하더라도 반드시 情意를 통하여 상
하가 서로 미덥게 된 연후에야 일이 제대로 될 것입니다. 위에서 진실
로 이러한 마음을 지니고 있다면 또한 마땅히 확충해야 합니다. 이러한
일은 내실에서 宦官이나 宮妾들과 하셔서는 안 되고, 반드시 侍從이나
正士와 더불어 하셔야 합니다.[22]

　　학문을 강구하여 이치를 밝히고 德性을 함양해서 마음을 한결같이
화평하게 한 다음에야 조정이 공경하고 겸양하게 되어, 정치교화가 널
리 미치고 萬民이 편안하게 될 것입니다. 古今의 治亂은 널리 方策에
기재되어 있으니, 다스려졌을 때와 똑같은 道를 행하면 흥하지 않을

---

22 『明宗實錄』 21년 10월 7일 甲子. "植曰 君臣之際 上下之情 無間然後 誠意相孚矣
自上開心聽納 無有蘊奧 有如洞開中門 則群下盡心竭力 得展其股肱心膂 上亦照
察賢否 如鑑之明 能辨別人材……上下講明 情意相通 則此乃出治之本也……人
主之學 出治之本也 貴於自得 若徒聽講而已則無益矣 燕居之時 觀覽書史 必須自
得 可也……古之人君 親遇臣僚 有若朋友 與之講明治道 今雖不能如此 必情意相
通 上下交孚 然後可也 自上苟有是心 則亦宜擴而充之 如此之事 不可於祗席之間
與宦官宮妾而行之 須與侍從正士而爲之也"

리가 없고, 어지러워졌을 때와 똑같은 일을 행하면 망하지 않을 리가 없습니다. 요컨대 善을 본받고 惡을 경계하는 데에 달려 있습니다. ……治道는 반드시 오래 계속되고 專一해야 완성될 수 있습니다. 끊임이 없으면 오래 계속되고, 잡되지 않으면 專一하게 됩니다. 따라서 德을 굳게 지킨 연후에야 끊어지거나 잡됨이 없고, 마음을 잡고 놓는 幾微와 善惡이 消長하는 이치를 깊이 통찰하여 맹렬히 반성한 후에야 오래도록 정치에 이를 수 있을 것입니다.[23]

두 사람의 진언은 모두 군왕의 학문성취와 철저한 수양을 강조하고 있다. 治道의 핵심은 출사하는 신하가 탁월한 능력을 지녀야 함은 물론, 결국 이들을 등용해 이끌어 갈 군왕에게 달려있음을 역설한 것이다. 이 외에 이들보다 앞서 명종을 인견한 임훈·이항·한수·남언경도 똑같은 질문에 각자의 견해를 진언하였는데,[24] 이들의 언급에서 16세기 유일의 현실참여 의식을 엿볼 수 있다. 그들은 물러나 있다고 하여 현실을 도외시하지 않고 늘 관심을 갖고 노력하고 있었던

---

23 上同. "金範曰……臣意以爲 講學明理 涵養德性 一心和平 然後朝廷敬讓 政化旁達 萬民寧謐矣 古今治亂 布在方策 與治同道 罔不興 與亂同事 罔不亡 要在法善戒惡而已……治道必須久且專 乃可以有成 不有間斷則久矣 不有相雜則專矣 執德固然後無間無雜 一心操舍之機 陰陽消長之理 深察而猛省 然後可致久安之治矣"

24 『明宗實錄』 21년 9월 12일 己亥. 한수는 帝王이 治績을 이루는 방법으로 임금의 심성수양과 현자 등용을 중시하였고, 학문하는 방법으로는 堯舜의 精一執中을 강조하였다. 남언경은 "제왕의 정치는 마땅히 二帝三王을 본보기로 삼아야 하고, 二帝三王의 정치를 본받기 위해서는 그들의 학문에 최선을 다해야 한다."고 진언했으며, 임훈은 "정치 교화는 임금의 修身에 달려 있으며, 그 방법은 『대학』·『중용』에 모두 들어 있다."고 강조하였다.

것이다.

16세기 유일 가운데 국정의 폐단에 가장 강력한 비판을 보인 인물은 단연 조식이다. 그는 不正한 時弊에 비판적 시각을 한시도 내려놓지 않았다.

> 선비의 습속이 온통 허물어졌고, 공정한 도리가 온통 없어졌으며, 사람을 쓰고 버리는 것이 온통 혼란스럽고, 기근이 계속 되풀이되고 있습니다. 또한 창고는 온통 고갈되었고, 제사를 지내는 것이 온통 더럽혀졌으며, 세금과 貢物을 멋대로 걷고, 국방은 허술할 대로 허술합니다. 뇌물을 주고받음이 극도에 달했고, 백성들을 착취하는 풍조가 극도에 달했으며, 백성들의 원통함이 극도에 달했고, 사치도 극에 달했고, 음식을 호화스럽게 먹고 있습니다. 貢獻이 통하지 않고, 오랑캐가 업신여겨 쳐들어오고 있습니다. 온갖 병통이 급하게 되어, 하늘의 뜻과 사람의 일 또한 예측할 길이 없습니다.[25]

위 주장대로라면 나라가 망하지 않을 수 없을 듯하다. 그는 국정의 문제를 지적함에 조금의 양보도 없이 자신이 인식한 그대로를 진언하고 있다. 이처럼 어느 하나도 제대로 된 것이 없을 만큼 절박한 상황임을 세세히 언급하고, 또한 그에 따른 여러 대안까지 제시하였다. 그런데도 위정자가 개선을 위해 애쓰지 않는다면 결국 군주의 지위를 잃을 수밖에 없다고 주장하였다.[26]

---

25 曹植, 『南冥集』 권2, 「辛未辭職承政院狀」, "士習毁盡 公道喪盡 用捨混盡 飢饉荐盡 府庫竭盡 饗祀瀆盡 徵貢橫盡 邊圉虛盡 賄賂極盡 掊克極盡 寃痛極盡 奢侈極盡 飮食極盡 貢獻不通 夷狄凌加 百疾所急 天意人事 亦不可測也"

　조식은 문정왕후와 윤원형의 외척정치가 행해지던 때부터 이들 사
후 명종의 親政이 시작되는 1566년에도 徵召를 받았으나 출사하지
않았다.[27] 그는 명종의 친정으로 시대가 바뀌어 마치 왕도정치가 실현
될 듯 보이지만, 국정의 근본 문제가 해결되지 않으면 안 된다고 생각
하였다. 때문에 그 근본 문제를 개선하기 전에는 출사할 수 없었으며,
그러한 근본을 개선하고 유지하기 위해서는 끊임없는 군왕의 반성과
수양이 필요하며, 이를 위해서는 죽음을 불사하고라도 時政의 폐단
을 진언하였다. 인용문 외에도 조식이 생전에 올린 여러 상소에서 이
를 확인할 수 있다.

　똑같이 시폐에 대해 비판하면서도 조식이 근원적인 문제 개선을
촉구한 경우라면, 임훈은 세상이 나아지고 기회가 주어진다면 나아
가 자신의 능력으로 현실을 개선하려 하였다. 그는 자신의 능력으로
잘못된 현실을 바꾸면서 그 근본을 확고히 하는 데로 나아가야 한다
고 생각했던 것이다. 때문에 천거되어 縣監職을 제수받았을 때 과감
히 나아가 현실을 비판하고 또 이를 개선할 방법을 끊임없이 진언하

26　조식은 「民巖賦」에서 "民猶水也 古有說也 民則戴君 民則覆國……"이라 하여, 백
　　성은 임금을 받들기도 하지만 나라를 엎어 버릴 수도 있으니, 백성을 두려워해야
　　한다고 강조하였다.

27　조식이 일생 천거 받은 관직을 살펴보면 다음과 같다. 1538년(38세) 李彦迪의 천거
　　로 獻陵 參奉(종9품)을 비롯하여 1548년(48세)에 典牲署 主簿(종6품)를, 1551년
　　宗簿寺 主簿(종6품), 1553년 典牲署 主簿(종6품), 1555년 丹城 縣監(종6품),
　　1559년 造紙署 司紙(종6품)에 제수되었다. 1566년 7월에 徵召되었다. 그 해 8월에
　　尙瑞院 判官(종5품)을, 선조가 즉위한 1567년 두 차례의 징소, 1568년 다시 징소,
　　1569년 宗親府 典籤(정4품)을, 1570년 또 다시 징소가 있었다. 그러나 조식은 한
　　번도 출사하지 않았는데, 여기에서 출처에 대한 그의 확고한 신념을 엿볼 수 있다.

였다.

임훈은 피천되어 彦陽縣監에 부임한 이듬해에 상소하여 언양현의 여섯 가지 폐단과 그 대책을 조목조목 열거하였고,[28] 이후 올리는 「戊午召封草」·「乙亥謝恩封事」·「丁丑謝恩封事」 등에서도 민생을 구제할 방법과 조정의 대책을 끊임없이 요구하였다. 그는 이처럼 治者의 입장에서 뿐 아니라, 피천되기 전에도 제도상의 문제로 백성이 곤궁한 처지에 이르면 이의 개선을 위해 현감이나 方伯에게 글을 올려 시정을 촉구하기도 하였다.[29] 자신의 주변에서 일어나는 크고 작은 문제를 바로잡기 위해 애쓰는 임훈의 이런 태도는 그가 지닌 특성임과 동시에 16세기 유일이 현실을 인식하는 또 다른 방식이라 할 수 있다.

유일의 현실참여 의식은 鄕村 내 興學 활동에서도 확인할 수 있다. 조선시대 鄕村敎學 기구로는 건국 초의 鄕校가 있고, 16세기에 사림의 대두와 함께 발전하기 시작한 書院, 그리고 이 서원에 부설되거나 혹은 학자 개개인에 의해 설립·운영되던 書齋·書堂 등이 있었다. 이 기관은 향촌의 교학체제 유지를 위해 각기 일정한 기능을 수행하

---

28 林薰, 『葛川集』 권2, 「彦陽陳弊疏」. 임훈이 이 상소에서 진언한 것은 ① 水軍의 絶戶 ② 其人의 價木 ③ 陳田의 貢物 ④ 往年의 陳債 ⑤ 往年의 貢布 ⑥ 進上할 공물을 위한 山行 등 여섯 가지이다. 그는 백성들의 실정을 제대로 파악하지 못한 채 관행대로 세금을 거두는 것은 불가하며, 철저한 조사를 통해 면제하거나 감소해 주는 등 그 폐단을 시정해 줄 것을 청하였다.

29 上同, 「代人擬解停擧疏」·「代人擬上免軍疏」·「擬上陜川倅書」. 첫 번째 글은 부당하게 과거응시 자격을 중지 당한 이를 위해 쓴 것이다. 두 번째와 세 번째는 軍役의 폐단이 공정치 못함을 지적한 것으로, 모두 실상을 제대로 파악하지 않고 책정된 군역에 대해 면제해 주거나 시정해 줄 것을 청하는 글이다.

였는데, 특히 鄕村士族勢力의 公論과 협의에 의해 건립된 서원은 사림의 講學과 修藏을 위한 장소이자 鄕風을 진작시키는, 향촌활동 중심지로서의 역할을 충실히 하였다. 나아가 이를 기반으로 문인을 교육하고 學派의 형성이 가능하게 했으며, 이후 士族中心의 향촌사회 유지와 朋黨政治 운영의 토대가 되었다.[30]

유일은 심성수양과 학문연구로 鄕民의 신망을 받았으며, 향촌사족의 首長으로서 주어진 역할과 책임이 있었다. 이 중에서도 특히 興學과 관련한 공효는 남달랐다. 그들은 同鄕 출신 先賢을 존숭하고 이를 위한 서원 건립을 추진하여, 學究的 興學風을 조성하고 사인의 학문을 진작시키는 데 열성을 기울였다. 임훈과 김범은 향촌의 宗匠으로서 지역의 학풍을 진작시키기 위해 서원과 사당을 건립하여 교육 활동에 특히 노력하였다.[31] 이는 향촌사족으로서 유일의 역량을 가늠할 사례이고, 나아가 은거인으로서의 한 특성이기도 하였다.

이들은 비록 정계에서 물러나 있었지만 잠시도 현실 문제에서 관심을 거두지 않았다. 다만 현실을 인식하는 방식이 단일하지 않았고, 개인적 성향이나 여타의 물리적 조건에 따라 대처하는 방식 또한 달랐다. 이러한 각각의 활동은 16세기 유일이 출사하지 않고도 그들의 입지와 가치를 세상에 드러내는 방법이었으며, 또한 존재 이유이기도

---

30 鄭萬祚, 「朝鮮後期의 鄕村教學振興論에 대한 檢討」, 『韓國學論叢』 10집, 國民大學校 韓國學研究所, 1987, 127-128쪽.

31 林薰, 『葛川集』 권3, 「天嶺書院收穀通文」・「文獻公一蠹先生祠堂記」. 당시 尙州 牧使로 부임했던 申潛이 상주지역의 興學을 위해 모두 22개의 서원을 건립하거나 지원하여 그 지역의 덕망 있는 士人에게 각각의 서원을 운영하도록 하였는데, 김범도 이에 열성적으로 참여하여 향촌사족으로서의 역할을 충실히 하였다.

하였다.

2) 隱逸自適型 遺逸

隱者는 시대의 혼란을 피해 산수자연 속에 숨어사는 부류이다. 때문에 산수자연에 대한 그들의 인식은 남달랐다. 이들은 자연을 하나의 대상으로 인식하는 것이 아니라 자신이 곧 자연이라는 物我一體의 관념을 지니고 있었다. 이는 은자가 자연 속에서 遯世無悶하는 방식이었으며, 天命에 순응하는 삶으로 표출되곤 하였다. 은자에게 있어 자연은 바로 그들 자신이었던 것이다.

사실 은거에 있어 빈곤은 피할 수 없는 결과였다. 때문에 이들은 極貧의 어려움을 정신적 수양으로 自足하고 그 속에서 도를 즐기는 것으로 승화시킬 필요가 있었다. 예컨대 孔子가 陋巷에서 사는 顔回를 두고 '현자다운 삶'[32]이라 거듭 칭송했던 것도 결과적으로는 공자 자신의 빈궁한 삶에 대한 긍정이었다고 볼 수 있다.[33] 이러한 孔子·顔回의 安貧樂道觀은 이후 많은 은자가 자신의 삶을 표방하는 방식이자 지향점이 되었다.

16세기 유일은 재지적 기반이 있는 향리에 은거하는가 하면, 妻家나 外家에 물질적 수단을 기탁하기도 하였다. 이들 역시 궁핍함을 벗어날 수 없었던 것이다. 조식은 모친이 세상을 떠나는 45세까지 15년

---

32 『論語』, 「雍也」, "子曰 賢哉 回也 一簞食 一瓢飮 在陋巷 人不堪其憂 回也 不改其樂 賢哉 回也"

33 王立, 『中國古代文學十大主題』, 遼寧敎育出版社, 1990, 77-80쪽.

간 봉양을 위해 처가인 김해에 의탁했으며,[34] 성수침은 땔감이 없어 뜰의 은행나무를 베어 불을 지펴야 할 정도로 궁핍했다.[35] 그럼에도 이들은 시대를 핑계 삼지 않고 자연과의 융합을 꾀하였으며, 심성수양을 통해 안빈낙도적 삶을 추구하였다. 이 또한 그들이 자신의 존재 가치를 드러내는 방식이었다.

운산에 숨는 것은 우리 도가 아니고	雲山隱逸非吾道
속세에서 사는 것이 자연스러울 뿐.	混迹同塵只自然
志士의 궁구함은 事理를 연원하고	志士硏窮因事理
달인의 충과 서는 方圓을 본받네.	達人忠恕效方圓
行藏用舍는 모두 천명을 말미암고	行藏用舍皆由命
得失存亡에는 하늘을 원망치 않네.	得失存亡不怨天
안분하며 기미 알아 세상을 피했으니	安分知幾能遯世
털끝만한 영욕에도 관여한 적 없다네.	一毫榮辱未參前[36]
게으르고 쇠잔한 몸이 天恩을 잘못 입어	天恩誤被懶殘身
부끄럽게도 맑은 물가 백로를 저버렸네.	愧負晴沙白鷺濱
꿈에선 계룡산 천 봉우리의 달을 좇고	夢逐鷄龍千嶂月
영혼은 獨樂園의 봄날 강가를 거니네.	魂遊獨樂一江春

---

34 曺植, 『南冥集』, 「行狀」. "嘉靖丙戌 遭先大夫憂 廬墓終三年 先生家世淸貧 授室 金官 婦家頗饒 奉母夫人就養 乙巳 丁憂 奉柩還葬于先大夫墓東岡"

35 成運, 『大谷集』卷中, 「聽松先生遺事」. "庭有古杏 其大數圍 朋儕之往來者所嘗 見也 一日 尙相公震 權相公橃 同訪先生 入門顧庭 杏不見 怪而問之 先生答曰 近値天寒 斫以充薪 尙相公笑曰 主翁之貧 禍及庭樹"

36 李恒, 『一齋集』, 「次不憂堂韻」.

보잘 것 없는 몸이 어찌 큰 은혜 갚으리	涓埃豈敢酬殊渥
풍광이 괜스레 遠遊하는 정신 방해하네.	風日空令損遠神
나갔다 돌아옴은 맘껏 희롱함만 못하니	歸去不如恣謔浪
평생 띠풀 집에서 추위와 가난 즐기리.	茅檐終歲樂寒貧[37]

첫 번째 시는 퇴처의 삶이 목표가 아니지만 사인이 퇴처하지 않을 수 없는 상황을 표현하였다. 나아가 세상을 구제하는 것이 士의 임무인데도, 현실이 여의치 않으면 물러남을 말한 것이다. 그러나 이들은 그 선택이 자신에게 주어진 천명임을 알았고, 그래서 自足的 삶을 즐겼다.

두 번째 시는 성제원이 피천 직후에 지은 것으로, 당시를 왕도정치가 행해지는 시대라 여겼거나 은거하리라는 자신의 의지를 저버리지도 않았고, 게다가 천거는 자신의 목표가 아니므로 평생 자연에서 은거할 것을 피력하고 있다. 때문에 그에 따르는 가난과 궁핍은 전혀 문제가 되지 않았고 오히려 즐기며 살겠다고 하였다.

무릇 사람의 거처는 참으로 그 누추함을 싫어한다. 그러나 군자의 즐거움은 대중과 함께 하는 것보다 더 큰 것이 없다. 顔氏의 아들이 굳이 이런 누추한 곳에서 즐거워한 것은 어째서인가? 혹자는 이 점을 의심한다. 그래서 나는 다음과 같이 해명한다. "이 점은 참으로 顔子가 어질게 된 이유이다. 군자의 즐거움은 鐘鼓를 말하는 것이 아니고, 부귀를 말하는 것도 아니다. 이는 바로 하늘에서 얻어 마음으로 편안히

---

37 成悌元, 『東洲集』 稿上, 「答金子房」.

여기는 것이니, 어디를 간들 그런 마음을 간직하지 않음이 없다. 산에
서 밭을 갈고 늪에서 물고기를 잡은 것을 두고 사람들은 모두 舜 임금
이 곤궁했다고 말하지만, 순 임금의 즐거움이 실제로 그 가운데에 있었
다는 사실은 알지 못한다. 순 임금이 天子가 되어 비단옷을 입고 음악
연주를 들은 것을 두고 사람들은 모두 순 임금의 즐거움이라 하지만,
순 임금의 즐거움은 이런 것과 무관함을 알지 못한다."[38]

이는 顔回의 삶의 가치를 밝힌 임훈의 글이다. 同題의 작품인 조식
의 「陋巷記」가 안연의 동문인 曾參이 쓰는 형식을 취했다면, 이는
子貢이 쓴 것으로 설정되어 있다. 세상에 뜻을 펼칠 만하면 나아가고,
그렇지 못하면 안회와 같이 누항에 거처하며 안빈낙도하는 것이 옳다
는 점에서는 두 작품이 모두 동일하다. 그러나 조식의 「누항기」가 '出
處란 시대상황에 의해 결정된다'는 점에 논지의 핵심이 있다면, 임훈
의 「누항기」는 출사에 대해 언급하지 않고 處隱의 만족에 대해서만
언급하고 있다. 특히 누항에서의 '君子之樂'을 강조하였다. 순 임금의
참된 즐거움은 비단옷을 입고 鐘鼓의 음악을 듣던 천자였을 때가 아
니라 밭을 갈고 물고기를 잡던 곤궁한 시절이었던 것처럼, 그에게 있
어서의 진정한 '군자지락'은 은거하여 안빈낙도하는 自適의 삶이라고
주장한다. 이러한 즐거움이야말로 임훈이 은거를 통해 추구하였던 처

---

38 林薰, 『葛川集』 권3, 「陋巷記」. "夫人之所處 固厭其阨陋 而君子之樂 莫大於與衆
共之 顔氏之子 必於此而樂之 何歟 人或以是疑之 余解之曰 是固顔氏之所以爲賢
也 君子之樂 非鍾鼓之謂也 非富貴之謂也 其所以得之於天 而安之於心者 無所往
而不在焉 耕于山 漁于澤 人皆謂舜之窮也 而不知舜之樂實在於其中也 被袗衣鼓
琴 人皆謂舜之樂也 而不知舜之樂不係於是也"

세 방식이며, 또한 그가 산수자연을 인식하는 자세였다.

이 외에도 유일이 자연을 인식하는 데에는 주거지 인근의 名山을 유람하며 그 속에서 사인으로서의 自意識을 연마하는 방식이 있다. 공자가 "仁者는 산을 좋아하고, 智者는 물을 좋아한다."[39]라고 산수자연관을 피력한 후, 후대의 사인들은 이를 수용하여 仁者로서 智者로서 자신의 이상을 이러한 자연관에 기탁하였다. 인근의 명산을 오르면서 접하는 유적이나 경물을 통해 士意識을 고양하였다. 이때 그들에게 있어 자연은 修身의 대상이었다. 예컨대 유람 도중 유적지를 보고 그 시대를 생각하고 비판하며, 나아가 현재를 고찰하였다. 또한 그곳에 살았던 선현의 유적을 보고 그들의 삶을 되새기며, 돌이켜 자신의 삶을 반성하였다. 이는 이들이 산수자연에 자신의 의식을 투영시켜 인식하는 방식이었다.

물론 산수자연을 인식하는 깊이에도 변별이 존재한다. 이는 현실과의 괴리를 나타내는 것이기도 하였다. 隱者가 불합리한 현실을 벗어나 자신의 修身處로 자연을 선택했다면, 그들이 어떤 선택을 했느냐에 따라 그 행위나 思考가 달라지기 때문이다. 자연으로 물러났어도 산수자연을 시정비판의 비유대상으로 활용할 수 있고, 좀 더 강도 높게 사인의 修身 공간으로 활용할 수도 있으며, 반대로 현실을 벗어난 탈속과 자적의 공간으로 인식할 수도 있다. 결국 자연 속에 들어와 있는 은자의 의식 세계에 달려있다고 하겠다. 그렇다면 은자들이 지향한 자연은 어떤 모습인가.

---

39 『論語』,「雍也」. "知者樂水 仁者樂山 知者動 仁者靜 知者樂 仁者壽"

중국의 역사에는 은자가 많이 등장한다. 그 중 대척되는 성향의 두 부류 은자가 있는데, 바로 伯夷·叔齊로 대표되는 禁慾型 隱者와 許由·巢父로 대표되는 自由志向型 隱者이다. 商의 신하였던 백이와 숙제는 周 武王이 상나라를 무너뜨리자 仁義를 저버렸다고 생각하여 首陽山에 들어가 고사리를 캐먹으며 살다가 죽었다. 또한『高士傳』에는 堯 임금이 허유에게 천하를 讓位하려 하자 허유가 자신의 고결성을 더럽혔다고 여겨 潁水로 가서 그 말을 들은 귀를 씻었고, 그때 소에게 물을 먹이러 왔던 소부가 허유의 말을 듣고는 허유가 귀를 씻은 영수의 물은 이미 더럽혀졌다고 하여 더 상류로 올라갔다는 전설이 실려 있다. 前者는 極貧을 감내하는 등 철저한 금욕을 통해 현실의 지배에서 벗어나려 한 경우이고, 後者는 완전한 정신적 자유를 추구한 경우이다.[40] 그리고 이후의 은자들은 대체로 금욕형 은자와 자유지향형 은자의 절충형에 속하는 것으로 분류하여 왔다.[41]

물론 양자의 선택은 어느 하나도 쉽게 이룰 수 없으며, 각 시대의 정치적·사회적·경제적 상황에 따라 다르게 나타났다. 예컨대 은자는 집권자의 치세에서 온전히 벗어날 수 없다. 특히 사대부사회 사인이 현실을 벗어난 삶을 영위하기란 불가능하였다. 그들이 그러한 삶

---

40 蔣星煜,『中國隱士與中國文化』, 上海書店, 1992, 18-20쪽. 장성욱은 정치·경제·사회·정신생활로써 은사의 유형을 구분하였는데, 특히 정치생활의 구분에 있어 백이를 虛僞的 隱士로, 소부를 眞實的 隱士로 분류하였다.

41 井波律子/김석회 譯,『중국의 은자들』, 한길사, 2002, 15-27쪽. 저자는 중국의 은자를 이 두 유형의 양 극단으로 분류하였고, 이후 나타나는 은자들은 대부분 물질적으로 철저한 금욕형이지만 정신적으로는 해방된 자유를 즐기는 유형이 많다고 하였다.

을 추구한다 하더라도 집권자가 이들을 내버려두지 않았다. 유일천거
가 그 대표적인 사례라 할 수 있다. 16세기 유일은 현실을 온전히 벗
어날 수 없는 儒家者들이다. 사화기 이후 조선시대 특유의 출처 논리
에 근거하여 물러나기는 했지만, 허유나 소부처럼 超世的 은일을 추
구할 수는 없었던 것이다.

이들은 자연 속에서 自適自娛하는 삶을 영위하고 利祿이나 榮達
을 추구하지 않는 생활을 지향했으며, 내면의 자연적 천성을 따르려
하였다. 세상에 나아가려 하지 않아 드러내 보이는 것이 없었으므로
세상 사람들이 알아주지 못했을 뿐만 아니라, 세상에 알려지는 것조
차 단호히 거부하였다.

> 선생이 40년 동안 산림 속에 살면서 세상에 나가지 않고 자기의 뜻을
> 세운 데에는 반드시 그만한 학문이 있었을 것이며, 겸손하게 물러나
> 지조를 확고하게 지킨 것은 반드시 그만한 소견이 있었을 것이며, 옛
> 책을 탐독하여 배고픔도 잊고 늙어 가는 것도 몰랐던 것은 반드시 그만
> 한 즐거움이 있었을 것이다. 그런데 사람들은 다만 그가 경치 좋은 골
> 짜기를 취해 집을 짓고 거문고와 책으로 自娛했던 것으로만 알지, 그의
> 내면에 간직된 생각에 대해서는 엿보아 헤아린 이가 적었다. 그리고
> 선생은 평생 사람들이 자기를 칭찬하는 것을 원하지 않았다.[42]

평소 나의 몸가짐이 보잘 것 없어서 오늘날의 이런 비방을 불러 온

---

42 成渾, 『牛溪集』 권6, 「堂叔大谷先生墓碣記」. "先生居林下四十年 其所以杜門求
知者 必有其學 謙退確守者 必有其見 玩而忘飢 不知老之將至者 必有其樂 人但
見考槃澗谷 琴書自娛而已 若其所存則鮮能窺測 而平生不欲人稱述"

것이니, 公께서 옥처럼 자신을 지켜 남들이 감히 이러쿵저러쿵 흠잡을 수 없게 하신 점에 더욱 머리가 숙여집니다. 더욱이 공께서 일찍이 질병을 얻어 세상사에 귀를 기울이지 않고 문을 굳게 닫아 버린 것이 부럽습니다.[43]

첫 번째 인용문은 牛溪 成渾이 堂叔인 성운을 두고 지은 墓碣로, 세상에서의 평가에는 아랑곳 않고 자신의 의지대로 산림에서 자적하며 사는 삶을 표현하였다. 성운은 門徒를 모아 강학하는 것도 좋아하지 않았고, 세상사에 대해 언급하는 것조차 싫어하였다. 천거 이후 여타의 유일들이 이런저런 자리에서 時政에 대해 자주 진언을 하였지만 성운만은 한마디도 내뱉지 않았다. 그의 이런 면모는 두 번째 인용문에서 보듯 知友였던 조식에게서 칭송을 받기도 하였다.[44] 성제원의 경우도 예외가 아니었다. 그는 시비를 가릴 만한 여론에 개의치 않았으며, 천거되어 보은현감에 부임했을 적에도 마치 벼슬에 뜻이 없는 듯 보였다.[45] 은일자적형 유일들은 자연에 융화되어 살았다고 할 수

---

43 曹植, 『南冥集』 권2, 「與成大谷書(又)」. "自是 平日持行無狀 以致今日之謗 益服 公律身如玉人 莫敢間焉 尤羨公曾得疾疾 耳無所聞 而機關深閉也"

44 『宣祖修正實錄』12년 5월 1일 乙巳. 成運의 卒記에 의하면 "성운은 학도들을 모아 강학하는 것을 좋아하지 않았고, 사람들과 더불어 세상일이나 나랏일에 대해 말하지 않았다. 그리고 曹植·成悌元과 더불어 서로 벗하면서 친밀하게 지냈는데, 조식은 성품이 慷慨하여 여러 번 상소를 올려 時事를 말하였고, 성제원은 큰 재기가 있고 학식도 높았으며 放達하였다. 當世에 遺逸로 부름을 받은 자들이 모두 세상의 의논을 면치 못했으나, 성운만은 담박하고 沖退하여 찾을 만한 자취가 없었으므로, 조식이 늘 탄식하고 부러워하였다."라고 하였다.

45 『明宗實錄』14년 5월 18일조. 성제원의 卒記에 의하면 "今上朝〔明宗〕에 遺逸로 보은현감에 제수되어 벼슬살이를 욕심 없이 하고 오직 술로써 즐겼다."라고 하였다.

있다.

이처럼 유일들은 주위의 시선이나 평가에는 아랑곳 않고 자신의 의지대로 거침없는 삶을 영위하였다. 이들은 성리학적 세계관에 입각한 삶을 추구하였다. 성리학적 이념이 실현되지 못하는 현실에서의 顯達은 그들이 추구하는 바가 아니었다. 때문에 그들의 삶은 天理에 부합하는 삶이어야 했으며, 그러한 의지를 현실에서 실현시킨 것이 바로 은일자적의 삶이었다. 이는 반드시 출사해야만 실현할 수 있는 것이 아니었으며, 중요한 것은 바로 이의 실현을 위한 그들의 의지였다. 이러한 삶의 자세는 16세기 유일에게서 나타나는 또 다른 존재방식의 하나였다.

3) 知的探究型 遺逸

栗谷 李珥는 不仕와 관련해 사인이 퇴처하여 스스로를 지킬 수 있는 방법으로 다음 세 가지를 제시하였다.

> 물러나 스스로를 지키는 자에게도 세 가지 품격이 있다. 不世의 보배를 지녔고 시대를 구제할 자질을 온축했음에도 도를 즐기는데 여념이 없어 그 보배를 독 안에 넣어두고 좋은 값을 기다리는 자는 天民이다. 스스로 학문이 부족함을 깨달아 그 학문에 나아가기를 구하며, 스스로 재주가 뛰어나지 못함을 알고 재주가 완성되기를 구하며, 물러나 수양하며 때를 기다리고 가벼이 스스로를 팔지 않는 자는 學者이다. 고결하고 절개가 있어 세상사를 탐탁찮게 여기며, 영원히 속세를 떠나 세상을 완전히 잊어버리는 이는 隱者이다.[46]

여기서 강조하고자 하는 것은 두 번째 부류인 '學者'이다. 이는 이이가 앞에서 분류한 士之不仕의 네 부류 중 '恬退'에 해당한다. 이들의 관건은 '학문'이며, 여기서의 학문은 '道學'을 가리킨다. 바로 士가지닌 학문적 필연성을 지적한 것이며, 나아가 어떠한 상황에서든 현실을 도학의 세상으로 이끌어야 하는 士의 사명에 주목한 것이다. 이이는 산속의 탈속적 생활에서도 독서와 학문연마가 큰 즐거움이며 또한 士의 책무라고 강조하였다.

공자는 '거친 밥을 먹고 물을 마시며 팔베개를 하고 누웠어도 즐거움이 그 가운데 있다.'[47]고 하였다. 여기서 말하는 '즐거움'이란 '학문'에 기인한다. 궁핍하고 곤궁한 처지에도 학문하는 그 즐거움을 바꾸지 않는다고 하였다. 이처럼 자연으로 물러나 현실에 개의치 않고 학문에 정진하는 공자의 태도는 이후 사인의 典型이 되었다.

16세기 유일이 은거하여 심성수양과 학문연구에 전념한 것은 공통적으로 나타나는 일면이다. 그러나 본 章에서는 16세기의 학문적 흐름과 연계하여 이들이 지닌 학문성향과 功效를 살펴보고자 한다. 곧 不正한 현실에 출사하는 것보다 은거하여 학문탐구에 노력하고 학문적으로도 사상적으로도 괄목할 만한 성과를 거둔 '學隱'[48]에 해당한다.

---

46 李珥, 『栗谷全書』 권15, 「東湖問答」. "退而自守者 其品有三 懷不世之寶 蘊濟時之具 囂囂樂道 韞櫝待賈者 天民也 自度學不足而求進其學 自知材不優而求達其材 藏修待時 不輕自售者 學者也 高潔淸介 不屑天下之事 卓然長往 與世相忘者 隱者也"

47 『論語』, 「述而」. "子曰 飯疏食飮水 曲肱而枕之 樂亦在其中矣 不義而富且貴 於我 如浮雲"

48 馬華・陳正宏/강경범・천현경 譯, 『中國隱士文化』, 東文選, 1997, 267-268쪽.

이들은 현실에 나아가지 않고 학문에 침잠하여 士로서의 자기 정체성을 확립한 인물로, 은거하여 학문탐구에 전념한 경우를 일컫는다.[49]

이들이 출사하지 않고 학문탐구에 진력한 데에는 여러 요인이 있을 수 있다. 개인의 성격상 출사가 원만치 못한 경우도 있고, 어수선한 정치현실에 불만을 품고 출사를 보류했을 수도 있다. 그리고 만물의 이치를 궁구하려는 강한 지적호기심 또한 빼놓을 수 없는 요인이다.

> 花潭은 집이 매우 가난하였다. 어려서 부모님이 봄날 밭에서 나물을 캐오라고 시켰는데, 날마다 느지막이 돌아오면서도 나물은 광주리를 채우지도 못하였다. 부모가 괴이하게 여겨 그 까닭을 물으니, 대답하기를 "나물을 캘 적에 나는 새가 있었는데, 하루는 땅에서 1寸을 날아오르고, 다음날은 2촌, 그 다음날은 3촌을 날아서 점차 위로 올라갔습니다. 이 새가 나는 것을 보고 가만히 그 이치를 생각해 보았지만 이해할 수 없었습니다. 그래서 매번 늦게 돌아오고 나물도 채우지 못한 것입니다."라고 하였다.[50]

16세기 유일 가운데 지적탐구의 성향을 가장 짙게 드러낸 인물은

저자는 특히 淸代의 사대부 가운데 정치적 실현이 불가능하고 또 文字獄을 일으켜 사상의 자유를 속박했기 때문에, 평생 학술에 몰두하는 '學隱' 부류가 많이 생겨났다고 하였다.

49 河沆, 『覺齋集』卷上, 「偶吟」. "古人爲學隱山深 爵祿元來不入心 惆悵如今爭賣己 水民何日可拯沈"

50 朴世采, 『南溪集』, 「記少時所聞」. "花潭家甚貧 兒時 父母使於春後采蔬田間 每日必遲歸 蔬亦不盈筐 父母怪而問其故 對曰當采蔬時 有鳥飛飛 今日去地一寸 明日去地二寸 又明日去地三寸 漸次向上而飛 某觀此鳥所爲 竊思其理而不能得 是以每致遲歸 蔬亦不盈筐也"

서경덕이다. 위 인용문에서 알 수 있듯, 사색을 통해 만물의 이치를 탐구하는 그의 지적호기심은 남다른 것이었다.[51] 그는 이러한 지적호기심을 충족시키는 것으로 희열을 찾고 이에 삶의 목적을 두었기 때문에, 출사를 비롯한 다른 사회적 활동은 그의 관심에서 비껴 있었다.

사람들은 저마다 일상의 생활에서	人人皆日用
목마르면 마시고 추우면 옷을 입지	渴飮寒則衣
주위에서 근원을 만날 수 있는데	左右取逢原
근본에 대해선 아는 이가 드무네.	原處便知希
온갖 생각 결국 하나로 귀착하니	百慮終一致
길은 다르나 같은 데로 돌아가네.	殊途竟同歸
앉아서도 천하 이치 알 수 있거늘	坐可知天下
어찌 문 밖을 나설 게 있겠는가?	何用出庭闈[52]

시간과 공간의 격차에도 불구하고 사람이 살아가는 이치는 어디서나 한가지이다. 마찬가지로 그 이치를 깨우치는 방법 또한 다양한 듯하나 결국 한 가지로 귀착된다. 곧 그 이치를 궁구하려는 자의 마음에 달려있다. '앉아서도 만물의 이치를 알 수 있거늘, 어찌 문 밖을 나설 게 있겠는가'라는 언급에서 그의 학문성향과 함께 처세태도까지도 엿볼 수 있다. 그는 세상에 대처하는 방식을 학문에서 찾았던 것이다.

이치를 궁구하는 방식에도 다름이 있다. 師承이나 自得의 방법을

---

51 上同. "蓋其鳥俗名從從鳥云 當春之時 地氣上升 輒隨其氣所至 高下而飛焉 花潭窮理之功 原於此 奇哉"

52 徐敬德, 『花潭集』권1, 「天機」.

통해 깨우칠 수도 있다. 다만 그것을 쉼 없이 궁구하려는 자세가 중요
하다.

독서하던 젊은 시절 경륜에 뜻을 두었으나	讀書當日志經綸
만년에는 도리어 안자의 가난을 즐겨 하네.	晚歲還甘顔氏貧
부귀에는 다툼이 있어 손을 대기가 어렵고	富貴有爭難下手
숲의 샘은 금하는 이가 없어서 편안하다네.	林泉無禁可安身
나물 캐고 낚시질로도 허기를 채울 만하고	採山釣水堪充腹
달과 바람을 읊조리며 정신을 맑게 한다네.	詠月吟風足暢神
배움에 의심이 없고서야 쾌활함을 알았으니	學到不疑知快活
평생 헛되이 사는 사람은 면하게 되었구나.	免敎虛作百年人[53]

한 마디로 이를 표현한다면	一言盡之
'학문을 쉼 없이 해나간다면	曰學不息
모든 이치가 절로 통한다'라네.[54]	萬理自通

　학문성취의 목표는 현실에 있는 것이 아니라 배우는 그 자체에 있
다. 이러한 과정을 쉼 없이 축적하면 결국 만물의 이치가 통하게 되는
것이다. 학문의 眞樂은 바로 여기에 있다. 이들은 학문에서 그 즐거움
을 찾고자 하였다. 뛰어난 학문적 성과는 바로 이러한 즐거움과 쉼
없는 노력에서 얻을 수 있다. 이들은 각자의 은거지에서 이러한 학문
적 眞樂과 성취를 이루어 나름의 경지를 견지하였다. 예컨대 趙昱을

53　上同,「述懷」.

54　林薰,『一齋集』,「偶書」.

살펴보자. 그는 특히 道學이 실추된 현실에서 이를 부흥시키는 것으로 자신의 임무를 자임하였다.

지극한 도는 참으로 늘 존재하고	至道固常存
만고토록 저절로 펼쳐져 밝다네.	萬古自宣朗
어찌하여 이단을 배우는 자들은	如何學異者
허무에 근원해 象罔으로 귀의하나?	祖虛歸象罔
그 누구인가, 正宗을 흥성시켜서	何人興正宗
환하니 손바닥에서 보여 줄 이가.[55]	昭然示諸掌

조욱의 작품에서는 현실에 대한 강력한 저항의지나 백성의 고통에 대한 구체적 언급이 보이지 않는다. 위의 시에서도 감지되듯, 도학이 실추된 현실에 옛 성현의 학문을 부흥시키려 끊임없이 노력하고 그 방법을 찾으려 애쓰는 모습을 엿볼 수 있다.

이는 여러 자료에서 확인된다. 그는 異端으로 치닫는 당시의 학문 풍조를 안타까워하면서 오로지 朱子에게로 이어진 聖人의 학문을 계승하는 데에 주력하였다. 그리하여 자신의 修身에 철저했음은 물론 문인에게도 聖人의 학문에 전념할 것을 늘 강조하였다. 주자의 학문에 목말라하는 그의 절절한 마음은 꿈에서 주자를 만나는 것으로 표현되기도 하였는데,[56] 이에서 도학이 蒼然한 세상을 갈망하는 그의 마음을 읽을 수 있다.

---

55 趙昱, 『龍門集』권1, 「次朱晦庵感興韻」 중 첫째 수.
56 上同, 「學顔子吟」.

조선시대 학술사적 흐름에서 살펴보아 16세기는 학문적 심화가 이루어지던 시기이다. 개국 초의 혼란한 상황에서는 무엇보다 국가의 기강 확립과 안정이 우선되어야 하므로, 성리학도 이에 적합하게 현실적이고 실용적인 측면을 강조한 經世學이 지배적이었다. 곧 국가정책을 입안하거나 문물제도의 정비 등에 주력했으며, 학문적 성격 또한 公利的이고 實用的인 요소를 중시하였다. 따라서 麗末鮮初에 陽村 權近(1352-1409)·三峯 鄭道傳(1342-1398) 등 몇몇 학자에 의해 학문적 성과가 나오긴 했으나, 당시 건국세력들은 중앙집권체제를 강화하는데 총력을 기울였기 때문에 성리학의 이론적·철학적 측면에 관심이 덜할 수밖에 없었다. 이때까지만 해도 성리학적 이론 연구의 역량은 아직 미미한 상태였던 것이다.

그러나 16세기에 들어와 사림이 두각을 드러내면서 학문적 분위기가 일신되었다. 金安國(1478-1543)·趙光祖(1482-1519)를 거쳐 徐敬德·李彦迪(1491-1553)·李恒·李滉(1501-1570)·金麟厚(1510-1560) 등이 활발한 움직임을 보였다. 앞선 시기의 김안국·조광조 등이 정치 전면에 나서서 성리학적 세계관에 입각한 질서체제 확립에 주력했다면, 이 시기의 서경덕·이항 등은 물러나 학문의 탐구 및 심화에 주력했다고 할 수 있다.

이처럼 학문의 탐구 및 심화는 조선조 사대부사회 사인들의 자기정체성 확립에 중요한 근거를 제공하였다. 이들은 지적탐구를 통해 자기 존재방식의 기저를 찾았던 것이다. 이들은 성리학적 세계관이 투철한 학자로서, 자신들을 보편적 진리의 실현자라 자각하였다. 때문에 그 진리를 실현하기 위해서는 이론적·논리적 객관화가 불가피하였다.

성리학적 세계관 속에서는 나와 우주, 그리고 사회가 하나의 치밀한 구조로 일관되게 움직인다. 보편적 원리와 내가 일상생활에서부터 빈틈없이 우주적 질서 속에 合一되는 것이다. 이것이 성리학적 지식인의 세계관이자 자부심이었다. 때문에 이를 뒷받침할 학문의 이론적 탐구가 절실했으며, 어느 것보다 명료하고 精緻하게 탐구해야 할 필요가 있었다. 때문에 16세기 유일은 출사 여부와 무관하게 자기존재의 정당성을 확립하기 위해서는 진리탐구에 몰두하지 않을 수 없었던 것이다.

이들은 서로간의 방문과 서신교환 등을 통해 학문적으로 교류하였고, 이로 인해 각자가 견지한 여러 學說을 공유하였다. 대표적으로 서경덕의 氣論이나 이항의 氣一物說, 남언경의 陽明學的 관심 등은 이 시기 유일에게서 나타나는 심화된 학문적 성과라 할 수 있다.

제4장
16세기 유일의 특징적 성향

1. 개방과 博學을 추구한 학문성향

16세기는 조선조 사인에게 암울한 시대였다. 그들의 이상인 道學 至治主義가 여러 차례의 士禍로 완성되지 못했고, 이로 인해 그들은 지방으로 물러나 오랜 기간 再起를 기다려야 했다. 그러나 그러한 인내와 기다림의 시간을 통해 16세기 중반에 이르면 이들에 의해 성리학의 이해 수준이 절정에 이르게 된다. 이러한 흐름에 당대는 물론 이후까지 가장 많은 영향을 끼친 인물로는 李滉・曺植・李珥 등을 들 수 있다.[1]

그 과정에서 16세기 사인들은 학문적・사상적 성향에서 두 가지의

---

1 금장태, 『朝鮮前期의 儒學思想』, 서울대 출판부, 2003, 259-260쪽. 필자는 16세기 조선조 성리학의 정립을 세 단계로 구분하였다. 徐敬德과 李彦迪의 氣 철학 정립을 그 출발점으로 보았고, 李恒・李滉・曺植・奇大升 등이 본격적으로 성리학을 심화・다양화시킨 것을 두 번째 단계로 보았으며, 李珥・成渾・宋翼弼 등에 의해 성리학이 완비되는 시기를 세 번째 단계로 보았다. 그러나 이들 가운데 조선후기에 가장 많은 영향을 끼친 인물로는 이황・조식・이이를 꼽았다.

뚜렷한 상이점을 드러내었다. 朱子의 학문체계를 중심으로 理學의 이론적 측면을 강조한 경우가 그 하나인데, 주로 李彦迪·李滉 등을 중심으로 발전하였다. 이들은 중종 말에 처음 국내로 들어온 『朱子大全』을 중심으로 주자의 학문체계를 연구함으로써 성리학 연구를 체계적으로 심화시켜 갔다. 예컨대 孫仲暾(1463-1529)과 曹漢輔(?-?) 간의 無極太極論爭, 이황과 高峯 奇大升(1527-1572) 간의 四端七情論爭, 뒤이어 李珥와 成渾 간의 人心道心論爭 등은 조선조 성리학의 수준을 최고 절정으로 끌어올렸을 뿐만 아니라 이론적으로 확립하는 데 결정적 역할을 하였다.

다른 하나는 이러한 이론적 논쟁을 비판하고 실천 중심의 학문 성향을 보인 경우이다. 이 부류의 인물로는 조식 등이 대표적이며, 16세기 유일 또한 이에 포함된다고 할 수 있다. 이들의 학문적·사상적·의식적 기저가 성리학적 磁場 속에 있었음은 물론이다. 이들은 被薦을 계기로 出處의 선택에서 다소 간 차이를 보이기도 하나, 일생 자연 속에서 爲己之學에 힘쓰며 성리학적 세계관을 견지하였다. 특히 자연을 중요시하였는데, 그 속에서 사림파 본연의 기능을 더욱 강화하면서 은거를 통해 유가적 진리의 세계를 구축하고자 하였다.

그러나 이들이 성리학 한 가지만을 일삼는 경직된 학문자세를 취했던 것은 아니었다. 대체로 『小學』·『大學』·『近思錄』 등을 중심으로 공부하고 자연 속에서 성리학적 세계관을 견지하면서도 天文·地理·醫學·卜筮·老莊·陽明學·佛敎 등 다양한 분야를 탄력적으로 받아들이는 개방적이고 박학적인 학문 자세를 추구하였다.

조식은 陰陽·地理에서부터 弓馬·兵陣·鍊戎에 이르기까지 두루 관심을 가졌고,[2] 성제원은 스승인 柳藕에게서 이러한 성향을 전수

받았으며,[3] 유우는 趙光祖의 문인으로 그 역시 천문·복서·율려·
산수·서화에 이르기까지 다양한 학문적 관심을 소유하고 있었다.[4]
土亭 李之菡(1517-1578)은 이에서 나아가 神方·秘訣까지도 두루 통
하지 않음이 없었다고 한다.[5]

李恒은 무예와 병법에 뛰어났는데, 이후 성리학에 침잠한 인물이
다.[6] 그는 본격적으로 학문에 뜻을 두는 28세 때까지 무예를 배우고자
했으며, 완력을 행사하는 여러 일화가 남아전하는 재미있는 인물이
다. 그의 스승인 松堂 朴英(1471-1540) 또한 武科 출신으로 醫學에도
밝았던 인물이며,[7] 그의 교유인과 문인 중에는 무예가 출중한 인물이
꽤 포함되어 있다. 黃江 李希顔(1504-1559) 또한 활쏘기와 말 타기에
능숙하였지만 한 가지도 써보지를 못했다고 한다.[8] 林薰과 趙昱은 각
각 親佛家的·親道家的 성향을 짙게 드러내고 있으며, 그들의 동기

---

2 曹植, 『南冥集』 권4, 「行狀」. "又嘗言釋氏上達處 與吾儒一般 至於陰陽地理醫藥
   道流之言 無不涉其梗槪 以及弓馬行陣之法 關防鍊戌之處 靡不留意"

3 ① 李肯翊, 『燃藜室記述』 明宗朝故事本末 明宗朝遺逸 成悌元條. "少孤力學 卓
   犖不群 爲文汪洋大肆 自成一家 至於醫卜地理之末 無不涉獵" ② 金烋, 『海東文
   獻總錄』, 「三賢珠玉」. "成悌元……至於山經地誌醫卜之書 無不涉獵"

4 『燃藜室記述』 中宗朝遺逸 柳藕條. "天文卜筮律呂算數書畵 各極其妙"

5 李之菡, 『土亭遺稿』 卷下, 「遺事」. "先生聰明計慮 超越近古 泛濫諸家 不事雕虫
   天文地理醫藥卜筮律呂算數知音 觀形察色神方秘訣之流 無不通曉"

6 李恒, 『一齋集』, 「墓碣銘」. "早業武學 如南致勛·致勤·閔應瑞輩 惟先生指揮
   人雖目以狂荒 而亦有知其爲非常人者 時年已廿八九矣"와 『燃藜室記述』 明宗朝
   遺逸 李希顔의 기록 참조.

7 朴英, 『松堂集』 권3, 「己卯錄」. "朴英居善山 中武科 廉退不求宦達……其所著述
   詩文 皆悟透之語 尤精於醫術 活人甚衆"

8 『明宗實錄』 14년 5월 13일자 이희안 卒記. "及居喪葬祭 一依古禮 旣能文 又閑弓
   馬 不得試其一焉"

간인 瞻慕堂 林芸(1517-1572)과 養心堂 趙晟(1492-1555)에게서 보이는 이러한 성향[9]도 두 사람의 영향이라 쉽게 추측할 수 있다. 이들은 유가사상에 의식의 기저를 두면서도 상대적으로 老莊이나 佛家 등을 우호적으로 받아들이는 탄력적인 박학성향을 보이고 있다.

실제 이들이 노장사상에 심취한 흔적은 어렵지 않게 찾아 볼 수 있다. 예컨대 임훈은 더럽고 누추한 곳에 살면서도 달게 여기는 달팽이의 삶을 노래한 「蝸」에서 "莊生의 寓物論을 이어 그런 대로 내 마음을 가탁하여 말하노라."[10]라고 하여 그의 노장사상을 노골적으로 드러내었다. 조식은 노장성향이 강하게 나타나는 대표적 인물로 알려져 있는데, 그 예시로 그의 號나 卜居地 이름 등이 자주 거론되었다. 예컨대 '南冥'이란 호는 『莊子』「逍遙遊」에서 취하였고, 학업장소였던 '雷龍亭'의 이름은 『老子』의 "尸居龍見 淵默雷聲"에서 가져왔다. 또한 '鷄伏堂'이란 그의 齋名에 대해 이황은 老莊書에서도 보지 못한 것이라고 배척하였다. 成運은 方外的 성향을 다분히 지녔다고 평가받았으며,[11] 그 성향 또한 조식과는 사뭇 달랐다. 이는 서경덕의 경우

---

9 ① 林芸, 『瞻慕堂集』 권3, 「行狀」. "於書無所不讀 而功力專在於四書近思錄心經朱子等書 而於易尤精 其他天文地理醫藥卜筮地法 無不涉獵 而尤留意於算數之學 兵家之書 多有自許自任之重" ② 趙昱, 『龍門集』, 「請額疏」. "晟 則早歲志學 與昱齊名 最善於覃精深究 一時士友皆退遜 自以爲不及 而儒術之餘 旁及於天文地理醫藥律呂筮數 無不精通 輒辭除命 一以育才爲任"

10 林薰, 『葛川集』 권1, 「蝸」. "續莊生寓物之論 聊以寓夫余心"

11 李植, 『澤堂集』 권15, 「雜著」. "今觀大谷集 則有虛夫贊醉鄕記 皆方外語也" 기존의 방외인 연구에서는 성운을 방외적 인물로 규정하고, 그 대표적 작품으로 「虛父贊」과 「醉鄕記」를 거론하기도 하였다. 윤주필, 『한국의 방외인 문학』, 집문당, 1999, 143-144쪽.

도 마찬가지였다.[12]

당시 유일은 기본적으로 불교의 惑世誣民에 대해 매우 부정적 시각을 지니고 있었다. 그러나 이들은 자연 속에 물러나 있으면서 자연히 物外의 세계에 사는 승려들과 빈번히 교유하였고, 때로는 그들의 안내를 받아 산수를 유람하였으며, 그들을 통해 서신을 왕래하기도 하였다. 실제로 그들의 문집에서 승려와 주고받은 편지나 한시도 다수 발견된다. 조욱에게서 특히 두드러지게 나타나는데, 예컨대 「贈祖根禪師三十韻」·「贈空上人」·「次慕齋贈釋上人韻五首」·「次士容韻贈閑上人」·「信悅上人在僧伽寺 因敬牛來 送空軸索詩 走草還之」·「贈戒禪上人」 등의 작품에서만도 대여섯 명의 승려가 확인된다. 조식의 경우도 승려와의 교분이 두터웠는데 「贈山人惟政」·「贈熙鑑師」·「贈五臺僧」·「贈行脚僧」·「別敬溫師」·「謝僧送圓扇」·「贈太容」 등의 시가 이를 증빙하고 있다.

성운은 본래 士族의 자손이었던 어떤 이가 승려가 되어 지리산에 거주하다가 조식과의 인연으로 자신을 찾아왔는데, 그와의 사귐을 마다하지 않으면서도 그의 재주를 안타깝게 여겨 儒學으로 옮길 것을 권유하였다.[13] 임훈은 일찍부터 덕유산 산사의 승려와 친분이 두터워 승려 性默의 부탁으로 「靈覺寺重創記」를 지었고, 三水菴의 승려 道澄이 雲水行脚을 떠나면서 그에게 가르침을 청한 것,[14] 또한 덕유산

---

12 李植, 『澤堂集』 권15, 「追錄」. "徐花潭 奮起寒微……世俗相傳 謂先生有異術 至於仙方秘記 言其蟬蛻不亡 此說雖怪誕 然花潭平日論議之伎倆 亦必有近似者 故爲方外之士 所藉口也"

13 成運, 『大谷集』 卷中, 「送田上人」. "窮山來訪我 亦有願交志 叩中聽其言 頗見才超異 所惜從異教 覆空費心智 儻使移儒學 芳行無興頹"

香積峰을 오를 때 삼수암의 승려 惠雄과 陸行이 길 안내는 물론 여러 도움을 준 것[15] 등에서 이들과의 친분을 확인할 수 있다.

그렇다면 이들에게서 이러한 博學性이 공통적으로 드러나는 요인은 무엇인가. 유학이 현실과 깊은 관련을 갖는 학문이므로 본래 폐쇄적이지 않다는 점과, 당시는 朱子學이 고착되기 이전이므로 현실과 밀접할 수밖에 없다는 것도 중요한 요인으로 들 수 있다. 그 외에 다음 두어 가지에서 찾을 수 있을 듯하다.

첫째, 세종 때 四書大全·五經大全과 함께 명나라로부터 수입된 『性理大全』의 영향이다. 이 책은 永樂帝 때인 1415년에 纂集한 것으로, 周敦頤·張載·朱熹·蔡元定·蔡沈 등 宋代 성리학자의 설은 물론이고 佛教·老莊·陽明學 등에 관한 120여 학자의 다양한 학설을 理氣·鬼神·性理·道統·聖賢·諸儒·諸子·治道·詩·文 등 13개 항목으로 분류하여 만들었다.[16] 세종은 성리학의 폭넓은 보급을 위해 국내에서 새로 간행하여 보급하는 열의를 보였다. 예컨대『世宗實錄』7년(1425) 10월 15일자 기록에 의하면, 세종은 충청·전라·경상도감사에게 四書五經과『성리대전』을 인쇄할 종이를 진상하라고 명하였고, 이후 9년(1427) 7월 18일과 10년(1428) 4월 1일 경상도감사 등이 대량 인쇄하여 진상한 사실을 확인할 수 있다.

게다가 중국으로부터 수입된『朱子大全』은 중종 38년(1543)에 처

---

14 『葛川集』권2 「送澄上人遠遊序」가 전한다.

15 「登德裕山香積峯記」에 잘 나타나 있다. 그 외에도 이들이 임훈을 찾아 와 글을 청하기에 「次雄上人詩軸韻」·「書陸行上人詩軸」 등을 지어 주었다.

16 金恒洙, 「16세기 士林의 性理學 理解」, 『韓國史論』7집, 서울대학교 국사학과, 1981, 126-128쪽.

음 간행·보급되었고,[17] 당시 중앙정계에 있던 이황 등도 이때서야 『주자대전』을 접하고 이에 몰입했던 만큼,[18] 그 이전까지의 학자들은 이 『성리대전』을 중심으로 탐구할 수밖에 없었다. 물론 이전에도 주자의 글이 부분적으로 국내에 들어와 있었으나 그 양이 극히 적었기 때문에 쉽게 구해 볼 수 없었다. 이 외에도 『心經』·『近思錄』 등이 있었지만, 성리학에 대한 보다 깊고 탄력적인 접근은 다양한 학설을 담고 있는 『성리대전』이 기본 텍스트였다고 할 수 있다.

실제로 조식의 경우 이 『성리대전』을 읽다가 元儒인 魯齋 許衡의 글을 통해 인생의 전환이 이루어진 점은 이미 잘 알려져 있는 사실이다. 서경덕 또한 『성리대전』을 중시하는 대표적인 인물로, 北宋의 성리학자 張載·邵雍·周敦頤의 영향을 많이 받았다. 그는 이 우주가 현상세계인 後天과 그 본체인 先天으로 구성되었고, 無形의 太虛가 氣의 본체인 선천이며, 그 기가 聚散變化하는 현상세계를 후천이라고 하였다.[19] 이러한 사상은 장재의 氣論과 소옹의 先天說을 계승·발전시켜 독자적인 우주론을 전개한 것으로, 우주의 본체는 太極이

---

17 權橃, 『冲齋集』 권2, 「朱子大全考疑」. 題目 아래 細註에 "嘉靖癸卯六月 中廟宣賜朱子大全一帙 時大全書自上國始來 先生手自校正 逐卷有短識"라고 하였다.

18 李滉, 『退溪集』 권42, 「朱子書節要序」. "然此書之行於東方 絶無而僅有 故士之得見者蓋寡 嘉靖癸卯中 我中宗大王 命書館印出頒行 臣滉於是 始知有是書而求得之 猶未知其爲何等書也 因病罷官 載歸溪上 得日閉門靜居而讀之 自是 漸覺其言之有味 其義之無窮 而於書札也 尤有所感焉"

19 徐敬德, 『花潭集』 권2, 「原理氣」. "太虛湛然無形 號之曰先天 其大無外 其先無始 其來不可究 其湛然虛靜 氣之原也……一氣之分 爲陰陽 陽極其鼓而爲天 陰極其聚而爲地 陽鼓之極 結其精者爲日 陰聚之極 結其精者爲月 餘精之散 爲星辰 其在地 爲水火焉 是謂之後天"

라는 일반적 주장을 깨고 태허인 氣를 우주의 본질로 보아 氣 중심의
理氣一元論을 전개한 것이다.[20] 이는 그가 독서를 일삼지 않고 탐색
으로써 專心致知하여 自得한 그의 학문자세와도 무관하지 않으며,
그 공부 방법으로 敬보다는 主靜을 강조하였던 것과도 맥락이 닿아
있다.[21] 서경덕의 이러한 사상은 이후 우리나라에서 氣를 중시하는
主氣論의 濫觴이 되었다. 그 외에도 성제원이 소옹의 학문을 배웠으
며,[22] 남언경이 조선의 陽明學 수용에 선도적 역할을 했음은 이미 선
행연구를 통해 잘 알려져 있다.[23] 장재나 소옹은 북송의 성리학자 가
운데에서도 불교나 노장사상에 심취했던 인물이다.

둘째, 그들의 학문성향 가운데 自得之學의 영향도 간과할 수 없다.
〈표 1〉에서 확인되듯, 논제인물 가운데 일정한 스승 없이 학문의 경지
를 자득한 이로는 서경덕·성운·조식·이희안·임훈·김범 등을
들 수 있다. 대체로 자득의 학문을 추구한 사람은 그 성향에 있어 자
율성과 다양성이 확립될 가능성이 높다. 師承에 매몰되지 않는 思考
의 유연성을 지니고 있기 때문이다. 당시 이들은 성리학 외에 도가·
불가·양명학·象數學 등에 이르기까지 다양하고 박학적인 학문성
향을 보였을 뿐만 아니라, 이들의 문인에게서도 똑같은 박학성향이

---

20 文現相,「韓國 性理學에서의 人性論에 관한 考察」,『生活指導研究』18집, 조선대
    학교 생활지도연구소, 1998, 7-8쪽.

21 고영진,「성리학의 연구와 보급」,『조선시대 사상사를 어떻게 볼 것인가』, 풀빛,
    1998, 135-142쪽.

22 成悌元,『東洲集』稿下,「諸家記述」, "東洲先生是學康節之學者 而先賢惜其不生
    於中朝則非偏方之小儒矣"

23 尹南漢,『朝鮮時代의 陽明學 研究』, 集文堂, 1986, 137-171쪽.

다분히 드러남으로써 이를 방증하고 있다.

서경덕의 경우 특히 자득을 통해 학문의 大成을 이룬 인물로,[24] 학문의 한 분야만을 고집하지 않고 다양한 분야를 적극 포용하였다. 이는 그의 門人錄에 실린 제자들의 성향을 살펴보아도 쉽게 파악할 수 있다. 草堂 許曄(1517-1580)・思庵 朴淳(1523-1589)은 東人・西人의 領袖로 추대될 만큼 정치적으로 명망이 높던 官僚學者이며, 杏村 閔純(1519-1591)은 山林學者이며, 守庵 朴枝華(1513-1592)・孤青 徐起(1523-1591)는 道家思想을 절충한 이들이며, 李之菡(1517-1578)은 상업을 중시한 대표적 인물이었고,[25] 耻齋 洪仁祐(1515-1554)・南彦經은 양명학에 경도된 것으로 알려져 있다. 특히 남언경은 사화기를 거치면서 쇠퇴한 士林家의 후손인데, 서경덕에게서 心學을 배운 후 老莊・醫藥 등 사상적 編曆過程을 거치는 동안 양명학을 접하였고, 서로 상반된 서경덕과 이황의 학파에 淵源하면서도 이후 이들과는 또 다른 학문에 매료되었던 것이다. 이에서 서경덕의 다양하고 개방적인 학문성향이 여실히 드러난다고 하겠다.

마찬가지로 조식의 문인도 스승의 성향을 그대로 전수 받았는데, 老莊・禪學・陽明學的 특징을 다분히 지니고 있던 來庵 鄭仁弘(1535-1623), 壬亂 이후 道家의 養生法에까지 적극적 관심을 보인 忘

---

24 ①『花潭集』권3,「神道碑銘」."先生 能自得師 不由人傳 乃自性推 心爲神明 理涵其中 吾心不盡 於理未窮 能窮其理 是曰知性 爲此有道 思作睿聖 先生勇詣 是究是思 厥理躍如 若或相之 物無不格 知然後至 眞妄旣分 自能誠意 正脩以下 道本一致 自始至終 不容不二" ②『宣祖實錄』5년 9월 戊子."傳贈戶曹佐郎徐敬德 生于士氣銷鑠之餘 杜門不出 專精學問 尤邃易理 多有自得之妙"

25 申炳周,『南冥學派와 花潭學派 硏究』, 일지사, 2000, 15-20쪽.

憂堂 郭再祐(1552-1617), 算數·兵陣·醫藥·天文·地理 등 다방면에 해박했던 浮査 成汝信(1546-1632) 등을 들 수 있다.[26] 이렇듯 16세기 유일 가운데 자득한 이들과 그 문인에게서 박학적 학문 성향이 두드러지게 나타나고 있다.

이처럼 자득을 귀히 여기는 인식은 불교·노장 등의 학문도 수용할 수 있다는 인식을 제고하면서 강한 闢異端으로 나아가지 않았다. 게다가 이들은 현실에서 물러나 자연과의 융합을 추구하고 안빈낙도적 삶을 지향했기 때문에 老莊의 無爲的 삶과 佛家의 避世的 성향을 공유하기도 하였다.

마지막으로 이들에게서 박학성이 돋보이는 요인으로는 혼란스럽고 어려운 시대를 구제하고자 하는 재야지식인으로서의 사명감을 들 수 있다. 이들의 박학성향은 단순한 학문적 호기심이 아니라 학문이 백성의 삶에 도움이 되어야 한다는 인식에서 시작되었다. 민생의 어려움을 가까이서 접하던 이들은, 기상이변이나 천재지변으로 인한 민생고를 직접 목격하였고, 그래서 자신의 학문적 성취를 통해 실질적 도움이 되고자 하였다. 결국 퇴처인들은 개인의 수양 못지않게 백성의 삶에 유용한 학문을 추구하고 이를 통해 어려운 시기를 극복하는 것으로 학문의 목표를 삼았는데, 이를 위해서는 다양한 학문적 관심과 수용이 절실히 필요했던 것이다.

주지하듯 조선전기는 개국 초부터 다양한 역사적 변화 양상을 보여 왔고, 이에 따라 당대 문인들도 서로 다른 성향들을 표출하였다. 그

---

26 신병주, 앞의 책, 89-102쪽.

과정에서 심화·발전되어 계승된 것도 있고, 소멸된 것도 있으며, 반대로 새로운 것들이 생겨나 기존의 것과 공존하기도 하였다. 외관상으로는 유가적 가치이념 속에서 엄격하고 정제된 듯 보이나, 후기에 비해 상대적으로 탄력성과 자율성이 허용된 시기였다고 할 수 있다. 그렇게 변천 과정에서 축적된 다양한 성향들은 16세기에 이르러 정점을 이루었다. 16세기는 이후 주자학 일변도로 획일화되기 직전 다양한 사상들이 亂立하고 또 심화된 시기였던 것이다.

따라서 지식인에게서 나타나는 이러한 박학적 학문성향은 시대변천에 따라 그 성격을 일정부분 달리하였다. 예컨대 15세기의 박학풍은 개국 후 국가의 안정을 위해 중앙에서 주도적으로 추진한 실용적 박학성이었다. 현실에 바탕을 둔 경제적 측면에서의 박학성이라 할 수 있다. 현실에서 당장 절실히 필요로 하는 것이었기에 기술적·경제적 공효를 목적으로 하였다. 반면 16세기 유일에게서 나타나는 박학성은 국가나 중앙에서 주도적으로 해결하지 못하는 백성들의 불편이나 고통을 자신들의 학문적 소양으로 보탬이 되고자 했으며, 그래서 학문적 관점에서 다양한 접근이 가능할 수 있었다. 곧 16세기 유일은 성리학적 세계관을 견지하면서도 天文·地理·醫學·卜筮·老莊·陽明學·佛敎 등 다양한 학문 분야를 탄력적으로 받아들이는 개방적이고 박학적인 학문자세를 추구하였고, 그것의 공효가 민생의 보탬으로 드러났다고 할 수 있다.

2. 교유와 소통을 통한 관계망 형성

16세기 유일은 전국의 각 지역에 흩어져 은거하면서도 서로 고립적으로 존재하는 것이 아니라 상호 밀접한 교류를 맺고 있었다. 이들은 전국에 걸쳐 은거하였다. 예컨대 황해도 개성의 서경덕, 한양 북악산의 성수침, 경기도 坡平의 조욱과 양평의 남언경을 비롯하여, 충청도에는 보은의 성운과 公州의 성제원 그리고 淸州의 한수가 있었으며, 경상도에는 진주의 조식, 거창의 임훈, 합천의 이희안, 상주의 김범 등이 있었고, 전라도에는 정읍에 이항이 은거하고 있었다. 이들의 교유는 끊임없는 방문과 연락을 취하며 지속적으로 이어졌고, 그들의 은거지는 당시 유일들의 회합장소였다. 이러한 교유를 통해 그들은 퇴처인으로서의 공동의식 뿐만 아니라 각자의 학문과 사상 등을 공유하였다. 몇 가지 구체적인 사례들을 살펴본다.

이들 중 여러 유일에게 가장 밀접한 영향을 끼친 인물은 聽松 成守琛이었다. 그는 己卯士禍를 전후한 시기에 한양 근교 북악산 아래에서 세상을 멀리하고 자연과 벗하며 학문에 열중하고 있었다. 그는 기묘년 당시에 선비들의 명성이 너무 성행하자 매우 근심하였고, 이후 부친상을 당했을 때 몸이 쇠약해져 세상에 나아가 활동하지 못할 것을 깨닫고는 과거공부를 그만두었다. 그리고 북악산에 은거하여 修身養性하는 것으로 뜻을 삼았다.[27]

성운은 성수침과 사촌 간으로 그 또한 한양에서 생활하고 있었다. 성수침은 어려서부터 효자로 소문이 자자했으며, 아우 成守琮(1495-

---

27 『燃藜室記述』, 民族文化推進會 飜譯本 3책, 명종조 고사본말, 1988, 202쪽.

〈지도 1〉 유일의 은거지 분포

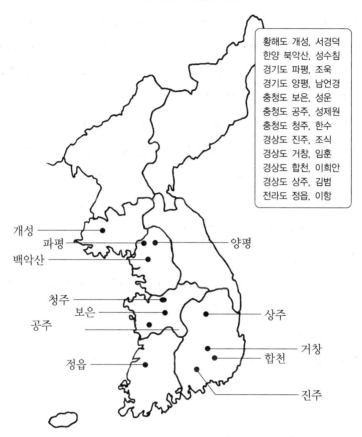

황해도 개성, 서경덕
한양 북악산, 성수침
경기도 파평, 조욱
경기도 양평, 남언경
충청도 보은, 성운
충청도 공주, 성제원
충청도 청주, 한수
경상도 진주, 조식
경상도 거창, 임훈
경상도 합천, 이희안
경상도 상주, 김범
전라도 정읍, 이항

1533)과 함께 趙光祖의 문하에 출입하여 명망이 있었다. 기묘년 전후
의 혼란한 시기에 당시 은거의 삶으로 명성을 얻고 있던 성수침의 처
세가 두 사람에게 깊은 영향을 주었다. 그가 일생 보여준 隱逸自適的
삶과 철저한 孝悌의 실천, 아들 牛溪 成渾으로 이어지는 家學과 삶의
행적에서도 그 영향을 확인할 수 있다. 성수침의 卒記에 의하면 "아들
성혼이 가학을 받아 선친의 뜻을 잘 이었고 학문을 게을리 하지 않았

다. 그리고 효행도 있어 지금 行義로 이름이 알려져 있다."라고 하였으며, 또한 星湖 李瀷(1681~1763)은『星湖僿說』에서 "우계가 비록 어질다 해도 청송의 아들이 아니었다면 세상에서 존경함이 반드시 이에 이르지는 않았을 것이다."라고 하였으니, 이로 보아 성수침에 대한 칭송은 후대까지 지속되었음을 알 수 있다.

성운은 성수침이 세상에 나아가도 나라와 백성을 위해 자신의 뜻을 펼칠 수 없음을 알고 끝까지 은둔했던 점을 매우 존중하였다. 이 점에 있어서는 조식도 마찬가지였다.[28] 성운은 성수침에 대해 "거둬들여 감추고서 물러나며, 명성을 드러내지 않고 산야에 거처하며, 性理의 심오함을 탐구하고 몸을 닦아 獨善하며 평생 소요하는 것만 못하니, 이것이 선생의 뜻이다."[29]라고 하여, 시대와 道가 어긋나 세상에 나아가지 않고 일생 은일자적한 삶을 살았다고 하였다. 때문에 성운은 이러한 성수침의 기품을 존숭하여 인물을 논할 때마다 功名에 대한 생각을 끊고 학문에 전념한 그를 제일로 꼽았다.[30]

성수침과 성제원은 친척 간으로, 두 사람은 일생과 성향이 매우 유

---

28 ① 기록에 의하면 "어느 날 남명은 북악산 아래에 살고 있는 성수침을 방문했는데, 그의 隱者的인 생활을 목격하고 마음속으로 기뻐하며 고향으로 돌아가, 지리산 아래에 은거하여 남명이라 自號하였다"(『栗谷全書』,「經筵日記」)고 되어 있다. ② 李珥,『栗谷全書』,「經筵日記」隆慶六年壬申條. "正月 處士曹植卒 植字建仲 性耿介 少業科學 而非其所樂 一日 於漢都訪成守琛 守琛構屋白嶽峯下 謝絶世故 植樂之 遂歸鄕不仕 居智異山下 自號南溟"

29 『大谷集』卷中,「聽松先生遺事」. "不如斂藏而退 不顯聲名 棲息山野之間 探窮性理之奧 脩身獨善 卒歲逍遙 此先生之志也"

30 宋時烈,『宋子大全』권172,「大谷成先生墓碣銘」. "先生論一時人物 必以聽松爲第一"

사한데도 왕래한 기록이 거의 없다. 현전하는『聽松集』에는 성수침이 말년에 지은「坡山」이란 詩題 아래 23명의 차운시가 실려 있는데, 靈川子 申潛(1491-1554)과 李滉을 비롯해 조식·성운·성제원·조욱 등의 유일과, 石川 林億齡(1496-1568)·泛虛齋 尙震(1493-1564)·河西 金麟厚(1510-1560) 등 당대 석학의 이름이 보이는 정도이다. 그러나 성제원이 조식·성운과 절친한 사이였고, 따라서 이들 두 사람의 막역한 知己였던 성수침과 어떤 경로를 통해서건 친밀한 교유가 있었으리라 추측해 볼 수 있다. 성운과 조식은 서울에서의 친분 이후 속리산과 지리산에 각각 은거하여 일생을 보냈는데, 서신을 주고받으며 교유를 지속하였다.[31]

임훈과 조식·이희안 또한 평생의 지기로 서로를 허여하였다. 이희안은 28세 때인 1531년 합천의 향리에 黃江亭을 지어 그곳에서 소요하였다. 황강정은 성수침·성운·조식·성제원 등 당대 유일들이 내방하여 학문을 강마하는 등 회합장소로서의 역할을 담당하였다. 예컨대 33세 때는 성운이 내방하였고, 36세 때는 성제원이, 47세 때는 성수침이, 54세 때는 이황의 문인 月川 趙穆(1524-1606)과 錦溪 黃俊良(1517-1563) 등이 찾아와 학문을 강마하였다. 만년에는 조식과 龜巖 李楨(1512-1571) 등과 함께 지리산을 유람하기도 하였다.[32]

조식은 경상도 咸陽의 花林洞을 자주 찾았다. 그가 이곳을 찾은

---

31 『南冥集』에는 성운에게 준 편지 7통, 시 9편이 실려 있으며,『대곡집』에는 성운이 쓴「南溟先生墓碣」외에 조식과 관련한 시 11수가 남아 전한다.

32 『南冥集』권2,「遊頭流錄」. "嘉靖戊午孟夏 金晉州泓泓之·李秀才公亮寅叔·李高靈希顏愚翁·李淸州楨剛而泊余 同遊頭流山 山中貴齒而不尙爵 擧酌序坐以齒 或時不然 初十日 愚翁自草溪來我雷龍舍 同宿"

것은 빼어난 경관 때문도 있었지만, 자신을 기다리는 벗과 문인들이 있었기 때문이다. 함양의 선비 玉溪 盧禛(1518-1578)과 介庵 姜翼(1523-1567)을 비롯하여, 인근지역인 거창에는 林薰이 있었다. 이들은 함께 인근의 명소를 찾아 산수를 즐기거나 서로의 은거지를 방문해 학문을 토론하며 우의를 다졌다. 화림동은 두 사람에게 뜻깊은 장소였던 것이다. 1563년 64세의 임훈이 부친상을 당하자 조식이 찾아가 위로하였고, 經明行修로 피천된 1566년 조식이 명종을 알현하고 내려오는 길에 문인 覺齋 河沆(1538-1590) · 大笑軒 趙宗道(1537-1597) · 寧無成 河應圖(1540-?) · 潮溪 柳宗智(1546-1589) · 茅村 李瀞(1541-1613) 등과 함께 함양으로 노진을 찾았다가, 다시 임훈을 찾아가 猿鶴洞 · 長水洞 · 玉山洞 등 인근의 명승을 유람하고 그의 葛川精舍에서 하루를 묵은 후 돌아갔다.

> 세도를 만회하는 것이 그대 일이었으니 　　　挽回世道吾君事
> 산림에서 쓸쓸히 지낼 사람이 아니었네. 　　　非是山林謾索居
> 만일 고인과 비교하여 차례를 논한다면 　　　若把古人論次第
> 천 년 전 동강에 살던 嚴光이 어떠할지. 　　　桐江千載問何如

이는 조식이 세상을 떠나자 임훈이 지은 輓詩로, 두 사람의 허여가 얼마나 깊고 넓었는지를 알게 해 준다. 임훈은 조식이 출사하지 않고 은거해 있지만 세도를 만회할 만한 뛰어난 인물이며, 그만한 인물은 고인에게서도 찾아보기 힘들겠지만 굳이 찾는다면 엄광에 비유할 만하다고 하였다. 주지하듯 엄광은 광무제 때 은자이며, 조식이 「嚴光論」을 지어 자신이 출사하지 않는 이유를 比擬하여 거론했던 인물이기도 하다.

뿐만 아니라 이들은 서로의 은거지를 방문하여 며칠 씩 함께 인근
의 명승을 유람하였고, 현실에 대해 토론하며 학문과 의식을 공유하
였다. 예컨대 서경덕과 이지함·서기 등이 보은현감으로 있던 성제원
을 찾아가 침상을 맞대고 며칠 동안 이야기를 나누었다는 것은 유명
한 일화이다. 이때 相國 李浚慶(1499-1572)이 그 소문을 듣고 "응당
하늘에 德星이 나타났을 것이다."라고 하였다.[33]

조식은 1557년 보은 속리산의 성운을 내방했을 때 그곳에서 성제원
을 처음 만났다. 성제원은 유일로 피천되어 보은현감을 제수 받아 재
직하고 있었다.

> 성운은 속리산에 은거하면서 거문고와 책으로 스스로를 즐겼다. 조
> 식이 일찍이 찾아왔는데, 公〔成悌元〕이 마침 그 자리에 있었다. 조식
> 과 공은 비록 초면이었지만 마치 옛 친구처럼 친하였고, 서경덕과 이지
> 함도 동행하여 함께 며칠을 보냈다. 조식이 떠나려 할 적에 공이 미리
> 중도에 전별연을 베풀고 홀로 따라와서 전송하였다. 손을 잡고 눈물을
> 흘리며 말하기를 "그대와 나는 모두 중년의 나이로 각기 다른 지방에
> 살고 있으니, 다시 볼 날을 어찌 기약할 수 있겠습니까?"라고 하였다.[34]

---

33 『東洲集』稿下,「年譜」. "先生在縣時 南冥土亭花潭 皆遠至爲對牀連夜語 李相國
浚慶聞之曰 應有德星見於天矣" 성제원이 보은현감으로 임명된 것이 1553년이니,
위 기록에서 徐敬德이 함께 성제원을 방문했다는 것은 사실과 맞지 않는다. 그러나
위 일화는 당시 처사형 학자들이 서로 교유했음을 나타내는 대표적 기록으로 잘
알려져 있다.

34 『燃藜室記述』, 明宗朝遺逸 成悌元條. "成運隱俗離 安靜恬淡琴書自樂 曺植嘗來
訪 公適在坐 植與公初面 親若舊友 徐敬德李之菡亦連袂 而至同歡數日 植將行

이때 두 사람은 첫 만남이었지만 며칠을 함께 보낸 뒤 막역한 사이가 되었다. 두 사람은 헤어짐을 아쉬워하였고, 이듬해 추석날 합천 해인사에서 다시 만나기로 약속하였다. 조식이 약속 당일 비바람을 무릅쓰고 해인사로 갔더니, 성제원이 마침 절문에 도착하여 도롱이의 빗물을 털어내고 있었다. 1년 만에 다시 만난 그들은 밤새 시를 주고받으며 백성들의 생활에 대해 이야기를 나누었다. 성제원은 이미 보은현감을 그만 둔 뒤였다. 이때 두 사람의 만남은 이후에도 학자들 사이에서 실추된 선비의식을 반성케 하는 일화로 널리 膾炙되었다. 200여 년이 지난 조선후기 실학자 燕巖 朴趾源(1737-1805)이 여러 사람과 해인사에서 시를 唱和하고 쓴 序文을 통해 확인할 수 있다.[35]

박지원은 해인사에 전해 오는 두 사람의 故事를 상세히 기록한 후 당대 지식인의 처세를 경계시키고 있다. 그는 몇 백 년이 지난 오늘 자신들도 여기 모여 시를 읊고 있지만, 오늘날은 "달을 기다려 만나자는 약속이 없었고 심한 비바람을 피하지도 않았지만, 해인사 절문을 들어설 때마다 만날 약속을 하지 않고도 모이는 자들 가운데 고을수령이 항상 7·8인이다. 절은 여관과 같고 승려는 관아의 기생과 같으며, 자리에 임하여 시를 재촉하는 것은 마치 장기를 재촉하는 듯하고, 음식을 바치는 것은 구름이 펼쳐진 듯 거창하며, 피리소리·북소리가 요란하다. 비록 단풍나무와 국화가 서로 비추고 흐르는 물과 우뚝 솟은 산이 기이함을 다투나 또한 백성들의 생활에 무슨 도움이 되겠는가? 누각에 오를 때마다 처연히 그 옛날 賢人들의 도롱이를 그리워하

公預設餞席於中路 獨追而送之 執手泣別曰 君我俱中年 各棲異鄉 更面詎可期乎"
35 『燕巖集』권1, 「海印寺唱酬詩序」.

지 않은 적이 없었다."[36]라고 하였다. 박지원은 당대에 이미 실추되어 버린 선비의식을 비판함과 동시에 가장 떳떳한 선비의식의 상징으로써 조식과 성제원이 해인사에 모여 시를 읊던 그 고결한 도덕성에 빗대고 있다.

조식과 성운의 친분은 남달랐다. 각각의 문집 속에 남아있는 다수의 한시와 서신 외에도 성운이 조식의 墓碣에서 자신이 가장 오랜 知己였음을 인정한 것이나,[37] 후에 조식의 高弟인 來庵 鄭仁弘이 「晦退辨斥疏」에서 조식과 성운을 같은 축의 師承으로 거론한 것[38] 등이 두 사람의 교분을 입증하고 있다. 특히 정인홍은 이언적과 이황의 문묘종사에 대한 부당함을 논하면서 이들 두 사람과 대척되는 인물로 그의 스승인 조식과 성운을 내세우고 있다. 당시 北人의 領袖였던 정인홍이 스승과 같은 축으로 성운을 인정했다는 것은 조식 문하에서의 성운의 위치를 가늠하는 중요한 단초라 할 수 있다.

이처럼 서로 간의 은거지를 방문하여 새로운 인물을 만나는가 하면, 문인을 보내 가르침을 받도록 하여 다음 세대까지 교유가 지속될 수 있게 하였다. 예컨대 조식은 속리산을 찾았다가 그곳에서 성운과 친분이 두터웠던 朴泰巖(1480-1554)[39]이나 문인 崔興霖(1506-1581)[40]

---

36 上同. "非有候月邂逅之約 而不敢避甚風疾雨 每入寺門 不期而會者 常七八邑 梵宇如傳舍 緇徒如舘妓 臨場責詩如催博 進供張如雲 簫鼓啁轟 雖楓菊交映 流峙競奇 亦何補於生民之休戚哉 每一登樓 未嘗不愀然遐想于昔賢之雨簑也"

37 『大谷集』卷下, 「南溟先生墓碣」. "運忝在交朋之列 從游最久 觀德行於前後 亦有人所不及知者 此皆得於目而非得於耳 可以傳信"

38 『光海君日記』3년 3월 26일 丙寅.

39 자는 卓爾, 호는 希庵, 본관은 報恩이다. 1518년 遺逸로서 천거되었으나 이듬해

등과 교유를 맺었고, 반대로 자신의 문인을 속리산의 성운에게 보내 가르침을 청하게도 하였다.[41]

성제원의 가장 절친한 벗은 성운이라 할 수 있다. 현존하는『大谷集』가운데 성제원과 관련한 작품으로는 長篇詩「上邑宰成東洲」외에 20수의 한시가 전하는데, 대부분 성제원이 보은현감에 재직할 때를 전후하여 지은 것이다.[42] 성운의 거처가 낡아 보수할 적에 성제원이 관아의 목수와 목재를 보내주기도 하였고, 성제원의 유람에 성운을 불러 함께 며칠씩 머물기도 하였다.[43] 최홍림은 두 사람을 일러 '志同道合'이라 하였다.[44]

뿐만 아니라 이들은 집안간의 婚事를 통해 유대감을 더욱 공고히

기묘사화로 삭직되어 보은으로 돌아와 여생을 마쳤다.『大谷集』에 성운이 쓴 墓碣이 실려 있고,『남명집』에는「奉三山卓爾丈」이라는 조식의 시가 전한다.

40 자가 賢佐, 호는 溪堂, 본관은 和順이며, 일생 報恩의 金積精舍에 은거해 살았다. 조식의 문인 崔永慶은 그의 再從姪이다. 성운·조식·성제원 등과 교유하였다. 그의 문집인『溪堂遺稿』에는 성운·조식 등과 주고받은 시가 대부분이며,『대곡집』과『남명집』에도 역시 최홍림에게 준 시가 다수 남아 있다.

41 『南冥集』권2,「與成大谷書」. "今去數君 嘗從吾遊者 常欲奉謁於案下 今方委進 因入俗離 亦代以老顔送去 聊陳緖言爲望"

42 현존하는『동주집』에는 성운이나 조식에게 준 글이 남아있지 않다. 그러나『대곡집』에는 성운이 성제원에게 준 시가 13제20수, 조식에게 준 시가 9수 정도 남아있다. 반면『남명집』에는 성운에게 준 글이 祭文을 포함하여 9편이 실려 있고, 성제원에게 준 시는「贈成東洲」1수뿐이다.『대곡집』에 실린 시 가운데에는「呈邑主子敬」·「咏菊 呈邑主子敬」·「次邑主惠韻」등 성제원이 보은에 있을 때 지어 준 것이 많다.

43 『大谷集』卷中,「上邑宰成東洲」. "遊觀必召與 林舘或烟寺 卜晝嫌苦短 留連至信次 靈境若喜遇 水咽山增翠 樽酒酌不盡 雄辨雜嘲戲"

44 『溪堂遺稿』,「家狀」. "大谷先生在鍾山 東洲先生莅本縣 志同道合 樂與從遊"

하였는데, 성운이 자신의 妻家와 성제원 집안과의 혼사를 주선한 경우가 대표적인 사례이다. 예컨대 성제원에게는 세 부인이 있었는데, 모두 후사가 없어 伯兄의 셋째아들 成聞德에게 후사를 맡겼다. 성문덕은 성운의 처남 金天富의 딸과 혼인하였다. 이러한 기록은 당시 각 지역에 흩어져 있던 유일 간의 끈끈한 친분을 보여주고 있다. 처세방법에 있어서는 차이가 있지만 기질적으로든 학문적으로든 서로 간에 깊은 공감대가 형성되어 있었음을 알 수 있다.

이는 그들의 유대감과 공동의식이 당대에서 그치지 않고 문인을 통해 지속적으로 계승되었음을 뜻한다. 이들은 이러한 교유를 통해 각자 견지하고 있던 다양한 학문적 관심과 사상 등을 공유하였고, 또 토론과 논쟁을 통해 학문적 역량을 키워나갔다. 결국 이들은 은거지를 중심으로 개별적으로 존재했던 것이 아니라 다양한 방식을 통해 교유하고, 나아가 당대는 물론 후세까지 국가와 백성들에게 영향력을 미칠 수 있는 공동체적 성격을 띠고 있었다.

3. 興學 활동을 통한 지방학문의 진작

16세기 유일은 자연으로 물러나 성리학의 철학적 이념을 체득하고 또 실현시키는 것으로 이상을 삼은 인물이었다. 특히 독서나 강학 등을 통한 학문적 노력과 성취는 그들을 大儒로 부상시켜 사림의 정신적 지주로 숭앙받게 하였다. 나아가 그들의 각 은거지를 중심으로 지방의 학문이 흥성되고 후세까지 존속되는 계기를 마련하게 되었다.

대표적인 사례가 바로 조식의 南冥學과 서경덕의 花潭學을 들 수 있다. 조식은 출사하지 않고 일생동안 경상도의 합천 三嘉와 산청 德山을 중심으로 은거의 삶과 후학 교육에 힘썼다. 그로 인해 두 지역을 포함한 '서부경남' 일대에는 그의 敬·義로 대표되는 남명학이 하나의 학문체계를 형성하였고, 그의 문인과 후학에 의해 지역의 南冥學派로 발전하여 수백 년 후까지도 지속되었다. 서경덕의 은거지 황해도 開京 일대를 중심으로 형성된 화담학과 花潭學派 또한 같은 선상에서 이해할 수 있다. 두 학파는 退溪學派와 비견될 만큼 우리나라 학술사상 중요한 위치를 점하고 있다. 이는 지방으로 물러났던 유일이 퇴처의 삶을 통해 확립한 지방학문의 진작과 발달을 대표하는 사례라 할 수 있다.

그러나 두 인물 외에 대부분의 유일들이 지방에 은거하여 심혈을 기울였던 교육활동은 바로 興學 사업이었다. 京都와 떨어져 있어 제대로 된 학자나 교육적 지원을 받지 못하는 지방에서 士風을 진작시키고 학문을 부흥시키기 위해 노력하였는데, 바로 그 지역의 先賢을 享祀할 서원과 사당을 건립하고 후학을 교육하는 일이었다. 이를 통해 지역의 士人들을 집중시킬 수 있고, 지방의 학문적 분위기를 주도할 수 있었다. 이들은 높은 학식과 인덕으로 백성의 신망을 받는 大儒였고, 이들의 주도하에 이루어진 홍학 활동은 이후 후학에게로 계승되어 해당 지방의 학문적 발달을 위한 토대가 되었다. 그러므로 이들이 각각의 은거지에서 추진했던 다양한 홍학 활동과 그 과정에서 실추된 도학의 위상을 회복하려 노력한 모습 등은 16세기 유일의 특징적 성향 중 하나로 摘出할 수 있다.

임훈은 향촌사림의 일원으로서 함양·안의·거창 일대의 홍학에 노력하였다. 우선 그는 지역의 선현인 一蠹 鄭汝昌(1450-1504)의 학문과 덕행을 추모하기 위한 灆溪書院 건립에 중추적 역할을 하였다. 남계서원은 1552년 함양에 세워진 賜額書院이다.

> 옛 城主이신 鄭汝昌 선생은 咸陽人이다. 선생은 학문에 힘쓰고 행실을 닦았으니, 斯道의 전승이 이에 힘입어 이어졌다. 국가에서는 포상하는 법을 융숭히 하였으며, 학자들은 멀고 가까움이 없이 다 선생의 遺風을 추앙하였다. 이에 지금 天嶺[함양]의 선비들이 서원과 祠宇를 건립하려 계획하였다.……천령의 선비들이 각자 한 말이나 한 섬의 곡식을 출자하여 그 수요에 대비했지만, 오히려 그 비용을 충당하기에도 부족하였다. 오직 세상에 흔치 않은 이 아름다움이, 九仞의 공로가 한 삼태기 때문에 무너질까 두려울 뿐이다. 우리 마을의 선비들이 소소한 비용을 아깝다 여기지 말고 서원과 사우를 붙들어 세운다면, 한 편으로는 지금까지의 덕스러운 遺澤에 보답하고, 한 편으로는 우리 道가 만세토록 빛나게 할 것이니, 어찌 아름답지 않겠는가?[45]

이 글은 정여창의 공적과 학덕을 기리기 위해 서원과 사우를 세우면서 贊助를 촉구하는 通文이다. 함양 출신 정여창은 1494년 노모봉양을 이유로 고향인 安義縣監에 부임하여 5년 동안 재직하다가, 1498년 戊午士禍에 연루되어 함경도 鍾城으로 귀양 가서 죽었다. 그는 안의현감으로 있는 동안 백성들의 세금 징수에 부당함이 있음을

---

45 林薰, 『葛川集』 권3, 「天嶺書院收穀通文」. "故城主鄭先生諱汝昌 咸陽人也 先生力學修行 斯道之傳 賴以不墜 國家曾崇褒賞之典 學者無間遠邇 咸仰遺風 今者天嶺衿佩之流 圖建書院 又立祠宇……天嶺之儒 各出斗斛之穀 以備其需 而猶不足充其用 惟不世之美 九仞之功 見虧於一簣是懼 吾鄕之儒 盍亦毋慳斗筲之費 用扶崇建之功 一以酬遺澤至今之德 一以彰吾道萬世之光 不其美乎"

알고 수십 개의 편의조항을 만들어 시행하였고, 1년 만에 정치가 개
선되어 백성들로부터 칭송을 들었다. 감사는 해결하기 어려운 獄事
가 있으면 그를 만나 물어본 뒤에 시행할 정도로 박학하면서도 공정
한 政事로 이름이 났다.[46]

남계서원의 건립은 介庵 姜翼(1523-1567)·灆溪 林希茂(1527-1577)
등 함양지역 사림의 주도로 시작되어, 함양군수 徐九淵과 金宇弘 등
의 지원으로 추진되었다. 그러나 중도에 지원이 끊어지면서 공사도
중단될 위기에 처하자, 임훈 등이 부족한 재정을 보충하고 원활한 완
공을 위해 士人과 鄕民의 적극적 동참을 유도하는 통문을 보냈던 것
이다. 그리하여 사우가 완성되었을 때 그는 기문을 지어 정여창에 대
한 추모의 정을 극진히 하였다.[47] 이로써 향리의 선현 향사에 쏟은
그의 남다른 애정과 열정을 볼 수 있고, 나아가 향촌사림의 首長다운
면모도 아울러 살필 수 있다.

성종대 사림이 정계에 진출하면서 중앙과 지방의 정치에 큰 변화가
일어났다. 그 가운데 지방정치의 변화로는 사림의 留鄕所 설치나 鄕
約의 시행 등으로 향촌의 권력구조가 변화되고 지방정치가 활성화되
었다는 점을 들 수 있다. 특히 지방정치의 핵심은 수령의 역할에 달려
있는데, 지방문제의 조절자로서 또는 중앙에 대한 지방의 대변인으로
서 모든 것을 수령에 의지할 수밖에 없었다. 따라서 지방의 핵심인물

---

46 鄭汝昌, 『一蠹集』 권3, 「行狀」. "甲寅 除安陰縣監 人謂理邑非其能 始至 知民疾
  苦在賦斂 遂作便宜數十條 行之期年 而政淸民悅 境內相戒莫以欺詐負公 方伯重
  之 凡獄事之盤錯未易解者 用律之未審精當者 必巡面質 然後乃行 由是 道之決疑
  者 遠近咸歸 辨而不得意者 皆不恨其敗"
47 林薰, 『葛川集』 권3, 「文獻公一蠹先生祠堂記」.

인 향촌사림과 수령과의 관계는 불가분의 관계에 있었으며, 그들의 입장에 따라 향촌의 성장과 발전이 좌우되었다. 특히 향촌에서 학문을 장려하여 학문적 鄕風을 조성하는데 있어서는 둘 사이의 더욱 긴밀한 관계를 필요로 하였다.

둘의 우호적 관계의 대표적 사례가 바로 성운과 성제원이다. 성운은 현실의 문제를 타개할 방법으로 적절한 인재등용을 주장한 사람이며, 그 중에서도 뛰어난 자질을 지닌 수령을 적재적소에 배치할 것을 강조하였다. 무엇보다도 향촌의 學風을 이끌만한 師로서의 수령을 중시하였으며, 그리하여 자신의 은거지 보은에 부임했던 성제원을 바로 그 적임자라고 하였다.

> 사람은 배우지 않으면 안 되니 반드시 배움으로 말미암아 선하게 됩니다. 배움은 스승이 없어서는 안 되니 반드시 스승을 얻어야만 이룰 수 있습니다. 스승은 善으로써 가르치고 性理를 講明하여, 배우는 자로 하여금 몸을 다스리고 德을 이루게 해 주는 사람입니다.……鄕邑에서 스승으로 삼아 배움에 나아가게 할 자로는 수령만한 이가 없습니다. 수령은 학문을 일으키고 사람다운 사람을 만드는 것으로 그 직분을 삼으니, 수령이 현명하면 그런 훌륭한 스승을 얻게 되는 것입니다. 전날 고을수령이었던 成悌元은 仁으로써 백성을 慰撫하여 封內가 편안해졌습니다. 政敎를 편 지 1년 만에 서원을 세우고 선비를 모아 가르치며 교화시키려 하였습니다. 이들을 가르치고 인도하는 조치들이 어느 곳인들 이르지 않음이 없었습니다. 이로부터 학생들도 점점 분발하여 조정에 책을 청하게 되었고, 은혜롭게도 조정에서 五經과 四書를 내려주어 지금 書庫에 있습니다.[48]

이 글은 성운이 1563년 5월 보은의 三年山書院 유생들을 대신하여
충청감사에게 올린 것의 일부로, 성제원이 보은현감으로 재직하면서
서원 건립과 학풍 진작을 위해 공헌한 점을 높이 칭송하고 있다. 이
글의 전체 내용은 당시 보은현감이 임기가 만료되어 떠나게 되자 보
은의 유생들이 홍학 활동에 탁월했던 이전의 보은현감 성제원의 치적
을 계승할 만한 신임 현감을 요청하는 것이다. 성제원은 재야지식인
으로서 향촌의 홍학 분위기 조성과 그 실질적인 공효를 조정에서도
인정한 대표적 사례라 할 수 있다. 때문에 조정에서 서책을 내려주어
그의 홍학 활동에 힘을 실어주었고, 재임 시 지방민이 그의 善政을
기록한 책을 만들어 세상에 전하기도 했으며, 임기를 마치고 떠난 후
에는 生祠堂을 세워 기렸으며, 사후 忌日에는 반드시 제사를 지냈다
고 한다. 그 중에서도 홍학 활동을 통한 鄕學風 조성을 특히 높이
평가하였다.

성운은 위 글 외에도 성제원을 최고의 수령으로 칭송하는 시를 지
어 올리기도 하였다.

이 고을은 토양이 하도 척박하여	此邑土境堉
백성의 생활이 오래도록 초췌했네.	民生久憔悴
여러 해 동안 큰 기근을 만났는데	頻年丁大侵

---

48 成運, 『大谷集』卷中, 「代人作」. "人不可不學 必由學而善 學不可無師 必得師而
成 師者所以教人以善 講明性理 使之治身成德者也……鄕邑之可師而就學者 莫
如守宰 而守宰以興學作人爲其職 守宰賢 則得其師矣 乃者邑倅成侯悌元 仁以撫
民 封內晏如 政成期年 乃建書院 聚士而教 期化蝘蜒 凡所以教誨勸導之者 靡所
不至 自是 學徒稍稍奮起 請書于朝 恩賜五經四書 今在閣上矣"

하물며 가축까지 다 잘 보살피랴.	況以牛羊治
현자만이 폐단을 구제할 수 있어	惟賢能濟弊
인자한 읍주는 하늘이 보내셨네.	仁侯天所畀
백성의 고달픈 마음을 치료하여	憊心醫民病
화타와 편작처럼 세밀히 처방했네.	和扁精投餌
인자한 할미가 지극한 정성으로	慈嫗抱至性
밥알 씹어 아이에게 먹이는 듯.	劈粒哺兒稚
맑은 법률 깊은 골짝에도 비추니	陽律煦燕谷
오곡이 저절로 자라 잘 여물었네.	五穀自生遂
노인네의 인덕도 미칠 바 아니고	葦杖仁不及
제때 내린 비도 비할 바 아니리.	時雨澤難比[49]

　위 시로 본다면 그가 救世濟民의 방법으로 제시한 인재의 가장 적임자가 바로 성제원임을 알 수 있다. 수년 간 가난과 기근으로 고생하는 백성들에 대한 그의 행정 능력은 마치 밥알을 씹어 아이에게 먹여주는 인자한 부모의 마음과 때맞춰 내리는 비의 풍요로움으로 비유되었다. 그리하여 먹을 게 없는 백성들이 배불리 먹고 잠을 자며, 대문에는 아전의 발길이 끊어지게 되었다고 하였다.[50] 때문에 성운은 임기를 마치고 떠나는 성제원에게 왜구를 빌미 삼아 다시 부임해 주기를 청했고,[51] 또한 벼슬을 그만두고 다시 은거하더라도 재야에서 능력을 묵히지 말고 때가 되면 나아가 펼칠 것을 권했으며,[52] 다른 날 자신도

---

49 『大谷集』卷中,「上邑宰成東洲」.
50 上同. "昔者民無食 于今飽以睡 鷄豚及宗族 門不迎胥吏"
51 上同. "瓜期雖已盡 借寇請重莅 解章欲徑去 徽音誰復嗣"

기회가 된다면 그의 곁에서 치세를 도와 평안을 이루리라 다짐하였
다.[53] 이는 향촌의 명망 있는 人士와 수령의 적절한 遭遇에서 나올
수 있는 최고의 칭송이라 할 수 있다.

16세기 유일 가운데 향촌의 흥학을 위해 진력한 또 다른 인물로는
金範을 들 수 있다. 김범 또한 당시 경상도 尙州 지역 수령과의 遭遇
에서 최대의 공효를 거둔 사례이며, 1552년 靈川子 申潛(1491-1554)
이 尙州 牧使로 부임하여 교육 분위기를 활성화시키면서 그의 인지
도는 한층 높아졌다.

신잠은 상주목에 부임하여 1554년 순직하는 3년 동안 흥학을 治道
의 근본으로 삼고 修善書堂 등 18개의 서당 건립을 주도하여 지방교
육 활성화를 위해 큰 역할을 하였다.[54] 그는 상주의 궁벽한 지리적
여건으로 선비들이 藏修할 곳이 없음을 안타깝게 여겨, 각 고을마다
서당을 세우는데 아낌없이 조력하였다. 宋代 朱熹(1130-1200)는 1179
년 知南康軍이 되어 관할 내 白鹿洞書院의 유허를 방문하고 그곳에
서원을 다시 세워 강학에 힘썼다. 신잠은 주자의 이러한 교육 사례를
본받아 향리의 修士를 선발해 서당을 이끌게 했는데,[55] 김범도 널리

---

52 『大谷集』卷上,「呈子敬」."政簡身長逸 官寒客自稀 安閑如在野 休憶故山薇"
53 『大谷集』卷上,「次邑主惠韻」."文詞足繼靑錢選 官位宜居玉笋班 他日近身君側
　　畔 佐治邦國致平安"
54 權泰乙,『尙州의 文化』, 尙州大學校 尙州文化硏究所, 1994, 43-44쪽.
55 盧禛,『玉溪集』권3,「通政大夫行尙州牧使申公行狀」."州有四屬縣 皆僻且奧 士
　　子無所於藏修 甚病之 於是 大開堂院 選地以構之 雖當饑饉之極 而能縮節廩用
　　以供其費……又依朱文公南康故事 擇鄕士俓士爲院長以主之 方將遵其敎條 刊爲
　　學式 多購小學性理等書 分藏諸院 以爲學子永久之益"

학문적 명망을 얻고 있던 터라 각 고을을 대표하는 교육자로서 일익을 맡게 되었다. 18개 서당 중 김범은 道谷書堂을 맡았다.[56] 다음 글을 보자.

孔子는 孝로써 至德과 要道로 삼았으며, 孟子는 친한 이를 친히 하고 어른을 어른으로 대접하는 것으로써 천하를 평정하는 근본으로 삼았다. 그러나 그 가르침은 사람으로 하여금 반성하여 至近한 속에서 이를 구하고 이로써 講學의 단서를 열어주는 것에 불과하니, 이를 따라 극진히 하여 날로 달로 축적되면 점점 道의 大體로 나아갈 것이다. 后溪〔金範〕 등 여러 老先生들이 孝敬의 도를 창도해 일으키면서부터, 후인들이 모두 '부모를 섬김'이 일상의 떳떳한 인륜임을 알았다.[57]

이는 상주지역의 巨儒였던 蒼石 李埈(1560~1635)이 鄕約都廳에 보낸 글이다. 당시 상주지역에는 '尙山四老翁'[58]이라 하여, 김범을 비롯하여 金沖·柳震·金彦健(1511~1570) 등 뛰어난 네 학자가 있었다.

---

56 姜世揆가 찬한 「道谷書堂重修記」에 의하면, 김범이 이곳에서 은거하였다고 한다. 또한 1603년 임진왜란으로 소실된 수선서당을 중건하였는데, 蒼石 李埈이 쓴 記文에 의하면, 이 고을의 인재로 西臺 金沖과 愚伏 鄭經世를 꼽고 있다. 김충은 修善書堂을 이끌었다.

57 李埈, 『蒼石集』 권11, 「與鄕約都廳」. "孔子以孝而爲至德要道 孟子以親親長長而爲天下平之本 然其爲敎 不過使人反而求之至近之中 以開其講學之端 馴致日滋月益 而漸趨於道之全體之大也 自后溪諸老倡興孝敬之道 後人皆知事親之爲人倫日用之常"

58 金範, 『后溪集』 권1, 「無題」. "和吉光初與德容 共生東國謝天工 若使精甫參佳會 人指尙山四老翁" '尙山四老翁'이란 말은 김범이 이 시에서 거론한 후 상산지역에서 膾炙되었다.

이들은 당시 향촌사림으로서 교육과 士風을 주도하던 인물이었는데,[59] 위 글로 보면 후학에게 끼친 김범의 영향이 어떠했는지를 알 수 있다.

　鄕村首長으로서의 김범의 위상은 다른 데서도 확인할 수 있다. 1565년 각 도의 유생들이 승려 普雨의 처벌 문제를 두고 한양에 모여 항의모임을 시도하였다. 이때 김범은 金宇宏(1524-1590)과 함께 호남지역 유생들에게 동참할 것을 권하는 通文을 돌렸다.[60] 이를 기점으로 호남지역 등 9개 도의 유생들이 동조하여, 대대적인 항의시위를 거행하였다.[61] 특히 이 항의모임에 상주지역의 유생들이 많이 참여하였는데,[62] 출발에 앞선 전별연에서 김범이 시를 지어 유생들을 격려하였다.

59　강정화, 「后溪 金範의 學問性向과 士意識」, 『南冥學硏究』 10집, 경상대 남명학연구소, 2000, 242-246쪽.

60　林薰, 『葛川集』 권2, 「告湖南司馬所業儒鄕校書」, "吾道尙州進士金範·金宇宏等 擧義請誅 移文道內 今月二十四日 直向京師 排雲叫閽 冀回天聽云云 道內之儒 咸思自奮 竦然而懼 惕然而省 期以畢發於此月之內 等竊念同戴一國之君 同事聖賢之業 不告於他道 而自私於一道 非所以待吾黨也 伏願吾黨君子 將此意四布貴道之內 以此及於淸洪道 淸洪道次傳於江原道 江原道次傳於咸鏡道及京畿道 京畿道次傳於黃海道 黃海道次傳於平安道 毋混同於一疏 道各爲疏 幷京中列爲九疏 雲會京中 星排門外 使吾君知一國人心各有忠義之憤 庶幾飜然覺悟 沛然下教 以快神人之憤 不亦可乎"

61　『明宗實錄』 20년 8월 25일 己丑. "按此時 嶺南之士 實先上京陳疏 而移文他道之士 故以所聞先後並集京師"

62　金宇宏의 『開巖集』 「西行日記」에 의하면, 嘉靖 乙丑年(1565) 가을 김우굉·김범을 비롯한 상산 인근의 유생들이 여러 번 소를 올렸으나 명종이 받아들이지 않아, 7월 23일 마침내 연합하여 上京하게 된다. 이때 상주지역의 鳳城書堂·淵嶽書堂·修善書堂·玉成書堂·鳳山書堂 등에서 수백여 명의 유생들이 참여하였다.

말을 베는 찬 칼날 눈서리보다 차가운데	斬馬寒鋩凜雪霜
서생들의 곧은 기개 하늘까지 관통했네.	書生直氣貫靑蒼
우뢰에도 꿈쩍 않고 용감하게 나섰으니	雷霆勇進無難色
한 장의 이 상소가 天心을 감동시키리.	應感天心第一章[63]

　이러한 기록에서 그가 출사하지 않았음에도 향촌의 유생들을 인도할 주도적 인물이었음을 살필 수 있고,[64] 나아가 유일들의 존립방식의 일면을 확인할 수 있다.

　16세기 유일은 성리학적 세계관에 근거한 보편적 진리의 실현자로서, 그들의 존립 근거는 바로 道學에 있었다. 그들의 최대 목적은 도학적 이상을 실현하는 것이었다. 이는 그들이 출사하지 않더라도 성취할 수 있는 것이며, 또한 퇴처의 삶을 사는 유일이 향리에서 가장 열성을 다해 추진할 수 있는 부분이기도 하였다. 도학적으로 뛰어났던 향리의 선현을 숭상함으로써 士風을 학문적 분위기로 이끌고, 나아가 이를 기반으로 도학적 鄕風을 주도할 수 있었다. 이것은 유일이 향촌사회에서 자신들의 존재가치를 드러내고 유일로서의 정체성을 찾아가는 방식이었다.

63　金範, 『后溪集』 권1, 「送陪疏儒生」.
64　金宇宏의 「西行日記」에 의하면, 실제로 이때 김범 등 상산의 명망 있는 선배학자들이 모두 참석하여 대의를 위해 떠나는 젊은 유생들을 격려하고 위로하여 큰 힘이 되어 주었다.

제5장
유일의 문학적 상상력과 그 향방

    16세기 유일은 자연 속에서 은거의 삶을 살았고, 지독한 山水癖을 지니고 있었다. 은거지 인근의 명승은 물론이고, 회합을 통해 각지의 명산을 두루 유람하였으며, 나아가 유람록과 유람시를 여럿 남기고 있다. 그들 삶의 중심에는 자연이 자리하고 있었던 것이다.

    그러나 이들은 문학 활동, 곧 詩作에는 적극적이지 않았다. 공통적으로 작품 수가 많지 않은 점이 이를 증빙하고 있다. 700여 수의 한시를 남긴 趙昱이 지극히 이례적일 정도이다. 그 외의 인물들은 대여섯 수에서부터 수십 여 수가 일반적이며, 曺植과 成運이 200수 내외의 시를 남기고 있다. 조식이 詩荒戒[1]나 玩物喪志[2] 등을 통해 문학적 견해를 표출한 반면, 그 외 유일에게서는 문학 관련 이론이나 주장이 확인되지 않는다.

---

1 鄭仁弘, 『來庵集』 권12, 「南冥先生詩集序」. "常指詩荒戒 以爲詩人意致虛曠 大爲學者之病 故旣不喜述作"

2 曺植, 『南冥集』 권2, 「答成聽松書」. "嘗以哦詩 非但玩物喪志之尤物 於植每增無限驕傲之罪 用是廢閣諷詠 近出數十載"

그럼에도 불구하고 그들의 몇 안 되는 한시와 賦 등의 문학 작품에
는 성리학적 성향을 견지한 재야지식인으로서의 의식뿐만 아니라 佛
家的·道家的·仙家的 성향의 박학성이 함축되어 있다. 물론 퇴처
의 삶에서 나타나는 隱逸的 지향 또한 다분히 표출되어 있다. 문학작
품의 형식에 있어서도 다양성이 확보되는데, 예컨대 林薰의 假設的
형식을 통한 문학적 상상력 등은 문학가로서의 역량뿐만 아니라 다양
한 시도를 보여주는 참신한 발상이라 할 수 있다. 곧 16세기 유일의
의식 속에 내재되어 있던 多岐한 문학적 성향들이 그들의 문학적 상
상력과 어우러져 작품 속에 그대로 형상화되고 있다.

1. 문학적 토대로서의 현실인식과 형상화

1) 時政에 대한 비판과 대응

16세기 유일은 당대 현실이 출사할 만한 때가 아니라 여겨 은거의
삶을 살면서도 끊임없이 사인으로서의 정체성과 존재방식을 확립하
려 노력하였다. 이들은 물러났다고 하여 현실을 외면하는 것이 아니
라 끊임없는 관심을 보이는 儒家的 지식인이었다. 따라서 이들은 재
야지식인으로서 끊임없이 時政의 폐단을 비판하고 나아가 그 대응책
을 제시하였다. 그리고 그것은 그들 문학의 토대로 작용하였다.

시정에 대한 가장 강력한 비판자는 조식이었다. 그는 수차례의 천
거와 벼슬을 제수받았음에도 왕도정치가 실현되지 않는 현실이라 여
겨 출사하지 않았다. 그러나 결코 현실을 잊지 않고 끊임없는 관심을
기울였으며, 나라를 근심하고 백성을 불쌍히 여겨 홀로 있을 적엔 눈

물을 흘리기도 하였다.[3] 그리하여 時弊에 대해 예리하게 비판하는 한
편, 과감하고도 결단력 있는 諫言을 올리는 등 끊임없는 현실참여 의
식을 보여 주었다. 조식이 1555년 丹城縣監職을 사직하는 상소에서
위정자에 대해 강도 높은 비판을 가한 것은 잘 알려져 있다.

> 전하의 國事는 이미 그릇되었고 나라의 근본은 이미 망했으며, 하늘
> 의 뜻도 이미 가버렸으며, 인심도 이미 떠나버렸습니다. 비유하자면
> 백 년 동안 벌레가 먹어 진액이 이미 말라버린 큰 나무에, 회오리바람
> 과 폭우가 언제 닥쳐올지 까마득히 모르고 있는 것과 같은데, 이 지경
> 에 이른 지가 오래되었습니다. 조정에 있는 사람 가운데 충성된 뜻 있
> 는 신하와, 일찍 일어나 밤늦도록 일하는 선비가 없지는 않습니다. 하
> 지만 이미 그 형세가 극도에 달하여 지탱할 수 없음을 알겠고, 사방을
> 둘러보아도 손 쓸 곳이 없습니다. 낮은 벼슬아치는 아래에서 히득거리
> 면서 주색만을 즐기고, 높은 벼슬아치는 위에서 어름어름하면서 오로
> 지 재물만을 늘리고 있습니다. 물고기의 배가 썩어 들어가는 것 같은데
> 도 그것을 바로잡으려 하지 않습니다.[4]

이 글을 통해 벼슬은 하지 않으나 왕도정치의 이상도 버리지 못하
여, 백성들에 대한 애정으로 애달파하는 한 지식인을 볼 수 있다. 그

---

3 成運, 『大谷集』 卷下, 「南溟先生墓碣」. "不能忘世 憂國傷民 每値淸宵皓月 獨坐
悲歌 歌竟涕下 傍人殊未能知之也"

4 曺植, 『南冥集』 권2, 「乙卯辭職疏」. "殿下之國事已非 邦本已亡 天意已去 人心已
離 比如大木 百年虫心 膏液已枯 茫然不知飄風暴雨何時而至者 久矣 在廷之人
非無忠志之臣夙夜之士也 已知其勢極而不可支 四顧無下手之地 小官嬉嬉於下
姑酒色是樂 大官泛泛於上 唯貨賂是殖 河魚腹痛 莫肯尸之"

는 나라가 손댈 곳이 없을 정도로 부패했음에도 누구 하나 걱정하거
나 바로잡으려 하지 않는다고 분노하였다. 시정에 대한 그의 날카로
운 언사는 위 인용문 외에도 여기저기에서 散見된다.

> 나라의 근본은 쪼개지고 무너져서 물이 끓듯 불이 타듯 하고, 여러
> 신하들은 거칠고 게을러서 尸童과 같고 허수아비와도 같습니다. 기강
> 은 씻어버린 듯 말끔히 없어졌고, 元氣가 완전히 위축되었으며, 예의
> 가 온통 쓸어버린 듯 없어졌고, 刑政이 온통 어지러워졌습니다. 선비
> 의 습속이 온통 허물어졌고, 공정한 도리가 온통 없어졌으며, 사람을
> 쓰고 버리는 것이 온통 혼란스럽고 기근이 계속 되풀이되고 있습니다.
> 또한 창고는 온통 고갈되었고, 제사를 지내는 것이 온통 더럽혀졌으며,
> 세금과 공물을 멋대로 걷고, 국방은 허술할 대로 허술합니다.[5]

> 엎드려 생각해 보니, 전하의 나라 일이 이미 글러서 한 가닥도 손댈
> 곳이 없는데, 모든 관원은 둘러서서 보기만 하고 구원하지 않습니다.
> 이미 어떻게 할 수 없음을 알고 '어떻게 해야 할까?'라고 생각도 하지
> 않은 지가 오랩니다. 만약 전하께서 보고서도 알지 못하면 전하의 밝음
> 이 가려진 데가 있는 것이고, 알고서도 혁파할 생각이 없으면 나라에
> 주인이 없는 것입니다.[6]

---

5 上同, 「辛未辭職承政院狀」. "邦本分崩 沸如焚如 群工荒廢 如尸如偶 紀綱蕩盡
元氣繭盡 禮義掃盡 刑政亂盡 士習毀盡 公道喪盡 用捨混盡 飢饉荐盡 府庫竭盡
饗祀瀆盡 徵貢橫盡 邊圉虛盡"
6 上同, 「謝宣賜食物疏」. "伏見殿下之國事已去 無一線下手處 諸臣百工 環視而莫
救 已知無可奈何 不曰如之何者 久矣 若殿下 視而不知 則明有所蔽矣 知而罔念
則國無主矣"

그는 출사하지 않았음에도 현실을 직시하여 끊임없이 그 잘못을 직언한 유일이었다. 다양한 각도에서 현실의 문제들을 파악하였고, 이러한 문제의 근원은 임금에게 있다고 생각하였다. 때문에 군주의 잘못으로 한 나라의 흥망은 물론 백성의 안위가 결정된다고 여겨, 특히 군주의 성찰에 거침없는 비판을 가하고 있다. 과격한 언사로 인해 다른 유일로부터 지나치다는 비판을 받기도 하였지만,[7] 현실을 직시하는 냉철한 의식은 높이 인정하지 않을 수 없다.

> 굶주림을 참으려면 굶주림을 잊어야 하니   忍飢獨有忘飢事
> 모두 백성이 쉴 만한 곳이 없기 때문이라.   摠爲生靈無處休
> 주인은 잠만 자고 전혀 구휼하지 않는데   舍主眠來百不救
> 푸른 산이 저물녘 시내에 드리워져 있네.   碧山蒼倒暮溪流[8]

이처럼 혼란스럽고 부패한데도 나라의 주인인 임금의 무관심이 계속된다면 민심의 이탈은 당연한 결과라 할 수 있다. 사회 전반의 失政은 결국 民生苦로 귀결되었다. 백성의 삶과 밀접하게 닿아 있던 유일들은 민생의 고통에 대해 누구보다 자세히 알았고, 때문에 측은한 마음과 함께 이의 시정을 요구하였다. 時政에 대한 그의 날카로운 시각은 적절한 인재를 선발하여 적재적소에 배치하지 못하는 국정에 대해서도 신랄하게 비판하였다.

---

7 『明宗實錄』18년 12월 26일 庚午, 成守琛의 卒記. "少與曹植友 見其辭職疏 言甚激發 乃曰 久不見楗仲 謂已圓滑 今見此疏 鋒鋩太露 做功猶未盡熟也 則踐履所到 就可知矣"
8 曺植, 『南冥集』 권1, 「有感」.

이 사람은 五鳳樓의 빼어난 솜씨를 갖고도	之子五鳳樓手
태평성대에 밥 한 그릇도 얻어먹지 못하네.	堯時不直一飯
오래된 蚌蛤 조개에 명월주 감춰져 있건만	明月或藏老蚌
왕은 어찌하여 가짜만을 찾아서 쓰는 건지.	山龍烏可騫楦[9]

조그마한 고을이라 볼 사무도 별로 없어	斗縣無公事
가끔 술 취한 세계에 들어 갈 수 있다네.	時時入醉鄕
온전한 소로 보지 않는 빼어난 칼솜씨를	目牛無全刃
어찌하여 닭을 잡다가 상할 필요 있으랴.	焉用割鷄傷[10]

첫째 시는 조식이 知己였던 성운을, 두 번째 시는 成悌元을 두고 읊은 것으로, 모두 두 사람이 자질과 능력을 온축하고 있음에도 세상에 제대로 쓰이지 못하고 물러나 있음을 안타까워하였다. 나아가 이 시는 인재가 뜻을 펼칠 수 없는 현실에 대한 개탄이면서, 자신이 능력을 발휘하지 못하는 것에 대한 안타까움을 동시에 표현한 것으로도 볼 수 있다. 특히 '왕은 어찌하여 가짜만을 찾아 쓰는지?'라는 표현에서 그의 안타까움은 탄식으로 변한 듯하다. 이를 통해 조식이 시정의 여러 폐단을 상소하여 개선을 촉구할 뿐만 아니라, 문학작품 등 다양한 방식으로 표출하고 있음을 알 수 있다.

이러한 현실에 대한 비판은 金範에게서도 나타난다. 그는 승려 普雨가 문정왕후의 총애를 믿고 불교를 부흥시키려 하자, 전국적으로

---

9 上同, 「寄健叔」.

10 曺植, 『南冥集』 권4, 「贈成東洲」.

이를 저지하는 항의모임이 일어났을 때 도내 유생들을 대표해 다음과
같이 상소하였다.

> 지금은 바로 전하께서 마음을 옮겨 진력할 때이고, 실로 인심이 去就
> 離合할 조짐을 보이는 때입니다. 만약 다시 大義를 일으키고 마음을
> 돌이켜 토벌하지 않는다면 신 등이 전하를 저버림이 어찌 심하지 않겠
> 습니까? 섬돌에 머리가 부서지는 한이 있더라도 맹세코 이런 賊僧과
> 나란히 이 세상을 살아갈 수는 없습니다.[11]

儒教立國의 조선이 보우의 행위를 수용하지 못하는 것은 당연했
다. 더구나 명종이 보우를 처벌하지 않고 두둔하자, 많은 유생들이
항의상소를 올리고 성균관을 비우는 것은 물론, 각 도에서 서울로 모
여들어 대대적인 항의모임을 갖기도 하였다.[12] 이때 김범을 비롯한
尙州 인근의 유생들도 이러한 일련의 행위에 적극 동참하였다.

보우와 관련하여 명종과 유생들의 대립은 십여 년을 두고 계속되었
다. 김범은 진정 임금을 사랑하고 나라를 위하는 신하라면 죽음을 무
릅쓰고 끝까지 간언할 수 있어야 한다고 생각하였다. 誠心을 다하면
반드시 임금의 마음을 되돌릴 수 있다고 믿었기 때문에, 많은 상소에
도 불구하고 결단을 내리지 못하는 임금에게 목숨을 걸고 끝까지 간

---

11 金範, 『后溪集』 권1, 「代道內儒生請斬賊僧普雨疏」. "今日正殿下轉移振勵之時
　 實人心去就離合之幾 若不更唱大義回天討賊 則臣等之負殿下 豈不甚哉 碎首玉
　 階 矢不與此賊 幷生於此世也"
12 『明宗實錄』 20년 5월 29일 甲子. "諸生徑情直行 內自京師 外至八方 韋布雲合 章
　 疏之上 無慮千百"

하리라고 다짐하였다.

내가 그리워하는 옛 사람은	我思古人
바로 위나라 史官 子魚라네.	伊衛之魚
강직함으로 임금을 섬겼으니	以直事君
혼란한 나라에도 거처할 만했네.	亂邦可居
살아서 이미 충성을 바쳤으니	生旣貢忠
죽어서 어찌 임금을 잊으리.	死何忘君
남은 충성을 남김없이 바쳤고	思瀝餘誠
죽어서도 간언을 하였다네.	沒且有言
소인이 물러나지 않았으니	小人未退
죽어서도 잊지 못해 염려했네.	魂耿耿兮
군자다운 거백옥이 등용되고야	君子旣進
그제야 눈을 감았도다.	目乃瞑兮
강직하구나, 높은 이름이여	直哉高名
만고에 환히 빛나리라.	萬古炳炳[13]

子魚는 衛나라 大夫 史鰌를 가리킨다. 그가 蘧伯玉이 어짊을 알고서 靈公에게 여러 번 간했는데, 영공이 등용하지 않고 彌子瑕를 등용하였다. 죽음에 임하여 유언하기를 "내 살아서 임금을 올바르게 하지 못했으니 죽어서 喪禮에 예의를 다해서는 안 된다. 내 시신을 창문 아래에 묻어 달라."라고 하였다. 영공이 그 말을 듣고서 거백옥을 등용하고 미자하를 물리쳤다. 공자가 그 소식을 듣고 "강직하구나 사어

---

13 金範, 『后溪集』 권1, 「尸諫」.

여, 죽어서도 오히려 주검으로써 간하는구나.〔直哉, 史魚. 旣死, 猶以
屍諫〕"라고 하였다.[14]

이 작품은 제작 연대가 확실치 않으나, 대략 보우의 처리문제로
명종과 유생들이 심하게 대립하던 만년에 지어진 것으로 보인다. 김
범과 金宇宏을 비롯한 尙山의 유생들이 20여 회에 걸쳐 上疏하였는
데도,[15] 명종은 보우를 처벌하지 않고 두둔하였다. 김범은 살아서 임
금을 제대로 보필하지 못했다면 죽어서까지 그 임무를 잊지 않고 간
언하는 사추를 만고에 길이 빛날 賢人으로 칭송하였다. 간하였는데
들어주지 않는다고 포기할 것이 아니라, 살아서는 直諫으로 임금을
正道로 이끌고 죽어서도 그 충정을 다해야 한다고 하여, 김범의 충성
과 爲國之心을 엿볼 수 있다.

성운은 당시의 失政을 해결하기 위해서는 사회 전체에 만연한 근
본적인 원인을 제거해야 한다고 여겼다. 그리고 이의 해결을 인재등
용에서 찾았다. 「答友」는 임지로 떠나는 관찰사가 권세가의 개인적
인 부탁에 의해 법을 공정하게 시행하지 못한다는 내용이다. 먼저 세
상에는 公道가 행해지지 않고 黜陟이 타당치 못한 지가 오래되어 백
성을 괴롭히는 사람이 많음을 전제한 뒤, 이로 인해 백성은 괴로워도
하소연할 곳이 없고 벼슬의 升黜은 공정치 못하게 되었다고 밝혔다.

---

14 『大戴禮記』 保傳에 보인다.

15 金範의 『后溪集』「請斬普雨疏跋」에서는 "至極言不諱 章無慮二十餘上"이라 하였
고, 『朝鮮王朝實錄』에 의하면 명종과 유생들의 갈등이 극에 달했던 1565년 8월
한 달 동안 김우굉을 필두로 하는 상소가 22회나 올려졌다.

지금의 관찰사란 자들을 살펴보니, 모두 공정하고 강직한 인물이 아니며 대부분 나약한 겁쟁이로서 지위만 유지한 채 녹봉을 지키려는 자들이오. 그리고 그들과 함께 조정에서 뜻을 같이하는 자들은 모두 지위가 높고 권세가 성대하여 손을 잡고 서로 잘 지내는 오래된 사이다. 그가 처음 관찰사로 나갈 때 그들은 반드시 그에게 부탁하기를 "某 군수와 某 현령은 나의 제자이고 친구이니, 삼가 마음속에 새겨서 잊지 않도록 하오."라고 할 것이오. 그리고 다른 날 붓을 잡고서 그들을 승진시키거나 강등시킬 때 마음속으로 자신도 모르게 그 말을 생각하게 될 것이니, '某 수령은 그 죄가 마땅히 관직에서 쫓겨나야 하지만 某人이 부탁한 사람이다. 만약 그를 쫓아내면 반드시 그의 뜻을 거스르게 되고 장차 허물을 얻을 것이다.'라고 하여, 감히 공정한 법을 처리하지 못하는 것이오. 그래서 외롭고 나약하여 후원자가 없는 사람은 비록 잘못한 일이 없어도 반드시 쫓겨나고, 권력 있는 사람과 결탁한 사람은 매우 포학하더라도 반드시 승진하게 되는 것이오. 쫓겨나지 않아야 할 사람인데도 쫓아내고 승진하지 않을 사람인데도 승진하여 褒賞과 貶下가 공정치 못하고, 賢人과 愚人을 구분하지 못해 貪殘한 관리를 징계할 방법이 없어지니, 더욱 방자해지고 포학해지는 것이오.[16]

성운은 현실문제의 원인은 근본적으로 고관대작의 인사청탁에 있

---

16 成運, 『大谷集』 卷中, 「答友」. "觀今之爲方伯者 不能皆得其公正剛勁之人 而率多柔弱畏怯 持位而保祿者 其與之同於朝者 皆位隆權盛而握手相歡之舊 其始出爲方伯也 必屬之曰 某守某令 吾子弟也 吾朋友也 則謹置於懷而不敢忘 他日執筆而升黜之 心自念之曰 某守其罪當黜 然某人之所屬也 黜之必忤其意 行且得咎 是以 不敢擧公法 孤弱無援者 雖無敗事 必黜之 攀結有力者 雖甚桀虐 必陟之 黜其所不當黜 陟其所不當陟 褒貶不公 賢愚莫辨 貪殘之吏 無所懲艾 益肆其暴"

다고 여겼다. 이로 인해 수령의 탐욕과 虐政을 초래하고, 그 고통은 고스란히 백성의 몫이 됨을 실제 사례를 들어 보여주고 있는 것이다. 성운은 이러한 문제의 해결책도 제시하였다.

> 지금 수령을 모두 적임자로 뽑으려면 관찰사를 정밀하게 선택해야 하고, 관찰사를 정밀하게 선택하는 것은 조정에 달려 있소. 그러나 조정에 먼저 적임자가 있어야 관찰사를 뽑을 수 있으므로, 조정에서 그런 적임자를 뽑으려면 그 책임은 또한 임금의 窮理知人하는 학문에 근본한다오.[17]

결국 문제해결의 실마리는 적재적소에 능력 있는 인재를 배치하는 것인데, 그 책임이 임금에게 있음을 강조하였다. 군주가 인재등용을 위한 올바른 안목을 지니는 것만이 최선의 방법이며, 이를 위해서는 窮理하고 知人하는 군주의 학문이 절실하다고 하였다.

이처럼 그는 卑近하고 구체적인 문제를 제시하기보다 근원적인 해결책을 강구함으로써 현실의 문제를 개선하려 했다. 특히 그는 백성들의 삶과 직결된 수령의 능력과 역할을 강조하였다. 上述하였듯 성운은, 지방민에게 있어 수령이란 '학문을 진작시키고 인재를 양성할 뿐만 아니라 훌륭한 스승을 초빙할 수 있는 유일한 사람'이라 강조하고, 자신의 은거지인 보은처럼 궁벽한 鄕邑에는 현명한 수령이 절실히 필요하다고 역설하였던 것이다.

---

17 上同. "今欲守宰皆得其人 莫如精擇方伯 精擇方伯 在於朝廷 然朝廷先得其人 然後方伯可擇 朝廷之得其人 則其責又本於君上窮理知人之學"

유일의 국정에 대한 비판은 기본적으로 그들의 성리학적 세계관에 입각한 것이었다. 때문에 이들은 퇴처한 처지임에도 성리학자로서의 사명감이 투철할 수밖에 없었다. 그들은 성리학자로서 斯道를 自任하는 입장이었기 때문에, 그 사고의 범주에서 벗어난 失政을 비판하지 않을 수 없었다. 그리고 그러한 비판과 분노는 그들의 문학작품을 통해 그대로 표출되어 나타났던 것이다.

2) 민생고에 대한 연민

유교사회에서 사대부 지식인이라면 누구나 출사하여 경세제민하는 것이 일차적 목적이다. 그러나 자의든 타의에 의해서든 퇴처하여 獨善其身의 삶을 선택하는 지식인의 결정 또한 경세제민의 한 방법임에 분명하였다. 퇴처의 삶을 살았던 이들은 누구보다 민생에 가까이 다가가 있었고, 경세제민을 자임하던 재야지식인으로서 失政에 따른 민생의 고통을 외면하거나 거부하지 못하였다. 백성에 대한 무한한 애정과 연민은 문제의 핵심을 찾아내고 이의 해결을 위해 부단히 고심하는 행위로 표출되었다.

임훈은 철저히 현실문제에 주목하여 비판하고 또 대책을 강구한 인물이었다. 눈에 드러난 민생의 문제점을 조목조목 살피고 따져 그 해결책을 마련하고, 이를 조정에 알리어 개선을 촉구하는 현실주의적 학자였다. 그가 만년에 출사하여 올린 몇 편의 상소를 통해 상세히 살펴보기로 한다.

그는 천거와 함께 彦陽縣監에 제수되었고, 다음 해 災異가 일어나 조정에서 대책을 청하자 「彦陽陳弊疏」를 올렸다. 언양현에서 오래도록 누적되어 민생을 괴롭혀 온 폐단 가운데 우선적으로 시정되어야 할 여섯 가지 문제점과 그 해결책을 제시한 것이다.

① 水軍의 絶戶 문제이다. 언양현은 수군 정원을 정할 때 인구수가 249戶 996人이었는데, 지금은 500인으로 줄었다. 인구는 줄었는데 차출하는 수군의 정원은 똑같으니, 이것이 가장 큰 폐단이다. 애초 4丁을 1戶로 정했는데, 4정이 모두 없어진 戶가 40호, 3정이 빠진 호는 44호나 된다. 이런 경우는 정원 외에 남는 戶가 있는 현에 분배해야 한다.

② 其人의 價木 문제이다. 언양현에 배정된 其人은 1명 반이고, 배당액은 무명 130필이다. 향리가 이를 감당치 못하자 官屬에게 부담하고, 관속이 감당치 못하자 일반 백성에게 부담시키고 있다. 이를 시정하거나 줄여야 한다.

③ 陳田의 貢物 문제이다. 언양현의 진전은 모두 458結이다. 조정에서 이미 진전에 대한 면세령을 내렸는데, 언양현은 稅米만 면제하고 공물은 여전히 징수하고 있으니, 자세히 조사하여 공물도 면제해야 한다.

④ 往年의 陳債 문제이다. 지난 2년 간 백성에게 빌려주어 받지 못한 진채가 천여 섬이다. 그러나 지금은 백성의 삶이 피폐하여 어차피 거둬들일 방법이 없으니, 탕감해 주는 것이 좋겠다.

⑤ 왕년의 貢布 문제이다. 언양현의 私奴婢는 모두 200여 명인데, 절반 이상이 달아나 버렸다. 그 부담을 맡은 남은 자들도 피폐하여 공포를 거둘 수 없으니, 이 또한 면제해야 한다.

⑥ 진상공물을 위한 山行 문제이다. 언양현에서 매달 초하루에 올리는 진상품이 146근이다. 관아의 독촉이 너무 심하여 백성들이 모든 일을 제쳐 두고 산행을 하고 있다. 진상공물은 사냥감이 풍부한 고을에 부담시키는 것이 좋겠다.

이러한 문제들은 주로 軍政과 세금에 관한 것으로, 민생을 피폐시
키는 주요 원인이었다. 그는 縣民들이 처한 현안을 조목조목 거론한
뒤 시정해 줄 것을 청하였다. 철저히 민생에 근거한 것이다. 이처럼
냉철한 그의 비판은 이후에도 계속되었다. 예컨대 光州牧使로 재직
시에는 과도한 공납의 폐단을 감면시키고 賦稅와 徭役의 제도적 불
평등 등을 자세히 조사하여 이를 개선하였다.[18] 「丁丑謝恩封事」에서
는 경상도와 전라도에 흉년과 전염병이 겹쳐 병들고 굶어죽는 백성들
의 피해 상황을 상세히 지적하였고, 또한 이렇게 힘들고 궁핍한 때에
85년 동안 실시하지 않았던 量田의 시행은 현실을 무시한 처사라 지
적하였다.[19]

또한 83세인 1582년에 올린 「壬午謝恩封事」에서도 역시 날카로운
현실비판 정신을 보여주고 있다. 邊將들이 어민을 침탈하고 횡포한
정치가 심해져 도망가거나 유랑하는 백성이 많음을 언급하고서,[20] "엎

---

18 林薰, 『葛川集』 권4, 「行狀」. "十月 改守光州牧使 先生卽引年辭避 有旨不許 卽
陞辭赴任 州有天鵝之貢 民甚病之 先生卽馳報于監司 因以轉聞于朝廷 命蠲過半
之數 又其民素患賦役之不均 而莫之敢改者 久矣 先生卽與一二鄕人 改紀田簿 以
均其役 民甚便之 其他征徭科役之病民者 私自低昂 且減且改者不一 而亦未嘗爲
苟簡悅民之擧 以取目前之快 而唯務爲經遠之計也"

19 『葛川集』 권2, 「丁丑謝恩封事」. "臣觀今日生民之勢 自經軍籍 如罹兵禍 加之以
天災時變 至於此極 率作鶄烏之嘆 盡爲浮萍之計……其間年穀之不稔 豈無不至
如今日之時乎 民生之憔悴 豈無不至如今日之時乎 人畜之死亡 豈無不至如今日
之時乎 八十五年之間 民生之勢 亦豈無不至如今日之甚者乎 然而量田之際 民生
之勞費 不啻如兵革之亂 非積年年豐人足之餘 不可以行矣"

20 『葛川集』 권4. "中附以軍民之弊曰 竊觀方今之弊 莫大於生民之日蹙 軍卒之日亡
言念其終 有不可忍言者矣……而邊將之侵漁日甚 橫政之徵斂歲增 爲軍民者何所
賴 而不至於逃且散也"

드려 바라건대 전하께서는 내 다스림이 이미 충분하다고 생각지 말고 더욱 부지런히 하시며, 내 마음이 이미 바르다고 생각지 말고 더욱 공경히 하십시오. 공론을 발표함에는 전하의 생각을 버리고 백성의 뜻을 따르며, 사람을 등용함에는 반드시 어렵게 여겨 신중히 하고 한결같이 화평하게 하십시오. 백성 보기를 상처 입은 사람처럼 하시며, 백성의 부르짖음을 두려운 마음으로 돌아보신다면 저 몇 가지 폐단들이야 말할 거리도 못 될 것입니다."[21]라고 하여, 그 해결책이 임금의 省察에 있다는 것으로 끝맺고 있다.

현실에 바탕을 둔 임훈의 실용정신은 농사에서 백성의 노고를 덜어주는 移秧機인 秧馬를 칭송하는 것에서도 잘 드러나 있다.

아! 농가의 고충을	噫田家之苦
너만이 감당하는구나.	惟汝是克
흙덩이 넘는 것은 的盧馬보다 못하지 않고 ·	超泥不下於的盧
뜻대로 움직임은 되려 嚙膝馬보다 유쾌하네.	稱意猶快於嚙膝
아내와 아들을 데리고 나가니	提携婦子
떨어지고 부딪힐까 누가 걱정하리.	孰憂墜突
우리 백성에게 곡식을 먹게 하니	粒我蒸民
너의 지극한 공적 아닌 것이 없구나.	莫匪爾極
너는 그래도 자랑하지 않으니	爾猶不伐
천하에 그 누가 너와 공적을 다투리.	天下莫與爭功

---

21 『葛川集』 권4, 「行狀」. "伏願殿下勿謂吾治之已足而益致其勤 勿謂吾心之已正而益致其敬 公論之發 必舍己而從人 用人之際 必難愼而和一 視民如傷 用顧畏于民嵒 則彼數者之弊 無足道矣"

내 이런 생각 뒤에야 백성들이 크게 힘입어	吾然後知斯民之大賴
이롭게 씀이 무궁한 줄 알았네.	而利用之無窮也
어찌 저 방울을 달고 금안장을 하고서	又何羨夫揚和鸞而御金鞍
화려한 거리를 달리는 청총마가 부러우리.	驕紫陌之靑驄也哉[22]

임훈은 앞에서 앙마의 효용성에 대해 충분히 설명하고 있다. 백성의 고통을 덜어 두 다리를 펴게 해 줄 뿐만 아니라 벼 포기가 새끼를 쳐서 천만 석의 벼를 수확하도록 해준다고 했다. 지금의 백성들이 먹고 살 수 있는 것은 모두 앙마의 공적이라 하였고, 또한 화려하고 사치스럽게 꾸몄지만 민생에 무익한 청총마를 대비시켜 그 이로움을 한껏 추앙하고 있다. 이를 통해 그가 백성의 삶과 직결된 현실 문제에 얼마나 관심을 기울였으며, 이의 해소를 위해 얼마나 노력했는지도 알 수 있다. 그의 문학작품에는 고단한 백성의 삶과 이를 바라보는 안타까운 작자의 마음이 그대로 표출되어 있다.

이지함은 50세가 넘도록 출사하지 않고 은거하여 지냈다. 그는 57세인 1573년 5월 趙穆·成渾·崔永慶·金千鎰과 함께 천거되어 抱川縣監에 제수되었는데, 부임하자마자 「莅抱川時上疏」를 올렸다. 당시 포천은 땅이 척박한데다 邊將과 野人의 왕래가 빈번하였는데, 그는 접대비의 과다로 구제할 빈민이 1만여 명이나 되며, 이 상태로 10년이 지나면 虛里가 될 것이라고 지적하였다. 이에 조정의 대신들이 京都나 富邑의 곡식을 방출하여 구제하려 하겠지만 이는 일시적인 방법일 뿐이며, 빈민을 구제할 근본적인 방법을 강구해야 한다고

---

22 『葛川集』 권1, 「秧馬」.

주장하였다.[23] 백성을 아끼는 그의 마음은 62세인 1578년 牙山縣監으로 부임했을 때에도 그대로 드러났다. 5월에 부임하여 곧바로 그곳의 軍政을 논한 陳弊疏를 올렸는데, 軍籍이 제대로 실시되지 않아 민폐가 막심하니 軍額과 軍役을 감소해야 한다는 주장이었다.[24]

　백성의 삶과 밀접해 있던 이들은 이처럼 민생의 고통에 대해 누구보다 자세히 알고 있었고, 때문에 여러 생활 현장에서 민생고에 대한 측은한 마음과 이의 시정을 표출하였다. 예컨대 서경덕은 세상사에 관심이 없는 듯 보였으나 정치의 잘못을 들으면 탄식하였다.[25] 또한 金安國이 부채를 보내 온 것에 감사하는 시에서 '이 부채로 시원한 바람을 온 나라에 퍼뜨려 백성들의 더위를 씻어주고자 하는 마음'을 표현하였다.[26] 성수침은 郡縣에서 세금을 재촉한다는 소문을 듣고 "우리 백성들은 죽을 먹고사는 것조차도 힘든데 어떻게 이것을 마련하겠

---

23 李之菡, 『土亭遺稿』卷上, 「莅抱川時上疏」. "抱川則良丁纔爲數百 而合公私賤男女老弱則數不下萬人 土田瘠薄 耕不足食 公私債納償之後 則(石膚)石俱空 菜食連命 年豐尙飢 況凶年乎 苟欲救此 則非數萬石 必不贍矣 今縣儲實穀 不過數千石 不實雜穀 通計乃爲五千石 民出此官租 用爲種子 用爲貢賦 則其所分食者 不滿千石 以千石之穀 爲萬人一年之食 亦云難矣 況官租食破之後 流離死亡者 亦非一二 則元穀之數 其能不縮乎 況縣於路傍 邊將之經過 野人之往來 供億倍他 糜費不貲 一年減會計用之者 至於百餘石 則十年之後 將減千石 年彌久而穀彌縮 不知此後 何以爲縣 蓋障不完 倉廩數少之穀 亦或有腐朽者 軍器齟齬 無一物可用於緩急者 此一縣之大患也 率此窮民 修政亦難 況官廨之頹傾 犴獄之廢壞 何暇恤哉 然則不出數十年 縣必爲虛里矣"

24 上同, 「莅牙山時陳弊上疏」.

25 徐敬德, 『花潭集』권3, 「神道碑銘」. "觀其晦跡山林 若無意於世 聞時政闕失 輒發嘆 蓋未嘗忘世也"

26 上同, 「謝金相國惠扇」. "不擇茅齋與廟堂 淸風隨處解吹長 德和濟物兼玄白 道大從人聽翕張 顧我無能驅暑濕 賴渠還得引秋涼 丈夫要濯群生熱 當把冷飆播帝鄉"

는가?"라고 하며 종일 탄식하기도 하였다.[27] 또한 조식은 만년의 頭流山 遊覽에서 고을 牧使에게 부역 감면을 청하는 편지를 써달라는 雙磎寺와 神凝寺 승려의 부탁을 받았다. 이에 그는 쌍계사와 신응사가 두류산의 깊은 골짜기에 있는 절인데도, 이곳까지 관청의 부역이 미쳐 백성들이 그 고통을 견디지 못해 흩어져 달아난다고 안타까워했다. 나아가 政事가 번거롭고 세금이 과중하여 백성의 삶이 고통스럽다고 분개하였다.[28]

성운의 나이 57세 때인 1553년에는 봄부터 여름까지 가뭄이 들어 농토가 황폐되고 백성의 삶은 더욱 곤궁해졌다. 그런데도 나라에서는 구제책을 강구하지 않고 조정의 신하들은 자기 이속을 챙기는 데만 여념이 없었다. 그때 성운은 시골집에 내려와 있으면서 그 일을 목격하고서 안타까움을 다음과 같이 드러내었다.

아, 하늘은 만물의 생장을 주관하니	噫天心職乎生物
햇빛과 비를 적절하게 내려 주고	暘與雨其時若
음양의 기운을 조화롭게 펼쳐서	均二氣以宣和
만물을 모두 길러 준다네.	合萬彙以化育
지금은 어찌 陽氣만 지나치게 교만하여	今胡亢陽之驕蹇

---

27 李珥, 『栗谷全書』 권18, 「聽松成先生行狀」. "每聞郡縣催科 輒歎曰 吾民飦粥且不繼 何以辦此 不怡者竟日"

28 曺植, 『南冥集』 권2, 「遊頭流錄」. "雙磎神凝兩寺 皆在頭流心腹 碧嶺挿天 白雲鎖門 疑若人煙罕到 而猶不廢公家之役 贏粮聚徒 去來相續 皆至散去 寺僧乞簡於州牧 以舒其一分等 憐其無告 裁簡與之 山僧如此 村氓可知矣 政煩賦重 民卒流亡 父子不相保"

말려서 불이 난 듯 활활 태우고	燥爲火而烈烈
길러 주던 지극한 은혜 거두어 들여	歛滋養之至恩
태워서 죽이는 凶德을 베푸는가?	施焦殺之凶德
이를 어찌 天道의 마땅함이라 하리?	是豈曰天道之適然
사람이 재앙을 불러일으킨 듯하네.	恐人爲之召孼
⋯⋯ ⋯⋯	⋯⋯ ⋯⋯
湯 임금은 자신의 몸으로 회생을 삼고	殷帝鑭體爲犧牲
여섯 가지 일을 들어 스스로 책망했네.	引六事以自責
周王은 側修하여 반성하고 삼가해	周王側修以省惕
圭璧을 바쳐서 신에게 제사드리니	奠圭璧以禮神
갑자기 천리 먼 곳에서 구름이 몰려와	忽千里兮來雲
麗褷를 입어 백성을 구제했네.	蒙龐褷以拯民
영묘한 감응 이처럼 빠름을 궁구하니	究靈應之斯亟
진정 마음의 정성이 하늘을 움직였다네.	諒中誠之動天
⋯⋯ ⋯⋯	⋯⋯ ⋯⋯
보라, 유랑민이 꾸역꾸역 옮겨가는 것을	觀流徒之纍纍
슬프다, 기러기 같은 유랑민은 어디에 안주할까?	哀鴻鴈之將安集
사방을 돌아보아도 모두 같은 꼴인데	顧四方之同然
어느 곳을 가리켜 樂國이라 하겠는가?	指何土爲樂國[29]

　백성의 삶 속에 가까이 있었던 성운으로서는 그들의 고통을 차마 두고 볼 수 없었을 것이다. 이러한 재앙은 '사람이 불러들인 것'이라 하여, 현실의 정치에 불만을 토로하고 있다. 군주는 백성을 위하는

---

29 成運, 『大谷集』卷中, 「大旱賦」.

마음으로 옛 성현을 본받아 이 난국을 헤쳐 나가야 하는데, 이를 외면하고 있다. 그리하여 성운은 현실을 외면하는 위정자의 각성을 강력히 촉구하고 있다.

狐貂裘를 입은 公子가 비단 보료에 앉았으니	狐貂公子坐重茵
눈 속에서 땔나무를 지고 우는 줄 누가 알리.	雪下誰知泣負薪
어떻게 해야만 扶餘의 천 근 옥을 얻어다가	安得扶餘千片玉
陰谷 여기저기 흩어 따뜻한 봄으로 만들까?	散投陰谷化陽春[30]

성운은 추위와 배고픔 없이 백성들이 편안히 살 수 있는, 올바른 政治가 행해지고 참된 道가 실행되는 때를 염원하고 있다. 고통 받는 백성을 보며 현실과 괴리된 政事를 비판하고, 그들을 위해 실질적인 도움을 모색하는 시인의 안타까운 마음이 여실히 드러나 있다.

백성들에 대한 유일의 연민은 그들이 민생 가까이에서 그 고통을 직접 목격한 데서 비롯되었다. 자연재해로 인한 피해, 국가의 失政과 무관심으로 인한 부역과 세금 등의 고통은 고스란히 백성들의 몫이 됨을 절감했던 것이다. 그러나 이보다 중요한 것은 그들에게 내재해 있는 사대부사회 지식인으로서의 사명감이었다. 그들에게는 이 사회를 선도하고 이끌어갈 책무가 있었다. 한 사회 지식인으로서의 선민의식이 그들의 시선을 백성에게로 향하게 했던 것이다.

---

30 『大谷集』卷上, 「苦寒」.

3) 道學의 위상 확립

사화기를 겪은 조선사회는 도학이 실추되어 더 이상의 회복이 불가
능할 듯 보였다. 性理書를 끼고 다니는 것조차 꺼려할 만큼 도학의
위상이 땅에 떨어졌던 것이다. 이 시기 유일들은 향촌에 은거하면서
서원과 서당을 건립하고, 이를 기반으로 학업에 정진하였다. 이를 통
해 도학의 위상을 확립하는 것이 자신들의 책임이라 여겼다.

응당 탁 트인 길을 좇아가야 할 터인데	踐履當從闊闥途
하필이면 韓愈의 좁은 길을 좇는 겐지.	何須韓子小蹊趨
周子·程子의 공부가 반석처럼 평평한데	周程事業平如石
어찌하여 밤낮을 재촉해 좇지 않는지?	胡不催鞭日夜驅[31]
관악산 앞의 돌 시냇가 곁에 있는	冠岳山前石磵傍
향교에는 가을풀이 무성히도 자랐네.	黌堂秋草沒頭長
숲 속 여기저기 널린 절간 전각에는	雲林處處浮屠閣
단청이 화려하여 햇살에 눈부시구나.	金碧輝煌耀日光[32]

위 글에서 성제원은 사화기 이후 士人이 理學 공부에 치중하지 않
고 한유의 문장에만 열중하는 등 정통의 유학을 도외시하는 학문 분
위기를 풍자하고 있다. 周子·二程을 중심으로 宋代에 성행했던 이
학은 孔子와 孟子를 道統으로 삼고 가족을 중심으로 하는 혈연공동

---

31 成悌元, 『東洲集』 稿上, 「贈讀韓文儒生」.

32 上同, 「題果川鄕校」.

체와 국가를 중심으로 하는 사회공동체의 윤리규범을 제시함으로써
사회의 중심사상으로 발전하였다. 이러한 반석과도 같은 정통학문을
버려두고 한낱 一技에 불과한 한유의 문장만을 익히는 당시의 분위기
를 탄식한 것이다. 또한 그리하여 유생들로 가득 차 있어야 할 향교에
는 인적이 끊겨 잡초만 무성하다고 하였다. 두 번째 시에서 그는 처량
한 향교의 분위기와 화려한 단청으로 광채를 뿜어내는 주변 사찰을
대비시켜 당시의 게으른 학문 풍조를 강하게 질타하였다.

뿐만 아니라 기묘사화 이후 실추되었던 士氣가 다시 진작되려 할
적에 유생들이 趙光祖의 작위를 복위시키려 한다는 소문을 듣고 성제
원은 다음과 같은 시를 지었다.

부귀란 뜬구름 같음을 스스로 알았으니	富貴浮雲已自知
그 영령 살아있다면 도리어 비웃었으리.	英靈如在想還嗤
썩은 유골에 작위 더한들 무슨 이익이랴	爵沾朽骨終何益
한 때 반짝하는 虛名만 얻을 뿐이로다.	徒取虛名耀一時[33]

사화의 참혹함을 목격했던 그로서는 무엇보다 정치적 권력의 명분
이나 이익을 위한 행위는 옳지 않다고 여겼다. 썩은 유골에 작위를
더하는 이러한 행위는 결국 자신들의 정치적 입지를 높이려는 행위에
불과하다. 이는 조광조를 복위시킨다는 미명 하에 나라와 백성을 위
한 현실적 문제 개선에 치중하기보다 자신들의 정치적 입지를 넓혀
권력을 추구하려는 정권의 속성을 꼬집은 것이다. 이러한 행위는 결

---

33 上同, 「聞館生請復趙靜菴官級」.

국 도학적 명분이 실추된 것에 기인하였다.

李恒은 28세 때까지 무예를 익히며 학문에 뜻을 두지 않다가, 이웃에 살던 高漢佐의 집에서 「朱子十訓」과 「白鹿洞學規」를 보고서야 발분하여 求道에 뜻을 두었던 인물이다. 그는 곧이어 道峯山 望月庵에 들어가 학문에 전념하였고, 40세 때부터 전라도 泰仁의 寶林山에 은거하여 출사하지 않고 30년 가까이 학문연마와 강학에 진력하였다.

두 程子께서 가시고 천년이 흐른 지금	二程雖往千年後
朱子께서 열어준 학문이 만고에 전하네.	朱子開來萬古傳
누구인가, 정밀하고 전일하게 연구하여	誰有研幾精且一
실추된 그 단서 찾아서 계승할 사람이.	得尋墜緒任聯線[34]

큰물을 보려면 넓은 바다로 가야하고	欲觀洪水須滄海
명승지를 보려면 태산에 올라야 하리.	如見名區上泰山
대목이 먹줄을 폐하지 않듯 공부하면	大匠不爲廢繩墨
성학을 밝히는 것 진정 어렵지 않으리.	通明聖學諒非難[35]

그는 학문에 전념할수록 현실의 여러 문제가 도학이 제대로 확립되지 못한 데에 기인하고 있음을 절감하였다. 때문에 二程과 주자에 의해 성립된 도학이 더욱 절실했으며, 그 일을 계승할 적임자를 간절히 바라고 있다. 이에는 안타까움과 함께 자신이 그 책무를 감당하리라

---

34 李恒, 『一齋集』, 「寄許僉知曄」.
35 上同, 「示金君永貞」.

는 무언의 자긍심이 숨어있다. 두 번째 시가 이를 나타낸 것으로, 도학의 확립은 결국 원칙을 준수하는 데에 있음을 알 수 있다. 곧 도학의 최고 정점은 이정과 주자의 학문세계이니, 그 세계를 목표로 하여이를 준행하는 데에 힘쓴다면 어려울 것이 없다고 하였다. 이는 마치공자가 태산에 올라 천하를 작다고 한 것처럼,[36] 그의 학문적 깊이가심오한 수준에 이르렀음을 드러내는 것이라고도 하겠다.

도학에의 열망과 집착을 강하게 표출한 인물은 단연 趙昱이다. 그는 주자의 도학을 계승·발전시키려는 성향이 특히 돋보인다. 현존하는 그의 문집에는 주자에 대한 흠모의 마음과 도학 부흥의 의지를 드러낸 작품이 다수 포함되어 있다. 먼저 조욱이 성현의 학문에 진력하지 않는 현실에 대해 불만을 토로하는 작품부터 살펴본다.

善의 단서가 마음에서 드러나기는 하지만	善端雖發中
온갖 생각은 사악하고 음탕한 데로 흐르지.	萬念流邪淫
선이 사라지면 악은 나날이 자라날 것인데	善消惡日長
뉘라서 능히 이 한 마음을 밝힐 수 있으랴?	誰能明一心
그러므로 그 옛날의 현인과 군자들은	所以古君子
謹篤하면서 항상 스스로를 경계했다네.	謹獨常自箴
屋漏에서조차 경외심을 높이게 된다면	屋漏尊敬畏
上帝께서 환하게 그 마음에 임하시리.	上帝赫然臨
아! 그런데 어리석은 우리 후학들이	嗟我小子輩

---

36 『孟子』,「盡心 上」. "孟子曰 孔子 登東山而小魯 登太山而小天下 故觀於海者 難爲水 遊於聖人之門者 難爲言"

　그 성현의 가르침을 공경치 않으랴.　　　　　　　　　　聖訓可不欽[37]

　후학이 성현의 도에 침잠해야 하는데, 그렇지 못하고 이단에 빠져 있는 현실을 안타까워하고 있다. 그의 안타까움은 아들이 학문에 뜻을 두지 않는다는 편지를 받고 쓴 글[38]이나, 조카가 이제 막 학문에 뜻을 두고 자신에게 배우겠다는 인편을 보내왔을 때 그에게 당부하는 글인 「寄雲姪五十二韻」[39]에서도 핍진하게 드러나 있다. 특히 그때 아들의 나이가 겨우 열 살이었는데, 그 어린 아들에게 선비의 도리와 학문에 전념해야 하는 이치를 구구절절 설명하는 長文의 글에서 그의 간절함을 느낄 수 있다. 조카에게 준 글 또한 詩題에서 알 수 있듯 52字의 韻을 사용한 장편시이다. 그는 성현의 학문이 쇠퇴하여 아무도 뜻을 두려 하지 않는데, 이에 전념하겠다는 조카의 뜻을 높이 칭송한 후 '풍성한 곡식을 거두려면 물을 대는 손길에 달렸다.'는 것으로 학문에 정성을 다해 줄 것을 간곡히 당부하고 있다.[40]

　사람이 배우는 것은 옛 책을 읽어 科場에 나가는 것 뿐 아니라, 장차 무엇으로 이 임금을 섬기고 이 도를 행할 것인가에 있다. 반드시 먼저 修己의 道를 다해야 하는데, 그 방법은 책에 있으니 섭렵하는 것으로 일삼지 말고 반드시 體行하는 것으로 힘써야 한다. 또한 독서는 多讀을

37　趙昱, 『龍門集』 권1, 「感興」.
38　上同, 「得家兄書 知元賓不甚喜學 悶然有作」.
39　上同, 「寄雲姪五十二韻」.
40　上同. "吾聞古人語 仁義劇荔參 苟得貧賤樂 不以富貴換 學之有漸次 自然成習慣 欲使枝葉茂 栽培在根幹 欲使禾穀登 手澤在浸灌 困倉積嵬嵬 花實光燦燦"

탐내니, 이는 배우는 자의 큰 병이다. 한 책을 읽어도 반드시 그 한 책의 뜻을 다한 후에 다른 책을 읽으면 자연히 터득하는 곳이 있을 것이다. 반드시 자신에게서 허물을 구하여 힘써 그것을 행한다면 聖賢을 기약할 수 있을 것이다. 배우는 자가 성현으로 스스로를 기약한다면 비록 성현에 이르지 못하더라도 善士는 될 수 있을 것이다. 만약 中人으로서 스스로를 기약한다면 下品이 되기를 구하여도 그렇게 될 수 없을 것이다.[41]

그의 학문적 이상은 聖人을 기약하여 그 경지에 이르는 것이었다. 학문은 무엇보다 自得하고 體得하여 실행에 옮기는 것이 중요하며, 나아가 이를 통해 스스로 성현의 경지를 기약하여 힘쓸 것을 강조하고 있다. 이는 기묘사화로 스승을 잃었을 뿐만 아니라, 실추된 도학을 현실에 다시 부흥시켜야 함을 절감한 데서 기인한 듯하다. 때문에 그는 자신의 수양에 보다 독실하면서도 후학들에게 끊임없이 노력할 것을 요구하였다.

聖人의 마음은 책 속에 있고	聖心在方冊
聖人의 道는 이에서 벗어나지 않네.	聖道不外此
무릇 仁은 나로 말미암을 뿐이니	夫仁由我已
구하면 저절로 이를 것이다.	求則自可至

---

41 『龍門集』 권6, 「又行狀七條」. "嘗曰 人之爲學 非讀古書取科場而已也 將以事是君而行其道也 必先盡修己之道 而其法載於方冊 勿以涉獵爲事 必以體行爲務 且讀書貪多 寂是學者大病 讀一書 必盡一書之義 然後又讀他書 則自然有見得處 必反於身而力行之 則聖賢可期也 學者以聖賢自期 雖未至聖賢之域 猶可爲善士 若以中人自期 則求爲下品 不可得也"

경계하노니, 그대 방심하지 말고	戒爾毋放心
操存하고 克己하시게.	操存以克己
마음의 들고남은 본래 방향이 없으니	出入本無鄕
잃으면 얻기가 쉽지 않다네.	失則得不易
경계하노니, 그대 욕심을 따르지 말게	戒爾勿從欲
욕심을 따르면 도리어 이롭지 않다네.	從欲反無利
망령된 생각이 일단 싹트면	妄念纔一萌
屋漏에서도 오히려 부끄러워할 만하네.	屋漏尙可愧
경계하노니, 그대 말과 행동을 삼가시게	戒爾愼言行
삼가지 않으면 근심과 두려움이 많아지네.	不愼多憂畏
모든 禍는 이로부터 일어나니	衆禍由是起
면함을 구하면 피하기 어렵다네.	求免難可避
그대는 의당 늘 스스로를 경계하여	爾宜常自戒
敬 한 글자를 잊지 마시게나.	無忘一敬字[42]

그는 성현의 학문에서 조금도 벗어나지 않고 이에 근거하여 성리학자로서의 수양을 강조하였다. '敬'을 통한 심성수양, 어떠한 상황에서도 부끄럽지 않은 자신의 수양을 강조한 것은 여느 성리학자와 다르지 않다. 경을 통한 수양이 완성되어야만 나아가 '無放心·勿從欲·愼言行' 등 그가 강조했던 세 가지가 절로 이루어질 것이다. 그러므로 무엇보다 가장 중요한 '경'을 다시 한 번 강조하는 것으로 시를 끝맺고 있다. 조욱 역시 성현의 학문을 회복시키기 위해서는 무엇보다 철저한 자기수양이 우선되어야 함을 절감했던 것이다.

---

42 『龍門集』 권1, 「自警 示同志」.

그가 성현의 도학이 세상에 펼쳐지기를 얼마나 간절히 원했는지는 「大狂吟五十韻 贈同志」,[43]에서도 엿볼 수 있다. 그는 上帝가 천지를 개벽한 후부터 堯·舜·禹·孔子·孟子 등을 거쳐 宋代 朱子에 이르는 장구한 시대와 역사를 열거한 뒤, 주자에 의해 정리된 그 학문을 말세의 자신들이 짊어져야 함을 강조하였다. 특히 조욱은 성현의 도학을 계승하여 확고히 발전시킨 주자에 대해 무한한 憧憬과 敬畏의 마음을 품었다. 심지어 그는 꿈에서 주자를 만난 후 四勿 공부와 仁의 체득을 통해 성현의 학문에 전념하기를 다짐했으며,[44] 금강산 유람에서는 주자의 「廬山雜詠」에 차운하여 14수의 시를 짓기도 하였다.[45] 그는 주자를 통해 聖人의 학문을 배워 聖人과 함께 돌아가는 것, 그것이 그가 꿈꾸는 이상이었다.[46]

이처럼 유일이 도학의 위상을 확립하려 했던 것은 士의 각성을 촉구하기 위함이었다. 도학은 성리학의 이상을 현실에서 실천하는 것이다. 조선조 士人들이 몸소 성리학의 이념을 실천하려 노력한 自覺이다. 다시 말해 16세기 성리학의 自省意識이라 하겠다.[47] 그러므로 기

---

43 上同, 「大狂吟五十韻 贈同志」.
44 上同, 「學顔子吟」. 詩題에 붙은 註에 의하면, 己卯年 봄에 스승인 趙光祖의 별장에 공부하러 갔다가 꿈에서 주자를 만났는데, 깨어나 너무 황홀하여 이 시를 짓는다고 하였다. 시는 모두 2수인데, 다음과 같다. "四勿工夫未易做 潛心默識務先難 克之又克至無克 仁體須從復禮看. 前後高堅眞恍惚 竭才方發喟然嘆 做到工夫復禮上 大開明眼體公看"
45 『龍門集』 권2, 「金剛山 次朱晦菴廬山雜詠韻十四篇」.
46 『龍門集』 권1, 「次朱晦庵感興韻三首」 중 셋째 수. "我願學聖學 期與聖同歸"
47 金時鄴, 「寒暄堂 金宏弼의 道學的 詩世界와 인간 자세」, 『大同文化研究』 48집, 成均館大學校 大同文化研究院, 2004, 389-390쪽.

묘사화 이후의 사인들은 특히 내적으로 도학을 체득함과 동시에 사회
적으로 도학의 위상을 확립하는 것이 목표였다. 이는 특히 유일에게
부여된 사명이기도 하였기에, 그들의 문학 속에 이러한 자성의식이
그대로 함축되어 나타났다.

4) 현실구제의 백미, 正君心

유일은 재야사인으로서 또는 사대부사회의 지식인으로서 시폐와
민생고 등 문제의 해결 방안을 제시할 의무를 지니고 있었다. 그들은
이를 위해 한결같이 君主의 正心修身을 강조하였다. 특히 철저한 학
문성취와 수양을 통한 올바른 인재 등용을 강조하였다.

> 임금의 정치교화는 修身하는 데에 지나지 않았습니다. 그렇기 때문
> 에 『大學』의 八條目에서는 '한결같이 모두 수신으로 근본을 삼는다.'라
> 고 하였고, 『中庸』의 九經에서는 '수신이 구경의 근본이 된다.'라고 하
> 였습니다. 그러나 수신하는 방법에도 역시 기본이 있으니, 그 기본을
> 알지 못하면 학문을 제대로 할 수 없습니다. …… 예나 지금이나 治道
> 를 논할 경우에는 修身・正心을 가지고 말하지 않는 자가 없었습니다.
> …… 전하께서 오로지 수신하는 일에 꾸준히 힘쓰신다면 이른바 古今
> 의 治亂, 世道의 淸濁, 治國의 道理, 爲學의 방법이 모두 여기에서 벗
> 어나지 않을 것입니다.[48]

---

48 『明宗實錄』 21년 9월 12일 己亥. "林薰曰……見人君政化 不過修身 是以大學八條
  曰 壹是皆以修身爲本 中庸九經曰 修身爲九經之本 然修身之道 亦有其本 苟不知
  本 無以爲學……古今論治道者 無不以修身正心爲言……自上專務修身而勉疆焉

반드시 세상의 운세를 짊어질 뛰어난 보좌를 얻어 윗사람과 아랫사
람이 함께 협조하고 공경하여, 한 배를 탄 사람처럼 한 다음이라야 무
너지고 타들어 가고 목마른 듯한 형세를 조금이나마 바로잡을 수 있을
것입니다. 그러나 사람을 등용하는 것은 솜씨로 하는 것이 아니고, 반
드시 몸으로 해야 합니다.……그러므로 자기 몸을 닦는 것이 다스림을
펴는 근본이며, 어진 이를 쓰는 것이 다스림의 근본입니다. 그리고 몸
을 닦는 것은 또 사람을 쓰는 근본이기도 합니다. 성현의 천 마디 만
마디 말이 어찌 '자신을 닦고 사람을 쓰는 것'에서 벗어난 것이 있었겠
습니까?[49]

첫 번째 인용문은 천거 후 思政殿에서 임금을 引見한 임훈이 '古今
의 治亂'에 대한 물음에 답한 내용이다. 政敎의 핵심은 군주의 修身正
心에 있으니 『대학』 등을 중심으로 이에 힘쓸 것을 奏請하고 있다.
두 번째는 조식이 '治世의 근본은 用人에 있으며, 用人의 진정한 방법
은 군주의 修身에 있음'을 강조한 글이다. 그는 군주의 수신과 성찰만
이 현실 문제를 타결할 수 있고, 이를 통해서만 나라와 백성을 구제할
수 있으며, 나아가 이를 바탕으로 인재를 선발해 그 직책을 補任시켜
야 한다고 주장하였다. 논지의 핵심은 군주의 마음에 달려있다는 것이
다. 군주의 正心을 강조한 것은 다른 유일에게서도 예외가 아니었다.
金範은 세상의 변화에 따라 正道에서 벗어나기 쉬운 마음을 敬을

則所謂古今治亂世道淸濁 治國之道 爲學之方 皆不外是矣"
49 曹植, 『南冥集』 권2, 「戊辰封事」. "必得命世之佐 上下同寅協恭 如同舟之人 然後
稍可以濟頹靡燋渴之勢矣 然取人者 不以手而以身……然則修身者 出治之本 用
賢者 爲治之本 而修身又爲取人之本也 千言萬語 豈有出此修己用人之外者乎"

통해 단속시키는 수신을 중요시했으며, 이러한 수양을 방해하는 요소
로 '게으름[怠]'과 '의심[疑]'을 제시하였다.[50] 특히 이러한 게으름과
의심이 파고들어 생기는 폐단은 한 나라의 군주도 예외가 아니며, 군
주가 이를 수행하지 못해 나라를 도탄에 빠뜨린다면 결국 백성에 의
해 쫓겨날 수밖에 없다고 하였다.[51]

그러나 재앙을 내린 건 하늘이 아니고	然降禍之非天
사람이 스스로 불러들여 전복된 것이라.	人自取夫顚覆
만약 천자의 덕을 부지런히 닦았다면	苟厥德之克修
어찌 옛 대업을 부흥시키지 못했으랴!	豈難復乎舊業
…… ……	…… ……
누가 알았으랴, 후손 된 자 생각 없어	安知夫嗣者之罔念
하루아침에 잃어버리게 될 줄을.	奄一朝而喪失
어찌 터전이 달라서이겠는가?	豈土地之有異
진실로 보존함이 같지 않아서라.	信持守之不一[52]
게으름은 만족한 데서 생기기 쉬우니	殄易生於滿足
이를 깨닫기란 임금에겐 더욱 어렵다네.	覺尤難於人牧
마음이 聲色을 따라 옮겨가고	心隨移於聲色
생각은 도리어 안일과 쾌락에 빠지네.	意反沒於逸樂

---

50 강정화,「后溪 金範의 學問性向과 士意識」,『南冥學研究』10집, 경상대 남명학연
  구소, 2000, 248-255쪽.
51 金範의『后溪集』에는 모두 8편의 賦가 실려 있는데, 아래의「怠」・「黍離」외에
  「訟」・「疑」등도 궁극적으로는 君主의 省察을 바라는 내용이다.
52 『后溪集』권1,「黍離」.

하루라도 이 점을 생각하지 않으면	貽一日之罔念
만 가지 기미가 다스려지지 않으리.	政萬機之不理
미적미적 거리며 힘쓰지 않으니	遂逡靡而莫勵
끝까지 애초의 마음 지니는 이 없다네.	鮮有終之始始
반드시 끊어질 썩은 줄을 붙잡고서	理枵索之必絶
임금의 자리를 보존한 자는 없었다네.	曾莫保乎天位[53]

　김범은 修養論에 있어 특히 군주의 역할을 강조하였다. 周나라의 패망은 하늘이 시킨 것도 물려받은 땅이 달라서도 아니고 결국 사람이 불러들인 재앙임을 예시하고서, 이는 천자가 덕을 닦고 자신을 수양하는 데 철저하지 못했기 때문이라 단언하였다. 결국 군주가 각고의 노력으로 帝德을 연마하여 正道를 부흥시키지 못하면, 帝王의 자리도 이 나라도 전복될 수 있다고 하였다. 이러한 주장은 이전부터 있어 왔으나 조선조 성리학자들이 입 밖에 내기를 꺼려한 것뿐인데, 김범은 대범하게 표현하였다. 그는 군주의 수양이 중요하므로 언젠가 직접 군주를 만난다면 이를 먼저 上奏하겠다고 하였으며,[54] 실제로 經明行修로 천거되어 思政殿에서 명종을 引見했을 때 이를 먼저 진언하였다.[55]

　임훈 또한 時政의 폐단을 극복하기 위해서는 무엇보다 군주가 민심을 따라야 한다고 주장하였다.

53　上同,「怠」.
54　上同,「疑」. "庶上下之相孚 甄一世之至治 幸他日之前席 達斯義於玉墀"
55　『明宗實錄』21년 10월 7일 甲子.

　　대체로 국가에서 시행하는 일은 민심을 따르는 것보다 더 좋은 것이 없으며, 民情을 어기는 것보다 더 나쁜 것이 없습니다. 진실로 백성은 나라의 근본이니, 근본이 굳건하면 나라가 편안합니다. 옛 성인은 법을 시행함에 있어 반드시 민심이 따르는가 그렇지 않는가를 살폈으니, 만약 부득이 거행해야 할 경우가 있으면 반드시 義로써 그들에게 고하고 情으로써 그들을 慰撫하여, 백성들로 하여금 윗사람으로서의 부득이함과 아래 사람으로서 감히 거절할 수 없음을 훤히 알게 한 연후에야 그것을 시행했습니다. 그러므로 兵革의 일이라 할지라도 백성들은 저절로 원망이 없었으니, 성인이 민심을 삼가는 것이 이와 같았습니다.[56]

　백성은 나라의 근본이니, 그들의 마음이 편안해야 나라가 강령해진다는 말이다. 민심을 존중하고 이에 순응하는 정치는 軍籍과 관련한 일이라도 백성들이 마다하지 않는다고 하였다. 그리고 이를 위해서는 군주의 正心修身만이 최선의 방안이라 주장하였다.

　　오늘날의 폐단으로는 민생의 곤궁하고 초췌함보다 더한 것이 없습니다. 신이 일찍이 수령을 지냈었는데, 민생의 폐단은 수령의 힘으로 구제할 수 있는 바가 아닙니다. 신은 항상 백성을 구제할 계책이 없음을 한스러워 했습니다. …… 신의 망령된 생각으로는, 전하로부터 正心修身하여 학문의 功力이 날로 진보한다면 治世의 효과가 저절로 드러날 것이며, 백성은 저절로 편안해질 것입니다.[57]

56　林薰, 『葛川集』 권2, 「丁丑謝恩封事」. "大抵國家施爲之事 莫善於順民心 莫不善於拂民情 誠以爲民惟邦本 本固邦寧也 古之聖人 凡所施爲 必察民心之順與不順 如有不得已之擧 則亦必告之以義 慰之以情 使民心曉然知上之不得已 下之不敢辭 然後行之 故雖兵革之事 民自無怨 聖人之愼民心如此"

그는 만년에 彦陽縣監·比安縣監에 재직하는 동안 몇 차례의 封事를 올렸다. 대체로 그 지방의 피폐한 사정을 소상히 진술하여 시정을 요하는 내용이었지만, 항상 지방민의 고통과 피폐의 근원적인 원인을 임금에게 돌리며 군주의 정심수신을 강조하였다.

특히 그가 젊어서는 誠과 敬 등의 수양에 힘쓰고,[58] 만년에는 오로지 정심수신에 致力하고 있음을 놓쳐서는 안 될 것이다. 임금의 수양을 특히 강조하고 있다. 그는 현감직에 부임하여 그 동안 축적한 功力을 실현하려 했을 때 현실과의 괴리가 많았으며, 그로 인한 실현불가능한 문제들은 근본적으로 군주만이 해결할 수 있음을 절감한 듯하다. 때문에 이를 위해서는 무엇보다 군주의 공부와 수양이 우선되어야 한다고 여겨, 정심수신의 설을 극력 주장했던 것이다.

요컨대 유일이 현실문제의 대책으로써 正君心을 강조한 것은 모든 현안에 대한 총체적인 대책을 제시하는데 중점을 두었기 때문으로 보인다. 그들은 사회를 구제할 책임을 부여받은 사대부사회의 지식인이었기 때문에, 출사여부에 상관없이 현실폐단의 是正을 적극 요구할 수밖에 없었다. 국정 전반에 대한 시폐를 비판하고, 민생고에 대한 개선을 요구하는 것은 그들의 책무였던 것이다. 게다가 성리학적 이념에 철저했던 이들로서는 당대 현실비판 또한 그들의 이념에 의거하여 그 틀 속에서 요구하였다. 때문에 그러한 폐단의 근원에 군주가

---

57 上同,「庚午召對草」. "當今之弊 莫過於民生之困悴 小臣嘗爲守令 民生之弊 非守
令之力所能救也 臣常恨救民之無策也……臣之妄意 自上心正身修 學問之功日進
則治效自著 民生自安矣"

58 『葛川集』권4,「行狀」. "廳壁几案間 大書誠敬二字及思無邪毋自欺等語 心存目在
常自佩服"

있음을 자각한 이들로서는 군주의 정심수신을 적극 강조할 수밖에 없었던 것이다.

2. 天人合一의 자연관과 산수유람

문학에서 山水 또는 自然은 '원래부터 그러한 것 또는 그러한 모습으로 존재해 왔던 것'들을 지칭한다. 그리고 '산수'의 상대적 개념은 바로 '사회·문화'를 가리키며, 보다 구체적으로는 '현실'을 일컫는다. 그러므로 '자연'이란 용어 속에 내재된 개념과 내용 등은 바로 이 '사회·문화·현실'의 내용에 따라 달라질 수 있다. 자연을 인식하는 자아가 '사회·문화·현실'을 어떻게 인식하느냐에 따라 '산수·자연'에 대한 인식도 달라질 수 있기 때문이다. 그러므로 '산수'라는 용어는 자연현상과 기타 자연이 지닌 모든 것을 포함하는 말인 동시에, 그 '산수'를 바라보고 감상하고 인식하는 자아의 의식과 지향까지 함축하는 개념이다.[59]

유일의 隱逸自適的 삶의 志趣는 대체로 자연을 통해 형상화되었다. 이는 그들이 은거 후 자연과의 융합을 지향하고, 그 속에서 자신들의 존재가치를 인식하고 士意識을 高揚시키는 매개로 자연을 선택했기 때문이었다. 대부분의 유일에겐 지독한 山水癖이 있었다.

그들의 문학작품 속에 드러나는 자연은 크게 두 가지로 분류할 수 있다. 예컨대 현실과 괴리되는 자신들의 고뇌와 갈등을 해소시켜 주

---

59 손오규, 『산수미학 탐구』, 제주대학교 출판부, 2006, 15-24쪽.

는 매개체이며, 天理를 구현하는 성리학자의 修養 공간으로서의 자연이 바로 그것이다. 前者는 주로 자연 속에서 천성에 순응하고 안빈낙도를 통해 천인합일을 추구하는 삶의 태도로 표출하였다. 후자는 자연 속 은거의 삶을 살고 있으나 지식인으로서의 자존감을 확인하는 것으로, 주로 은거지 주변의 명승 유람을 통해 표출되는 다양한 산수 인식에서 확인할 수 있다.

1) 合自然을 통한 隱逸自適

조선조 한문학사에서 끊임없이 이어져온 주제 중의 하나가 安貧樂道이다. 이는 문학 담당층이었던 이들이 자신의 이상과 괴리된 현실에 처했을 때 더욱 빛을 발하였다. 이들이 안빈낙도를 이념으로 삼았던 것은, 물러나 가난 속에서도 도를 즐기며 살았던 顏回의 삶 때문이었다. 안회의 삶에 대한 역대의 칭송이 사화기 등의 혼란한 시대에 관직에서 물러난 조선조 사인들에게 안빈낙도적 은일자적의 삶을 지향하게 만들었던 것이다.

성수침은 은거 이후 유일천거라는 몇 번의 유혹이 있었지만, 한 번도 흔들리지 않고 은거의 삶으로 일관하였다.

푸성귀와 조밥으로 그나마 배를 채우고	野蔬脫粟聊充腹
거친 갈포 옷으로 겨우 몸만 가린다네.	大布麤絺只蓋形
죽고 사는 것에 편안하여 공적이 없고	生順死安功未及
젊어서 도를 듣고도 이룬 것이 없도다.	少年聞道竟無成[60]
내 분수에 맞게 그때그때 먹고 또 마시리	隨宜飮啄安吾分

고개 숙이고 눈치 보며 먹는 건 철면피라.	竊食低回是强顏
나에게 한 터전 있어 복거할 집을 지으니	我有一廛須卜築
산 속의 한가한 재미 벼슬살이보다 낫네.	山居閒味勝居官[61]

　일찍부터 세상의 顯達에 연연하지 않은 성수침의 은거는 자연에 융화되는 안빈낙도를 지향하였다. 때문에 그 속에서의 삶에 自足하고 현실의 변화에 전연 개의치 않았으며, 은거에 따르는 의식주의 고통은 아랑곳 않고 그 속에서 自適의 삶을 추구하였다. 이러한 성수침의 은거는 다른 유일에게도 많은 영향을 끼쳤다. 조식은 북악산에 은거하고 있는 그를 보고서 은거의 삶을 결정했으며,[62] 성운 또한 그의 청빈한 은거생활을 敬畏하여 인물을 논할 때마다 그를 제일로 꼽았다.[63]

　은거로 인한 궁색한 살림에도 자적하는 삶은 조욱에게서도 여실히 드러난다. 기묘사화 이후 그는 己卯黨人으로 지목되어 불안해진 모친이 科擧를 권하여 응시했으나, 역시 기묘당인이라는 이유로 낙방하였다. 이후부터 산수 간을 유람하며 그 속에서의 안빈낙도적 삶을 추구하였다.

60　이 시는 『聽松集』 권1 「山家雜詠」 중의 한 수이다. 「산가잡영」은 성수침이 일생동안 지은 시를 만년에 모은 것으로, 詩題를 잃은 경우는 시만 기록해 놓았다. 이 시 또한 시제를 잃은 경우이다.

61　成守琛, 『聽松集』 권1, 「贈洪欽仲」.

62　李珥, 『栗谷全書』, 「經筵日記」, 隆慶六年壬申. "正月 處士曹植卒 植字楗仲 性耿介 少業科擧 而非其所樂 一日 於漢都訪成守琛 守琛構屋白嶽峯下 謝絶世故 植樂之 遂歸鄕不仕 居智異山下 自號南溟"

63　宋時烈, 『宋子大全』 권172, 「大谷成先生墓碣銘」. "先生論一時人物 必以聽松爲第一"

그는 중종·명종연간의 유일 가운데 대체로 알려지지 않은 인물이나, 가장 많은 山水詩를 남겼다. 『龍門集』에는 모두 759首의 시가 수록되어 있는데, 시기별로 別目을 붙여 비교적 일목요연하게 엮어 놓았다. 예를 들어 29세 때 報恩 三山을 유람하고 지은 시는 『三山錄』에 수록하였고, 索寧에 있으면서 1531년 금강산을 유람한 작품은 『金剛錄』에, 이듬해인 1532년 公務로 德源에서 읊은 것은 『北行錄』에 분류하여 실었다. 또한 1543년 靑坡里에 거처하면서 文殊庵 등을 유람한 이후부터 1545년 龍門寺를 유람한 시기까지 지은 193수가 별도로 수록되어 있으며, 만년에 砥平 土最美洞에 은거할 때의 작품은 『遯村錄』에, 그 이후 유일로 천거되어 1554년 長水에 부임하면서 지은 작품 247수 또한 별도로 수록되어 있다. 이는 다른 유일과는 비교할 수 없을 정도의 多作이며 상세한 분류이다. 그만큼 조욱은 산수벽이 지독하였고 文字癖 또한 극심하여, 일상에서의 모든 應事接物 상황을 작품으로 표출하였던 것이다.

삼베옷 푸성귀도 남음을 구하지 않아	麻衣草食不求餘
미간의 큰 수심이 다 없어져 버렸네.	眉上閑愁盡破除
나에게 소식을 줄 이 아무도 없겠지	已知紙筆無人贈
화산을 빌려 반평생을 살고자 하네.	欲借華山一半居[64]
인생살이 도처가 바로 내 집이 되니	人生到處卽爲家
변변찮은 살림에도 한탄하지 않았네.	糲食鶉居莫怨嗟

---

64 趙昱, 『龍門集』 권1, 「自遣」.

젊을 적엔 독서하여 진정 만족했고　　　　　少日讀書眞盡足

만년엔 도를 배워 丹沙에 게을렀네.　　　　窮年學道謾蒸沙

마음을 물과 같이 맑게 하려는 것은　　　　欲敎心地淸如水

개구리같이 요란한 입방아 두려워서라.　　肯怕人言亂若蛙

세상만사 지금은 한바탕 웃음일 뿐　　　　萬事只今堪一笑

이 몸은 노을처럼 늙어가기 알맞네.　　　　此身端合老煙霞[65]

　가난과 궁색함은 전혀 문제가 되지 않았고, 오로지 꺼려하는 것은
출사하여 세상 사람의 입방아에 오르내릴까 하는 것이었다. 性情이
세상과 부합하지 않아 자연으로 물러날 수밖에 없었고, 그래서 자신
의 뜻을 세상에 펼쳐볼 수 없더라도 한탄하지 않았다. 여러 옛 선현이
능력을 갖추고도 은거의 삶에 자족하며 살았듯, 그 또한 도학이 땅에
떨어진 현실에 나아가 자신의 뜻을 펼 수 없음을 알고 은거하였다.
그리하여 산수를 유람하고 성현의 학문을 연마하는 것으로 일생의 즐
거움을 삼았다.

　임훈의 『葛川集』에는 모두 40題43首의 시가 실려 있다. 그 가운데
에는 조식의 시 「遊安陰玉山洞」에 차운한 「花林洞月淵岩 次南冥韻」
을 비롯하여 산수자연을 읊은 시가 일부 포함되어 있다. 대개 번다한
속세에 나아가기보다 산수에서의 한적한 삶을 노래한 것들이다.

산수를 좋아하는 성품인지라　　　　性癖烟霞趣

몸도 산수 속에서 노닌다네.　　　　身隨山水中

---

65 『龍門集』 권2, 「述懷」.

지금 빼어난 경치 찾았으니   況今探異境

속세 소식 절로 들리지 않네.   向世自成聾[66]

임훈은 스스로도 산수벽이 있어 자연에서 노닌다고 하였다. 그는
좋은 경치를 만나면 벗들을 불러 지팡이를 짚고 마음이 가는 대로 왕
래하며 구애됨이 없었다.[67] 또한 "州縣에 재직할 때 명승이 있다는 소
리를 들으면 공무를 보는 여가에 때로는 지팡이 짚고 짚신 신고 가기
도 하고 때로는 가마를 타고 가서 노닐며 유연히 세속을 벗어나려는
생각이 있었다."[68]라는 언급에서도 그의 산수벽을 엿볼 수 있다.

이에 이치를 따라 천명에 맡기니   爰順理而委命

끝내 다른 생명체와 거슬림이 없도다.   卒與物而無忤

누추하다고 더러운 도랑 싫어하지 않고   陋不厭乎汚渠

화려하다고 붉은 난간 집 부럽지 않네.   華不慕乎朱欄

그늘진 언덕의 나무와 돌에 붙어살며   粘木石之陰崖

편안하게 몸 둘 곳을 찾아 산다네.   占容軀之易安

靜할 때는 타고난 품성을 지키고   靜守稟而守性

動할 때도 그럭저럭 욕심이 없네.   動因循而無欲

---

66 林薰, 『葛川集』 권1, 「到噴玉流」.

67 『葛川集』 권4, 「行狀」. "先生雅好山水 每值良辰美景 輒邀親舊 命子姪携卷策杖
采山釣水 惟意所適 往來無礙 嘗登德裕山 周覽之際 挹伽倻之淸秀 仰金烏之偃蹇
頻回望眼 屢發感懷 則先生之於山於水 非徒有取於巍然其高冷然其淸者而已 其
有得於興慕之餘者深矣"

68 上同. "又於所在州縣 苟聞有名區勝境 則簿書之暇 或以杖屨 或以肩輿 逍遙倘佯
脩然有出塵之想"

하늘로부터 받은 자연에 맡기고   任天賦之自然
담담히 외물에 구애됨이 없네.   淡無牢乎外物
덥던 서늘하던 생사를 맡기고   付死生於炎涼
마르던 습하던 운명을 맡기네.   任枯潤於燥濕
아, 이 달팽이의 어리석음이   噫玆物之蠢蠢
나의 온갖 생각을 막아주누나.   格余思之多端[69]

이 시는 임훈의 안빈낙도적 처세가 가장 잘 드러난 작품이다. 묵묵
히 타고난 본성에 순응해서 살아가는 달팽이의 모습을 형용한 것으
로, 그는 이에서 처세의 요체를 발견하였다. 훈신들의 정치적 독단과
민생의 불안 등 혼탁한 세상에서 살아가는 지혜를 배우는 것이다. 이
는 순리에 어긋나지 않고 순응하는 삶, 그리하여 인위적이지 않고 자
유롭게 살아가며, 세상 사람들이 욕심 때문에 죽어 가는 반면 자신은
욕심 없이 안빈낙도하며 사는 것이라고 하였다.

산의 달이 이미 져서 푸른 절벽에 기울고   山月已低欹翠壁
맑은 시내 돌에 부딪혀 밤에 더 시끄럽네.   清溪得石夜逾喧
숲 정자에서 나오려니 맹수들이 우글거려   欲出林亭多豺豹
그윽한 곳에 움츠리며 사립문 닫아버렸네.   縮頸幽處杜柴門[70]

28세까지 무예를 익히다가 求道의 길로 들어선 李恒은, 늦게 시작

---

69 林薰, 『葛川集』 권1, 「蝸」.
70 李恒, 『一齋集』, 「偶書」.

했던 만큼 남들보다 훨씬 강한 노력을 기울였다. 현달에 대한 미련이 없는 것은 아니었으나, 현실의 혼란과 위기감이 그를 세상에 잡아두지 못하였다. 그러한 욕망은 당시 상황을 고려할 때 실현불가능한 것이었고, 결국 그는 혼란스럽고 부정한 현실에 얽매이기보다는 隱居自適의 삶으로 가닥을 잡았던 것이다.

　成運 또한 안빈낙도적 삶을 추구한 대표적 인물이라 할 수 있다. 현존하는 『大谷集』에는 모두 196수의 시가 실려 있다. 이 시들은 대부분 보은으로 은거한 이후의 것으로, 은거를 통해 자연과의 합일을 지향하는 모습이 잘 드러나 있다. 그의 삶은 전부가 자연과 융합하여 自適한 것이라 해도 과언이 아니다.

계곡에 들어가서 이름과 자취를 감추니	入谷藏名跡
살았는지 죽었는지 남들이 알지 못하네.	存亡人不知
학은 새끼를 끌고 구름 속을 날아다니고	雲飛鶴引子
호랑이는 새끼를 낳아 숲 속에 누웠네.	林臥虎生兒
세상은 온통 수레로 뒤덮여서 분주한데	世路車輿蔽
山家에는 세월이 더디게만 흐르는구나.	山家日月遲
부뚜막에서 노래하니 마음 절로 즐겁고	竈歌心自樂
때때로 읊조리는 것은 考槃의 詩라네.	時詠考槃詩[71]

　세상사의 혼란이나 동요에는 아랑곳 않고 자연의 섭리에 순응하며

---

[71] 成運, 『大谷集』卷上, 「水鐵峴下 得一奧區 全石以爲谷 有泉懸焉 其聲鏘然 余名之曰石谷 因築室居之 甚自適也 吟成一律」.

사는 작자를 볼 수 있다. 사대부사회에서 처사의 隱逸은 현실에서 완전히 벗어나지 못한 삶이기 때문에 그 속에서 갈등하기 마련이다. 그러나 성운은 보다 강도 높은 방법으로 자연과의 융화를 지향하면서 이를 즐기고 있다. 그는 철저한 은거의 삶을 추구하였고, 그래서 더 깊숙이 자연 속으로 들어가려 하였다.

온 골짝의 바람과 연기 예스러운데	一壑風烟古
한적하게 산 지 올해로 몇 해인가?	幽棲今幾年
소나무는 높아서 학이 날아들고	栽松高引鶴
돌 틈으로는 가늘게 샘이 흐르네.	移石細行泉
무릎을 펼 만한 거처조차 없건만	舒膝寧無地
고개를 들어 실컷 하늘을 본다네.	擡頭剩得天
바깥의 사람이 만약 이를 본다면	外人如見此
나를 골짜기 속의 신선이라 하리.	指我洞中仙[72]

세월의 무상함에도 불구하고 변함없는 자연의 질서를 나타내고 있다. '風烟古'와 '今幾年'의 시어를 통해 자신이 경험한 忍苦의 시간과 변함없는 자연세계를 잘 대비시키고 있다. 그리하여 성운이 터득한 대자연의 原理는 시인의 생활과 思考를 통해 나타나고 있는데, 특히 '得天'이란 시어를 통해 시인은 이미 자연의 질서, 곧 天理의 本然之性을 터득하여 융화된 상태임을 엿볼 수 있다. 자연으로 물러난 시인이 자연세계를 자아와 유리된 개체로 인식하는 것이 아니라 그 속에

---

[72] 上同, 「大谷書事」.

서 삶을 즐기는 능동적 인식 태도를 지니고 있음을 느끼게 한다.

눈 속의 바람과 연기는 다 내 소유이니	眼裏風烟皆我有
지금 이 몸이 있는 곳이 바로 내 집이라.	此身著處卽爲家[73]

높은 정자는 툭 트여 절로 바람이 많고	高亭四豁自多風
굽이치는 물 떠가는 구름이 눈 안에 가득.	水態雲姿入眼中
올라오면 풍요로운 경치가 즐겁기만 하니	可喜登臨饒物色
백발의 내가 바로 이곳의 主人翁이라네.	白頭吾作主人翁[74]

　자연경관을 바라보는 시인의 눈은 勝境에 매료되어 매우 觀照的이
고 韻致가 있다. 觀照란 觀物하여 照心한다는 말로써 시인의 시각적
감응을 통해 형상화되는 자연경물들이 그 내면의 맑고 순수한 성정을
지향한다는 것이다. 따라서 경물은 耽美나 審美의 시적 대상으로 존
재하지 않으며, 시인의 흥취를 조절하고 심상을 整齊하는 구현체로
인식되었다. 그러므로 굳이 내 소유임을 명시해야만 소유가 되는 것
이 아니라 시인이 위치하고 있는 바로 이 자연이 시인의 소유이다.
주위의 경물에 제한되어 있던 시인의 시야가 자연에 대한 찬탄을 넘
어 자연세계의 조화로운 질서를 즐기고 있다. 시적자아인 성운이 자
연에 완전히 동화된 상태이다.
　이처럼 철저히 은거하여 자적하는 삶은 자신을 세상에 드러내려

73　上同, 「遊行」의 轉·結句.
74　上同, 「登板斤高亭」.

하지 않고, 또 알려지는 것조차 싫어하는 그의 삶으로 일관되었다. 그는 자연과 하나 되어 작위적이고 인위적인 요소가 배제된 세계를 지향했다. 그리하여 조식은 성운의 삶의 방식이 자신과는 비교할 수조차 없다고 칭찬하였는데, 그러한 성운의 삶의 자세가 바로 천인합일의 처세이다.

> 健叔〔成運의 字〕은 자신을 드러내지 않고 학문에 潛心하여 일찍이 남에게 보증받은 적이 없는데, 저는 유독 세상에 자신을 드러내 군자를 크게 속였음을 다시 한탄합니다. 저는 이 사람을 볼 면목이 없습니다.[75]

조식은 물러나 있으면서도 세상사의 갈등에 늘 얽혀 있었다. 위 글은 자신의 처세가 그만큼 순결하지 못했음을 自嘲한 것으로, 그런 이유 때문에 조식은 은거하여 자신을 온전히 지켜 낸 성운을 자신보다 한 단계 위임을 인정한 것이다. 李滉은 "成健叔의 淸隱한 志趣는 사람으로 하여금 공경하는 마음을 일으키게 하지만, 사람들이 그 고상함을 알아주지 못하는 것이 애석할 따름이다."[76]라고 하였고, 盧守愼(1515-1590)은 하나의 行實도 흠잡을 데가 없다는 것으로 經筵에서 그를 칭찬했으며,[77] 趙憲(1544-1592)도 이황과 아울러 칭찬하기를 "이

---

75 曺植, 『南冥集』권2, 「答成聽松書」. "更歎健叔之藏修不露 曾未見保於人 而愚獨自衒於世 厚誣君子 吾無以見此人矣"

76 李滉, 『退溪集』권19, 「答黃仲擧」. "成健叔淸隱之致 令人起敬 可惜時人不甚知其高耳"

77 盧守愼, 『蘇齋集』, 「年譜」(65세). "成運 溫雅簡默 亦不接引後學 常以謙讓自守 爲主 故能爲一世完人 雖有欲毁者 無指摘之瑕"

들은 모두 조정의 큰 그릇이요 세상을 구제할 만한 높은 재주를 지녔
다."[78]라고 하였으니, 당시 그의 처세가 士人의 모범이 되고 존중받았
음을 알 수 있다.

성운의 문인 白湖 林悌(1549-1587)는 스승에 대해 "절개가 巢父와
許由보다 높지만 세상에는 알아주는 사람이 없네. 세상 사람이 선생
을 알아주지 않을 뿐만 아니라, 선생도 세상에 알려지기를 구하지 않
았네. 세상에 알려지기를 구하지 않았을 뿐만 아니라, 알려지게 될까
두려워하였네.⋯⋯공자가 '세상을 피해 살면서도 번민하지 않고, 알
아주지 않아도 후회하지 않는 사람'이라고 말했는데, 선생만이 거의
이 말에 가까울 뿐이다."[79]라고 하였고, 李珥는 "학문은 存心에 힘쓰
고, 거문고는 古音을 따랐네. 山林에서 누구와 짝하였는가? 새가 있
고 물고기가 있을 뿐이네. 훌륭한 태도로 前 조정에 나아갔으나, 곧바
로 돌아와 버렸네. 나약한 자에게 뜻을 세우게 하고 완악한 자를 염치
있게 하였으니, 百世의 스승이로다."[80]라고 하였으니, 자연과의 융합
을 통한 성운의 안빈낙도적 처세는 문인이나 후인들에 의해 지속적으
로 계승되고 인정되었음을 알 수 있다.

旅軒 張顯光(1554-1637)의 다음 글은 성운의 無爲의 風道가 끼친
영향을 가장 여실히 보여주고 있다. 장현광은 일찍부터 벼슬에 뜻을

78 『宣祖修正實錄』 19년 10월 1일 壬戌에 重峰 趙憲이 올린 疏 참조.

79 林悌, 『林白湖集』 권4, 「祭大谷先生文」. "先生節高于巢許而世莫知 非獨世不知
先生 而先生於世 亦不求聞知 非徒不求聞知 而唯恐其有聞有知⋯⋯尼父稱遯世
而無悶 不見知而不悔者 惟先生庶幾於斯言"

80 李珥, 『栗谷全書』 권14, 「成大谷祠宇祭文」. "學務存心 琴追古音 執伴林居 有鳥
有魚 羽儀先朝 白駒遄歸 立懦廉頑 百世是師"

두지 않고 성리학 연구에 전념했으며, 42세인 1595년 西厓 柳成龍 (1542-1607)의 추천으로 보은현감을 지냈다.

> 오직 선생의 德이 세상에 드러나지 않았으니 교화[化]가 소리[聲]에 도달하지 않으면 세속의 귀로는 들을 수 없고, 道가 당시에 행해지지 않았으니 가르침[敎]이 자취에 드러나지 않으면 범속한 눈으로는 볼 수가 없네. 소리 없는 교화[無聲之化]가 실로 보고 느끼는 것[觀感]의 오묘함보다 깊고, 자취 없는 가르침[不跡之敎]이 저절로 激勵의 기미보다 돈독함을 누가 알겠는가? 그러므로 말세의 혼탁한 세속에서 우리로 하여금 탐욕스런 자는 염치 있게 하고 나약한 자는 뜻을 세우게 하여, 貧賤도 편안하게 여길 수 있고 爵祿도 사양할 수 있음을 알게 하였으니, 富貴는 뜬구름이라 하고 功名은 草芥에 비유한 까닭이다. 그렇다면 風致와 節義를 사모하고 숭상하며 초파리나 개를 부끄러워하고 비루하게 여길 수 있게 된 것은 선생의 교화와 가르침이 아니겠는가? 이와 같다면 교화가 무엇이 이보다 깊으며, 가르침은 무엇이 이보다 크겠는가?[81]

장현광은 "사람들은 모두 德이 세상에 드러나는 자는 교화가 있음을 알지만, 세상에 덕을 숨기는 자도 일찍이 교화가 없는 것이 아님을

---

81 張顯光, 『旅軒集』 권11, 「祭大谷成先生文」. "惟以德不顯於世矣 化不達於聲 則俗耳者不得聞焉 道不行於時矣 敎不著於跡 則凡目者不得見焉 孰知夫無聲之化 實深於觀感之妙 不跡之敎 自敦於激勵之機哉 然則末世之下 濁俗之中 能使吾人 貪者廉懦者立 有以知夫貧賤可安 爵祿可辭 富貴所以謂之浮雲 功名所以比之草芥 而風致節義 可慕可尙 蠅營狗苟 可恥可鄙者 卽先生之化也敎也耶 如是則化孰深於此也 敎孰大於此也"

알지 못하네. 또한 道가 당시에 행해지는 자는 그 가르침을 베풀 수 있음을 알지만, 도를 품어 감추는 자도 일찍이 가르침이 없는 것이 아님을 알지 못하네."[82]라고 전제하고서, 성운이 세상과 단절된 듯하나 세상에 끼친 교화가 얼마나 지대한 것이었나를 말하고 있다.

은거하였기에 그 공효가 겉으로 드러나지는 않지만, 독실한 학문과 행실을 통해 無言·無聲의 가르침은 그 자체가 귀감이 되었을 것이다. 따라서 强度의 차이는 있지만, 성운에게서 보이는 이러한 삶의 자세도 여느 유일에게서 나타나는 성향과 크게 다르지 않다. 결국 성운의 삶은 그 자체가 하나의 가르침이었던 것이다.

유일에게 合自然의 삶은 자신의 이상을 실현하는 하나의 방식이었다. 이는 출사하여 그 이념을 실현하는 것과 대등한 그들만의 존재방식이었다. 이는 현실에서의 불만을 안빈낙도를 통해 승화시키고, 나아가 天理에 부합된 삶을 추구함으로써 '天人合一'이라는 이상을 현실에서 실천하는 방식이기도 하였다.

2) 天理 구현과 심성 수양

천인합일은 성리학자들의 내적 정신적 최고 경지를 설명하는 용어인 合自然의 다른 표현이다. 인간의 심성 속에 내재해 있는 性이 수양을 통해 사물 속의 理와 일체가 됨으로써 聖人과 같은 심적 상태를 유지할 수 있고, 이러한 합일은 인간이 본연의 善을 실현하기 위해

---

82 上同. "人皆知德顯於世者 能有其化 而不知隱德於世者 亦未嘗無化焉 人皆知道
  行於時者 能施其教 而不知抱道而藏者 亦未嘗無教焉"

궁극적으로 지향해야 하는 이상적인 경지라고 생각하였다. 그리고 이 것이 문학작품에서 자연과의 합일로 드러나기 때문에 이렇게 표현하 였다. 그렇다면 산수자연 속에서 退處의 삶을 영위했던 유일들은 어 떠했는가.

먼저 曺植의 수양론은 敬·義로 집약할 수 있다. '敬'이란 사욕으 로 빠지기 쉬운 마음을 흐트러지지 않고 늘 깨어있도록, 곧 靜時에서 의 存養을 강조하였다. 반면 '義'는 마음이 움직인 후 불의에 빠지지 않도록 엄히 살피는, 바로 動時에서의 省察을 강조하였다. 조식은 이 러한 경과 의를 수양함으로써 내재적·외재적 유혹으로부터 마음을 깨어있도록 유지하려 노력했다. 그가 이러한 실천적 수양에 얼마나 철저했는지는 다음 글에 잘 나타나 있다.

사십 년 간이나 온 몸에 찌든 때를	全身四十年前累
천 섬의 맑은 물에 다 씻어 버렸네.	千斛清淵洗盡休
티끌이 만약 오장 안에 생겨난다면	塵土倘能生五內
당장 배를 갈라 흐르는 물에 띄우리.	直今刳腹付歸流[83]

이 시는 조식이 49세 되던 해인 1549년 인근의 여러 선비들과 거창 紺岳山 아래에서 목욕하며 지은 것이다. 오장 속에 생긴 티끌은 사욕 을 가리키며, 이러한 사욕이 생긴다면 죽을 각오로 수양에 힘써야 한 다는 것이다. 조식의 삼엄한 수양 정신은 이 외에도 늘 마음을 깨어있 도록 하기 위해 惺惺子와 敬義劍을 차고 다니거나, 정신 집중을 위해

---

83 曺植, 『南冥集』 권1, 「浴川」.

밤새 물 사발을 양손에 들고 있는 행위[84] 등에서 알 수 있다.

조욱은 19세 때 趙光祖의 문하에 들어 스승으로부터 '求道의 독실함이 최고'라는 칭송을 들을 만큼[85] 학업과 수양에 열성적이었다. 그러나 기묘사화에 스승과 金湜(1482-1520) 등이 화를 당하고 자신도 己卯黨으로 연좌되었다가 어리다는 이유로 화를 면한 뒤에는, 형 趙晟과 함께 朔寧으로 가서 은둔할 계획을 세웠다.

세상은 떠들썩하고 비루하여 　　　　　　　　人間喧卑兮

오래 머물 수도 없는 곳이라. 　　　　　　　不可以久留

내 옷자락을 털어버릴 수도 　　　　　　　　我衣可拂

내 채찍 휘두를 수도 있으니 　　　　　　　　我鞭可揮

돌아가야지, 돌아가야겠구나. 　　　　　　　歸去來兮歸去來

어찌 젊어 방랑을 스스로 슬퍼하랴? 　　　胡弱喪兮自悲[86]

조욱이 현실에 대해 얼마나 절망했는지를 알게 하며, 그래서 하루라도 빨리 벗어나고픈 마음도 알게 한다. 때문에 그는 현실의 영욕을 과감히 버리고 은거의 길을 택한 陶淵明을 그리워하였다.[87] 더구나 모친의 권유로 科擧에 응시했다가 格物·致知·誠意·正心의 답안

84　曹植, 『南冥編年』 18세조. "嘗以淨盞貯淸水 兩手捧之 終夜不傾"

85　趙昱, 『龍門集』 권6, 「年譜」. "靜庵先生嘗曰 諸子中求道之篤 無如趙某云"

86　『龍門集』 권1, 「思幽居辭」.

87　『龍門集』 권2, 「次淵明二疏韻」. "人皆靡好爵 誰敢決然去……知止遠殆辱 高義感行路 進退固有道 萬鍾焉復顧 旣非逐時好 亦豈要後譽 所樂在一生 超然屛俗務 黃金娛鄕間 不失緣性素"

으로도 합격하지 못한 후로는 도학이 실추된 현실에 분개하고 이의
부흥을 위해 끊임없이 노력하였다.

일은 게으른 데에서 어그러지고	事敗於怠
功은 근면한 데에서 이루어지네.	功成於勤
농부가 힘써 밭을 갈게 되면	農夫力耕
수확은 반드시 풍성하게 되리.	所得必殷
근원의 샘이 혼탁하다 하여도	源泉混混
더러움을 흘려보내면 맑아지리.	流穢則淸
그 누가 성인의 학문을 밝혀서	孰明聖學
우둔하고 무지한 자를 열어주리?	開示頑冥
군자는 혼자 아는 바를 삼가고	君子謹獨
志士는 가득 찬 것을 경계하네.	志士戒盈
구하면 절로 이르게 될 것이니	求則自至
소리에 응하는 메아리와 같네.	如響應聲
善과 惡은 정해진 것이 아니고	善惡無定
마음을 좇아 일어나는 것이라.	從心以起
애써 부지런히 힘쓰고 좇아서	勉勉循循
처음과 같이 끝까지 삼가라.	愼終如始
…… ……	…… ……
天爵인 仁을 제대로 닦아야만	以修天爵
德業이 날로 더 새로워지리.	德業日新
바라노니 넓히고 또 보충하여	庶幾擴充
성인이 되기를 희망하노라.	以希聖人[88]

도학의 부흥은 쉼 없는 수양을 통해 달성된다고 하였다. 농부가

묵묵히 밭을 갈 듯 처음부터 끝까지 애쓰고 노력한다면 그 공적은 이루어질 것이며, 성인의 학문 또한 완성될 것이라 하였다. 그가 강조한 것은 무엇보다 정성을 다하는 수양과 성찰이었다.

심성수양에 남다른 노력과 견해를 피력한 인물은 金範이다. 그는 存養을 통한 未發時의 수양을 중시하였다. 그 중에서도 이러한 수양의 방해 요소인 '怠'와 '疑'를 구체적으로 제시하여, 누구나 쉽게 접근할 수 있도록 하였다. 이들 방해 요소에 의해 흐트러지기 쉬운 마음을 敬을 통해 철저히 단속시키는 것으로 그 요체를 삼았다. 김범은 먼저 本然之心에 게으름〔怠〕과 의심〔疑〕이 끼어들었을 때의 상황을 각각 다음과 같이 제시하였다.

六情을 놓아버리면 어떻게 다스리랴?	放六情而曷御
온몸이 이완되어 일어서지도 못하리라.	弛百骸而莫起
일은 성사되더라도 이내 흩어져 버리고	事雖成而輒解
학업은 성취되려다 도리어 무너지리라.	業將就而還墜
매번 마음을 우선 편안한 데로 이끌고	每導心於姑息
늘 사람을 눈앞의 안일한 데로 이끄네.	恒引人於偸安[89]
결단하지 못하여 일이 어그러지기도 하고	事或敗於不斷
의심을 갖는 데서 비방이 이르기도 하네.	讒亦至於執疑
윗사람과 아랫사람 이간시켜 틈이 생기고	間上下而構隙
이쪽과 저쪽을 나누어서 서로 떠나게 하네.	二彼此而相離

---

88 『龍門集』 권1, 「次張茂先勵志詩韻」.
89 金範, 『后溪集』 권1, 「怠」.

신하가 임금을 핍박하여 의가 막혀 버리고	臣逼君而義阻
아비가 자식을 시기해 인정이 변해버리네.	父猜子而情移
부부가 마음이 맞다가도 소원해져 버리고	夫婦合而或踈
벗이 친하다가도 등을 돌리고 떠나버리네.	朋友密而背馳[90]

일단 게으름의 빌미가 일어나면 강직하던 것을 유약하게 만들어 일어나지 못하게 하고, 밝은 판단력을 지녔던 이도 어둡게 만들어 두루 살피지 못하게 한다. 그 싹을 잘라내지 않으면 禍를 조장하는 단서가 될 것이고, 결국엔 그 결실도 없게 될 것이다. 그는 宰予가 낮잠을 잔 것도, 冉求가 스스로 한계를 그은 것도 다 게으름이 마음속에 들어왔기 때문이라 하였다.[91]

그렇다면 마음속에서 일어난 게으름과 의심을 제거할 수 있는 방법은 무엇인가? 그는 바로 '敬을 통해 철저히 存養할 것'을 주장하는데, 특히 행동으로 드러나기 이전인 未發 상태에서의 존양을 강조하였다.

응당 고요한 때에 공력을 쏟아서	宜用功於靜時
삼가고 두려워하며 날로 새롭게 하라.	惕敬畏而日新
스스로 마음을 침잠하여 함양하고	自沉潛而涵養
항상 天命을 돌아보며 경계하고 삼가라.	恒顧諟而戒飭
보이지 않는 곳에서 생각을 신중히 하고	愼思慮於不見
未發 상태에서 정욕을 절제해야 하리.	節情欲於未發
생각은 반드시 항상 깨어있어야 하고	念必在於惺惺

3덕은 독실한 데에서 이루길 구해야 하네.	德要成於慥慥
잃지 않도록 보존하고 주리지 않도록 길러	存勿失而養勿餒
깊이 나아가는 至道를 터득해야 하리.	得至道之深造
마음을 안정시키고 이치를 밝히려면	心欲安而理欲明
어찌 한 순간도 태만하고 소홀하랴?	詎一時之怠忽
낮 동안에 잃어버릴까 두려워하고	懼朝晝之梏亡
牛山에 새싹이 돋는 것을 기뻐하라.	喜牛山之萌蘖
어떠한 경우에도 安肆를 경계하고	戒安肆於造次
잠깐 사이에도 莊敬을 붙들어야 하리.	秉莊敬於瞬息
屋漏를 대하고도 전혀 부끄럽지 않고	對屋漏而無愧
편안함 속에서도 어그러지지 않으며	居燕安而不悖
진실로 근본을 해치지 않아야 하고	信厥本之罔害
외물을 좇아 밖으로 치달려선 안 되네.	非逐物而馳外
이미 존양에 공력을 모두 기울였다면	旣盡功於存養
마음이 참되고 고요해 성심이 가득하리.	內眞靜而積實[92]

　修己에 있어 무엇보다 중요한 것은 두 방해 요소에 의해 안일하거나 나태해지지 않도록 늘 깨어있는 상태를 유지해야 한다는 말이다. 不正한 세상사에 본연의 순수함을 잃어버렸지만, 그 본래의 심성은 존양을 통해 회복될 수 있다. 그렇지만 어떠한 경우에도 엄숙히 삼가면 강해지고 스스로를 포기하고서 멋대로 행하면 구차해지기 마련이고, 특히 보이지 않는 곳과 홀로 있을 때의 수양에 더욱 힘써야 이룰 수 있다. 그는 靜時에서의 수양이 제대로 이루어진다면 이것이야말

---

92 上同, 「存養」.

로 動時에서 행동의 근본이 된다고 생각하였던 것이다.

조선조 성리학자의 학문성향은 주로 '敬'을 통한 修養論的 측면을 중시하여, 중기에는 학자라면 언급하지 않는 사람이 없을 정도로 경을 위시한 학문과 실천이 보편화되기에 이른다. 후계의 학문도 이에서 크게 벗어나지 않는데, 특히 存養을 통한 未發時의 수양을 중시하였다. 그 중에서도 후계 학문의 특징은 이러한 수양의 방해 요소인 '怠'와 '疑'를 구체적으로 제시하여, 누구나 쉽게 접근할 수 있도록 하였음을 들 수 있었다. 이들 방해 요소에 의해 흐트러지기 쉬운 마음을 경을 통해 철저히 단속시키는 것을 그 요체로 하였던 것이다. 이런 점에서 그의 학문은 정밀한 이론적 추구를 지향하지 않고 철저히 자신을 실천하는 성격을 갖는다고 하겠다.

이제까지의 성리학 연구는 退溪 李滉(1501~1570)과 高峰 奇大升(1527~1572)과의 四七論爭에서 비롯된 이론적 탐구가 마치 전체인 것처럼 인식되어 온 것이 사실이다. 그러나 조선시대 성리학이 뿌리를 내리는 16세기에는 김범이나 조식 등과 같이 이론적 탐구보다 철저히 자아를 완성하려는 실천적 성향이 강하게 드러난다. 예컨대 조식이 '敬以直內 義以方外 · 惺惺子' 등을 통해 이를 실천했다면, 후계는 마음속에 생겨나기 쉬운 '게으름'과 '의심'을 경을 통해 제어하는 독특한 방식으로 자신을 실천하려 했던 것이다.

조선조 사인들은 경세제민을 이상으로 삼았지만 물러나 自修하는 삶 또한 그들의 존재가치를 드러내는 한 방식이었다. 자연으로 퇴처하여 심성수양에 진력하는 것 자체가 그들에겐 경세제민의 실현을 목표로 하는 것이기 때문이었다. 이들의 심성수양은 인욕을 극도로 배제하고 천리를 보전하는 천인합일에 목적이 있었다.

3) 산수유람과 문학적 지취

유람과 문학적 지취의 상관성은 그 주체인 작자의 산수벽에서 연유하는 것이 일반적이다. 이러한 산수벽은 넓게 보고 깊게 느끼려는 지식인의 지적욕구와 결부되어 다양한 문학적 지취로 표출되었다. 이의 상관성은 조선조 지식인들도 깊이 공감하고 있었다.

> 옛 사람들은 세상을 두루 관광하고 널리 유람하였지, 한 모퉁이에 얽매여 사는 것을 부끄럽게 여겼다. 그러므로 공자께서는 천하를 두루 돌아다니면서, 한편으로는 태산에 올라 천하를 작다고 여기셨고, 한편으로는 뗏목을 타고서 바다를 떠다니고자 하셨고, 한편으로는 오랑캐 땅에서 살고자 하셨다. 이는 자신의 도를 행하고 편안한 곳에 머물지 않기를 구한 것이다. 司馬遷은 河山에서 생장하여 그 발길이 梁·宋·齊·魯나라를 두루 누볐고, 또 長江과 淮水에 배를 띄워 洞庭湖를 지나 巴蜀 땅으로 갔으니, 이 때문에 그의 문장을 이룰 수 있었다. 李白은 巴蜀에서 태어나 산천의 빼어난 곳을 밟았으며, 또한 귀양 가서는 吳會〔浙江省 會稽郡 吳縣〕와 楚·越나라의 교외를 유람하였다. 杜甫는 난리를 만나 옮겨 다니며 유랑하다가 錦里 땅에 피해 살았으며, 또한 옮겨 가 무협을 유람하고 蒼梧와 瀟湘江 사이를 두루 유람하였으니, 이들은 모두 도성을 떠나 멀리 피난함으로 인하여 자신의 詩才를 빼어나고 뛰어나게 하였다. 韓愈가 潮陽으로 귀양 가지 않았다면, 柳宗元이 百粤에 좌천되지 않았다면, 그들의 문장이 어찌 최고에 이를 수 있었겠는가. 蘇軾은 惠州로 귀양 간 이후 문장이 더욱 높아졌고, 邵雍은 끝없이 넓은 지역을 두루 유람한 후에야 그 도가 낙양에서 완성되었다.[93]

조선시대 대표적 문장가의 한 사람이었던 於于 柳夢寅(1559-1623)

은 우리나라 산하의 모든 경관을 발로 밟고 눈으로 확인함으로써 자신을 천하를 두루 유람한 사마천에 비유해도 뒤지지 않을 것이라 자부하였던 인물이다. 그런 유몽인에 의하면, 역사상 중국에서 이름났던 학자나 문장가의 학문과 문장력은 유람을 통해 완성되었다고 확언하였다. 공자의 높은 학문과 세상을 보는 직관력이 周遊天下를 통해 완성되었고, 특히 사마천의 탁월한 문장력이 그의 遠遊에서 비롯되었음은 조선시대 지식인들 사이에선 공유하던 인식이었다.

예컨대 春洲 金道洙(?-1742)는 지리산 유람록인 「南遊記」에서 "세상 사람들이 반드시 司馬子長의 유람을 일컫는 것은 예로부터 文士들이 넓은 안목으로 담론을 장대하게 하던 것이니, 유람이 어찌 도움되는 것이 없겠는가?"[94]라 하였고, 임훈 또한 "司馬子長은 유람을 좋아하여 하루도 집에 붙어 있지 않았다. 長江과 淮水에 배를 띄우고 雲澤과 雲夢을 바라보며 大梁의 유허를 지나 劍閣의 險道를 넘고 齊・魯나라에서 강학하고 鄒嶧에서 鄕射를 익혔다. 무릇 천지 간 만물의 변화를 사마자장이 모조리 취하여 자기의 소유로 만들었다. 그런 까닭에 그 문장의 출몰 변화는 마치 四時에 萬像이 출현하듯 하니,

---

93 柳夢寅, 『於于集』 권4, 「贈金剛山三藏菴小沙彌慈仲序」, "古之人周觀博遊 恥匏繫一隅 故夫子轍環天下 一則登泰山小天下 一則欲乘桴浮海 一則欲居九夷 是則求行其道 不泥於安土也 司馬遷生長河山 足跡遍梁宋齊魯 而又泛江淮 過洞庭 使巴蜀 是以 遂其文章也 李太白生巴蜀 鍾山川之秀 又因謫遊吳會楚越之郊 杜子美遭難流徙 避地於錦里 又轉而遊巫峽 遍蒼梧瀟湘之間 此皆因播越增益其詩才也 韓退之不謫潮陽 柳子厚不遷百粤 其文章豈臻其閫奧 蘇東坡竄惠州 而後文益高 邵康節歷覽無際 而後道成於洛下"

94 金道洙, 『春洲遺稿』 권2, 「南遊記」, "夫世必稱子長遊者 是固古來文士之張目壯談也 然遊亦豈無助乎哉"

이는 유람에서 얻은 것이다.[95]"라고 하였다. 이를 통해 조선조 지식인들은 학문적 성취나 문학적 浩氣를 기르는 것이 산수유람의 또 하나의 중요한 목적이었음을 확인할 수 있다.

특히 임훈의 위 글을 통해 그의 山水遊覽觀은 물론 조선조 사인의 산수인식을 엿볼 수 있다. 명산대천의 절경을 보기 위해서가 아니라, 유가에서의 유람은 호연지기를 함양하는 것이 일차적 목적임을 摘記하였다. 나아가 유몽인과 마찬가지로 임훈은 호연지기의 함양뿐만 아니라 자신의 문장과 氣節까지도 자신의 산수벽에 영향을 받고 있음을 분명히 하였다. 때문에 "사마천 이후 유람하는 자들이 그 풍류를 흠모하여 그의 자취를 따르지 않은 이가 없었으나, 한갓 본다는 것이 淵然한 것은 물인 줄로 알고 蒼然한 것은 산으로만 알아서, 보고 지난 뒤에는 징험해서 얻은 것이라고는 아무것도 없다. 돌이켜 생각해 보면 한 무더기 육신뿐인데, 그 무슨 호연지기에 보탬이 되겠는가?"[96]라고 하여, 한갓 산수의 아름다움만을 감상하는 유람에 대해 비판하였다.

이렇듯 조선조 사인들의 산수유람은 단순히 아름다운 풍광이나 수려한 경관을 보고 가슴속의 답답함을 풀어내기보다는, 명산 속의 유적을 통해 사대부 지식인으로서의 士意識을 고양하는 것으로 표출되었다. 특히 사화기를 거친 16세기 중반 이후의 유람 기록에는 이러한 의식이 더욱 뚜렷이 드러난다.

---

95 林薰, 『葛川集』권2, 「送澄上人遠遊序」. "司馬子長嘗好遊 足跡不肯一日留 浮長淮望雲夢 過大梁之墟 跨劍閣之道 講業乎齊魯 而鄕射乎鄒嶧 凡天地之間萬物之變 子長盡取以爲己有 故其文出沒變化 如萬像之供四時 是則遊之有所得者也"

96 上同, 「送澄上人遠遊序」. "後之遊者 莫不慕其風追其迹 而但觀其淵然者爲水 蒼然者爲山 而過眼成空 無有所得 反而求之則枵然一塊身已 曾何有補於其氣哉"

유람을 통해 표출되는 사의식은 여러 측면이 있다. 그러나 여기서는 유람 중의 유적을 통해 표출되는 성리학자로서의 자아성찰만을 다루려 한다. 이는 사대부사회 지식층인 이들이 유람에서 드러내는 뚜렷한 특징임과 동시에, 특히 은거지의 명승이 이들의 성정함양에 중요한 매개로 작용했다는 것에 기인한다.

명종조 유일의 대표적인 유람기록으로는 曺植의 「遊頭流錄」, 趙昱의 『三山錄』과 『金剛錄』, 成悌元의 「遊金剛山記」과 「九龍淵神夢記」, 林薰의 「登德裕山香積峯記」가 있다. 조식의 「유두류록」은 그의 나이 58세(1558) 때 지리산을 유람한 기록이며, 조욱은 형과 함께 朔寧으로 은거한 후 三山과 금강산을 유람하고 두 기록을 남겼다. 그러나 조욱의 이 작품들은 유람록 형식이 아니며 유람 도중 지은 시를 중심으로 엮은 것이다. 성제원의 두 작품은 26세 때 外叔 李宰와 함께 금강산을 유람한 기록이다. 임훈의 「등덕유산향적봉기」는 53세(1552)에 인근의 명산인 덕유산 향적봉을 직접 유람한 기록이다. 이 가운데에서도 자연경관을 통해 자신을 성찰하고 시대를 반성하는 士의 자세는 임훈과 조식에게서 뚜렷이 드러나 있다.

유일들은 은거지 명승에 대한 애정이 유독 남달랐다. 그것은 은거지를 단순히 거처하는 공간적 장소로만 인식한 것이 아니라, 그곳의 산수자연 자체가 그들 삶과 철학의 현장이라 여겼기 때문이다. 따라서 그 속에서 자연과의 융합을 추구하였고, 생전에 인근의 명산 등을 유람하고자 몇 년씩 기다리는 노력을 아끼지 않았다.

임훈은 은거지인 함양에 自怡堂을 지어놓고 강학에 힘쓰는 한편, 인근 산천을 두루 유람하며 호연지기와 절의를 강마하였다. 특히 인근의 명산인 덕유산 향적봉 유람을 오랫동안 염원해 오다가, 어렵사리 실행하게 되었다.

> 이 산의 淸高하고 웅장함은 지리산에 버금가는데, 세상에 짚신 신고 지팡이 짚고서 산에 오르는 자들은 반드시 지리산과 가야산을 칭송하면서도 이 산에 대해서는 언급하지 않는다. 지리산과 가야산은 선현의 유풍과 옛 자취가 사람을 景慕하게 만든 것이지만, 이 산은 그러한 선현을 만나지 못했을 뿐 애초 이 산의 경치에 볼만한 것이 없어서가 아니다. 사물은 스스로 귀해지는 것이 아니라 사람을 통해 귀하게 된다는 말은 옳다. 그러나 그런 사람을 만나고 만나지 못함이 어찌 산과 관계된 것이랴. 진실로 산의 절경을 보아 마음에 얻는 바가 있다면 어찌 꼭 선현의 유풍과 자취에 의존하리? 세상 사람들이 남의 자취만 좇고 산의 절경을 버려두는 것은 잘못이다.[97]

이 글은 자이당에 살던 53세 때 지은 것으로, 그의 산수관과 산을 통한 성정함양의 목적을 알게 한다. 덕유산이 세상에 알려지지 않더라도 묵묵히 자신의 자리를 지키듯, 자신 또한 세상에 나아가지 않아 세상 사람들이 알아주지 않더라도 개의할 것이 없음을 피력하였다. 한편으로는 '세상 사람들이 남의 자취만 좇고 산의 빼어난 경치는 버려둔다'고 하여, 능력을 갖추고도 은거해 있는 유일을 알아보지 못하는 현실을 은근히 풍자하고 있다. 그럼에도 덕유산의 절경을 통해 自

---

97 林薰,『葛川集』권3,「登德裕山香積峯記」. "是山之淸高雄勝 亞於智異 而世之治芒屬竹杖者 必稱頭流・伽倻 而不及於是山 彼有先賢之遺風舊迹 使人景慕者然也 而是山未有遇焉 初非是山之不足觀也 所謂物不自貴 因人而貴者 是也 然遇不遇 何關於山乎 苟有觀山之勝 而有得於心焉 則豈必賴人之遺迹乎 世之徒循人迹而遺山之勝者 失矣"

得의 功效가 있다면 그뿐이지, 남들의 知遇는 상관할 것이 없다고 강조하였다. 임훈은 덕유산 향적봉을 통해 세태에 흔들림 없는 자아를 찾고 있는 것이다.

조식의 「遊頭流錄」에는 하나의 사물도 예사로 보지 않는 꼼꼼함과, 士人의 독특한 自意識이 나타나 있다. 먼저 그는 유람 도중 바위에 여러 사람의 이름이 적혀 있는 것을 보고 다음과 같이 불편한 마음을 드러내었다.

> 아마도 썩지 않는 돌에 이름을 새겨 억만 년 동안 전하려 한 것이리라. 대장부의 이름은 마치 푸른 하늘의 밝은 해와 같아서, 史官이 책에 기록해두고 넓은 땅 위에 사는 사람들의 입에 오르내려야 한다. 그런데 사람들은 구차하게도 원숭이와 너구리가 사는 숲 속 덤불의 돌에 이름을 새겨 영원히 썩지 않기를 바란다. 이는 나는 새의 그림자만도 못해 까마득히 잊혀질 것이니, 후세 사람들이 날아가 버린 새가 과연 무슨 새인 줄 어찌 알겠는가? 杜預의 이름이 전하는 것은 비석을 물속에 가라앉혀 두었기 때문이 아니라 오직 하나의 업적이 있었기 때문이다.[98]

晉나라 두예는 자신의 이름을 후대에 전하기 위해 자신의 공적을 새긴 비석 두 개를 만들었다. 하나는 峴山 꼭대기에 세우고, 다른 하나는 萬山 기슭의 못 속에 가라앉혀 두었다. 그러나 두예는 정작 『春

---

98 曹植, 『南冥集』 권2, 「遊頭流錄」. "間有一巨石 刻有李彦憬洪淵字 唔巖亦有刻柿隱兄弟字 意者 鑱諸不朽 傳之億萬年乎 大丈夫名字 當如靑天白日 太史書諸冊 廣土銘諸口 區區入石於林莽之間 唔狸之居 求欲不朽 邈不如飛鳥之影 後世果鳥知何如鳥耶 杜預之傳 非以沈碑之故 唯有一段事業也"

秋左氏傳』의 주석서인『左氏經傳集解』를 지은 업적으로 후대에 이름을 남기게 되었다. 조식은 돌에 새겨진 이름을 보며 두예가 그랬던 것처럼, 虛名을 전하려 애쓰는 俗人들의 속성을 꼬집었다.

이 외에도 그는 地藏菴에서 雙磎寺로 내려오는 가파른 길을 두고 "어찌 善을 좇는 것은 산을 오르는 것처럼 어렵고, 惡을 따르는 것은 무너져 내리는 것처럼 쉬운 일이 아니겠는가?"[99]라 하여 求善하는 마음자세를 언급하였고, 또 일행에게 경각시키기를 "名山에 들어온 자 치고 그 누군들 마음을 씻지 않겠으며, 누군들 자신을 소인이라 하길 달가워하겠는가? 그러나 군자는 군자가 되고 소인은 소인이 되고 마니, 한 번 햇볕을 쬐는 정도로는 아무런 도움이 되지 않음을 여기서 알 수 있네."[100]라고 하였다. 마음의 성찰이란 하루아침에 혹은 한 번의 노력으로 이루어지는 것이 아닐뿐더러 끊임없이 노력하지 않으면 일순간 무너짐을 일깨우고 있다.

조식의 충고는 계속 이어진다. 그는 하산하여 驛의 좁은 방에서 서로 몸을 부대끼며 단잠을 잔 후 습관에 대해 돌아보게 된다.

사람의 습관이란 잠깐 사이에도 낮은 데로 치닫는 것을 알 수 있다. 앞서도 그 사람이고 뒤에도 같은 사람인데, 전날 청학동에 들어가서는 마치 閬風山에 올라 신선이 된 듯하였지만 오히려 부족하다고 여겼었다. 또한 神凝洞에 들어가서는 바야흐로 瑤池에 올라 신선이 된 것 같

---

99 上同. "纔熟羊胛 便到雙磎 初登上面 一步更難一步 及趨下面 徒自擧足 而身自流下 豈非從善如登 從惡如崩者乎"

100 上同. "又以警人曰 入名山者 誰不洗濯其心 肯自謂曰小人乎 畢竟君子爲君子 小人爲小人 可見一曝之無益也"

았지만 도리어 부족하다 생각했었다. 그리고 은하수에 걸터앉아 하늘
로 들어가거나 학을 부여잡고 공중으로 솟구치려고만 하였고, 다시는
인간 세상으로 내려오지 않으려 하였다. 그러나 뒤에는 좁은 방에서
구부리고 자면서도 그것을 자신의 분수로 달게 받아들였다. 여기서 평
소의 처지에 만족한다 하더라도 수양하는 바가 높지 않으면 안 되고,
거처하는 곳이 작고 초라해서는 안 된다는 사실을 알 수 있다. 또한
사람이 선하게 되는 것도 습관으로 말미암고, 악하게 되는 것도 습관으
로 인한 것임을 알 수 있다. 위로 향하는 것도 이 사람이 하는 것이고
아래로 치닫는 것도 같은 이 사람이 하는 것이니, 단지 한 번 발을 들어
어디로 향하느냐에 달려 있을 뿐이다.[101]

자신의 분수에 만족할 줄 아는 삶의 자세는 훌륭한 것이다. 그러나
만족하는 자기 분수를 애초에 고도의 수준으로 올려놓아야지, 처음부
터 낮고 초라한 데서 自足하는 삶을 경계하고 있다. 사람의 습관이란
어떤 마음자세를 지니느냐에 따라 달라진다. 똑같은 사람인데도 상황
에 따라 마음자세가 달라짐을 전제하고, 철저한 수양론적 성찰만이
이의 올바른 방향을 결정하고 지속할 수 있음을 강조하였다.
　조식은 유람 도중 만난 유적을 통해 그 시대 속으로 들어가 함께
인식하고 공감한 대표적 인물이다. 그는 지리산 유람에서 세 사람의

---

101 上同. "可見習狃之性 俄頃而便趨於下也 前一人也 後一人也 前入靑鶴洞 若登閬
風 猶以爲不足 又入神凝洞 方似上瑤池 猶以爲不足 又欲跨漢入靑鶴 控鶴冲空
便不欲下就塵寰 後之屈身於坏蜌之間 又將甘分然 雖是素位而安 可見所養之
不可不高 所處之不可小下也 求見爲善由有習也 爲惡由有狃也 向上猶是人也 趨下
亦猶是人也 只在一擧足之間而已"

군자를 만났다. 먼저 섬진강에서 岳陽縣으로 배를 타고 가다 鉏巖에서 고려시대 錄事를 지낸 韓惟漢을 만났고, 이어 陶灘을 지날 적엔 그 곳에 은거했던 鄭汝昌(1450-1504)을 생각하였다. 한유한은 고려가 어지러워질 것을 예견하고 이곳에 와서 은거하였는데, 후에 조정에서 벼슬을 내리자 어디론가 종적을 감춘 인물이다. 정여창은 연산군 때 이곳으로 들어왔다가 뒤에 다시 출사하여, 결국 연산군에게 죽임을 당했다. 조식은 두 사람을 생각하며 출처의 행·불행도 결국 운명에 달렸음을 절감하였다.

그리고 하산하는 길에 旌樹驛館 앞에 있는 鄭氏의 旌門을 통해 趙之瑞(1454-1504)를 생각하였다. 정문의 주인은 조지서의 부인이다. 조지서는 연산군이 선왕의 업적을 제대로 계승하지 못할 것을 알고 10여 년을 물러나 살았지만, 결국 갑자사화에 연루되어 화를 입었다. 그 부인은 재산을 몰수당하고 성을 쌓는 노비가 되어 곤궁하게 살면서도 신주를 지고 다니며 上食하는 일을 빠뜨리지 않아, 정문까지 하사받은 것이다. 조식은 시간을 초월하여 세 현인을 만난 후 이렇게 술회하였다.

높은 산 큰 내를 보고 오면서 얻은 바가 없는 것은 아니었다. 그러나 韓惟漢·鄭汝昌·趙之瑞 세 군자를 높은 산과 큰 내에 비교한다면, 십 층이나 되는 높은 봉우리 끝에 옥을 하나 더 올려놓고, 천 이랑이나 되는 넓은 수면에 달이 하나 비치는 격이다. 3백 리 길 바다와 산을 유람하였지만, 오늘 하루 동안에 세 군자의 자취를 다 보았다. 물만 보고 산만 보다가 그 속에 살던 사람을 보고 그 세상을 보니, 산 속에서 10일 동안 품었던 좋은 생각들이 하루 사이에 언짢은 생각으로 바뀌어

버렸다. 훗날 정권을 잡는 사람이 이 길로 와 본다면 어떤 마음이 들지 모르겠다.[102]

이 글을 통해 조식의 遊覽意識을 알 수 있다. 아름다운 자연경관을 보는 것에서 그치지 않고 그 속에서 살았던 사람을 보고 느꼈다. 그들의 삶을 들여다봄으로써 그 시대를 이해하고, 나아가 이를 통해 지금의 시대를 이해하는 것이다. 그들의 선택과 행위를 통해 지금 시대가 추구해야 할 목표와 행해야할 行誼를 생각하였다. 그래서 그는 집정자가 이 길로 와서, 그 속에서 살다간 이들의 시대와 삶을 이해해야 한다고 생각한 것이다.

여기서 앞 시대 인물인 金宗直(1431-1492) · 南孝溫(1454-1492) · 金馹孫(1464-1498) 등 성종조 신진사류의 유람록에 나타난 士意識과 명종조 유일들의 사의식을 비교해 볼 필요가 있다. 前者의 경우 김종직은 「遊頭流錄」을, 남효온은 「智異山日課」를 그리고 김일손은 「續頭流錄」을 지었는데, 이들 작품에는 사림으로서의 의식성향이 다분히 드러나 있다. 이들의 유람은 현실과의 갈등을 달래기 위한 것이었고, 그 의식 속에는 철저히 유교적 현실주의가 바탕에 깔려 있었다. 예컨대 유람하면서 민간의 부역, 조세의 중압, 공물을 사서 충당해야 할 정도의 민생고 등을 목격하고 안타까운 마음과 함께 이를 해결할 방도를 모색하였다. 나아가 불교에 대한 비판적 인식과 국토산하에 대

---

102 上同. "看來高山大川 非無所得 而比韓鄭趙三君子於高山大川 更於十層峯頭冠一玉也 千頃水面 生一月也 海山三百里 獲見三君子之跡於一日之間 看水看山 看人看世 山中十日好懷 翻成一日不好懷 後之秉鈞者 來此一路 不知何以爲心耶"

한 자긍심, 역사에 대한 回顧 등 이들이 처한 입장과 당대의 현실인식
이 그대로 표출되어 있었다.[103]

　반면 명종조 유일들은 유람을 통해 사회 내부의 모순을 발견하고
그것에 대응하는 사인의 자세를 각성시키고 있다. 성리학에 침잠하여
존양과 성찰의 수양론을 확립한 그들로서는 유람 도중 경물을 통해
도학자로서의 정신자세를 극명히 드러내었다. 때문에 답답한 마음을
풀어내는 데에서 그치지 않고, 하나의 유적도 예사로이 보지 않고 그
속에서 살다간 사람과 그 시대를 함께 인식했던 것이다.

　조식의 이러한 자기수양적 士意識은 문인에게도 계승되어 成汝信
(1546-1631)과 再傳門人 朴汝樑(1554-1611) 등 수많은 후학들이 스승
의 뒤를 이어 지리산을 유람한 후 유람록을 남겼다. 특히 박여량은
山行을 독서의 과정으로 인식하여, 반복적인 노력만이 학문적 성취
를 가져오듯 끊임없는 수양과 성찰만이 내면의 성숙을 추구할 수 있
다고 하였다.[104] 이러한 태도를 통해 물러나 있으면서도 자아완성을
추구하는 사의식을 엿볼 수 있다. 이 역시 김종직 등 성종조 신진사류
에게 나타나는 현실인식과는 차별되는, 士의 자기각성과 성찰이 두드
러진 특징이라 하겠다.

---

103 최석기 외, 『선인들의 지리산 유람록』, 돌베개, 2000, 385-387쪽.
104 朴汝樑, 『感樹齋集』 권6, 「頭流山日錄」. "余乃解之曰 古人所謂遊山如讀書者 謂
　　以是耶 夫讀書 初覽 不可盡記 至於一再三四過而後前之所忘者 覺焉 所記者 實
　　焉 久久而後 若固有之 遊山讀書 同一揆矣 古人之言 信不誣也"

3. 美意識의 두 향방

1) 자연의 인간화

지금까지 살펴보았듯 16세기 유일들은 저마다의 서로 다른 특징적 성향을 지닌다. 그 중에서도 특히 현실참여형 유일은 자연 속에서 은자적 삶을 추구하면서도 현실에의 관심을 거두지 않는 처세로 일관하였다. 이들은 자연 속 은거의 삶을 추구하면서도 인간을 향한 현실적 삶에 그 의식적 기저를 두고 있었다. 그들에게 있어 자연은 바로 '현실'이었다. 그들의 관심은 보이는 자연이 아니라 그 속에 투영된 '인간'에게 있었다. 곧 '자연의 인간화'를 염원하였다. 이러한 인식은 그들의 문학작품에서 미의식의 기저로 일관하였다. 다만 이들 유일 가운데 몇몇 인물은 현전하는 작품이 많지 않아 세세한 분석이 어려우므로, 여기서는 이러한 성향을 가장 강하게 피력하면서도 상대적으로 많은 시를 남긴 조식을 통해 확인해 보고자 한다.

> 하늘의 바람이 큰 사막을 진동시키는 듯하고　　天風振大漠
> 치닫는 구름 어지러이 가렸다 흩어졌다 하네.　　疾雲紛蔽虧
> 솔개가 날아오르는 것은 본래 당연하다 해도　　鳶騰固其宜
> 까마귀까지 솟구쳐 올라 무엇을 하려는 건지?　　烏戾而何爲[105]

폭풍우가 일어나고 비구름이 흩어졌다가 모이며, 솔개나 까마귀가 날아오르는 것은 자연현상의 하나일 뿐이다. 그러나 조식은 그러한

---

105 曹植, 『南冥集』 권1, 「漫成」.

자연현상을 자신이 몸담고 있는 현실세계의 하나로 인식하였다. 변화무상한 자연현상을 통해 능력 없는 소인배가 혼란한 시기를 틈타 날뛰는 현실의 부당함을 표출하고 있다. 곧 자연을 통해 인간사를 읽어내고 있는 것이다.

조식의 시에서 이러한 형상은 어렵지 않게 확인된다. 예컨대 조식은 거주지 인근의 斷俗寺 政堂梅가 꽃을 피운 것을 두고 "절도 중도 쇠잔하니 산도 옛 산이 아니로다. 고려 임금이 집안 단속 잘하지 못했구나. 추울 때 피는 매화가 조물주의 잘못으로, 어제도 꽃 피우더니 오늘도 꽃을 피우누나."[106]라고 읊었다. 정당매는 고려시대 政堂文學을 지낸 通亭 姜淮伯(1357-1402)이 젊어 단속사에 공부하러 왔다가 심은 매화이다. 그는 출사하여 政事를 바로잡고 백성을 보필한 공적이 많았는데, 그의 인품을 숭상하여 그 매화를 정당매라고 불렀다.[107] 이후 단속사를 탐방하는 많은 文士가 강회백의 시에 차운하고 이를 칭송하였는데,[108] 조식은 結句에서 보듯 강회백이 고려조에 벼슬하다가 지조를 지키지 않고 조선조에도 벼슬하였음을 풍자하고 있다. 곧 자연경물을 통해 그 시대를 살피고, 나아가 당대 士人들을 경계시키

---

106 曹植, 『南冥集』 권1, 「斷俗寺政堂梅」. "寺破僧羸山不古 前王自是未堪家 化工正誤寒梅事 昨日開花今日花"

107 姜希孟, 『晉山世稿』, 「養花小錄」. "我先祖通亭公 少年 讀書智異山斷俗寺 手種梅一株於庭前 仍題一絶云 一氣循環往復來 天心可見臘前梅 直將殷鼎調羹實 謾向山中落又開 公登第 歷仕至政堂文學 在朝 左右規正調和 相濟之事 悉多 時人謂之詩識 居僧戀公之德 愛公之才 且慕公之淸風高格 而終不能忘也 則見其梅如見公 每歲封土於根 培養得其宜 故至今相傳 號爲政堂梅"

108 金馹孫, 『濯纓集』 권1, 「政堂梅詩文後」.

고 있는 것이다.

무리를 떠나서 홀로 지내기에	離群猶是獨
비바람도 막아내기 힘들겠지.	風雨自難禁
늙어감에 머리는 다 없어졌고	老去無頭頂
상심하여 속이 다 타버렸다네	傷來爇腹心[109]

나아가고 은거함은 대개 자신이 결정하는 일	强半行藏辦自家
고치고 구제하려면 십 년 된 쑥이 필요할 뿐	也徒醫濟十年艾
구름 낀 산에서 그를 따라 늙어가려 했지만	雲山只欲從渠老
세상 일이 언제나 魔가 되는 것을 어찌하랴?	世事其如每作魔[110]

　조식은 은거의 삶에 자취를 두면서도 세상으로 향하는 시선을 거두지 않았고, 그로 인한 번뇌를 숨기지도 않았다. 시간이 흐를수록 현실에의 기대와 염원은 더욱 깊어져 '속이 까맣게 타들어' 갈 정도였고, 자연 속에서 조용히 늙어가려 하나 결국엔 '세상일이 魔가 되어' 그러지도 못하고 안타까워하는 자신의 속내를 표현하고 있다.

　조식의 '자연의 인간화' 의식은 지리산 유람에서 폭발한다. 그는 1558년 4월 11일부터 25일까지 15일 동안 하동 雙溪洞과 三神洞 일대를 유람하였다. 이 일대는 조선시대 문인들이 이상향으로 인식한 '智異山 靑鶴洞'이다. 보다 엄밀히 말하면 쌍계사 뒤편 불일폭포 일

---

109 曹植, 『南冥集』 권1, 「咏獨樹」.
110 上同, 「無題」.

대를 청학동으로 인식하였다. 이곳은 孤雲 崔致遠이 찾아들어 와 靑
鶴을 타고 노닐었다고 전해지며, 고려시대 武臣政變 이후 불안한 정
국에 염증을 느낀 眉叟 李仁老(1152-1220)가 지리산 속 이상향이라
듣고 찾아왔던 공간이기도 하다. 그러나 그는 삼신동까지 갔지만 결
국 청학동을 찾지 못했고, 그가 찾지 못했다는 기록에서 조선조 문인
들은 청학동의 구체적 공간을 이인로가 미처 가보지 못한 불일폭포
주변으로 한정시켰던 것이다.[111] 특히 眉叟 許穆(1595-1682)이 1640년
9월 이곳을 찾아와 "청학동은 雙磎石門 위쪽에 있다.……쌍계 북쪽
절벽에서 산굽이를 따라 암벽을 부여잡고 오르면 불일암 앞의 우뚝
한 석벽에 이른다. 거기에서 남쪽을 향해 서면 바로 청학동이 굽어보
인다."[112]라고 한 이후 이곳을 지리산 청학동으로 인식하게 되었고,
이러한 인식은 20세기 문인에 이르기까지 지속적으로 나타난다.[113]

　조식도 이곳을 청학동으로 인식하였다. 인간사의 불화와 고통이
없는 이상향, 그러나 인간은 쉬이 다가갈 수 없다는 그곳, 그럼에도
불구하고 끊임없이 열망하고 염원하는 그 청학동에 들어온 것이다.
조식 일행은 이를 축하라도 하듯 악기를 연주하고 노래를 부르며
청학동의 절경에 심취하였다. 조식은 이곳에서 두 편의 한시를 지
었다.

---

111 강정화, 「지리산 유람록으로 본 최치원」, 『한문학보』 25집, 우리한문학회, 2011,
　　194-196쪽.

112 許穆, 『記言』 하편 권28, 「智異山靑鶴洞記」. "蓋在霅溪石門上……從霅溪北崖
　　隨山曲而上 攀傅巖壁 至佛日前臺石壁上 南向立 乃俯臨靑鶴洞"

113 강정화, 「조선조 문인의 지리산 청학동 유람과 공간 인식」, 『장서각』 36집, 2016,
　　126-132쪽.

한 마리 학은 구름을 뚫고 하늘로 올라갔고	獨鶴穿雲歸上界
폭포는 옥구슬 구르듯 인간세상으로 흐르네.	一溪流玉走人間
누 없는 것이 도리어 누가 됨을 알았으니	從知無累翻爲累
마음 속 산하는 보지 않았다고 말해야겠네.	心地山河語不看[114]

조식은 이곳 청학동에서 두어 마리의 靑鶴을 보았다. 그 역시 청학 동을 초월의 공간, 이상향의 세계로 假託하여 인식하였다. 그래서 그 청학이 구름을 뚫고 하늘로 올라간다고 하였다. 청학은 天上의 세계 와 연결된다. 그의 시선은 청학과 함께 하늘로 향하고 있는 듯하다. 마치 현실은 안중에도 없는 듯이 말이다.

그러나 청학동에서 그의 시선을 이끄는 것이 또 하나 있었으니, 바로 불일폭포이다.

열 걸음에 한 번 쉬고 열 걸음에 아홉 번 돌아보면서 비로소 佛日庵 에 도착하였다. 이곳이 바로 청학동이다. 이 암자는 허공에 매달린 듯 한 바위 위에 있어서 아래로 내려다 볼 수가 없었다. 동쪽에 높고 가파 르게 떠받치듯 솟아 조금도 양보하려고 하지 않는 것은 香爐峯이고, 서쪽에 푸른 벼랑을 깎아 내어 만 길 낭떠러지로 우뚝 솟은 것은 毗盧 峯이다. 청학 두세 마리가 그 바위틈에 깃들어 살면서 가끔 날아올라 빙빙 돌기도 하고, 하늘로 솟구쳤다가 내려오기도 한다. 아래에는 鶴淵 이 있는데, 까마득하여 밑이 보이지 않았다. 좌우상하에는 절벽이 빙 둘러 있고, 층층으로 이루어진 폭포는 문득 소용돌이치며 쏜살같이 쏟

아져 내리다가 문득 합치기도 하였다. 그 위에는 수초가 우거지고 초목
이 무성하여 물고기나 새도 오르내릴 수 없었다. 천 리나 멀리 떨어져
있어 도저히 건널 수 없는 弱水도 이에 비할 바가 못 되었다. 바람과
우레 같은 폭포소리가 뒤얽혀 서로 싸우니, 마치 천지가 개벽하려는
듯 낮도 아니고 밤도 아닌 상태가 되어, 문득 물과 바위를 구별할 수
없었다. 그 안에 신선·巨靈·蛟龍·거북 등이 살면서 영원히 이곳을
지키며 사람들이 접근하지 못하도록 하는 것인지도 모르겠다.[115]

조식의 지리산 유람에는 유달리 사람의 이야기가 많다. 산에 유람
을 갔으면서도 자연경관보다 사람 사는 이야기를 풀어놓고 있다. 그
의 관심은 자연이 아니라 '사람'에게 있었던 것이다. 군더더기 없는
간명한 글쓰기를 추구하던 그가 자신이 본 불일폭포의 광경을 아주
세세하고도 다소 장황하게 기록하고 있다. 향로봉과 비로봉 사이에서
쏟아지는 60m의 폭포가 좌우 절벽 바위에 부딪혀서 부서지는 하얀
물거품은 마치 천지가 개벽하려는 조짐인 듯 황홀하고 신비로우며,
아래로 아득한 낭떠러지인 듯 깊은 沼는 낮인 듯 밤인 듯 분간이 안될
만큼 묘한 분위기를 이루고 있다.

조식이 이 깊은 골짜기에 옥구슬을 들이부은 듯 하얀 포말을 쏟아
내며 흘러가는 그 폭포를 유심히 관찰하고 있다. 청학동에서 쏟아지

---

115 『南冥集』권2,「遊頭流錄」. "十步一休 十步九顧 始到所謂佛日菴者 乃是靑鶴洞
也 岩巒若懸空 而下不可俯視 東有峯崒撐突 略不相讓者曰香爐峯 西有蒼崖削出
壁立萬仞者曰毗盧峯 靑鶴兩三 栖其岩隙 有時飛出盤回 上天而下 下有鶴淵 黝暗
無底 左右上下 絶壁環匝 層層又層 倏回倏合 翳薈蒙鬱 魚鳥亦不得往來 不啻弱
水千里也 風雷交鬪 地闔天開 不晝不夜 便不分水石 不知其中隱有仙僊巨靈 長蛟
短龜 屈藏其宅 萬古呵護 而使人不得近也"

는 저 물은 흘러 흘러서 인간세상으로 달려가고 있다. 그는 이상향을 찾아 청학동으로 들어왔건만, 저 물은 그런 청학동은 안중에도 없는 듯 인간세상으로 흘러가고 있다. 순간 조식은 초월의 공간 청학동에서 있는 자신과 만나게 된다. 그것은 청학을 타고 하늘로 오르는 이상향 속의 자신이 아니라, 인간세상에서 고뇌하고 절망하면서도 끊임없이 희망하던 현실 속 자신의 모습이었다. 저 물은 아무리 큰 바위나 골짜기를 만나더라도 멈추지도 되돌아가지도 않고 아래로만 계속해서 나아갈 것이다.

인간관계를 지향하는 이러한 미의식은 청학동의 불일폭포를 다 둘러 본 조식이 동행했던 벗 李希顔에게 "물이란 만 길이나 가파른 골짜기를 만나면 아래로만 곧장 흘러가려 하고 다시는 의심하거나 돌아보지 않고 앞만 보고 달려가는데, 여기가 바로 그런 곳이구려."라고 하거나, 신응사에서 독서할 때 읊었다는 "세상을 살아가노라면 세상 얽매임이 없을 수 없기에, 물과 구름을 다시 물과 구름으로 돌려보낸다네."[116]라고 한 시구에서도 적나라하게 드러나고 있다. 잠시 현실을 벗어나 아름다운 경관의 청학동 속에 들어와 있어도 조식 또한 현실을 떠날 수 없는 조선조 士人임을 자각하였다. 신선이 산다는 초월적 세계인 청학동에서 오히려 현실 속의 자신을 지향하고 있는 것이다.

조식은 일생 물러나 살면서도 늘 현실로 향하는 시선을 거두지 않았던 인물이다. 누구보다 時政의 폐단을 비판하는데 단호했던 그가 아니던가. 上疏마다 政事의 구석구석을 낱낱이 꼬집어 신랄하게 비

---

116 『南冥集』 권1, 「讀書神凝寺」. "生世不能無世累 水雲還付水雲歸"

판하고, 그래서 때로는 남의 시선이나 목숨은 아랑곳하지 않는 과격한 언사로 인해 세간의 오해를 불러오기도 했지만, 그의 관심사는 언제나 '사람'에게 있었다. 때문에 위 시에서 언급하였듯 청학동의 그 빼어난 자연경관도 마음속에만 담아둘 뿐, 정작 그의 시선은 인간세상으로 향하는 물에서 한 순간도 뗄 수가 없었던 것이다.

조식에게 있어 자연은 그가 인식하는 '현실', 곧 '세상'이라는 또 다른 이름이었다. 그는 자신이 지향하는 인간세상을 '자연'이라는 매개를 통해 표출하고 있다. 자연 속에 살면서도 오히려 자연을 인간 속으로 끌어오는 '자연의 인간화'를 지향하는 미의식으로 특징지을 수 있겠다.

2) 인간의 자연화

조식을 비롯한 현실참여형 유일에게서 나타나는 미의식이 '자연의 인간화'였다면, 隱逸自適型 유일에게서 나타나는 미의식은 '인간의 자연화'로 압축할 수 있다. 곧 인간관계를 벗어나 순수한 본성을 회복하고 자연과 일체가 되어야만 비로소 진정한 인간이 될 수 있다는 것이다.

'은일자적형'은 현실참여형과 비교하여 사뭇 다른 성향을 보인다. 이들은 현실정치에 대한 강렬한 저항보다 세상과의 단절을 통해 자연과의 융합을 꾀하는 성향이 두드러진다. 예컨대 조식이 은거했지만 자신의 이상과 거리가 먼 현실에서 끝내 벗어나려 하지 않았던 반면, 成運 등은 천성을 따르는 자연과의 合一을 추구하였다. 이들은 退處를 선택했지만 철저하게 현실적이지도 못했고, 그렇다고 완전히 세상

을 등지고 누구에게도 속박 당하지 않는 자유로운 삶을 영위하지도
못하였다. 그러나 그들은 현실참여형과 비교하여 상대적으로 자연합
일적 삶의 형태를 드러내고 있다. 특히 조식의 知友이자 그가 진정한
隱者의 전형으로 인정했던 성운의 시세계에서 두드러지게 나타나는
데, 조식의 '자연의 인간화'와 대비하여 살펴보면 보다 분명하게 드러
나리라 생각된다.

성운이 속리산에 은거한 직접적 원인은 乙巳士禍(1545)에 仲兄인
成遇가 죽은 후 현실에 대한 절망 때문이었다. 곧이어 妻家가 있는
報恩으로 들어가 집을 지어 '大谷'이라 이름하고는 40여 년 동안 나오
지 않았다.[117] 그가 속리산으로 칩거한 것이 언제인지, 왜 속리산에
은거했는지에 대해서는 정확하게 알 수 없다. 아마도 기묘사화 이후
道學이 위축되어 세상에 나아가지 않으리라 판단하고 칩거를 궁리하
였으며, 그 후 속리산을 드나들며 생활하다가 을사년의 사화로 인해
평생 세상에 나오지 않았던 것으로 보인다.

대개 사대부사회 사인은 隱逸의 삶을 추구하려 현실에서 벗어나
살지만, 그럼에도 불구하고 늘 그 속에서 갈등할 수밖에 없다. 그런데
성운의 처세는 보다 더 강도 높게 자연과 융화되어 이를 즐기고 있다.
때문에 그는 속세와 단절하고 자연과 보다 밀착된 삶을 추구하려 자
꾸만 자연 속으로 들어가려고 하였다.

세상에선 부끄럽게도 개미처럼 분주하더니   趨世羞爲蟻子忙

---

117 宋時烈, 『宋子大全』 권172, 「大谷成先生墓碣銘」. "乙巳仲氏與羣賢罹禍 先生作
詩以見志 遂歸報恩縣 卜築泉石間 名曰大谷"

三逕으로 물러나선 손수 거친 밭을 김매네.　　　　退歸三逕手鋤荒
인적 끊긴 숲 언덕엔 무성한 구름만 모이고　　　　林丘人絶蒼雲合
늦봄 초가집엔 하루해가 길기만 하구나.　　　　　草屋春深白日長
비 맞으며 고기 잡으니 고기 되려 아름답고　　　　衝雨打魚魚轉美
꽃을 밟고 술 사오니 술에선 향기 그윽하네.　　　踏花沽酒酒偏香
마을 가까워 개 짖는 소리 들림을 싫어해서　　　　猶嫌村近聞鷄犬
다시 더 깊은 산골짝에 작은 집을 지었다네.　　　更向烟蘿築小堂[118]

여름 나무 **빽빽**하게 우거져 한낮에도 어둑한데　　夏木成帷晝日昏
숲이 하도 고요해 물소리 새소리가 요란하구나.　水聲禽語靜中喧
세상과 단절하여 찾아올 이가 없을 줄 알지만　　已知路絶無人到
심술궂은 산 구름이 골짜기 입구를 막아 버렸네.　猶倩山雲鎖洞門[119]

새 거처에선 일을 줄여 점차 할 일이 없게 되니　新居省事轉無營
저녁에 자고 새벽에 일어나 性情 따라 自適하네.　夜臥晨興適性情
길을 쓸며 꽃을 밟으니 붉은 이슬이 촉촉하고　　掃逕踏花紅露濕
차를 끓이려 대나무 태우니 푸른 연기 모락모락.　烹茶燒竹翠烟輕
연못은 들판 물과 이어져 오리 새끼 모여 있고　池連野水鳧雛集
산 구름 내려앉은 뜰엔 노루 새끼 뛰어 다니네.　庭入山雲鹿子行
하늘을 우러르고 땅을 굽어보며 物化를 살피니　俯仰乾坤觀物化
天機가 流動하여 저절로 생성하네.　　　　　　天機流動自生成[120]

---

118 上同,「村居」.
119 成運,『大谷集』卷上,「大谷晝坐偶吟」.
120 上同,「新居」.

　　앞의 시에서는 세상에서 벗어나 이미 자연에 온전히 융화되어 있음
에도 그것도 못미더워 산 구름이 인간세상으로 통하는 입구를 막아버
렸다고 하였다. 그리고 두 번째 시를 통해 유유자적하면서도 담담한
자세로 存心養性하고 物化를 체득하는 시인의 모습을 그리고 있다.
시인은 인위적인 요소를 배제한 채 오로지 대자연의 법칙에 순응하며
하늘로부터 부여받은 天性을 지키며 살아간다. 그리하여 尾聯에서는
天地 간의 物化를 觀望해 보니 天機가 本然의 성질에 입각해 저절로
生成되어 流動하고 있음을 말하고 있다. 바로 자신이 자연을 닮아
그와 합일하는, 곧 '인간의 자연화'이다.

苔錢을 지나서 낚시터에 올라가니	踏破笞錢上釣磯
산 빛이 흰 베옷을 짙게 물들이네.	山光濃染白麻衣
비 내린 못의 고기 새로운 힘을 얻어	潭魚得雨添新力
물 위로 꼬리 치며 힘차게 나르려네.	鼓鬣波頭健欲飛[121]

조그마한 집은 천하만큼이나 넓고	小屋寬天下
산속 늙은이는 자고 일어남이 더디네.	山翁眠起遲
창으로 불어오는 바람이 미덥고	到窓風有信
만물을 적시는 비는 사사로움이 없네.	潤物雨無私
마판에 엎드려 천리를 달릴 생각 잊고	伏櫪忘千里
숲 속에 깃들어 한 나뭇가지를 얻었네.	棲林得一枝
다른 사람에 비하여 내가 오래 사니	比人吾後死
기쁨에 머리카락이 쭈뼛쭈뼛 한다네.	翻喜鬢成絲[122]

---

121 上同, 「林亭觀魚」.

자연에 대한 시인의 認識의 폭이 확대되어 나타난다. 성운은 거처하고 있는 조그마한 공간을 마치 天下만큼이나 넓고 광활한 곳으로 느끼고 있다. 자연이 영원무궁하고 위대할 수 있는 이유는 자신을 의식하지도 위하지도 않으며 오직 만물의 生育化成을 이루어주기 때문이다. 私心이 없는 자연세계의 조화로운 운행과 광경을 바라보며 현실사회에서 顯達을 꿈꾸던 자신을 省察하고 있다. 頷聯에서의 '有信·無事'는 자연세계가 지니는 절제된 특징임을 말하는 한편, 그 이면에는 현실의 삶에서는 그러한 '有信·無事'의 자연원리가 행해지지 않았음을 암시한다.

그러나 시인은 자연의 무의식적인 化育·生長의 상태와 조화로운 질서를 경험함으로써 모든 物質的·現世的 慾望에서 벗어나 나름의 삶의 원리 또는 자연의 섭리를 터득하고 있다. 有常·無限의 自然攝理를 체득한 사람은 인위적인 自我, 현세적인 자아를 잊은 無我의 경지에 있는 존재이다. 따라서 성운은 자신과 자연이 동화된 모습임을 드러내고 있다.

4. 문학적 상상력의 양상

16세기는 朱子學 일변도로 고착화되기 직전의 학문적·사상적 多岐性이 절정을 이룬 시기였고, 이의 특성을 견지한 부류가 바로 유일이었다. 작품에 표출된 다양한 기법 등을 통해 그들이 견지했던 박학

---

122 上同, 「村居雨中書懷」.

성향이 문학적 상상력으로 어떻게 구체화되는지를 살펴보고자 한다.

1) 假設的 형식을 활용한 諸意識 표출

임훈의 詩文은 兩亂을 거치면서 대부분 散佚되었는데, 이후 그의 증손이 약간 편을 수합하고 尤庵 宋時烈(1607-1689)의 序文을 받아 1665년 4권 2책의 목판본으로 간행하였다. 그중에는 문학적 상상력의 소산으로 가설적 장치를 가미한 작품이 포함되어 있는데, 이를 통해 임훈이 견지한 다양한 의식들을 확인할 수 있다.

먼저 중국의 史實을 활용하여 擬作한 두 작품을 소개한다. 「擬魯仲連遺燕將軍書」는 중국 戰國時代 齊나라의 賢人 魯仲連이 燕나라 장군에게 보낸다는 가설 형식의 편지이고, 「擬宋賜岳飛精忠旗詔」는 南宋의 高宗이 名將 岳飛(1103-1142)에게 精忠旗와 詔書를 내린 일을 擬作하였다. 前者가 『史記』 「魯仲連鄒陽列傳」에 근거하여 작성한 것이라면, 後者는 『宋史』에 고종이 악비에게 '精忠岳飛'라는 글씨를 써서 깃발을 내려준 역사적 사실에서 서술의 단서를 찾았다. 그러나 실제로 고종은 악비에게 조서를 내리지 않았다. 따라서 이 작품은 임훈이 『송사』에 의거해 창작의 상상력을 발휘한 것이라고 할 수 있다. 차례대로 좀 더 세밀히 살펴본다.

노중련은 전국시대 제나라의 高士이다. 그가 趙나라에 있을 때 秦나라 군대가 조나라 首都 邯鄲을 포위하고, 당시 魏나라 장군 新垣衍을 보내 秦나라 임금을 天子로 섬기면 포위를 풀 것이라고 위협하였다. 제후들이 진나라의 위세를 두려워하여 모두 천자로 추대하려 하였다. 이에 노중련은 "진나라가 방자하게도 천자를 僭稱한다면, 나는 동해를 밟고 빠져 죽겠다."라 하고는, 조나라 平原君을 도와 진나라 군대가 물러나도록 하였다. 이후 평원군이 그에게 후한 벼슬과 封地를 하사하려 하였으나, 노중련은 사양하고 물러나 다시 세상에 나오지 않았다고 한다.

그와 관련한 또 다른 유명한 일화가 바로 위 첫 번째 작품의 내용이다. 연나라 장군이 제나라 聊城을 공격하자, 제나라에서는 田單을 보내 공격하게 했는데 1년이 넘도록 함락시키지 못하였다. 그러자 노중련이 글을 지어 화살에 매달고 성 안의 연나라 장군에게 쏘아 보냈는데, 그 편지를 읽은 연나라 장군이 사흘 동안 울다가 자살하고 말았다. 단 한 장의 편지로 敵將을 사흘씩이나 울게 하고 또 자살하게 만들었으며, 1년 넘도록 함락되지 않던 성을 일순간 함락시킨 史實은 문인들에게 무한한 상상력을 발휘하게 하였고, 따라서 상당히 매력적인 문학 창작의 소재가 되었다. 이는 임훈에게서도 예외가 아니었다.

이 작품에서 임훈이 관심을 둔 것은 편지의 내용이다. 과연 어떤 논리로 얼마나 설득력 있는 내용을 담고 있기에 저 猛將을 사흘씩이나 울게 하고 결국 스스로 죽게 하였을까. 『史記』의 原作「魯仲連鄒陽列傳」은 전쟁에서 장수가 갖추어야 할 덕목인 '忠·勇·智'를 논지 전개의 주요 가치개념으로 삼고 있는 반면, 임훈은 '仁·義·禮·智'를 내세우고 있다.

> 그렇다면 영토 때문에 자신의 백성을 죽게 하는 사람을 '仁하다'고 함이 옳겠습니까? 다른 사람의 오래된 물건을 훔치고 남을 가로막아 힘을 겨루는 사람을 '의롭다'고 함이 옳겠습니까? 밖에서 참소를 당하여 머뭇거리고 나아가지 못하는 것은 임금을 섬기는 禮가 아닙니다.

혼미함을 붙잡고 외롭게 버티다가 공로가 무너지고 자신이 망가지는
것은 몸을 보호하는 지혜가 아닙니다. 사람이 사람답게 되는 이유는
'仁'입니다. 나와 함께 세상에서 공생하는 벌레와 물고기, 풀과 나무
따위의 미물도 삶을 영위하려 하지 않음이 없어서 성인은 한결같이 그
들을 仁으로 봅니다. 하물며 우리 동포에 있어서겠습니까?[123]

임훈은 남의 땅을 뺏기 위해 장기간 군사와 백성을 괴롭히는 것은
仁한 행위가 아니고, 무력으로 남의 땅을 뺏는 그 자체가 義에 위배되
는 것이며, 長期戰이 되면서 온갖 구설수에 시달리고 그래서 공격하
지도 퇴각하지도 못하는 우유부단함은 군주에 대한 禮가 아니며, 나
아가 자신을 돌이켜 보아도 지혜로운 일이 아니라고 하였다. '전쟁'의
근원적 문제를 들어 인간의 존엄을 제기하고, 나아가 당시 연나라 장
수가 처한 진퇴양난의 상황과 이에서 예상되는 불가피한 결과를 摘示
하여 설득하고 있다. 곧 "이 네 가지 중 하나를 폐하면 마음을 잃고,
둘을 없애면 德을 상실하고, 셋을 폐하면 몸을 망치고, 네 가지 모두
를 폐하면 나라를 망하게 하니, 군자가 어찌 이 네 가지를 근심하고
두려워하면서 살피지 않겠는가."[124]라고 하여, 儒家的 가치인 '仁 ·
義 · 禮 · 智'를 내세워 전쟁에 대한 부정적 시각, 인간 존엄, 역사적

---

123 林薰, 『葛川集』 권2, 「擬魯仲連遺燕將書」. "然則以土地之故 糜爛其民者 謂之仁
可乎 攘人之舊物 拒其人而較其力者 謂之義 可乎 被讒於外 逗遛不進者 非事君
之禮也 執迷守孤 功敗身辱者 非保身之智也 夫人之所以爲人者仁也 與我竝生於
天地者 雖蟲魚草木之微 莫不欲遂其生者 乃聖人一視之仁也 況於民吾之同胞乎"
124 上同. "四者 廢其一則失其心 廢其二則喪其德 廢其三則亡其身 四者俱闕 則必至
於亡其國 爲君子者 寧不於此而惕惕焉以省乎"

사건과 인물에 대한 평가 등을 제시하고 있다. 史實에 근거하되 허구적 형식을 借用하여 역사의식을 표출한 임훈의 상상력이 돋보이는 부분이라 하겠다.

岳飛는 金나라에 의해 北宋이 멸망하자 高宗과 함께 南宋을 세워 국토 회복을 위해 노력하다가 秦淮 등의 主和派에 의해 억울하게 죽임을 당하였다. 이후 악비는 송나라에 대한 절개를 지키다 죽어 간 文天祥과 더불어 충절의 상징으로 추앙을 받았다. 이러한 평가는 조선조 문인에게서도 예외가 아니어서, 그의 충절과 억울한 죽음이 문학작품의 소재로 자주 등장하였다. 임훈의 「擬宋賜岳飛精忠旗詔」 또한 그 중의 하나라고 할 수 있다.

임훈은 이 작품에서 君臣 간의 관계와 그 속에 내재된 이상적 정치를 피력하고 있다. 예컨대 임훈은 고종의 입을 통해 "하늘이 나의 재주를 내실 땐 까닭이 있었고, 임금이 내 직분을 명할 땐 뜻이 있음을 유념하여, 내 몸은 잊을 수 있더라도 나라의 수치는 잊지 말고, 내 머리는 잘리더라도 임금의 명은 저버릴 수 없다고 생각하라."[125]라고 하여, 신하로서의 역할과 책무의 절대성을 당연시하여 강요하고 있다. 이는 儒家에선 不變의 이념이다. 그러나 임훈은 이에서 그치지 않고, 이러한 君臣 간의 忠義가 제대로 성립되려면 쌍방 간의 정당한 소통이 필요하다고 생각하였다. 군주가 이러한 忠을 요구하려면 군주 또한 신하에게 그에 상응하는 보상이 있어야 한다는 것이다.

---

125 『葛川集』 권3, 「擬宋賜岳飛精忠旗詔」. "念天生我才之有以 念君命我職之有義 以爲此身可忘而國恥不可忘, 此頭可截而君命不可負"

朕은 "나라를 위해 죽고 몸을 잊는 것은 신하의 절개이고, 충성을 褒彰하고 의리를 숭상하는 것은 임금의 직책이다."라고 들었는데, 어찌하여 卿은 큰 공훈을 나타내서 짐의 마음을 보람되게 하지 않겠는가. 예부터 선왕들이 성공을 표창하고 太常〔旗〕에 기록한 것은 백성에게 보이기 위함이요, 忠을 권하기 위함이었다. 짐도 선왕을 본받아 경의 공훈을 표양하여 반드시 精忠을 쓰고 그 성명을 나타내리라.[126]

앞서도 여러 차례 언급하였듯 16세기 유일은 현실문제를 해결하고 백성을 구제할 최적의 대안은 正君心에 있다고 믿었고, 때문에 모든 유일은 기회가 닿을 때마다 이를 진언하기를 마다하지 않았다. 이들은 사대부사회의 지식인으로서 현실 폐단의 개선에 적극적이지 않을 수 없었다. 임훈은 신하의 군주에 대한 절대적 충성을 제기한 후, 그에 상응하는 군주의 보상도 절대적인 것임을 주장하고 있다.

악비를 소재로 한 문학작품이 대개 그의 충정에도 불구하고 억울한 죽음을 당한 안타까움을 표현하고 나아가 이를 放棄한 군주와 현실을 풍자하는 내용으로 나타나는 반면, 임훈의 이 작품은 똑같은 제재를 사용하면서도 군신 쌍방의 適宜한 道에 대해 피력하였다. 이는 16세기 당대에 임훈이 바라는 이상적 정치의 모습으로, 史實를 제재로 하여 객관성을 담보하면서도 擬作의 형식을 빌어 자신의 주장을 명확히 전달하고 있다.

---

126 上同, 「擬宋賜岳飛精忠旗詔」. "朕聞徇國忘身 臣之節 褒忠尙義 君之職 盍著卿勳 以效朕心 念昔先王 表厥成功 紀于太常 以示民也 以勸忠也 朕惟先王是若 惟卿 勳是表 必書其精忠 必著其姓名"

이 외에도 臥遊의 형식을 빌려 擬作한 「龍門記」도 주목해 볼만하다. 이는 임훈이 중국 雍州 陽夏縣의 龍門山을 유람하고 쓴 記文으로, 그의 문학적 상상력이 한층 발휘되어 있다. 이 작품은 실제 용문을 유람하고 쓴 것이 아니라 상상 속의 遊覽記이기 때문이다. 게다가 '오늘'이라는 時制 속에서 허구성을 최대한 배제시키고 사실성을 극대화한 가설적 형식을 취하고 있어, 독자는 감쪽같이 그 현장에 있는 듯한 착각을 불러일으킨다.

임훈은 여느 유일과 마찬가지로 山水遊覽癖이 극심했던 인물로, 인근 덕유산 등지로의 많은 유람 흔적과 유람에 대한 견해를 피력하였다. 특히 司馬遷의 遠遊를 흠모하였는데, 때문인지 「용문기」에서도 "나는 일찍이 사마천의 유람을 흠모하였다. 그래서 모든 명산과 大川, 그윽하고 기이한 자취를 일찍이 끝까지 탐방하여 찾아보지 않은 곳이 없었다."[127]라고 하여 사마천의 유람으로 시작하고 있다. 그는 遊記의 형식을 취해 용문에 도착하기까지의 과정과 도착 후 용문의 광경을 마치 자신의 경험인 듯 서술하였다.

그렇다면 왜 '용문'이었을까? 용문산은 禹가 治水 사업을 통해 수해로부터 백성을 구제하기 위해 헌신한 대표적 장소이다. 그는 禹가 치수 사업을 수행하는 과정에서 가족이나 개인을 버린 채 오로지 백성과 나라를 위해 헌신한 사실을 曲盡하게 기술하여 용문산으로 선택한 이유를 대신하였다. 때문에 그가 용문에서 본 것은 온통 禹의 치수 흔적뿐이다.

---

127 『葛川集』권3, 「龍門記」. "余嘗慕子張之遊 凡名山大川 幽蹤奇跡 未嘗不窮探而歷訪之"

나는 이에 서성이다가 서글프게도 古今을 생각하며 '禹가 아니었다면 우리는 물고기가 되었을 것이다'라고 탄식하였고, '용문산을 보니 禹의 공적을 알겠구나'라는 시구를 읊었다. 아득히 우두커니 서서 禹의 유적을 생각해 보니, 바위가 차곡차곡 쌓여 천 길로 우뚝 솟아 있는 곳은 禹가 도끼로 파헤친 흔적인가. 산 표면이 움푹 하거나 초목이 시든 곳은 禹가 삽질하다가 남겨놓은 위엄인가. 산의 북쪽 중턱에 모난 곳은 그 옛날 홍수의 흔적인가. 산의 남쪽 언덕과 벼랑이 무너져 여기저기 골짜기를 이룬 곳은 그 여파가 격심하던 곳인가.[128]

遊記類에서 일반적으로 보이는 경관에 대한 칭송이나 설명은 자제하고, 보이는 현상에서 禹의 흔적을 찾으려 무던히 애쓰고 있다. 급기야 이 용문산은 올려다보며 기어서 올라갈 수도, 배나 수레로도 접근할 수 없는 險地인데, 오로지 禹의 神謀와 妙略으로 이를 허물 수 있었다고 칭송하기에 이른다. 바로 禹의 각별한 愛民意識이 그 험한 악조건을 모두 이겨냈고, 따라서 濟民의 공적은 禹보다 더 위대한 이는 없으며, 그 대표적 공간이 바로 이 '용문'이라고 하였다.[129] 임훈에게 있어 이 '용문'은 士人으로서의 애민의식이 발현되는 대표적 공

---

128 上同. "余於是徘徊怊悵 俯仰今古 發微禹吾其魚之嘆 詠看山識禹功之句 茫然佇立 想其遺跡 則岩崖齒齒 壁立千仞者 斧鑿之遺痕歟 山顔坎陷 草樹離披者 畚鍤之餘威歟 山之陰 腰帶成稜者 其昔日懷襄之跡歟 山之陽 崖崩岸墜 往往成谷者 其餘波激射之處歟"

129 上同. "禹用是念 運神謀 騁大智 斧其木 鍤其土 錘其岩 轉其石 以去所謂壅之塞之者 疏而通之 引而順之 然後水得其道 而懷襄之禍 祛矣 然後民得其居 而農桑之利 興矣 然後六府三事允治 而萬世永賴矣 然則濟民之功 莫大於大禹 而大禹之功 實係於龍門 此龍門之所以起後世之感 而興當日之功者也"

간이며, 이를 와유의 형식을 빌어 핍진하게 그려내고 있는 것이다.

　요컨대 위 세 편의 작품에 나타난 공통점은 임훈의 현실인식과 애민의식이다. 작품 구성에서 擬作과 臥遊라는 독특한 형식을 활용하여 자신이 지닌 문학적 상상력을 최대한 발휘하였고, 그러면서도 내용적으로는 유가지식인으로서의 사의식을 담고 있다. 이는 16세기 유일이 지닌 박학적 성향의 발로라고 할 수 있다.

2) 일상제재에 가탁한 상상력의 반전

　김범의 작품은 주로 文이 적고 詩가 많았는데, 임진왜란 등을 거치면서 대부분 소실되어 남아있는 것이 많지 않다. 특히 소실된 작품 중 心學을 역설한 4편은 후학을 흥기 시킬 만한 중요한 글이었는데, 세상에 전하지 않아 후인들의 탄식을 자아냈다고 전한다. 현전하는 『后溪集』에서 그의 문학적 성향을 살필 수 있는 작품으로는 詩 11수와 賦 8편이다. 이들 작품에는 앞서도 서술했듯 儒家的 志趣가 농후하게 나타나고 있다. 특히 인간의 마음에서 일어나는 '게으름'과 '의심'을 敬으로 극복하는 내용을 담은 賦 작품인 「怠」와 「疑」 등이 대표적이다. 그런데 그 외의 몇몇 작품에서 여느 내용과 다르게 일상제재를 사용해 독특한 문학적 상상력을 드러내고 있어 소개해 본다. 먼저 「瓶笙」을 살펴보자.

阮生의 일생은 술을 너무나도 좋아하여 　　　阮生身世太顚狂
竹林에서 술 마시면 일천 잔을 비웠네. 　　　竹林一飮空千觴
어찌하면 鄭泉을 좇아 술그릇이 되어서 　　　寧隨鄭泉作酒器

영혼이 술병에 들어가 醉鄕에서 노닐까?	魂入壺中遊醉鄕
三生에서 길든 습속을 다 버리지 못하고	三生結習未全除
술을 좋아하여 探湯도 마다하지 않았네.	愛酒不解辭探湯
물불 속에서도 끊임없이 울려 퍼지더니	吟嘯不廢水火間
자연스런 그 음조는 장단이 어우러지네.	自然之音諧短長
없는 듯 있는 듯 끊어졌다가도 이어지고	如無如有斷復連
멀다가도 가까운 듯 도리어 길을 헤매네.	忽遠忽近還迷方
…… ……	…… ……
秦箏이 響泉임을 그 누가 알았으리?	誰識秦箏是響泉
깊고 미세한 음률이 집안 가득 울리네.	杳杳微音驚滿堂
하늘에서 들려오는지 의아해 하면서도	聞來誤疑自雲霄
귀 기울여도 곁에서 나는 줄을 모르지.	側耳不覺聲在傍
東坡老仙이 惡客이 아니었다면	東坡老仙非惡客
전생에는 가래 메고 高陽을 따랐으리.	夙世荷鍤追高陽
유난스레 맑은 여운이 귓가에 쟁쟁하니	耳醒餘韻獨聽瑩
코밑수염 비비꼬며 좋은 시로 화답하리.	撚髭和以瓊琚章
일을 끝내고 마침내 생황이라 이름하니	解事終敎名以笙
도리어 騷客을 짝하여 詩思를 돋우누나.	却伴騷客挑詩腸

　瓶은 찻물을 끓이는 주전자 같은 도구이다. 이 시는 茶를 마시려 물을 끓일 때 부글거리는 물소리를 마치 생황을 연주하는 소리인 듯 상상력을 발휘하여 지었다. 시인은 끓고 있는 주전자를 바라보며 그 것의 前生을 상상한다. 아마도 술통이었으리라.

　阮生은 東晉 때 竹林七賢의 한 사람인 阮籍이고, 鄭泉은 삼국시대 吳나라 사람으로 술을 너무 좋아하여 죽으면 훗날 흙과 함께 술병으로 만들어지도록 陶家 옆에 묻어 달라 유언했다고 한다. 東坡는 宋代 문장가인 蘇軾을 일컫고, 高陽은 漢 高祖의 策士인 고양사람 酈食其를 말하는데 스스로를 '高陽의 酒徒'라고 일컫었다. 네 사람 모두 이름난 술꾼이었다. 따라서 그 술꾼들의 술을 데우는 용도로 쓰였을 술병인지라 주전자에 찻물을 끓이는 것도 마다하지 않고, 그것이 하나의 습성이 되어 물불을 가리지 않는다고도 하였다.

이 시는 마치 그 주전자의 습성을 읊어내고 있는 듯 보이나, 시인의 시선은 정작 그 끓고 있는 물소리에 집중되어 있다. 그 소리가 크고 요란하여 귀에 쟁쟁거리기도 하고, 가느다란 소리가 들려오기도 한다. 여러 소리가 섞여서 마치 天上의 음악인 듯도 하다. 결국 물이 다 끓고 난 후 시인은 그 소리를 생황이라 이름하였으니, 마치 생황을 연주하는 듯한 소리로 상상력이 확장된 것이다. 처음 끓이는 물통의 모양에서 술통의 전생을 연상하고, 이어 물 끓는 소리를 통해 천상의 음악으로 상상의 나래를 맘껏 펼치고 있다. 詩想이 다소 생뚱맞은 듯 급격하게 전개되기도 하고 또 의식적 기저를 철저히 유가적 현실주의에 두면서도, 작가의 문학적 상상력은 그야말로 자유로이 무한대로 펼치고 있음을 확인할 수 있다.

온갖 소리 다 그쳐 만물이 고요한데　　萬籟俱沈群動息
흩어진 구름 사이로 달빛이 환하네.　　蕩雲四散明蟾蜍
뜰을 거닐다가 문득 고개를 돌려보니　　散步中庭忽回頭
곁의 한 사람이 똑같이 머뭇거리네.　　傍有一人同躑躅
불러도 대답 않고 밀어도 가지 않으며　　招之不應推不去
걸어도 흔적 없고 거처할 집도 없다네.　　行無轍迹居無廬

그는 누구이고 나는 또 어떤 사람인가	彼何人也我何人
그 모습은 나와 서로 너무나 닮았구나.	形容與我巧相如
나를 앞서지도 않고 뒤서지도 아니하며	不自我先不自後
행동거지는 온통 나를 따라 움직이네.	一動一靜怕隨余
쳐다보면 앞에 있다가도 홀연 뒤에 있고	瞻之在前忽在後
빠르면 빨리 하고 느리면 느리게 하네.	速則速兮徐則徐
체구는 갖췄는데 가늘고 말을 못하며	具體而微口不語
바보처럼 어김없어 나를 일으켜 주는 듯.	不違如愚[130]猶起予[131]
산 속은 어둑하여 숨었다가도 드러나고	山中沈晦自隱顯
行裝에는 도가 있어 비방도 칭송도 없네.	行裝有道非毁譽
하물며 사귐에는 사람을 가리지 않으니	況乃交遊不擇人
본디 貴賤이 없는데 어찌 친하고 소원하랴.	本無貴賤寧親疎
세 명의 이태백이 달을 향해 춤을 추었고	三太白向玉兎舞[132]
여럿 명의 소동파가 물속에 살고 있도다.	百東坡在馮夷居[133]
세상에서 나와 그대 같은 이가 누구일고?	世間誰似我與君
함께 늙고 같이 죽는 건 오직 그대뿐이라.	偕老偕亡惟有渠

---

130 『論語』, 「爲政」. "子曰 吾與回 言終日 不違如愚 退而省其私 亦足以發 回也不愚"

131 『論語』, 「八佾」. "子貢問曰 巧笑倩兮 美目盼兮 素以爲絢兮 何謂也 子曰 繪事後素 曰禮後乎 子曰 起予者 商也 始可與言詩已矣"

132 원문의 '三太白'은 李白의 「月下獨酌」에 "술잔 들고 밝은 달을 맞이하니, 그림자 마주해 세 사람 되었네.〔擧杯邀明月 對影成三人〕"라고 한 데서 따온 말이다. 玉兎는 달을 가리킨다.

133 '百東坡'는 소동파가 여럿으로 보인다는 뜻이다. 소동파는 「泛潁」에서 "갑자기 물결이 비늘처럼 일어, 내 수염과 눈썹을 산란케 하네. 동파가 여러 사람으로 분산되었다가, 순식간에 다시 제자리에 있구나.〔忽然生鱗甲 亂我鬚與眉 散爲百東坡 頃刻復在玆〕"라고 하였다. '馮夷'는 河伯, 곧 물속의 신을 가리킨다. 여기서는 자신의 얼굴이 물결에 흔들려 여러 모양으로 흩어져 보이는 것을 뜻한다.

홀연 달이 져버리니 있는 곳을 모르겠고	俄然月落不知處
이내 몸만 홀로 뜰 섬돌에 서 있구나.	此身獨立庭之除
허무하게 사라지는 건 결국 누구인가	虛無寂滅竟誰是
봄날 꿈처럼 황홀하여 함께 아득하다네.	怳如春夢同蘧蘧
무형이다가 절로 형체가 생기는 줄 알았으니	是知無形自有形
기이하구나, 이런 이치를 뉘라서 알리오?	異哉此理誰知歟
인간 세상의 어떤 것도 환상이 아니건만	人間何者非夢幻
삼라만상은 본래부터 모두가 허상이라네.	萬象從來都是虛

이는 자신의 그림자를 읊은 「影」이라는 흥미로운 작품이다. 자신과 꼭 닮은 그림자의 모습과 행동, 예컨대 불만도 편견도 욕심도 없이 그저 분수대로 살아가는 그림자를 핍진하게 그려내고 있다. 빛이 있으면 형체를 보이다가도 빛이 없으면 사라지는 그림자의 속성을 들어 인생의 허무함까지 표현하고 있다. 그러나 이 세상의 모든 것은 엄연히 하나의 형상으로 존재한다. 이 시는 자신의 그림자를 제재로 하여 자신을 들여다보는 기회를 갖게 할 뿐만 아니라, 이에서 그치지 않고 나를 포함한 만물의 이치를 객관적으로 인식하는 사고체계를 그려내고 있다. 형체가 없는 그림자를 통해 실존하는 만물의 존재를 인식하는 반어적 기법이라 할 수 있다. 표현에 있어 다소 차이가 있으나 아래 시 또한 같은 맥락의 작품이라 생각된다.

죽지 않는 方術이 있다고는 들었으나	聞不死之有術
단사라는 물건이 괴이하기도 하구나.	怪丹砂之爲物
九州가 생겨나기 이전부터 있어 온	前九州之未貢
신선들의 비결을 그대로 모방하였지.	倣仙夫之秘訣

현세에서의 인색함을 다 벗어버리고	蛻下土之慳吝
깊고 은밀한 것에 큰 포부를 맡겼네.	托遠懷於深密
서로 다른 세 물건을 불에 달구고	煉三品之有異
아홉 번을 고아 鉛丹을 만들었네.	期九轉而成丹
솥에다 鉛汞을 넣고 불을 지폈더니	燒鉛汞於金鼎
용과 범이 엉킨 듯 서로 녹아들었네.	結龍虎而交蟠
신비한 精氣를 모으고 精一하게 하여	聚神情而專精
끝내 刀圭로 한 번 복용하고 말았네.	竟刀圭之一服
뼈가 다 바뀌고 털도 세 번 빠졌으니	骨已換兮毛三伐
하늘이 준 피부는 다 벗겨졌다 하리.	謂天殼之可脫
저 멀리 세상 밖으로의 삶을 탐내어	貪物外之遠擧
인륜의 떳떳한 즐거움을 던져 버렸네.	棄人倫之常樂
천상계에 모여 있는 여러 眞人들은	會上界之眞衆
丹丘에 살고 있는 羽人들이로다.	仍丹丘之羽人
王子喬를 데리고 赤松子와 벗하여	僕子晉兮友赤松
태초부터 서로 이웃하며 지냈었지.	與太初而爲鄰
玄命을 훔쳐다가 은밀히 사용하고	竊玄命之秘用
멋대로 생을 탐내는 욕심을 부렸네.	謾偸生之是欲
眞人이 연단하듯 보배처럼 아껴서	擬鍊眞而寶惜
不老長生의 영험한 仙藥을 만들었네.	作長年之靈藥
그 아름다움을 믿어 正理를 멀리하나	雖信美而遠理
내 마음에 담아 둔 바는 아니었다네.	非余心之所屬
아! 인간세상에서는 자꾸만 자꾸만	噫人世之賓賓
허무맹랑한 방술에 의혹되어 버렸네.	惑孟浪之虛術

「丹砂」라는 賦이다. '단사'는 道家에서 永生을 추구하며 섭취하는

丹藥이다. 이 작품에는 이처럼 제목에서부터 온통 道家類 詩語가 넘쳐난다. 예컨대 '方術·鉛丹·鉛汞' 외에도 仙藥을 뜨는 숟가락인 刀圭, 眞人 또는 仙人의 대표적 인물 赤松子나 王子喬까지 등장한다. 여기까지 읽으면 이 시는 영락없이 道家類의 작품이다. 김범은 세상에 태어나 신선의 비결과 방술에 빠져 불로장생의 仙藥을 만들고 적송자와 왕자교 같은 仙人을 좇아 不老長生을 꿈꾼다고 하였다. 유가에서의 인륜적 규범에서 벗어나 物外人의 삶을 표출하고 있다. 그런데 아래 인용문은 그 다음에 이어지는 구절로 급격한 반전을 이룬다.

어느 것 하나 이치가 없는 물건이 있는가?	孰無理而有物
온갖 다른 것을 모아 하나로 꿰어야 하리.	會萬殊而一貫
사람이 本性을 좇아 어그러지지 않으면	人率性而不悖
해와 달처럼 밝고 찬란하게 빛나리라.	燦日月之昭灼
푸성귀와 과일과 생선과 육류를 섞어서	紛蔬果與魚肉
배고픔과 갈증에 알맞게 먹고 마신다네.	適飲食於飢渴
그러므로 덕을 품고 있는 군자가	故君子之抱德
그 시대 사람들의 귀와 눈이 된다네.	作時人之耳目
군자가 本然의 靈丹을 함양하면	養本然之靈丹
온 백성을 長壽의 盛世로 오르게 하리.	躋萬姓於壽域
상처나 질병을 내 몸에서 다 떼어내고	痒痾疾痛擧切吾身
仁義라는 좋은 음식으로 배를 채우리라.	飽仁義之粱肉
온 천하의 사람에게 이것을 고무시켜서	普天率土鼓之舞之
사람과 만물이 모두 화락하게 하리라.	藹民物之咸和
어찌 굳이 날개를 달고 仙界에 올라가	又何必羽化而登仙

부질없이 단사를 수련할 것인가?　　　　　謾修鍊於丹砂也哉[134]

온 우주 안에 존재하는 만물에는 하나로 꿰뚫는 이치가 숨어있다. 인간에게 있어 이 이치란 바로 本性이다. 인간이 잃어버린 그 本然之性을 회복한다면 이 세상에는 夏·殷·周 三代의 태평스럽고 순박한 風教가 다시 일어날 것이다.[135] '군자'는 바로 그러한 본성을 잘 간직하고 있는 사람이요, 이 혼탁한 세상을 이끌어갈 인재이다. 군자가 유가의 덕목인 仁義를 부단히 노력하여 함양한다면 그로 인해 온 세상이 인의로 교화되어 화락하게 될 것이다.

이 글을 통해 스스로 그 군자의 길을 걷고자 하는 김범의 마음을 엿볼 수 있다. 그는 자신이 바라는 이상세계가 醉中도 夢中도 아닌, 바로 자신이 머물고 있는 '현세'임을 여실히 드러내고 있다. 산림으로 물러났다고 하여 神仙術이나 佛家의 논리에 젖는 것이 아니라, 이 세상을 '인의'로 가득 채워 사람들이 모두 이에 감화되기를 희망한다. 굳이 물외에서 떠돌 것이 아니라 자신이 살고 있는 이 세상을 三代 聖賢의 시대로 만들어 가고자 한다. 김범은 세상에 나아가지 않고 물러나 있지만 신선이 단사를 통해 선계에 오르려는 그 노력으로 인간의 본성을 터득하여 백성과 共生하려는 유학자적 정신세계를 표출하였던 것이다.

요컨대 김범의 문학적 상상력은 평범한 제재를 기발한 反轉을 통

---

134 『后溪集』 권1, 「丹砂」.
135 上同, 「宇宙一北窓」, "擬羲皇之淳風 興陶陶而容與" 三代는 도학자들이 꿈꾸는 이상세계를 대표하는 말이다.

해 자신의 뜻을 표현하고 있다. 끓고 있는 찻물이나 그림자를 통해
무한한 상상의 나래를 펼쳐내고, 儒家者의 범주에서 벗어난 단사를
끌어와 궁극엔 유학의 덕목을 강조하는 반전의 표현기법은 직설적 화
법을 주로 사용하던 김범의 여타 문학작품과 차별화를 보인다. 이처
럼 김범에게서 보이는 이러한 특성 또한 16세기 유일에게서 나타나는
박학성의 일면이라 할 수 있다.

제6장

유일의 方外人的 性向

1. 방외인에 대한 검토

方外人에 대한 기왕의 연구는 많이 축적되어 있다. 그러나 대부분 조선전기에 집중되어 있으며, 거론된 인물도 기이하고 독특한 삶을 살았던 몇몇에 한정되어 있으며, 그들 각자에게 집중된 개별연구가 대부분이다.

주지하듯 '方外'란 조선시대 士大夫文學을 '官僚的文學·處士的文學·方外人的文學'으로 나누는 과정에서 처음으로 제기되어, 대체로 '세속적 禮敎로부터 초탈한 체제 밖의 저항세계'를 뜻한다.[1] 곧 '방외인'이란 조선시대의 엄격한 유교질서 속에서 이로부터 벗어나 현 체제 안에 수용되지 못하고 밖으로 겉도는 유형의 인물임을 알 수 있다.

조선시대는 유교이념으로 무장한 사대부사회였고, 당대 지식인의

---

1 임형택, 「조선전기 문인유형과 방외인문학」, 『한국문학연구입문』, 지식산업사, 1982, 244-252쪽.

목표는 관료로 진출하여 濟世澤民의 이상을 실현하는 것이었다. 따라서 이들이 현 체제에 저항한다는 것은 개인적으로 그럴만한 문제가 있거나, 혹은 사회 전반에 그들이 저항할 수밖에 없는 체제적 문제가 있었음을 뜻한다. 그것이 무엇이든 조선시대 방외인은 체제 안에서 주어진 위치를 받아들이지 못해 반발하였으며, 이념적으로 異端을 택하였으며, 신분상으로도 결함이 있어 사회적 진출을 꿈꿀 수도 없는 처지였다. 결국 스스로를 제도권 밖으로 이탈시켜 버린 부류, 氣節을 숭상하면서도 사회적·도덕적 규범에 얽매이지 않는 放達不羈의 인간형이 바로 방외인이었다. 그리고 이러한 개념은 본래의 취지를 벗어나지 않은 채 이후에도 대체로 수용되어 왔다. 그리고 이런 논리에 근거하여 방외인으로 분류된 인물로는 金時習·南孝溫·鄭希良·魚無迹·洪裕孫·白光勳·崔慶昌·李達·許筠·林悌·權韠 등을 들 수 있다.

이후 이러한 논리와 軸을 같이 하면서도 나아가 방외인에 대한 개념을 좀 더 구체적으로 한정시키는 주장들이 제기되었다.

> 方外人的文人이란 16세기를 전후하여 봉건지배체제나 유교이념과 규범으로부터 일탈해 가거나 또는 그에 대해 일정하게 반발을 보이는 士大夫的文人들을 통칭하는 말이다.[2]

위 논의에 의거하면 사화기의 정치적 수난과 소외, 집권층의 불의

---

2 정학성, 「조선전기의 비판적 문학」, 『민족문학사 강좌(상)』, 창작과비평사, 1995, 137-139쪽.

에 대한 불만, 서얼이라는 신분적 不遇 등이 체제에 대한 반발과 일탈의 원인이 되었으며, 그로 인해 그들의 성향 역시 道·仙·方術 및 체제에 대한 저항으로 나타났음을 알 수 있다. 그러나 정학성은 이 모두가 사대부사회 또는 봉건체제가 지닌 모순의 소산이며, 나아가 '방외인·방외인적문인'이라는 어휘가 非儒家·脫儒家로써 佛家나 道家 등에 붙여야 제격인 '방외인'을 사대부 혹은 유가적 의식 형태의 한 범주와 성격을 한정하는 어휘로 사용하고 있으므로, 방외인의 역사적 범주를 최소한 '朝鮮前期 士大夫文學'으로 한정시켜야 한다고 주장하였다. 이는 방외인에 대한 초기의 개념에 구체적인 역사상황을 적용시켜 도출해 낸 것으로, 한층 진보된 견해라 할 수 있다.

　이 외에도 '방외'의 개념을 조선시대가 아니라 역대 고전문헌 속에서 그 정의를 찾아 밝힌 윤주필의 연구성과가 도출되었다.[3] 논자는 방외인문학이 한국한문학사에서 제기된 어휘이기는 하나, 그 원형이될 만한 인물형을 유가와 도가의 기초 경전인 『論語』·『孟子』·『莊子』에서 찾아, 방외인·방외인문학에 대한 개념을 정의하려 애썼다. 그리하여 『논어』의 野人類, 『맹자』의 君子·聖人類, 『장자』의 眞人·至人類의 인물까지도 모두 '방외인' 유형으로 규정하고 있다.

　그러나 유가와 도가의 인물들을 같은 유형으로 묶어 동일선상에서 논의하는 것 자체가 우선 지나친 설정으로 보이며, 또 이들은 한국한문학사에서 제기된 그 '방외인'과는 다른 차원에서 논의해야 필요가 있다. 왜냐하면 경전 속 이들은 '방외', 곧 현실권 밖에서 삶을 영위했

3　윤주필, 「方外人文學의 전통(Ⅰ)」, 『한국한문학연구』 17집, 한국한문학회, 1994, 259-91쪽.

다는 것뿐인데 모두 방외인으로 분류하여 그 원류를 이들에게서 찾는다면 방외인에 대한 연구 자체가 너무 방만해지고 또 본래적 의미를 상실하기 때문이다.

윤주필은 이에서 나아가 史書의 列傳에 실린 異名同型의 인물을 '방외인 취향'으로 유형화하기도 했다.[4] 예컨대 儒家와 道家의 경전뿐만 아니라 그 후대의 여러 전적에서 동일 성향을 보이는 인물을 찾아 그 연속성을 밝히려고 하였다. 그리하여 각 시대의 正史인 26史에 쓰인 隱士·隱逸·逸士·逸民·高逸·隱者·處士·高士·道士 등 서로 다른 명칭들이 모두 '방외인'을 대체할 어휘로 사용되었으며, 사상에 있어서는 유가든 도가든 엄격히 분변하지 않고 撰者의 관점에 따라 분류되어 왔다고 주장하였다. 그러나 이들을 한국한문학사에서 제기된 조선시대 방외인과 동일한 성향으로 분류하는 것은 또한 지나친 논리의 확대라고 판단된다.

그 외에 방외가 기존의 체제를 부정하는 저항세력을 나타내는 어휘가 아니라 麗末鮮初의 도가나 불가, 특히 불가에 집중·통용되던 어휘라는 주장[5]도 제기되었다. 황위주는 고려·조선시대 학자들의 문집 속 기록을 근거로 하여, '방외인문학'이란 여말선초 儒·佛 교체기에 현실권의 핵심부에서 밀려나게 된 잔존 道家者類와 佛家者類의 문학을 근간으로 파악해야 하며, 이것이 '방외'라는 어휘의 當代的 쓰임에

---

4 윤주필, 「26史에 나타난 방외인전의 전개 양상(1)」, 『중국어문학논집』 11집, 중국 어문학연구회, 1999, 327-349쪽.

5 황위주, 「方外人文學의 槪念과 性格」, 『국어교육연구』 18집, 국어교육학회, 1986, 109-125쪽.

적합할 뿐만 아니라 새로운 어휘 혼란을 피할 수 있는 방법이라고 주
장하였다. 이는 '방외'라는 어휘가 지닌 문자적 의미에서 보자면 타당
성이 있을 듯하다. 그러나 한문학사에서 문학 주체는 엄연히 조선조
사대부인데, 이를 감안한다면 문학용어로 성립될 수 있는지에 대해서
는 재고의 소지가 다분히 있다.

　근년의 연구 성과는 안동준에 의해 이루어졌다.[6] 이는 사대부문학
의 범주에서 방외인문학을 다루는 기존의 시각과, 유가와 도가를 포
함하는 개념이면서 그 외연을 고려 말에서 조선후기까지 적용시키려
는 시각을 제시하였다. 그러나 이 또한 고려 말기에서부터 조선후기
까지 사대부 계층의 역동적 변모 양상을 도외시한 정태적 관점의 접
근이라 생각되며, 그 개념의 무리한 적용에서 문학사의 실상을 왜곡
시킬 소지가 있음을 간과해서는 안 될 것이다.

　여하튼 이러한 보편적 의미로 방외인의 개념을 정의할 경우 그 개
념이 갖는 시대적 유효성은 없어져 버린다. 결국 '방외인'이란 어느
시대에나 있을 수 있는 인간 유형이며, 방외인문학 또한 어느 시대에
나 있을 수 있는 문학적 경향이며, 때문에 문학사의 일정한 시기와
관련되어 나타난 개별적 성격이 간과되고 문학사의 흐름 속에 정리되
어야 할 특수한 변화 양상도 의미 없는 것이 될 우려가 있다.

　논자의 생각으로는 우리 한문학사에 등장한 '방외인'이란 사대부사
회가 확립되고 그 속에서 出處進退의 논리가 士人의 중요한 문제로
부각되면서 이들의 退處가 빛을 발하는 조선시대, 그것도 前期로 한

6　안동준, 「방외인문학의 재인식」, 『고전문학연구』 29집, 한국고전문학회, 2006,
　　13-46쪽.

정하여 살피는 것이 옳을 듯하다. 또한 단순히 방외에서 살고 돌출행
위를 한다는 것만으로 그들을 방외인으로 규정하는 것이 아니라, 유
교가 아닌 불가나 도가의 異學을 뚜렷한 학문적 근간으로 삼고 있으
며, 문학작품을 통해 현실에 대한 자신의 불만과 저항을 적극적으로
표출하여 승화시키고 있음을 중요한 조건으로 들 수 있다.

그렇다면 16세기 유일에게서는 이러한 방외인적 성향들이 나타나
고 있는가. 그리고 어떤 형상으로 드러나고 있는가.

2. 유일의 방외인적 성향에 대한 고찰

위의 논의에 주안하여 방외인적 성향을 살펴본다면 15-16세기, 특
히 士禍期는 방외인적 성향의 인물이 대거 양산될 조건을 갖추고 있
었다. 훈구세력과의 대립에서 실패하고 체제에서 물러난 士林의 행
보에서 그 가능성이 짙게 나타난다. 출사하여 濟世澤民해야 할 士人
이 그럴 수 없는 현실의 불만을 표출한 돌출행동이나 작품에서 방외
인적 성향과의 유사성이 두드러지게 나타난다.

게다가 이 시기는 朱子性理學의 완전한 이해를 통해 조선의 성리
학으로 확립되는 과정에 있었으므로 성리학 자체 내에서도 학문적 다
양성과 개방성이 내재해 있었다. 불교와 老莊은 물론 陽明學 등의
여러 사상이 異端으로 지목·배척되기는 했지만, 그렇다고 고착적이
거나 극단적 분위기로 몰고 가지는 않았다. 따라서 당시 물러나 있던
유일을 중심으로 성리학과는 또 다른 다양한 학문이 형성되고 그 맥
이 유지될 수 있었다. 16세기는 주자성리학으로 고착되기 직전의 학

문적 博學性이 극대화된 시기이고, 때문에 이들의 학문적 사상적 성향에는 여러 多岐性이 복합적으로 내재할 수 있었던 것과도 깊은 관련이 있다.

관건은 본고의 논제인물인 유일의 학문적 성향 및 행위에서 드러나는 박학성이 과연 앞에서 제시한 방외인의 조건과 동일한 요소인가 하는 점이다. 이들 중 방외인적 성향을 지닌 것으로 특히 지목되어 온 인물은 徐敬德·成運·曺植·成悌元 등이다. 선행연구에서는 서경덕·조식을 위주로 다루었고, 그것도 작품 속의 老莊文字를 중심으로 논의되었다. 성운은 이들 두 사람의 知人으로 언급되는 정도였으며, 성제원에 대해서는 거의 연구가 이루어지지 않았다. 그러므로 이들 각각의 어떤 측면이 방외인적 성향으로 회자되었는지를 그들의 기질·돌출행위·작품 및 당시의 평가 등을 통해 살펴보도록 한다.

1) 徐敬德의 경우

그는 기질이나 행위 측면보다는 학문성향과 그의 문인들에 의해 더욱 주목을 받았다. 특히 철저한 사색과 自得을 통해 氣를 중심으로 만물의 이치를 체득하는 독특한 철학세계를 구축하고, 士人으로서 일생 출사하지 않고 세상사를 벗어난 철학적 사고에만 전념하였다. 게다가 理를 중심으로 하는 程朱性理學이 아닌, 氣를 사고의 핵심으로 삼는 張載·邵雍 철학의 영향을 받았으니,[7] 실은 이것이야말로 방

---

7 徐敬德, 『花潭集』권1, 「遺事」. "花潭講學 專以周邵爲宗 詩亦效法擊壤"; 上同. "敬德之學出於橫渠"; 上同. "其論理 多主橫渠之說 微與程朱不同 而自得之樂 非

외인적 성향으로 비판받는 가장 큰 이유라고 할 수 있었다.

물론 작품 속에 老莊의 문자가 전연 없는 것도 아니어서, 『老子』의 문구[8]나 太一[9] 등 도가의 어휘를 빌어다 쓰기도 하였다. 예컨대 「讀參同契 戲贈葆眞庵趙景陽」은 『참동계』를 읽고 趙昱에게 보낸 시[10]로, 작품 속의 '鉛汞・聖胎・砂鼎・洞天・玉都・眞一子' 등은 모두 道家類의 어휘이다. 그의 학문적 관심이 道家書로까지 넓혀져 있었던 것이다. 이는 조식의 경우도 예외가 아니었다. 그도 『참동계』를 즐겨 읽었으며,[11] 그의 학문과 사상의 정체라 할 수 있는 「神明舍圖」와 「神明舍銘」도 『참동계』의 영향을 받아 지어졌다.[12]

그러나 이처럼 자득과 氣 중심의 학문은 理를 중심으로 주자성리학을 정착시켜 나가던 李滉에 의해 비난의 대상이 되었다.

나는 어리석고 소견이 꽉 막혀 성현을 독실하게 믿고 본분에 의거해

人所可測也"；上同. "李珥曰 此工夫固非學者所當法 敬德之學 出於橫渠"；上同. "徐花潭奮起寒微 高節終始 理數之學 追踵康節 靜菴以後 無出其右"

8 徐敬德, 『花潭集』 권1, 「謝金相國惠扇二首」. "風者氣也 氣之撲塞兩間 如水彌漫 谿谷 無有空闕 到那風靜澹然之頃 特未見其聚散之形爾 氣何嘗離空得 老子所謂 虛而不屈 動而愈出者此也"

9 上同, 「天機」. "壁上糊馬圖 三年下董幃 遡觀混沌始 二五誰發揮 惟應酬酢處 洞然見天機 太一斡動靜 萬化隨璇璣 吹噓陰陽槖 闔闢乾坤扉 日月互來往 風雨交陰暉 剛柔蔚相盪 游氣吹紛霏"

10 上同. "吾身鉛汞藥之材 水火調停結聖胎 混沌前頭接玄母 希夷裏面得嬰孩 三三砂鼎慇懃轉 六六洞天次第開 余是玉都眞一子 無人知道是回回"

11 曹植, 『南冥集』 권4, 「行狀」. "頗喜看參同契 以爲極有好處 有補於爲學"

12 崔錫起, 「南冥의 '神明舍圖'・'神明舍銘'에 대하여」, 『南冥學硏究』 4집, 경상대 남명학연구소, 1994, 155-175쪽.

말을 펼 뿐이니, 花潭의 '奇乎奇 妙乎妙'한 곳을 엿볼 수 없다. 그러나 일찍이 시험 삼아 화담의 설로써 여러 성현의 설을 헤아려 보건대 하나도 부합되는 것이 없었다. 생각건대 화담은 평생 이 일에 힘을 기울이며 스스로 '깊이 極妙를 궁구했다'고 하였으나 끝내 '理'字를 터득하는 데 투철하지 못하였다. 그러므로 사력을 다하여 '奇'니 '妙'니 했지만 거칠고 얕은 形器 일변으로 떨어짐을 면치 못했으니, 애석하다.[13]

이황은 주자성리학을 통해 사회규범을 정립하고자 했던 인물로, 서경덕의 氣論을 받아들이기는 어려웠을 것이다. 또한 서경덕이 신분 여하를 막론하고 문인을 받아들여 자신의 설을 전수하고, 그리하여 그들의 힘이 확산되는 것에 우려하지 않을 수 없었을 것이다. 실제 이황의 이러한 비평은 당시 서경덕의 학설 또한 그만큼의 영역을 확보하고 있다는 방증이기도 하다.

서경덕을 방외의 인물로 지목하는 데는 무엇보다 문인의 영향이 크다. 그의 문인 가운데 李之菡·朴枝華(1513-1592)·徐起(1523-1591) 등은 梅月堂 金時習(1435-1493) 등에게서 나타나는 방외인적 성향을 다분히 지녔다고 할 수 있다. 이들은 성리학적 성향을 견지하면서도 돌출된 행동을 일삼았다. 얽매임을 싫어하여 한 곳에 정착하지 못하고 산천을 두루 유람하였으며, 추위나 굶주림에도 연연해하지 않았다.[14] 儒·佛·道敎는 물론 氣數·天文·地理·醫學·卜筮 등에 두

---

13 李滉, 『退溪集』 권41, 「非理氣爲一物辯證」. "滉愚陋滯見 但知篤信聖賢 依本分平鋪說話 不能覰到花潭奇乎奇妙乎妙處 然嘗試以花潭說 揆諸聖賢說 無一符合處 每謂花潭一生用力於此事 自謂窮深極妙 而終見得理字不透 所以雖拚死力談奇說妙 未免落在形器粗淺一邊了 爲可惜也"

루 능통했으나, 한미한 집안의 서출이나 천민 출신인지라 벼슬에 나아갈 수 없었다. 때문에 자신의 불만을 다양한 방법으로 표출하여, 솔잎을 먹고 穀氣를 끊는 등 기이한 행동을 일삼았다.[15] 이 외 양명학을 전수한 南彦經과 李瑤 등 다양한 부류의 그의 문하생들도 서경덕을 正道에서 비껴 난 방외인물로 인식하는데 적잖은 영향을 끼쳤다.

2) 曺植의 경우

조식을 방외인물로 치부하는 가장 큰 요인은 대개 老莊思想의 수용임을 지적한 바 있다. 일반적으로 그의 號나 卜居地의 명칭 등을 그 증거로 제시한다. 예컨대 南冥이란 호는 『莊子』에서, 학업장소였던 雷龍亭은 『老子』에서 그 이름을 따왔다는 정도이다. 작품으로는 「神明舍圖」와 「神明舍銘」이 자주 거론되었다. 작품 속 '神明舍·太一眞君·尸而淵·厮殺' 등의 어휘는 대체로 『참동계』·『莊子』·『陰

---

14 李珥, 『栗谷全書』, 「經筵日記」. "牙山縣監李之菡卒 之菡自少寡慾 於物無各滯 稟氣異常 能忍寒暑飢渴 或冬日赤身坐烈風中 或十日絶飮食不病……之菡曰 豈必名利聲色爲欲乎 心之所向 非天理則皆人欲也 吾喜自放 而不能束以繩墨 豈非物欲乎"; 徐起, 『孤靑遺稿』, 「行狀」. "又從土亭周遊四方 扁舟入耽羅 登漢挐之山 臨白鹿之潭 望南極而還 念鄕俗鄙惡 欲行呂氏鄕約 知里中惡少終不可化 攜家入智異山紅雲洞山之最高深處 縛屋力墾 篤學不輟 糧絶則煮山梨以充飢 不以爲憂"

15 朴枝華, 『守庵遺稿』附錄, 「遺事」. "學官朴枝華 號守庵 字君實 旌善人 自少遊名山 餐松絶粒……儒道釋三學 着功俱深 於禮書最精博 其文章 詩與文高絶 嘗製駙馬光川尉挽云云"; 徐起, 『孤淸遺稿』附錄, 「墓碣銘」. "隱君子徐公諱起 字待可 號孤靑樵老 本貫利川 徙于洪之上田里 累世寒族……挈妻子 入于智異山紅雲洞 洞在山之最深處 前有白雲嶺 絶逕造天 登陟必盡日方至 人跡所罕到"

符經』 등에 근거하였다. 이에 대해서는 선행연구에서 충분히 밝히고
있으므로[16] 再論을 피한다. 그러나 무엇보다 그의 노장 성향이 짙게
드러나는 「寒暄堂畵屛跋」은 유심히 살펴볼 필요가 있다.

> 잘 갈무리하는 사람은 하늘에 갈무리한다. 그 하늘의 실상은 太虛이
> 다. 공허하여 여러 功用을 간직하고 있기 때문에 그 갈무리는 굳이 갈
> 무리하지 않아도 사물이 달아나는 바가 없으며, 사람들이 아무도 그것
> 을 다투지 않는다. 크게는 천하와 같은 것에서부터 작게는 티끌과 같은
> 것에 이르기까지 힘으로 끌어당기려 해도 도리어 잃게 되고, 지혜로써
> 가두어 두려 해도 잃게 된다. 반드시 사물은 각기 사물에게 맡겨 자연
> 에 갈무리 되도록 한 후 하늘에 책임을 맡겨야 한다.[17]

이는 甲子士禍 이후 없어졌던 寒暄堂 金宏弼(1454-1504)의 병풍이
100여 년이 지난 후 우연히 후손의 수중으로 들어오게 된 경위를 적은
글이다. 조식은 이처럼 병풍이 후손에게 들어오게 된 것은 자연의 섭
리이며 하늘의 이치라고 말한다. 太虛나 無藏 등과 같은 노장문자를

---

16 최석기, 「南冥의 '神明舍圖'·'神明舍銘'에 대하여」, 『남명학연구』 4집, 경상대 남
   명학연구소, 1994, 155-175쪽 : 이상필, 『남명학파의 형성과 전개』, 와우출판사,
   2005, 53-60쪽. 이 외에도 여러 연구 성과가 나와 있으며, 대체로 「신명사도」·「신
   명사명」의 상세한 주석 및 설명을 통해 노장성향과의 관련성을 밝히고 있다. 그러
   나 이러한 연구들은 조식이 노장문자를 사용하고 있으나 이는 어디까지나 그의 性
   理思想을 피력하기 위한 수단이었다는 것이 공통된 주장이다.
17 曺植, 『南冥集』 권2, 「寒暄堂畵屛跋」. "善藏者 藏於天 太虛者 天之實也 虛而藏
   用 故其藏也無藏 物無所逃 而人莫與爭 大而天下 小而一介 以力控之則喪 以智
   籠之則失 必也物各付物 藏之於自然而後 責付於天矣"

사용해서라기보다, 전체 내용에서 無爲自然의 노장사상이 짙게 배여
있다. 「신명사도」・「신명사명」이 道家類의 어휘를 사용해 노장성향
을 드러내기는 했으나 전체 내용면에서 儒家者類의 성향이 강한 반
면, 이 작품은 노장문자의 사용이 극히 적으면서도 작품 전체의 분위
기가 노장적 성향을 띠고 있다. 어떤 경우이든 조식이 현실을 외면하
지 못하는 대표적 퇴처형 인물이었음에도, 그 역시 노장사상에 관심
을 기울이는 親道家的 성향의 소유자였음을 부인할 수 없다.

서경덕과 마찬가지로 조식의 이러한 노장성향 또한 이황 등에 의해
심한 질타를 받았다.

① 남명은 비록 理學으로 자부하지만 단지 기이한 선비일 뿐이다.
그의 이론이나 식견은 항상 신기한 것을 숭상해서 세상을 놀라게 하는
논의에 힘쓰니, 어찌 진정 도리를 아는 사람이라 하겠는가?[18]
② 남명은 南華의 학설을 주창하였다.[19]
③ 남명이 본 바는 실로 莊周와 같다.[20]

이황의 이러한 비판은 이후 조식과 그 학파의 성향을 규정짓는 것
으로 일관하였다. 기실 조식 당대에 일었던 그에 대한 비판은 바로
이황에게서 시작되었으며, 또한 이황이 가장 극심했다고 할 수 있다.

---

18 李滉, 『退溪先生言行錄』, 「論人物」. "先生語人曰 南冥雖以理學自負 然直是奇士
其議論識見 每以神奇爲高 務爲驚世之論 是豈眞之道理者哉"

19 『退溪先生言行錄』, 「崇正學」. "凡世無切己根本上做工夫底人 却有南冥唱南華之
學 蘇齋守象山之見 甚可懼也"

20 上同. "先生嘗曰 南冥所見實與莊周一串"

그의 비판은 대체로 '老莊에 물들었다'와 '학문이 깊지 않다'는 것으로 압축된다. 조식이 후대까지 노장은 물론 陽明學·道家修鍊에 물든 인물로 비판을 받게 된 것은, 이황이 조식과 그의 知友였던 成運을 아울러 '노장의 무리'로 지목한 것에서 비롯되었다.[21] 이후 후세 학자들은 조금의 의심 없이 그들을 '노장의 무리'로 단정했으며, 지금까지도 그렇게 인식하고 있는 실정이다.

조식의 노장성향은 그의 문인에게서도 여실히 드러났다. 高弟이면서 광해군대에 大北政權을 주도했던 來庵 鄭仁弘(1535-1623)은 성리학 외에 양명학과 도가수련법에 심취했으며,[22] 忘憂堂 郭再祐(1552-1617)는 임진왜란 이후 만년에 神仙術을 배우기도 하였다. 특히 곽재우는 현존하는 시들이 대부분 만년에 지어진 것인데, 그의 시에는 '塵事·塵紛·塵慮·塵間' 등과 같이 속세를 얽어매는 詩語와, 이에서 벗어나 잊고자 하는 마음을 표현한 '忘憂·出塵·絶塵' 등, 그리고 '絶粒·金丹·仙·絶火·長生·煉藥·鉛汞' 등 신선술과 관련한 시어들이 많이 등장한다.[23] 『練藜室記述』 郭再祐 條에 의하면 "신선 되

---

21 李滉, 『退溪集』권19, 「與黃仲擧」. "成健叔淸隱之致 令人起敬 可惜時人不甚知其高耳 然知不知 何關於隱者事 惟公屢過其門 所得想多也 其所論曹楗仲之爲人 亦正中其實矣 其於義理未透 此等人多是老莊爲崇 用工於吾學 例不深邃 何怪其未透耶 要當取所長耳" 이황이 조식을 老莊之類로 지목한 기록은 이 외에도 많이 있다.

22 『光海君日記』3년 3월 26일 丙寅. "植之學 以講論義理爲大忌 此朱子所以攻陸氏者也 論經以心息 相依爲要 此出於道家修鍊法 吾儒未嘗有此工程也 仁弘倡爲異論 肆然無忌 以誤萬世學者 其惑世誣民之罪 不當在楊墨下矣"

23 崔錫起, 「忘憂堂 郭再祐의 節義活動」, 『南冥學研究』6집, 경상대학교 남명학연구소, 1996, 134-136쪽.

는 술법을 배워 산중에 들어가 곡기를 끊었는데, 어떤 때는 한 해를 넘기도록 먹지 않아도 몸이 가볍고 건강하였다. 오직 날마다 조그맣게 뭉친 송화가루 한 조각을 먹을 뿐이었다.……또 특별한 공로를 이루었으므로 조정에서 은밀히 내시를 파견해 巡檢한다 칭탁하고 그의 집에 들어가 그의 동정을 살피니, 곽재우가 의심스럽게 생각하였다. 또 金德齡(1567-1596)의 죽음을 보고 나아갈 수 없는 때임을 알고는 마침내 신선이 되는 도를 배워 道家에 종적을 의탁하였다."라고 기록하고 있다.

또한 浮査 成汝信(1546-1632)은 만년에 仙境으로의 유람을 즐겨 仙遊詩를 많이 남겼다. 71세 때(1616) 雙磎寺·佛日庵 등 지리산 속 이상향으로 알려진 靑鶴洞 일대를 유람하고 「方丈山仙遊日記」를 지었다. 이 유람에서 그는 동행한 이들을 八仙이라 칭하였다. 예컨대 자신을 浮査少仙이라 하고, 鄭大淳을 玉峯醉仙, 姜敏孝를 鳳臺飛仙, 李重訓을 洞庭謫仙, 朴敏을 凌虛步仙, 文弘運을 梅村浪仙이라 하고, 자기의 큰아들 成鑮은 竹林酒仙, 넷째 아들 成鐔은 赤壁詩仙이라 일컬었다. 그는 청학동을 찾는 자신들의 유람을 '仙遊'로 인식하였던 것이다. 그 외에도 본디 자신은 방외의 사람이 아닌데도 신선술을 배우고 싶다고 自嘲하는 글[24] 등에서 그의 방외인적 성향을 엿볼 수 있다.

그러나 서경덕의 경우 문인의 돌출행위가 오히려 그에게 영향을 끼쳤던 반면, 조식은 그의 영향이 문인에게 전수된 것으로 보인다.

---

24 「方丈山仙遊日記」에는 15일 간의 유람 기간 중 지은 여러 편의 시가 실려 있는데, 이는 셋째 날 지은 것이다. "我是寰中人 初非物外人 秋風動高興 將作學仙人"

이들 문인은 조식의 학문적 사상적 성향을 제대로 전수받은 인물로, 그들에게서 나타나는 삶의 형태가 스승의 그것과 비등하였다. 예컨대 조식의 실천사상을 엿볼 수 있는 단적인 사례가 바로 그가 평소 차고 다니던 敬義劍인데 만년에 이를 정인홍에게 주었으며, 정인홍은 이를 턱 밑에 대고 수련을 하였다고 한다. 이후 나타나는 정인홍의 勁節하고 方峻한 성향은 모두 스승의 영향으로 보인다. 곽재우는 金宇顒 (1540-1603)과 함께 조식의 外孫壻가 되었는데, 임진왜란 때 의병장으로서의 역할이나 광해군대에 그가 보여준 節義 등에서 이를 확인할 수 있다. 성여신은 학문적 핵심이 敬義라고 평가될 만큼 스승의 학문을 그대로 계승하였으며, 己丑獄死나 영창대군 처리 문제로 드러난 동문들의 慘禍와 결별 등으로 철저히 은거의 삶을 실행하였다. 이러한 성향들은 스승인 조식의 그것과 너무나 닮아 있다.

특히 곽재우와 성여신의 철저한 은일적 삶은 스승의 그것보다 훨씬 절박하고 처절한 것으로 나타난다. 이는 그들이 살았던 16세기 후반과 17세기 초반의 조선사회가 임란 이후의 복잡다단한 정치현황과 관련하여 스승의 시대와는 다른 양상으로 전개되었기 때문으로 보인다. 이들 사이에는 士禍期와 非士禍期, 壬亂 前後라는 비교될 수 없는 절대적 가치기준이 가로놓여 있다. 그럼에도 불구하고 16세기 말과 17세기 초반에는 전란 중의 의병활동 성과를 중심으로 대북정권을 수립한 조식의 문인이 정치핵심으로 부상하지만, 이를 전후한 시기에 현실적 마찰 및 문인간의 갈등 등은 동문이면서도 山林으로 물러나 더욱 철저하게 은거하는 부류를 낳게 되었던 것이다.

3) 成運의 경우

그는 여느 유일에 비해 보다 철저한 은일을 추구했던 인물이다. 앞의 논리로 보자면 적극적인 자유지향형의 은자에 속한다고 하겠다. 따라서 자연과 융화된 그의 隱逸自適的 삶은 방외인적 성향과 유사한 측면이 농후하였다.

樊籠에서 벗어나 산림으로 물러나니
세상사 미련일랑 깨끗이 쓸어버렸네.
약 마시고 천천히 솔 그늘을 거닐며
새소리에 글 읽으며 조용히 앉았네.
한밤중 창가엔 鍾山의 달빛 환하고
대낮 책상엔 釜谷의 바람 시원하네.
옳고 그른 시비소리 들려오지 않으니
요새 두 귀가 통 안 들려 기쁘다네.

退身林下脫樊籠
塵事心頭一掃空
下藥緩行松影裏
讀書淸坐鳥聲中
夜窓烱烱鍾山月
午榻泠泠釜谷風
人是人非聞不得
邇來雙耳喜全聾[25]

온 골짝 바람연기는 예스러운데
한적하게 산 지 올해 몇 년쨀가?
심은 솔이 높아서 학이 날아들고
옮겨놓은 돌엔 가는 샘이 흐르네.
무릎을 펴니 좁은 곳도 편안하고
고개를 들어 실컷 하늘을 본다네.
바깥사람이 만약 이 모습을 보면
나를 일러 골짝 속 신선이라 하리.

一壑風烟古
幽棲今幾年
栽松高引鶴
移石細行泉
舒膝寧無地
擡頭剩得天
外人如見此
指我洞中仙[26]

---

25 成運, 『大谷集』 권1, 「幽居遺興」.

위 시에 나타난 성운은 현실을 벗어나 자연 속에 완전히 동화된 모습이다. 老子나 莊子가 추구했던 절대적 자유를 연상케 한다. 물러나 있지만 현실을 벗어나지 못하는 사대부사회의 士人의 모습은 찾아볼 수 없고, 되레 온전히 세상을 벗어난 은둔자를 보고 있는 듯하다. 방외인이 현실에 대한 불만을 과격한 행위와 작품으로 표출시켰다면, 성운은 자신을 드러내지 않으려 했고 도리어 알려지게 될까 두려워하였다. 이처럼 성운의 고고한 은자적 삶은 의혹과 논란을 불러일으킬 소지가 충분하였다. 더구나 그가 만년에 지은 다음 작품은 그러한 의혹과 논란을 더욱 증폭시켰다.

풀을 엮어 사람의 형태로 만든 것을 세속에서는 '허수아비'라고 부른다. 여러 해 전부터 나는 귀가 멀어 사람소리를 듣지 못하고 마음이 혼미하여 人事를 알지 못하니, 한갓 형체만 갖추고 있을 뿐 마치 허수아비와 같았다. 그러므로 '虛父'라 自號하고 이에 贊을 지었다. 그 찬은 다음과 같다.[27]

내 살갗은 볏짚이요 근육은 새끼줄이라	肌以藁筋以索
사람모습을 하고서 우두커니 서 있으나	人其形塊然立
마음속은 없고 배속도 텅 비어 있다네	心則亡虛其腹
천지에 있으면서 보도 듣지도 못하니	中天地絶聞覩
무지렁한 이내 몸은 누구에게 성내랴?	處無知誰與怒

---

26 上同,「大谷書事」.

27 『大谷集』卷中,「虛父贊」. "縛草爲人形者 俗謂之虛父 僕年來 耳聾不聞人聲 心昏不知人事 徒有形骸外完 正似虛父 故以虛父自號 因而爲贊 贊曰"

나이가 들어 눈이 멀고 귀가 먹어 마음마저 혼미해진 자신의 모습을 허수아비에 비유하여, 허수아비의 絶聞覩·處無知·誰與怒한 처세술을 통해 세태를 풍자한 글이다. 허수아비의 이러한 처세술은 노장사상에서 제시하는 無爲自然의 가장 전형적인 방법으로, 이에서 성운의 노장적 성향이 드러난다고 하겠다.

성운의 노장적 성향을 엿볼 수 있는 작품으로는 「醉鄕記」가 있다. '醉鄕'은 작자가 설정한 취중의 세계이다. 성운은 먼저 자신이 사는 시대를 末世로 규정하고 취향에 모여드는 부류를 소개한다.

몸은 편안히 거처하고 마음은 즐거움을 얻어 종신토록 옮기려 하지 않는 자들은 모두 末世의 不遇한 사람들이다. 이 때문에 재주와 덕을 지니면서도 어려운 때를 만나 큰일을 할 수 없는 자들이 이곳에 거처하고, 아름다운 뜻과 행동을 지녔지만 세상에서 알아주는 사람이 없어 풀숲에 잠적하는 사람도 이곳에 살며, 세상 사람에게 울분을 가져 마음대로 행동하며 物外에 隱居하는 자도 이곳에 산다.……무기가 나를 위협하여 이사를 가게 할 수 없고, 爵祿이 나를 유혹하여 옮겨가게 할 수 없다. 맹세컨대 앞으로 여기서 서고 앉고 늙고 죽을 것이니, 죽을 때까지 알려지는 것이 없더라도 나는 후회하지 않으리라.[28]

---

28 上同, 「醉鄕記」. "身安居 心得樂 終身而不欲遷者 皆衰世不遇之人也 是故 懷才抱德 遭時之多艱 不得有爲者居之 瓊意琦行 世莫我知而藏跡草萊者居之 憤世玩人 肆志放意而高蹈物外者居之……余亦不遇者徒也 常懷裹足之志 回瞻四方 無可以騁 含恨而留 頭已白矣 幸及今日 獲履樂土 爲逃世逸民 豈非天所餉耶 刁鉅不能懼我而徙也 爵祿不能誘我而遷也 誓將立於斯坐於斯老於斯死於斯 沒世而無聞 吾無悔焉"

'취향'은 현실과 화합할 수 없어 겉도는 불우한 지식인들이 모이는 곳이다. 취향에 오래 머물게 되면 그곳의 薰氣와 和氣로 인해 근심스런 생각이 없어져 보지도 듣지도 못하는 妙의 경지에 들고, 깨달음도 앎도 없는 天의 경지를 터득하여 得喪도 禍福도 없는 無物의 처음 상태를 초월하여 노닐게 된다.[29] 그러므로 '취향'은 성운 자신과 같이 자질을 갖추었으면서도 현실에서 그 이상을 펴보지도 못하는 이들의 이상세계이다. 때문에 성운은 죽을 때까지 세상에 알려지는 일이 없더라도 전연 후회하지 않는다고 하였던 것이다.

그러나 결국 아침을 알리는 종소리에 깨어 보니 창 밑에서 졸고 있었다고 하여 夢遊의 형식으로 끝맺고 있다. 대개 세상과 대응하는 작가의 내면에 잠재한 이상세계는 주로 醉・夢의 형식으로 설정한다. 특히 난세의 지식인들은 현실에서 느끼는 갈등을 해소하기 위해 일반적인 틀에서 벗어난 여러 가지 형식을 모색하게 되는데, 醉・夢은 가장 널리 통용되는 방법이었다.[30] 취향은 陶淵明의 武陵과 함께 난세의 지식인이 현실에서 벗어나기 위한 방편으로 자주 설정하는 경우이다. 「취향기」에서 보이는 夢遊錄의 형식은 方外人文學의 근저로 보기도 하는데,[31] 이 또한 「虛父贊」과 마찬가지로 노장적 성향이 짙게

---

29 上同. "余之始至也 怳然以惑 若驚若狂 長笑大言 不知自定 若不可以安也 及其久也 腸融胃和 性情浩浩 有愉愉怡怡之心 無嗟嗟慽慽之懷 縱形骸於薰和之裏 泯思慮於沈溟之中 聾聰塞明 漸入於不覩不聞之妙 解心釋智 自得於無覺無知之天 齊得喪而兩忘 混禍福而都捐 渾渾沌沌 超遊於無物之始"

30 강정화, 『大谷 成運 硏究』, 경상대학교 석사학위논문, 1994, 51-55쪽.

31 윤주필, 『한국의 방외인 문학』, 집문당, 1999, 143-144쪽. 여기서는 「醉鄕記」를 方外人文學의 토양으로 보고 그 영향을 성운의 高弟인 白湖 林悌에게서 찾고 있다.

드러난다고 하겠다. 때문에 성운을 방외인으로 지목하는 이유로 위
두 작품이 지적되곤 하였다.[32]

4) 成悌元의 경우

그는 北宋代 학자 중 도가사상에 열성을 보인 張載나 邵雍의 영향
을 많이 받은 것으로 알려져 있으며,[33] 醫學·卜筮·地理 등을 두루
섭렵하였다. 때문에 당대는 물론 후대까지도 성제원에 대한 평판은
기질상 어느 한 곳에 구속되지 못하는 인물로 표현되곤 하였다.

　① 성제원은 사람됨이 세상 밖에서 방랑하며 세상을 하찮게 보는 마
음이 있었다. 스스로 시와 술과 노래로 흥취를 돋우었고, 가슴속은 曠
達하여 어느 것에도 얽매이지 않았다.[34]
　② 성제원은 큰 재주가 있고 학식도 높았지만 放達함을 좋아하였다.[35]
　③ 성제원은 기개가 있고 큰 지략을 지녔다. 經學에 통달하였으나
과거공부를 일삼지 않았고, 술을 마시며 放蕩하였다. 가끔 광기 어린
행태를 부려 세상 사람들이 '放成'이라 일컬었다.[36]

---

32 李植, 『澤堂集』 권15, 「追錄」. "今觀大谷集 則有虛夫贊醉鄉記 皆方外語也"
33 成悌元, 『東洲集』 卷下, 「諸家記述」. "東洲先生是學康節之學者 而先賢惜其不生
　於中朝則非偏方之小儒矣"
34 『明宗實錄』 8년 5월 6일조. "悌元爲人放浪物外 有睥睨人世之意 自以詩酒酣歌爲
　寓興之物 胸中曠達 一物不能累"
35 『宣祖修正實錄』 12년 5월 1일조. "悌元有大才 學識亦高 而好放達"
36 李植, 『澤堂集』 권15, 「追錄」. "成東洲悌元 倜儻有大略 通明經學 不事科業 而飲
　酒放蕩 時作狂態 世謂之放成"

위 인용문의 '放蕩·放成·放達·曠達' 등의 어휘에서도 알 수 있
듯, 성제원을 상징하는 대표적 어휘는 '放'이다. 이황이 錦溪 黃俊良
(1517-1563)에게 준 편지에서 성제원을 '放成', 성운을 '隱成'으로 표현
한 것[37]으로 보아, 이는 당시 일반적으로 받아들여진 듯하다.

'放'은 '約'의 반대어로, '검속하지 않는다'는 의미이다. 예속의 굴
레에 얽매이기보다 행동과 마음을 풀어놓아 거리낌이 없다는 것이
다. 위의 '曠' 또한 '放'과 같은 의미로, 복잡한 현실에 구속받는 것이
아니라 도리어 자신을 텅 비워놓는 것이다. 때문에 여러 제약으로부
터 자유로울 수 있고, 행동에 거침이 없을 수 있다. 성제원은 아름다
운 자연을 만나면 하루 종일 돌아다녀 사람들이 '有髮僧'이라 불렀으
며,[38] 특히 술을 좋아하여 그를 '酒狂'이라 부르기도 하였다.[39] 이처럼
현실에서 초탈한 듯한 모습은 그가 遺逸로 천거되어 보은현감에 재
직할 적에도 그대로 드러나, 마치 벼슬에 뜻이 없는 듯 보였다.[40] 서
경덕과 성운이 그들의 작품에서 방외인적 성향을 드러낸데 비해, 성
제원의 경우는 이러한 타인의 평가 외에 방외인적 성향이 확인되지
않는다.

---

37 李滉, 『退溪集』 권19, 「答黃仲擧」. "今覩摹寫之工 令人遠興慨想 不知公何修而
   到處作勝遊也 又况携放成而訪隱成 所得當更不淺耶 放成心事 誠不可曉 隱成昔
   於試場中 望見其標逈脫凡俗之表 如今久處林下 必養得尤超異 恨不得造見之也"
38 『明宗實錄』 21년 7월 19일 戊申 成悌元條. "飄然無累 酷眈山水 人謂之有髮僧"
39 李肯翊, 『燃藜室記述』, 明宗朝遺逸, 成悌元條. "天性豪邁 勇往磊落 行之以酒狂
   人莫窺其蘊也"
40 『明宗實錄』 14년 5월 18일조 성제원의 卒記.

3. 小結, 개방성과 박학성

사화기의 유일은 외형적으로 현실에 얽매이거나 안주하는 인물이
아니었기 때문에, 마치 유학의 범주에서 일탈한 인물로 그려지기도
하였다. 그럼에도 불구하고 이들에게서 보이는 방외인적 성향은 방외
인의 그것과는 분명 달랐다. 앞서 밝힌 우리 한문학사에 등장한 방외
인의 조건, 곧 出處의 논리가 儼存하던 조선전기라는 시대적 여건과,
유교가 아닌 이단을 사상적 기저로 삼고 있는가의 관점에서 살펴볼
필요가 있다. 예컨대 대표적 방외인으로 일컬어지는 김시습은 유가적
수양을 받고 현실에 끊임없이 저항했더라도 佛家에 입문하여 승려
생활을 했으며 또한 불교를 그의 사상적 기저로 받아들였던 인물이
다. 그는 분명 方外에서 살았다.

그러나 이들 유일은 현실세계와 자아와의 끊임없는 대결 속에서
고뇌하면서도 결코 그 현실을 벗어나지 않았다. 그들은 어떠한 경우
에도 方內를 벗어나지 않았던 것이다. 예컨대 서경덕의 문집에는 修
身之事가 없고 哲理와 관련한 글들이 많으나, 그도 엄연한 성리학자
이며 백성을 걱정하고 염려하는 處士였다.[41] 조식은 나라 일을 근심하
고 현실에서 고통 받는 백성들로 인해 눈물을 흘리는, 여느 士人보다
도 현실에 강한 애정을 보인 재야사인이었다. 성운 또한 현실을 외면

---

41 「謝金相國惠扇二首」중 두 번째 시는 다음과 같다. "不擇茅齋與廟堂 淸風隨處解
吹長 德和濟物兼玄白 道大從人聽翕張 顧我無能驅暑濕 賴渠還得引秋涼 丈夫要
濯群生熱 當把冷飇播帝鄉" 이 시는 慕齋 金安國이 부채를 보내 온 것에 감사하는
마음을 표현한 것으로, 이 부채로 시원한 바람을 온 나라에 퍼뜨려 백성들의 더위를
씻어주고자 하는 마음을 표현하고 있다.

하지 못하는 처사로서의 면모를 다분히 지니고 있었다. 그들에게 있어 노장적 혹은 방외적 성향은 극히 일부분에 지나지 않았던 것이다. 16세기 사인에게 나타나는 多岐的 현상이라 할 수 있다.

그런데도 이들을 방외인으로 과장되게 표현하는 것은 그들의 문인에게서 방외인적 성향인 현실적 불만과 그로 인한 돌출 행위가 많이 드러났기 때문이었다. 이는 16세기 사림이 훈구세력보다 우위를 점한 두 가지 덕목, 곧 학문적 우위와 철저한 심성수양 중 후자에 대한 자율성 때문이 아니었나 생각된다. 특히 서경덕의 경우가 더욱 그러하였다. 그는 처사로서 학문적으로든 수양적 측면에서든 자신을 제어할 저력을 갖추었던 반면, 문인들은 스승의 영향으로 학문적 이론에 강했으나 수양 면에서는 다소 자유로웠던 것으로 생각된다. 때문에 그들은 스승과 달리 기이한 돌출행위를 일삼았고, 이에서 방외인과 유사한 점들이 드러났다. 뿐만 아니라 후대로 오면서 方士나 術士 등 방외의 인물들이 그들을 동일선상에 놓고 입에 올리게 되었다는 비난[42]은 기실 이들 문인에게서 그 이유를 찾아야 할 것이다.

그러나 앞서도 언급하였듯 16세기 유일에게 보이는 이러한 방외인적 성향은 당시 이들에게서 일관되게 나타나는 개방적 박학적 학문성

---

42 李植, 『澤堂集』 권15, 「追錄」. "徐花潭 奮起寒微 高節終始 理數之學 追踵康節 靜菴以後 無出其右 兩都志學之士 從之者衆 門人成名者亦多 然退溪獨不之取者 爲其近於異學也 今者世俗相傳謂先生有異術 至於仙方秘記 言其蟬蛻不亡 此說 雖怪誕 然花潭平日論議之伎倆 亦必有近似者 故爲方外之士所藉口也……朴枝華 庶人也 博學能文章 亦有理學之名 徐起賤人也 明經授徒 兩人好遊山水 隱於名山 皆花潭門弟之流 而亦頗好怪 故世以朴爲仙去 徐爲有前知之術 聞花潭之風者 大 槩如斯"

향과의 관련성을 간과해서는 안 될 것이다. 물러나 학자로서의 철저한 수양을 쌓았지만, 민생에서 절대 벗어나지 못하는 그들이었다. 그리고 민생의 어려움에 도움이 될 만한 것이라면 성리학이 아닌 그 어떤 것도 수용할 수 있는 융통성과 개방성을 지니고 있었다. 이들은 관직에 얽매이지 않는 退處型 인물이므로 시간적 자율성이 많았고, 명승을 찾아 유람하거나 이를 기회로 서로간의 은거지를 방문하는 등을 통해 친분을 쌓았다. 이러한 교유를 통해 각자 견지하고 있던 학문적 다양성을 공유함으로써 성리학 이외의 노장이나 양명학은 물론 천문·의약·율려 등의 학문에 관심을 보이는 박학성향이 나타났다. 따라서 유일의 방외인적 성향 또한 이러한 흐름에서 일정부분 견지할 수밖에 없었던 것으로 이해된다. 그들의 학문적 사상적 기저는 분명 性理學이었다.

제7장
연구사적 의의

　지금까지 조선조 16세기에 두각을 드러내었던 遺逸과 그들의 문학인 遺逸文學에 대해 살펴보았다. 『遺逸文學의 이해』는 조선시대 사대부문학의 범주를 '官僚·處士·方外人'으로 분류한 기왕의 연구구도를 심화시켜, 시대 흐름에 따라 변화하는 조선조 문인들의 문학적 성향을 보다 다양한 시각에서 접근해 보았다. 조선전기는 다양한 역사적 변화양상을 보여 왔고, 이에 따라 당대 문인들도 학문적 사상적 문학적으로 서로 다른 성향들을 표출하였다. 그 과정에서 심화·발전되어 계승된 것도 있고, 소멸된 것도 있으며, 반대로 새로운 것들이 생겨나 기존의 것들과 공존하기도 하였다. 외관상으로는 유가적 가치이념 속에서 엄격하고 정제된 듯 보이나, 후기에 비해 상대적으로 탄력성과 자율성이 허용된 시기였다고 할 수 있다. 그러한 변천 과정에서 축적된 다양한 성향들은 16세기에 이르러 정점을 이루었다. 16세기는 이후 朱子學 일변도로 획일화되기 직전 다양한 사상들이 亂立하면서도 심화된 절정의 시기였던 것이다. 그 한가운데에 이들 유일이 있었다.

　이제까지의 논의를 정리하고, 한문학사에서 유일문학이 지니는 연구사적 의의를 살펴보기로 한다. 먼저 제2장에서는 유일의 개념과 용례, 역사적 형성 배경, 그리고 조선조 유일천거의 의의 등을 살폈다. 16세기 유일은 조선조 사대부사회의 시대적 산물로, 사화기를 겪으면서 士人의 퇴처성향이 만들어낸 결과였다. 그들의 퇴처성향과 그로 인한 현실대응 양상을 살피기 위해 우리나라에서 퇴처성향이 전개된 과정을 살펴보았다.

유일은 고려 말 성리학으로 무장한 新進士類와 그 맥을 같이 하였다. 조선초기 신진사류는 재지적 기반을 소유한 중소지주로 科擧를 통해 출사하였다. 그러므로 시대상황이 여의치 않으면 언제든 물러날 수 있는 경제적 기반이 있었고, 출처에 있어서도 그만큼 선택의 폭이 넓었다. 不正한 정치현실과 직면했을 때 과감히 鄕里로 물러날 수 있었던 것이다.

이후 조선 건국에 참여하지 않고 은거지로 물러났던 신진사류의 맥을 계승한 士林이 성종·중종연간에 일시 정계에 나왔으나, 뒤이은 사화로 다시 퇴처를 선택하여 하나의 풍조를 이루었다. 이들은 물러나 있으면서 심성수양과 학문연구 및 다양한 활동을 통해 사회적 입지를 확보하였다. 그들의 위상은 出仕人에 못잖은 것이었다. 특히 16세기에 이르러 그들의 존재와 위상이 한층 높아졌고, 조정에서 이들을 유일로 대거 徵召하면서 그 가치는 더욱 빛났다.

유일은 서로 간의 방문과 서신 교환 등을 통해 유대를 공고히 하고 의식을 공유하며, 하나의 사회세력으로 성장하였다. 이들의 입지가 커질수록 집권세력으로서는 정치권력 안으로 포섭할 필요가 있었다. 게다가 16세기는 네 차례의 사화로 정치적 명분과 도학이 실추되고 민심의 이탈이 심각한 상태였다. 이러한 상황에서 백성의 신망이 두

터운 유일은 이탈된 민심을 되돌리는 좋은 방법이었다. 유일천거가 도입되고 활성화 된 데에는 이러한 배경이 있었다.

제3장에서는 유일의 사상적 기저를 이루는 출처의식과 그에 따른 현실대응 방식을 살피고, 나아가 그것이 문학작품을 통해 어떻게 형상화되는지를 밝혔다. 16세기는 혼란기였던 만큼 사인에겐 어느 때보다 출처에 민감한 시기였다. 이때 사인이 출처의 판단에 있어 중요한 기준으로 삼았던 것은 자신의 능력 유무와 시기의 적절성이었다. 이에 준하여 유일의 출처의식을 살피고, 그에 근거하여 현실에 대응한 방식을 본고에서는 現實參與・隱逸自適・知的探究型으로 분류하였다.

현실참여형 유일의 핵심은 물러나 있지만 현실을 외면하지 못하는 사대부사회 사인의 특성에 있었다. 이는 대체로 國政에 대한 비판, 민생에 대한 애정, 서원건립과 도학의 위상 확립 등을 통해 그들의 문학작품 속에 형상화되었다. 유일은 출사하지 않았을 뿐 여전히 현실에 민감하였고, 그래서 時弊를 통렬히 비판하고 고통 받는 민생에 무한한 애정을 드러내었다. 그들은 天理의 구현을 목표로 하는 성리학자였기에, 그들의 세계관에서 본다면 출사 여부에 상관없이 부정한 현실을 외면할 수 없었던 것이다. 중요한 것은 어떠한 상황에서도 국가와 백성을 중심에 둔 그들의 마음이었다. 때문에 국가와 백성을 위해서는 무엇보다 君主의 역할이 절대적이므로, 그들은 기회가 있을 때마다 正君心을 진언하였다.

뿐만 아니라 유일은 향촌 내의 首長으로서 學風을 진작시키고 나아가 실추된 도학을 부흥시키는 것으로 책무를 삼아 적극적 노력을 기울였다. 그들은 서원이나 서당을 건립해 先賢을 향사하고 강학함

으로써 향촌 내 士族의 역할을 충실히 하였다. 이러한 모습은 재야지
식인으로서의 존재 가치를 드러내는 일정한 방식이었으며, 나아가 존
립 방식의 한 특성이기도 하였다.

은일자적형 유일의 특징은 자연과의 융합에 있었다. 산수자연을
하나의 대상물로 인식하지 않고 修身處 혹은 부정한 현실을 벗어나
自適하는 곳으로 인식하였다. 예컨대 퇴처인으로서 이들은 貧寒의
삶을 벗어날 수 없었다. 이러한 경제적 어려움을 정신적 수양을 통해
승화시킬 필요가 있었는데, 그들이 택한 삶의 방식이 바로 孔子·顔
回의 安貧樂道의 處世였다. 그리고 안빈낙도적 삶의 지향에서 더 강
도 높은 은일자적의 처세가 바로 초월이었다. 이들은 세상에서 알아
주지 않더라도 개의치 않고 자신의 고결성과 순수성을 함양하려 노력
하였다. 자연은 士意識 高揚을 위한 좋은 수신처가 되었다. 이들은
은거지 인근의 명산을 유람하여 사의식을 고취하였는데, 특히 유적지
를 통해 역사를 돌아보고 그 시대를 살다간 인물을 회고하며, 나아가
자신을 성찰하는 방편으로 삼기도 하였다.

마지막으로 지적탐구형의 특징은 그들의 學究熱에서 찾았다. 출사
와 가난 등 그 어떤 것도 학문적 성취를 열망하는 그들의 지적 호기심
을 막지 못하였다. 바로 학문탐구를 위해 은거하는 유형이다. 그들의
학문태도는 자득과 실천을 위주로 하였다. 게다가 이들은 서로 간의
방문과 교유를 통해 각각의 學說을 제기하고 수정·발전시키는 등
활발한 학술토론을 전개하였다. 그 결과 16세기 성리학이 한층 발전
하여 다양한 이론과 학설이 제기되었으며, 나아가 보다 심화되는 계
기가 되었다.

제4장에서는 16세기 유일의 특징적 성향을 살폈다. 먼저 이들은

성리학적 磁場을 벗어나지 않으면서도 天文·地理·醫學·卜筮·
老莊·陽明學·佛敎 등 다양한 학문 분야에 관심을 갖는 개방적이고
博學的인 성향을 추구하였다. 이는 이들을 대표하는 특징으로 대개
의 인물에게서 공통적으로 드러났다. 나아가 이러한 博學性이 두드
러지게 드러나는 요인을 당대 학문성향과 自得的 개별 특성 등에서
밝혔다.

또한 이들은 각각의 은거지에서 개별적으로 존재한 것이 아니라
다양한 방식의 교유와 방문을 통해 전국적 관계망을 형성하였고, 이
는 문인과 자제들을 통해 지속적으로 계승되었다. 또한 은거지 중심
의 지방에 向學熱을 불러일으켜 地方學이 뿌리를 내리는 계기를 만
들기도 하였다.

제5장에서는 다양한 시각에서 유일의 문학적 성향을 살폈다. 특히
그들 삶의 기저가 되었던 산수자연을 읊은 문학작품, 그에 투영된 인
식과 미의식, 나아가 풍부한 문학적 상상력을 담고 있는 개별 특성까
지 포괄적으로 살폈다. 예컨대 산수에 대한 그들의 미의식은 대표적
으로 '자연의 인간화'와 '인간의 자연화'라는 두 가지 방향에서 나타났
다. 전자는 자연 속에 있으면서도 오히려 현실로 향하는 시선을 작품
속에 노출시킨 현실참여형에게서 많이 드러나며, 후자는 자연 속에
은거하면서도 보다 더 철저하게 은일의 삶을 추구했던 은일자적형 유
일에게서 드러났다. 그들 성향에 맞게 자연을 받아들였던 것이다. 궁
극적으로 이 모든 특성은 16세기 유일에게서 나타난 多岐性, 곧 박학
성향이 표출된 것임을 확인하였다.

이러한 박학성은 유일이 지닌 方外人的 성향에 대한 고찰에서도
그대로 적용되었다. 이들의 성향에는 성리학이 아닌 사상의 다양성이

짙게 배여 있다. 특히 사화기를 거치면서 그들의 박학적 성향과 시대적 특성이 접목되면서 이러한 성향이 노출되었고, 이는 그들의 후학에게 전수되었음을 확인하였다.

그렇다면 16세기 유일의 삶이 지니는 意義와 후대에 끼친 영향, 그리고 유일문학이 한문학사에서 갖는 의의는 어떠한가.

16세기 유일은 17세기로 넘어가면서 山林의 형태로 변형되어 나타난다. 16세기는 성리학적 이해 수준이 심화되고 또 道學君子를 이상으로 여기던 시대였다. 때문에 명종조 유일들은 정치의 전면에 나서기보다 심성수양이나 학문연마에 치중하여 사인으로서의 자기정체성 확립에 주력했으며, 이를 사회교화와 治世의 한 방법으로 인식하였다.

그러나 宣祖代에는 사림이 정계의 중심인물로 대거 진출하면서 그 주도권을 장악하였다. 이들은 기득권 세력이던 勳戚의 단점을 보완하고 새로운 사회를 모색하려 했으나, 결국 현실인식이나 학문적 연원의 차이 등이 심화되면서 정치적 입장을 달리하는 朋黨으로 발전하였다.[1] 이어 17세기 이후에는 붕당정치의 양상으로 전개되었고, 게다가 兩亂을 거친 조선사회는 붕당정치와 함께 정치·사회·경제적으로 여러 모순을 야기시켰다.

그 와중에도 16세기 유일과 마찬가지로 퇴처하여 그들의 가치를 드러내는 부류가 있었는데, 그들이 바로 '山林'이었다. '산림'은 '山林之士·山林宿德之士·山林讀書之士'라 일컬어지던 인물로, 학덕을 지니고 산림에 은거한 대표적 儒者였다. 이들 또한 유일과 마찬가지

---

1 具德會, 「宣祖代 후반 政治體制의 재편과 政局의 動向」, 『韓國史論』 20집, 서울대학교 국사학과, 1988, 201-202쪽.

로 나라의 徵召를 받았다. 그러나 16세기 유일이 정치와의 관련이 적었던 반면, 이들은 긴밀한 관계를 맺으며 천거되곤 하였다.[2] 예컨대 17세기 대표적 산림은 牛溪 成渾(1535-1598)과 來庵 鄭仁弘(1535-1623)인데, 李珥(1536-1584)의 사후 西人이 국정을 처리할 때 편지로 성혼에게 물은 후 결정했다는 기록[3]이나, 정인홍 역시 北人政權의 핵심인물로서 黨論의 의결에 결정적 역할을 했다[4]는 것에서도 이를 확인할 수 있다. 붕당정치가 행해지던 17세기에 각 당파 내 산림의 위치는 실로 대단한 것이었다. 그리고 17세기 이후 18·19세기까지도 퇴처하여 산림으로 自處하려는 풍조는 계속되었다.[5]

그런데 우리가 간과해선 안 되는 것은 17세기뿐만 아니라 이후까지도 인재등용을 거론할 때면 16세기 유일천거를 典範으로 하였다는 점이다. 다음 자료를 살펴보자.

"지난 明廟朝 때 逸民을 찾아 등용하여 특별히 수령으로 제수한 일이 있었습니다. 그 당시 曺植·成運·李恒·成悌元 등 몇몇 사람이 다 천

---

2 우인수, 「17세기 山林의 進出과 機能」, 『歷史敎育論集』 5집, 歷史敎育學會, 1983, 143-144쪽.

3 鄭澈, 『松江集』 권3, 「年譜 下」. "壬辰二十年 公五十七歲 九月 遂奉命南下 行到 江華 上箚請移蹕定州 以圖興復 又移書牛溪先生論事 仍向湖右……時牛溪以檢察使在松京 公以書議事"

4 黃玹, 『梅泉野錄』. "光海朝 李爾瞻用事 起鄭仁弘 列之三公 每大事表裏相和 憑藉儒賢之論 以行其胸臆 自是以來 當局者踵之"

5 禹仁秀, 「17세기 山林의 進出과 機能」, 『歷史敎育論集』 5집, 歷史敎育學會, 1983 ; 「조선 孝宗代 北伐政策과 山林」, 『歷史敎育論集』 15집, 歷史敎育學會, 1990 ; 「18·19세기 山林의 機能弱化와 性格變化」, 『大邱史學』 55집, 大邱史學會, 1998.

거대상에 올랐는데, 혹 벼슬하기도 하고 혹 벼슬하지 않기도 하였으나, 모두 당시에 이름난 현자들이었습니다. 선왕조 때에 이르러 선왕께서는 인재를 가려 쓰는 것이 科目에만 국한되어서는 안 된다는 것을 아시고, 따로 명목을 세워 經明行修·不次擢用·才堪守令 등 4·5조목을 설치하면서도 이를 번거롭게 여기지 않았습니다."라고 하였다.……이에 전교하기를 "경전에 밝고 행실이 훌륭한 선비를 先祖 때 했던 대로 거두어 등용하는 것이 좋겠다. 다만 이름과 실제가 들어맞은 후에야 등용하는 법에 부끄러움이 없을 것이다."라고 하였다.[6]

아, 玉帛의 예의를 갖추어 어진 이를 부르는 것은 명철한 임금이 먼저 해야 할 바입니다. 그러므로 宣廟朝에는 제일 먼저 文純公 李滉, 文簡公 成渾, 逸士인 成運·曹植, 그밖에 李恒·閔純 등을 불러 大官으로 높여 주기도 하고 臺諫에 배치하기도 했으니, 그들의 뜻을 끝까지 펴도록 해 주지는 못하였더라도 크게 하려는 바가 있었습니다. 그러니 그 당시 조정의 風采는 태평시대를 이룰 여건이 조성되었다고 할 만합니다.……그들의 언론과 軌範을 朝野가 법으로 취할 수 있었으니, 두 분 聖王께서 儒師를 높이고 道學을 중히 여기신 뜻이야말로 어찌 後嗣로서 마땅히 법 삼을 바가 아니겠습니까?[7]

---

6 『光海君日記』 8년 1월 1일 壬申. "往在明廟朝 搜擧逸民 特除守令 其時 曹植成運 李恒成悌元若干人 俱登薦書 或仕或不仕 皆名世之賢也 逮至先朝 聖明知取人不可局於科目 別立名目 設經明行修·不次擢用·才堪守令等四五條 而不以爲煩……傳曰 經明行修之士 依先朝 收用可矣 但名實必孚然後 可無愧於擢用之典"

7 『孝宗實錄』 1년 7월 3일 甲寅. "嗚呼 玉帛徵賢 哲王所先 故宣廟朝 首徵文純公李滉·文簡公成渾 逸士成運曹植 其他李恒閔純等 或崇以大官 或布諸臺諫 雖不能克究厥志 大有所爲 其時朝著風采 可謂貢飾太平……言論軌範 朝野取則 二聖崇儒重道之意 豈非後嗣之所當法者也"

위 인용문은 광해군과 효종 때 인재등용에 관한 조정대신의 논의인
데, 인재등용의 전범으로 명종·선조연간의 유일천거를 따르라고 진
언하고 있다. 16세기 명종·선조대의 유일천거가 이후 조선조의 인재
등용에 끼친 영향이 얼마나 큰 것인가를 보여주는 단적인 자료라 하
겠다. 뿐만 아니라 이는 당시 유일의 사람됨이 또한 사인의 모범이
되었음을 뜻한다. 이는 실록 외 개인기록에서도 쉽게 확인할 수 있다.

군자의 도는 조정에 나아가거나 집안에 머물러 있거나 간에 오직 그
때의 의리에 따르기만 하면 될 뿐이나, 요컨대 山林에 처하는 것은 본
래 원하는 바가 아니다. 그런데 三代 이래로 道와 德을 지닌 인사들
가운데 시대를 잘 만나 자기의 뜻을 제대로 펼친 자는 열에 한둘도 안
되고, 반면 빛을 숨기고 깊이 은거하여 뜻을 구한 경우를 즐비하게 볼
수 있다. 어쩌면 이 도라는 것이 실제로 이런 세상에는 적합하지 않은
것이라서 上古時代와 같은 교화를 다시 볼 수가 없게 된 것인가. 시험
삼아 이 시편에 수록된 여러 군자들의 경우를 보더라도 그렇다. 그중에
는 물론 출세하여 세상의 쓰임이 되고 그 功名이 竹帛에 기록된 자도
있기는 하다. 그러나 가령 退陶 李滉, 南溟 曺植, 河西 金麟厚, 大谷
成運, 龍門 趙昱, 그리고 우리 선생[聽松 成守琛]처럼 세상에 가장 알
려진 분들의 경우를 보면 대체로 모두 高尙하다고 할 수 있다. 어쩌다
가 조금의 능력을 시험해 본 적은 있을지 몰라도 그 도를 제대로 실행
했다고 말할 수는 없을 것이다. 여러 선생의 입장에서야 고고하게 숨어
사는 즐거움을 바꾸고 싶지 않았었겠지만, 이 시대 이 백성의 입장에서
보자면 하나같이 어찌 그렇게도 복이 없었단 말인가.[8]

---

8 張維, 『谿谷集』 권3, 「坡山唱酬詩跋」. "君子之道 或出或處 惟其時義 要之山林

이는 谿谷 張維(1587-1638)가 성수침의 唱酬詩集에 쓴 跋文이다. 시집은 현전하지 않으나, 위 기록을 통해 당시 성수침을 비롯해 그와 교유했던 여타 유일의 입지와 명망을 확인할 수 있다. 난세에 군자의 처신을 말하면서 명종조 유일을 모범으로 제시하고, 한편으로는 그들이 능력을 제대로 발휘할 수 없어 그 혜택을 받지 못한 당시 백성들을 안타까워하기도 하였다. 그들은 공식적으로든 비공식적으로든 隱君子의 전범으로 인식되고 있었던 것이다.

이렇듯 16세기 유일천거는 이후에도 인재등용의 전형이 되었고, 나아가 그들의 출처의식과 처세 또한 조선조 사인에게 準據가 되었다. 이것이 16세기 유일이 갖는 의의이며, 유일문학이 우리 한문학사에서 차지하는 의의 또한 이러한 관점에서 규명되어야 할 것이다. 한 시대의 문학적 성향에는 작자가 처한 정치·사회·문화적 상황은 물론 사상적 성향·생활환경·철학이념 등이 모두 반영되어 있기 때문이다. 본고에서 다루는 유일문학은 16세기 유일이라는 독특한 일군의 작자층에 의해 조성된 문학적 성향을 말한다.

요컨대 유일문학은, 넓은 의미에서는 조선전기 사대부문학의 한 범주이며, 사대부문학 내에서도 處士文學에 속한다고 할 수 있다. 또한 성종조 이후 성립된 士林派文學의 범주에도 포함시킬 수 있다. 곧 유일은 위 부류의 각 성향을 모두 계승했다고 할 수 있을 것이다.

非所欲也 然自三代以來 道德之士 能得其時行其志者十無一二 而潛光陸沈 隱居而求志者 班班見也 豈斯道也果不宜於斯世 而隆古之化不可復見耶 試以是編所載諸君子觀之 其中固有出爲世用 功名著於竹帛者矣 卽其最名世 如退陶·南溪·河西·大谷·龍門曁吾先生 大略皆高尙者也 雖或略試緖餘 然謂之能行其道則未也 在諸先生 雖不改其肥遯之樂 而斯世斯民 一何無福之甚也"

처사문학의 성립은 조선개국과 함께 지방으로 물러나 江湖에서 自樂
하는 士類에게서 찾을 수 있다. 따라서 그들이 작품 속에 표출한 문학
적 성향은 퇴처의 삶에서 느끼는 자연과의 융합이나 고려조에 대한
節義였다. 반면 유일문학은 16세기 암울했던 사화기에 향촌으로 물
러났던 유일에 의해 형성되었다. 그러므로 그 속에는 퇴처하여 학문
탐구에 전념하면서도 時政과 민생에 끊임없는 관심을 보이고, 사인
으로서의 자아성찰과 심성수양에 진력했던 유일의 존재방식이 그대
로 드러나 있었다. 본고가 지니는 연구사적 의의는 이처럼 우리 한문
학사에 등장한 '유일'의 개념을 정립하고 나아가 그들의 문학을 '유일
문학'이라 규정하여 이를 소개하고 밝히는 데에서 찾을 수 있다.

遺逸의 생애 개략

1. 南冥 曺植(1501-1572)

字는 楗仲, 號는 南冥, 諡號는 文貞이며, 본관은 昌寧이다. 20세
가 되기 전에 이미 두 번의 士禍를 겪으며 불안한 청년기를 보냈다.
유년기에 부친 曺彦亨(1469-1526)을 따라 한양으로 이주해 살았는데,
己卯士禍에서 叔父 曺彦卿이 죽임을 당하는 것을 지켜보고는 현실에
대해 개탄하였다. 모친의 권유로 과거시험에 응시하였으나 합격하지
못했고, 젊어서 이미 현실의 부당함을 깨달아 이후에는 과거공부를
접고 도학에 전념하였다. 38세(1538) 때 晦齋 李彦迪(1491-1553)의 천
거로 獻陵 參奉에 제수되었으나 나아가지 않았고, 이를 기점으로 여
러 차례 벼슬이 내려졌음에도 일생 한 번도 나아가지 않고 處士的
삶을 마감하였다.

조식의 삶에 있어 무엇보다 중요한 것은 엄정한 出處觀이다. 무엇
보다 나아가야 할 때와 그렇지 않은 때, 자신의 역량이 갖추어졌는가
에 대한 적절한 판단을 출처의 중요한 요인으로 생각하였다. 그리하
여 古今의 인물을 논할 적에도 반드시 출처의 大節로써 평가했으며,

이러한 기준에 의거하여 先學 중 鄭夢周·金宏弼·趙光祖까지도 그의 비판을 면하지 못하였다.

이러한 관점에서 보아 그가 출처의 가장 이상적 인물로 추숭한 이는 바로 嚴光이었다. 그는 「嚴光論」에서 결국 엄광이 출사하지 않은 것은 光武帝가 도를 행할 만한 군주가 아니었기 때문이라 하였는데, 이는 조식이 출사하지 않은 이유와도 상통한다. 그는 출사를 권하는 退溪 李滉(1501-1570)의 서신에도 불구하고 當代를 도를 펼칠 만한 시기가 아니라고 판단하여 나아가지 않았다. 이는 말년에 經明行修로 천거된 다른 이들이 달라진 정치상황에 일말의 희망을 품고 출사했던 것과는 또 다른 행동양상이라 할 수 있다.

그러나 그는 退處해 있음에도 현실에 대한 관심을 놓지 않았고, 게다가 출사하지 않음으로써 時弊에 대한 강도 높은 비판에서 좀 더 자유로울 수 있었다. 때문에 그의 현실지향적 비판정신은 여느 유일보다 강도 높은 수위로 나타났으며, 심지어 목숨을 불사하는 수준에까지 이를 수 있었다.

조식의 삶을 대표하는 특징 중 다른 하나는 바로 敬·義를 중심으로 한 실천 위주의 수양과, 이를 근거로 형성된 철저한 현실비판 정신이다. 敬·義로 집약되는 그의 수양론은 조식만의 특징이 아니고, 宋代 性理學者의 학문적 핵심을 자신만의 것으로 부각시킨 경우이다. 여기서 '敬'이란 사욕으로 빠지기 쉬운 마음을 흐트러지지 않고 늘 깨어있도록 하는 것으로, 靜時에서의 存養을 의미한다. 반면 '義'는 마음이 움직인 후 불의에 빠지지 않도록 엄히 살피는 것으로, 바로 動時의 省察을 말한다. 조식은 이러한 경·의를 수양함으로써 내적·외적 유혹으로부터 마음을 깨어있도록 유지하려 노력하였다. 그가 이러한 실천적 수양에 얼마나 철저했는지는 「浴川」 시에서 '오장육부에 티끌이 생긴다면, 배를 갈라 흐르는 물에 씻어 보내리.'라고 읊은 것이나, 늘 마음을 깨어있도록 하기 위해 허리에 차고 다녔던 방울 '惺惺子'와 '敬義劍' 외에도 정신집중을 위해 밤새 물 사발을 양손에 들고 있는 등의 행위를 통해서도 확인할 수 있다.

그러나 무엇보다 그의 실천의지가 두드러진 것은 현실에 대한 날카로운 비판에서 찾을 수 있다. 그는 출사하지 않았음에도 현실을 직시하여 끊임없이 時政의 잘못을 直言하였다. 胥吏의 행패, 倭軍의 침략 대비 등 다양한 각도에서 현실의 문제를 파악하고, 이러한 문제해결의 근원은 임금에게 있다고 생각하였다. 때문에 군주의 잘못으로 한 나라의 흥망은 물론 백성들의 安危가 결정된다고 여겨, 특히 군주의 성찰에 거침없는 비판과 시정을 요구하였다. 과격한 言辭로 인해 다른 처사들로부터 지나치다는 비판을 받기도 하였지만, 현실을 직시하는 냉철한 의식은 높이 인정하지 않을 수 없다.

2. 葛川 林薰(1500-1584)

임훈의 자는 仲成, 호는 自怡堂·枯查翁·葛川이며, 시호는 孝簡, 본관은 恩津이다. 그의 선대는 본래 開城에서 살았는데 고조부 林湜이 경상도 咸陽縣으로 이주하였고, 의령 현감을 지낸 증조부 林千年에 이르러 安義 葛川洞에 세거하였다. 부친 林得蕃은 진사가 된 뒤 출사하지 않고 일생 은거하였다. 그의 처가는 高嶺兪氏로, 부인은 兪好仁(1445-1494)의 손녀이다. 聘母는 昌寧曺氏로, 李彦迪과 조선조 성리학사상 최초의 철학논쟁을 벌렸던 曺漢輔의 딸이다. 유호인은 金宗直(1431-1492)의 문인이며, 同鄕의 동문인 一蠹 鄭汝昌(1450-1504)과도 절친하였다. 이런 家系的 배경은 물론이고, 특히 정여창은 임훈의 성장에 커다란 영향을 끼쳤다.

임훈의 생애는 크게 세 번의 전환기가 있었다. 첫 번째는 20세 되던 해에 발생한 己卯士禍이다. 특히 10세 후반부터 그의 자질과 능력을 인정하고 격려해 주었던 慕齋 金安國(1478-1543)이 사화에 화를 당하자, 임훈은 은거의 삶을 결심하였다. 당시 그는 스스로를 '세상에 버림받은 사람'이라고 여길 정도로 좌절과 충격이 심하였다. 이때부터 과거공부를 단념하고 고향 인근의 산천을 두루 노닐며 修身과 爲己之學에 전념하였다. 창가의 벽에 '誠·敬, 思無邪, 毋自欺' 등의 문구를 써서 붙여 두고 노력하기를 게을리 하지 않았다.

30대 후반인 1537년 金安老가 세상을 뜨고 김안국 등 사림이 다시 서용되었는데, 당시의 이러한 정국은 임훈에게 새로운 세상에 대한 기대를 갖게 하였다. 그리하여 41세 때 生員試에 합격하고 성균관에서 공부하였으나 大科에 오르지는 못하였다. 그러다가 1545년 乙巳士禍가 일어나고, 다시 갈천동으로 들어가 自怡堂을 짓고 은거하였다. 이것이 두 번째 전환기이다. 그는 이 시기 자이당에서 수신 공부와 강학에 힘썼으며, 인근 산천을 두루 유람하며 浩然之氣와 절의를 강마하였다.

이후 67세인 1566년 經明行修로 천거되어 彦陽 縣監·比安 縣監 등을 역임하였다. 이것이 세 번째 전환기이다. 이 세 번째야말로 그의 인생에서 가장 절정을 이루는 시기인데, 자신이 그 동안 온축해 온 자질과 능력을 적극 발휘하여 민생의 안정과 국정의 잘못을 시정하는

데 크게 기여하였다. 遺逸로서의 역량과 가치를 유감없이 드러내었다고 할 수 있다.

임훈은 만년에 正心修身에 致力하였고, 임금의 수양을 특히 강조하였다. 그는 부임하여 현감 직책을 수행할 때 현실과의 괴리가 많았으며, 그때 이러한 현실적 문제는 근본적으로 군주만이 해결할 수 있음을 절감하였다. 때문에 이를 위해서는 무엇보다 군주의 공부가 우선되어야 한다고 여겨, 정심수신을 적극 주장했던 것이다.

그의 교유인으로는 조식과 玉溪 盧禛(1518-1578) 외에도 조식의 문인 姜翼·趙宗道 등이 있으며, 한 번도 만난 적은 없으나 깊이 허여하여 어린 宣祖에게 곁에 두도록 천거한 李滉이 있다. 임훈은 이들과 함께 인근의 명소를 찾아 산수를 즐기거나 자신의 은거지를 방문해 학문을 토론하며 友誼를 다졌다.

요컨대 임훈의 현실인식은 實用에 근본한 것으로, 그의 학문 또한 이에 바탕하고 있었다. 그가 추구한 목표는 임금의 德化가 정치상으로 드러나고, 나아가 그것이 민생의 문제에 직접적 효과를 발휘하는 데 있었다. 이는 그가 일생 초야에 은거하면서 백성의 삶에 깊숙이 다가가 그 실상을 보다 소상히 살피고 또 그에 대한 대안을 철저히 모색해 온 결과라 할 수 있다.

3. 后溪 金範(1512-1566)

김범은 중종·명종연간의 혼란한 시대를 살면서 일찌감치 出仕에 대한 미련을 버리고 고향인 경상도 尙州에서 학문연구와 후진양성에 전념한 대표적 학자이다. 그는 이후로 이어지는 지방학문 발달의 매 개체 역할을 담당한 인물로, 특히 상주에서는 김범 당대를 기점으로 임진왜란 전까지 걸출한 인물이 역사상 많이 배출되었다. 그럼에도 불구하고 그에 관한 연구가 이루어지지 않아 역사 속에 묻혀 빛을 보지 못한 대표적 인물 중 한 사람이다.

김범의 자는 德容, 본관은 尙州, 호는 后溪이다. 부친은 壯仕郎을 지낸 金允儉이고, 어머니는 從仕郎 金增의 딸이다. 어려서 시에 능하다는 소문이 있었다. 12세 때 관내에서 駙馬都尉를 전송하는 연회가 있었는데, 그곳에 놀러 갔다가 부마의 청으로 시를 지었다. 그때 지은 "백성을 사랑하는 목민관 仁澤을 베풀고, 나이 젊은 어진 재상 그 기개가 가을 하늘을 덮었네."〔字民牧伯垂仁澤 少年賢相氣橫秋〕라는 시구로 그 자리에 모인 사람들의 칭송을 받아, 그의 명성이 유명해졌다.

29세인 1540년 會試에 일등으로 등제하였다. 당시 慕齋 金安國이 시험관을 맡아, 그의 詩賦와 사람됨을 보고 극구 칭찬하였다. 이 일로 인해 명망이 더욱 크게 떨쳐졌지만, 그는 이미 時文이나 과거공부 외에 따로 힘을 기울일 곳이 있음을 알았다. 이후 과거공부를 그만두고 물러나 조용히 靜養하는 것으로 즐거움을 삼았다.

1566년 봄 內侍敎官에 제수되었으나 나아가지 않았다. 이해 가을 經明行修로 徵召되었다. 김범이 疏를 올려 사양하니 다시 玉果 縣監에 超拜하였다. 그는 또 다시 사양할 수 없어 上京하였는데, 떠나기에 앞서 부인에게 "감히 앉아서 聖恩을 욕되게 할 수 없고 그래서 부득이 올라가는 것이니, 자리를 치우지 마시오. 내 곧 돌아 올 것이오." 라고 하였다. 이 일련의 자료만으로도 그가 벼슬에 연연하지 않았음을 알 수 있다.

상경한 김범은 曺植과 함께 임금을 알현한 뒤 곧바로 옥과현에 부임하여 儒學을 숭상하고 禮俗을 흥기시키니, 몇 달 만에 德化가 크게 행해졌다. 그러나 그는 자신이 가진 능력을 제대로 펼치지도 못한 채, 이해 겨울 任所에서 세상을 떠났다.

김범이 교유한 인물로는 尙山四老人과 尙州牧使 申潛(1491-1554)을 들 수 있다. '상산사노인'은 김범과 함께 상산지역에서 학문으로 명망을 얻고 있던 네 인물로, 金冲(1513-1572)·柳震·金彦健(1511-1570)을 가리킨다. 특히 김언건은 1540년 과거에 낙방한 뒤 상주에 은거했는데, 星湖 李瀷(1681-1763)이 쓴 그의 行狀에 의하면, 盧守愼(1515-1590)·김범·임훈 등 여러 현인과 道義之交를 맺었다고 한다. 특히 김범이 그의 덕행과 행실에 대해 존중하였다. 그 외에 柳仲郢(1515-1573)·朴淳(1523-1589) 등 상산에 부임한 목민관도 있어 그들과의 교유도 긴밀했음을 알 수 있다.

그 중에서도 1552년 상주목사로 부임하여 상주의 교육을 활성화시키고 아울러 김범의 인지도를 드높였던 신잠과의 교유는 더욱 각별하였다. 신잠은 尙州牧에 부임하여 1554년 순직하는 3년 동안 興學을 治道의 근본으로 삼아 修善書堂 등 18개 서당을 건립하여 지방교육 활성화에 큰 몫을 담당한 인물이다. 그는 상주의 궁벽한 지리적 여건으로 인해 선비들이 藏修할 곳이 없음을 안타깝게 여겨, 각 고을마다 서당을 세우는데 아낌없이 조력하였다. 이때 상산의 四老翁도 이미 널리 학문적 명망을 얻고 있던 터라 각 고을을 대표하는 교육자로서 일익을 맡게 되었다.

현존하는 『后溪集』에는 그의 師承 관계를 확인할 만한 자료가 없다. 두 아들 沙潭 金弘敏(1540-1592)과 省克堂 金弘微(1557-1605)가

쓴 부친의 행적에도 그의 사승에 관해서는 언급하지 않았다. 그러나 그의 학문적 연원이 누구였던, 김범은 經書를 두루 섭렵하되 반드시 몸으로 체득하여 실천함을 우선하는 학자였다.

후학과 관련해서는, 두 아들이 家學을 계승하여 세 父子의 명성이 세상에 크게 떨쳐졌다는 기록 외에도 覺齋 河沆(1538-1590)이 조식에게 執贄하기 전에 김범에게 수학한 것으로 되어 있으나, 『후계집』에는 기록이 전하지 않는다. 또한 杜谷 高應陟(1531-1605)이 12세에 김범을 찾아가 배움을 청한 적이 있으나 문하생이 되지는 않은 듯하다. 그가 고향에서 서당을 이끌며 후진양성에 힘썼고 또 교육자로서 얻은 명망에 비해, 후학과 관련한 상세한 기록은 소략한 편이다.

4. 聽松 成守琛(1493-1564)

성수침에 대한 당대의 평가는 어느 遺逸보다 고상하고 추앙 받는 것이었다. 예컨대 『明宗實錄』에서 "성수침은 효행이 卓異하고 淸廉으로 자신을 지켰으며, 학문은 經史에 통달하였다. 한가히 지내면서 홀로 즐겼고 과거에 나아가지 않았으니, 비록 옛 逸民에 견주어도 전혀 부끄러울 것이 없다."라고 한 것이나, "逸士는 숨어살면서 남이 알까 걱정하지만 그 淸節은 충분히 세상에 모범이 되며 풍속을 가다듬게 합니다. 오늘날의 成守琛과 曹植이 그러한 사람들입니다."라거나, "당시 명나라 給事中 魏時亮이 본국의 詔書를 가지고 와서 우리나라의 인물에 대해 듣고자 하니, 성수침의 行義를 조목조목 들어 써주었다. 이렇듯 일세에 推重을 받았고 아무도 이에 이의가 없었음을 알

수 있으니, 逸民이라 일컬어도 조금도 부끄럽지 않다."라고 한 평가를
통해, 그가 處世에 있어 당대 최고의 찬사를 받았음을 알 수 있다.
그러나 그는 이러한 찬사에도 불구하고 출사하지 않고 문장을 즐겨하
지 않아 남아 전하는 기록이 많지 않다.

성수침은 자가 仲玉, 호는 聽松·竹雨堂·坡山淸隱·牛溪閒民,
시호는 文貞이며, 본관은 昌寧이다. 동생 成守琮(1495-1533)과 함께
趙光祖의 문하에서 수학하였는데, 기묘사화에 스승을 포함한 士類가
해를 입자 세상에 나아갈 수 없음을 헤아리고 白嶽山 아래에 은거하
였다. 그곳에 집을 지어 '聽松堂'이라 편액하고, 太極圖에서부터 程
朱書에 이르기까지 손수 베껴가며 의리를 탐구하되 時仕에 마음을
쓰지 않았다. 그는 중종 35년(1540) 유일로 천거되어 厚陵 參奉에 제
수되었으나 나아가지 않았고, 명종 6년(1551)에도 천거되어 6품 벼슬
에 特差되었지만 역시 나아가지 않았다. 조정에서는 그가 관직에 나
오기를 바래 세 번이나 고을을 바꾸어가며 임명했으며, 이후에도 여
러 벼슬에 제수되었지만 끝내 한 번도 나아가지 않았다.

성수침의 삶은 두 가지 특징으로 압축할 수 있다. 첫째, 그는 현실
에서 성현의 도가 실행되지 못할 것을 알고 과감히 물러나 한 번도
나아가지 않았다. 그와 가장 가까운 知己이자 사촌 간이었던 大谷
成運은 성수침의 일생에 대해 "선생은 어려서 큰 뜻이 있었고 재주와
기품도 뛰어나 한 세상의 교화를 감당할 만 하다고 했었다. 학문이
진작되고 식견이 높아질 즈음 세상에 도가 없어져 이미 인심은 와해
되었고, 나라에 善政이 없으며, 큰 가르침이 행해지지 않고, 풍속은
경박해지고 날로 천박해져 만회하기 위해 힘쓰려 하나 손 댈 만한 곳
이 없었다. 하물며 賢路가 험하여 선비가 대부분 뜻을 잃고 邪正이

서로 기울어져 禍機가 몰래 나타나는 데 있었으랴! 이때를 당하여 비록 王庭에 몸을 세워 이 세상에 힘을 펼치려 했지만, 道와 때가 어긋나 결국 그가 배운 바를 실행할 수 없었다. 내 뜻을 행할 수 없는 시기임을 알면서도 구차하게 영달과 명예를 사모하여 작위를 다투어 취한다면, 몸은 비록 현달할지라도 도는 굴복하게 된다. 나는 마음으로 그것을 부끄럽게 여긴다. 감추어 두고 물러나 명성을 드러내지 않고 산과 들 사이에 거처하면서 性理의 오묘함을 궁구하고, 몸을 닦고 獨善하며 평생 소요하는 것만 못하였으니, 이것이 선생의 뜻이다."[1] 라고 하였다. 은거의 삶에 만족하고 현실에 연연해하지 않는 태도는 몇 편 남아 전하지 않는 그의 시에서도 일관되게 드러나고 있다.

화창하고 따뜻한 봄·가을이 되면 말을 타고 전원으로 나가 바람을 쐬고 시를 읊으며 돌아왔고, 방안 가득 그림을 그려놓고 고요히 앉아 세상과 사절하였다. 때문에 時事에 뜻이 없는 듯 보였으나, 사방의 풍토와 人情의 物宜에 대해 두루 알지 않음이 없었다. 또한 郡縣에서 과거시험을 연다는 소문을 듣고 "우리 백성은 죽을 먹고사는 것마저도 힘든데, 어찌하여 이런 일에 힘쓰는가?"라고 하며 하루 종일 탄식하기도 하였다. 이처럼 시정해야 할 현실의 문제점이나 백성의 고통을 외면한 것은 아니지만, 그보다는 자연의 순리에 순응하여 유유자

---

1 『大谷集』, 「聽松先生遺事」. "先生少有大志 才器絶倫 謂陶化一世 身可任也 及其 學進識高 見世衰道喪 人心已訛 國無善政 大教不行 風漓俗薄 日就卑汚 欲加挽 回之力 顧無地着手 又況賢路崎嶇 士多失志 邪正相傾 禍機潛發 當此時 雖欲立 身王庭 宜行此世 然道與時乖 終莫能行其所學 知時之不能行吾志 而苟慕榮名 儌 取爵位 是身雖顯而道則屈 吾心恥之 不如斂藏而退 不顯聲名 棲息山野之間 探窮 性理之奧 脩身獨善 卒歲逍遙 此先生之志也."

적한 삶에 충실했음을 볼 수 있다.

두 번째는 그가 철저히 聖賢의 학문에 침잠하여 궁구하고 일생 이의 실천에 노력했다는 점이다. 그는 反躬切己를 급선무로 삼고 誠을 위주로 하는 실천학문을 중시하였다. 예컨대 "道는 大路와 같고 성현의 謨訓은 밝기가 日星과 같아서, 그것을 알기란 어렵지 않다. 요점은 힘써 행하여 그 앎을 충실히 하는 데 있을 뿐이니, 말만 일삼는 학문은 전혀 사태를 구제하지 못한다."[2]라고 한 말이나, "聖人의 문하에는 총명하고 英邁한 재주를 지닌 자가 적지 않았으나, 끝내 그 학문을 전수 받은 자는 노둔한 曾氏 집안의 아들뿐이었다. 그렇다면 배운다는 것이 어찌 말을 많이 하는 것에 있겠는가? 세상에는 성인의 학문에 대해 말하는 자들이 있는데, 어찌 생각하여 자기 몸을 반성하지 않는지?"[3]라고 한 언급에서 口耳之學이 아닌 몸으로 체득하는 實踐之學에 致力하는 모습을 볼 수 있다.

특히 그는 『小學』을 읽고 실천할 것을 강조하였는데, "修身의 大要는 모두 이 책에 있다. 지금 사람들은 이 책을 읽지 않아 어리석게도 人道를 알지 못하니, 집에 거처할 때 어떻게 어버이를 섬기며, 조정에 섰을 때 어떻게 임금을 섬기겠는가?"라고 하였다.

이처럼 그가 『소학』을 위시한 성현의 학문에 충실했다는 가장 단적인 예가 바로 孝友이다. 그는 어려서부터 유달리 효성이 지극하여 그

---

2 上同. "其學以反躬切己爲務 以誠爲主 未嘗輕以語人 嘗謂學者曰 道若大路 而聖謨賢訓 昭如日星 知之不難 要在力行以實其知耳 言語之學 都不濟事."

3 上同. "又曰 聖人之門 聰明英邁之才 不爲不多 而卒得其傳者 乃魯鈍曾氏子耳 然則爲學 豈在多言 世有能言聖人之學 盍思而反之身也."

를 '孝兒'라 불렀으며, 부모의 居喪과 시묘살이에 임하는 그의 자세에
도 잘 드러나 있다. 그들 형제의 효행은 당시 세상에 널리 알려져 있
어, 그를 일컫는 말에는 항상 '孝'를 빠뜨리지 않았다.

요컨대 일생을 통해 한 번도 출사하지 않은 그의 출처관과, 孝를
위시한 자득적 實踐之學은 그를 후대까지 處士나 逸民의 대표로 칭
송하게 만들었다. 더구나 그의 아들 牛溪 成渾(1535-1598)은 여러 번
의 천거에도 나아가지 않고 학문연구에 전념하였는데, 이로써 성수침
의 명망과 칭송이 家學으로 계승되었음을 알 수 있다.

5. 大谷 成運(1497-1579)

성운은 자가 健叔, 호는 大谷, 본관은 昌寧이다. 戊午士禍가 일어
나기 직전인 1497년 서울에서 태어나, 뒤이은 甲子士禍(1504, 8세)와
己卯士禍(1519, 23세)를 유년기와 청년기에 겪었다. 정치적 혼란이 계
속되는 한양에서 출생·성장한 그는 이미 어려서부터 현실에 대한 나
름의 비판적 시각을 갖게 되었다.

성운은 기묘사화를 전후한 이 시기에 인생의 방향을 결정할 만한
두 사람의 知己를 만나는데, 바로 南冥 曺植과 聽松 成守琛이다. 20
대 초반에 부친을 따라 서울에 와서 이웃하여 살던 조식을 만나, 이때
부터 평생의 道義之交를 맺었다. 또한 서울 근교 白嶽山 아래에는
그의 從兄인 성수침이 은거하여 학문에 열중하고 있었다. 한 세상을
敎化할 만한 인물임에도 일생 은거의 삶을 살았던 성수침의 영향은
절대적이었다. 실제로 성운은 이 시기에 이미 세상에 나아갈 뜻을 버

린 듯하며, 인물을 논할 때마다 성수침을 제일로 꼽았다.

기록에 의하면, 성운이 속리산에 은거한 직접적 원인은 49세 때인 乙巳士禍(1545)에 仲兄인 成遇가 죽은 후 현실에 대한 절망 때문이며, 곧이어 妻家가 있는 충청도 報恩으로 들어가 집을 지어 '大谷'이라 이름하고 40여 년 동안 나오지 않았다고 한다. 그가 속리산으로 칩거한 것이 언제인지, 왜 속리산에 은거했는지에 대해서는 정확하게 알 수 없다. 아마도 기묘사화 이후 道學이 위축되어 세상에 나가지 못할 것을 알고 칩거를 궁리하였을 것으로 보이며, 그 후 속리산을 드나들며 생활하다가 을사년의 사화로 인해 평생 세상에 나오지 않았던 것으로 보인다. 後嗣가 없어 처남 金天富의 아들 金可幾를 훈육하여 죽은 중형의 딸과 혼인시켜 後事를 부탁하고, 처가로부터 받은 땅을 그들에게 주어 살게 했다.

성운은 40여 년 간 은거하여 높은 식견을 갖추고 있었지만, 평소 남들이 자신을 칭송하기를 원하지 않았다. 때문에 많은 기록을 남기지 않았고 그나마 현존하는 자료만으로는 그의 師承 관계나 門人 및 학문관 등을 자세히 살필 수 없다.

성운의 가장 대표적 문인으로는 溪堂 崔興霖과 白湖 林悌(1549-1587), 그리고 金德民이 있다. 이들 중 김덕민은 충청도 보은 사람으로, 성운의 처남 金天富의 손자이다. 최흥림은 성운을 찾아 보은에 은거하면서 일생 사승 관계를 유지했으며, 임제는 약관까지 배움에 뜻이 없고 놀기를 즐기다가 속리산으로 성운을 찾아가 『中庸』 등 여러 性理書를 집중적으로 수학하였다. 성운은 임제에게 隱者의 風貌와 聖人之學을 전해 주었다.

덧붙이자면 임제는 許穆의 外祖이고, 김덕민은 尹鑴의 外祖이다.

허목에게서 보이는 道家的 학문 성향이 임제의 영향이었음을 밝히는 연구가 이미 여럿 나와 있는데, 그렇다면 이는 임제를 거쳐 성운에게 까지 소급할 수 있을 것이다. 뿐만 아니라 윤휴는 어려서 오랑캐를 피해 외가인 보은에 살면서 성운의 讀書處였던 竹軒에서 공부하였 다. 그는 성운의 '행실과 지조, 辭受의 절개와 進退의 의리, 學問의 공적과 進修의 방법' 등이 모두 후세의 典範이 될 만하다고 칭송하였 고, 또한 공자가 말한 '篤信好學 守死善道'한 인물이 바로 성운이라고 하였다. 성운의 학문이 임제를 거쳐 허목에게 전해지고, 김덕민을 거 쳐 윤휴에게 전해졌다면, 결국 보은을 중심으로 한 그의 학문과 사상 은 17세기 近畿南人 학자들의 학문형성에도 일정한 영향을 끼쳤음을 부인할 수 없다.

6. 龍門 趙昱(1498-1557)

조욱은 중종·명종연간의 유일 가운데 대체로 알려지지 않은 인물 중 한 사람이다. 조욱의 삶에는 다른 유일에 비해 朱子의 道學的 性 理學을 계승·발전시키려는 성향이 유독 강하게 드러난다.

그의 자는 景陽, 호는 愚庵·葆眞庵·龍門이며, 본관은 平壤이 다. 12세 때 한강에서 놀다가 "靑山面面立 漢水悠悠下 裁洋山水間 誰是知音者"라는 시구를 지어 사람들을 놀라게 하였다. 19세 때 조광 조의 문하에 나아가 功名이 아닌 도를 구하는 뜻을 배웠으며, 스승으 로부터 '제자들 중 求道의 독실함이 최고'라는 칭송을 받았다.

22세 때 기묘사화가 일어나 스승인 조광조와 金湜 등 여러 현인이 화를 당하자, 이때부터 과거공부를 포기하고 은둔할 뜻을 세웠다. 그도 己卯黨으로 연좌되었으나 나이가 어리다는 이유로 화를 면한 뒤, 이듬해 형 趙晟(1492-1555)과 함께 朔寧으로 옮겨 강학하니, 사람들이 이들 형제를 '二程'에 비유하였다. 이후 50여 세에 이르도록 충청도 보은의 三山과 금강산을 유람하는 등 자연 속에 은거하여 성현의 학문에 뜻을 두고 게을리하지 않았다. 그 사이 黨禁의 분위기가 다소 풀려 濬源殿 參奉·英陵 參奉 등에 제수되었으나 나아가지 않았다.

자제를 교육할 적에도 孝悌忠信의 도를 강조하여 "사람의 도리는 이 네 가지에서 벗어나지 않으니, 현인이 되고 성인이 되는 것 또한 이를 미루어 확대한 것이다. 입신양명하여 부모를 세상에 드러내는 것이 자식된 도리이나, 부귀로써 마음을 삼는다면 事親·事君은 반드시 그 끝이 좋지 않을 것이다."라고 하여, 자식들에게도 立身과 利祿에 대해 경계할 것을 당부하였다.

49세에 砥平의 土最美洞으로 은거지를 옮긴 후 龍門山을 유람하고 강학하니, 사람들이 龍門先生이라 부르며 귀의하였다. 55세에 성수침·조식·이희안 등과 遺逸로 천거되어 이듬해 內瞻寺 主簿에 제수되었다. 상소하여 여러 번 사양하였으나 윤허를 얻지 못하였고, 이듬해 長水 縣監으로 승차하였다. 그는 부임하여 新民·善俗에 주력하였고, 특히 그 지방의 자제들 중 뛰어난 자를 뽑아 가르치고 邑人의 학문을 진작시켰다. 그러나 채 1년도 되지 않아 왜구가 침입하여, 그 처리과정에서 상관과의 대립으로 사직하고 용문산으로 돌아왔다. 堂號를 '洗心'이라 고치고 세상과 단절한 채 窮理敎人에 힘썼다.

조욱의 은거는 일찍부터 정해진 것이라 해도 과언이 아니었다. 기묘사화 이후 과거시험에 전혀 뜻을 두지 않았는데, 그 또한 己卯黨으로 지목되자 불안해진 모친의 권유로 과거에 응시했으나 역시 같은 이유로 낙방하였다. 이후부터 그는 산수 간을 유람하며 그 속에서의 安貧樂道的 삶을 추구하였다. 性情이 세상과 부합하지 않아 자연으로 물러날 수밖에 없었고, 그래서 자신의 뜻을 세상에 펼쳐볼 수 없더라도 한탄하지 않았다. 여러 옛 선현이 능력을 갖추고도 은거의 삶에서 자족하며 살았던 것처럼, 그 또한 도학이 땅에 떨어진 현실에 나아가서는 자신의 뜻을 펼 수 없음을 알고서 은거하였다. 그리하여 산수를 유람하고 성현의 학문을 연마하는 것으로 일생의 즐거움으로 삼았다.

그는 당대를 도학의 세상으로 탈바꿈시키는 것으로써 자신의 임무로 삼았다. 특히 朱子에 대한 그리움과 그 학문에 목말라하는 마음을 표출한 작품이 많이 보인다. 뿐만 아니라 후학이나 자식들에게 늘 성현의 경지를 기약하여 쉼 없이 노력할 것을 당부하였다. 이는 조욱이 은거함으로써 현실을 외면한 것이 아니라 그 나름의 현실을 인식하고 대처한 처세방법이었다.

7. 東洲 成悌元(1506-1559)

성제원은 자가 子敬, 호는 東洲・笑仙이며, 본관은 昌寧이다. 아버지는 府使를 지낸 成夢宣이고, 어머니는 府使 趙瑞鍾의 딸이다. 그의 선대는 鮮初의 개국과 端宗復位 등 역사적 사건과 관련하여 높은 節義를 보여주었다. 예컨대 그의 6대조 怡軒 成汝完은 태조가 등극한 뒤 초대하자 白衣를 입고 나아가 세상에서 西宮布衣라 불렸으며, 이후 포천의 王方山에 은거하여 朔望 때마다 松岳을 바라보며 통곡했다고 한다. 증조인 仁齋 成熺는 從姪인 成三問 등과 단종복위를 도모하다 실패하여 김해에 圍籬安置되었는데, 3년 만에 돌아와 죽었다. 조부 成聃年과 종조부 成聃壽는 부친이 사망한 뒤 세상과 단절하고 평생을 칩거하여 生六臣으로 이름이 났다. 성제원이 일생 은거의 삶을 살게 된 데에는 이처럼 선대로부터 내려오는 家系의 영향도 일정 부분 작용했다고 할 수 있다.

성제원은 14세 때 배움에 뜻을 두었으나, 기묘사화가 일어나자 黨錮의 禍가 다시 일어났다고 탄식하고는 세상을 피해 살 뜻을 품었다. 17세에 西峰 柳藕(1473-1537)가 寒暄堂 金宏弼(1454-1504)의 학문을 전수 받았다는 소문을 듣고, 그에게 가르침을 청하였다. 유우는 燕山朝에 戊午士禍가 일어나 스승을 포함한 선현들이 해를 입자 性命之學에 잠심하여 평생 은거해 살았던 인물이다.

당시 이들의 학문적 근간을 이루는 책은 『小學』과 『大學』이었다. 성제원 또한 口耳之學이 아닌 爲己之學에 전념하였고, 성리학 일변도의 학문보다는 다양한 학문을 두루 수용하려는 博學的 자세를 취하였다. 이들의 학문적 근간은 무엇보다 儒學의 맥을 계승하는데 있었으며, 특히 명분이나 이론보다는 실질과 실천을 중시하는데 있었다. 다양한 학문이나 사상을 수용할 수 있는 가능성을 열어두되, 근간이되는 道學 공부에 열성을 다하는 자세를 견지하였다.

48세인 1553년 遺逸로 천거되어 報恩 縣監에 제수되었다. 성제원은 얼마 후 벼슬을 그만두고 고향으로 돌아가는데 백성들이 길을 막고 에워싸는 바람에 되돌아 간 적이 있었고, 그가 임기를 마치고 떠나자 보은의 인사들이 生祠堂을 세우고 그의 善政을 서술하여 책으로 엮기도 하였다. 그는 말년에 유일로 천거되기 전까지 철저하게 은거해 살았으며, 천거 이후 잠시 관직에 나가지만 이후에는 다시 은거의 삶으로 일관하였다.

8. 花潭 徐敬德(1489-1546)

서경덕은 자가 可久, 호는 復齋·花潭, 시호는 文康이며, 본관은 唐城이다. 부친은 徐好蕃이며, 어머니 韓氏가 공자의 사당에 들어가는 태몽을 꾸고서 그를 낳았다고 한다. 14세 때 松都에서 『書經』를 배우다가 300讀을 해도 이해하지 못하자, 보름 동안 사색을 통해 훤히 깨닫고는 '책이란 사색을 통해 깨달을 수 있는 것'임을 알게 되었다. 18세에 『大學』'致知在格物章'에 이르러 "학문을 하면서 먼저 사물의 원리를 궁구하지 못한다면 독서가 무슨 소용이 있겠는가?"라고 탄식하고는, 이날부터 천지만물의 이름을 모두 벽에 써서 붙이고 날마다 몸소 궁구하는 것으로 일과를 삼았다. 한 가지 사물을 궁구하여 통하고 나서야 또 다른 사물을 궁구하였고, 만약 궁구되지 않으면 밥을 먹으면서도 그 맛을 분간하지 못했고 여러 날 잠도 자지 않았다. 31세 때 賢良科에 일등으로 천거되었으나 나아가지 않았고, 52세인 1540년 金安國에 의해 遺逸로 천거되었으나 역시 나아가지 않았다.

기왕의 연구는 주로 氣 중심 철학자로서의 그를 다루고 있다. 그가 만년에 남긴 4편의 論說과 그 외의 글들이 이를 입증하고 있다. 그럼에도 불구하고 그는 修養論的 道學者이다. 당대 현실이 위태롭다고 여겨 일생 출사하지 않았지만, 그러한 결정 또한 사대부사회의 士人

이 지닌 전형적인 退處였다. 그는 출사하는 것만이 正道가 아니라 여기고, 자신의 역량에 맞춰 處隱하여 학문 연구에 致力하였다. 이는 '만약 김안국이 선생을 천거하여 벼슬을 준다면 어떻게 처신할 것인지'를 묻는 洪仁祐(1515-1554)의 물음에 대해 "분수와 능력을 헤아려 보건대 작은 관직도 감당치 못할 것이니, 다행히 발탁을 받으면 우선 謝恩하고 감당할 수 없으면 물러날 것이다."라고 한 말을 통해, 그가 출사보다 퇴처하여 자적하는 삶을 지향했음을 알 수 있다.

그러나 존재론적 철학자로서의 모습이든 수양론적 도학자로서의 모습이든, 서경덕에 관한 연구에서 간과해서는 안 되는 것이 바로 그의 自得的 工夫論이다. 師承이나 독서를 통한 학문이 아니라 철저한 사색을 통한 자득을 중시하였다. 이러한 그의 자득적 공부 방법은 先儒들에 의해 밝혀진 것들을 함양하기보다 탐구를 통해 새로운 영역을 사색하고 탐구하는 그의 학문성향과도 상당 부분 관련성을 지닌다. 때문에 先儒들의 學脈 계승을 중시한 李滉에 의해 비판을 받기도 하였지만, 이후 栗谷 李珥(1536-1584)의 적극적인 긍정에 힘 입어 관작이 追贈되기도 하였다. 그는 스승을 얻지 못하여 학문적으로 힘들었음을 토로하면서도 궁극적으로는 그러한 자득만이 진정한 학문방법임을 여러 차례 강조하였다.

서경덕에게 있어 이러한 자득적 공부론은 난세를 살아가기 위한 나름의 처세였다고 할 수 있다. 그 역시 사화기를 거치면서 몇 번의 피천에도 출사하지 않고 은거했던 인물이며, 그 속에서 학문적 역량과 희열을 삶의 지향으로 삼았다. 물론 이 모든 것은 자득의 방법으로 터득하는데 그 핵심이 있었다.

그의 자득적 공부론은 당시 氣 중심의 독특한 학설을 내세워 학문적 영역을 확대한 공로로도 인정되지만, 무엇보다 그 극치는 '止'를 통한 처세관에 있었다. 이때의 '止'는 '時中之止'이다. 억지스럽지도 않고 강압적이지도 않는, 말 그대로 자연의 순리에 따라 멈춰야 할 때와 행해야 할 때에 適宜한 時中의 '止'이다. 난세를 살아가기 위해서는 때에 맞는 처세가 필요하다. 자신이 처해야 할 바를 제대로 파악하고 그에 따라 행동하는 것, 곧 나아가야 할 때와 물러나야 할 때를 알고, 머물러야 할 자리와 떠나야 할 자리를 아는 것이야말로 서경덕이 자득을 통해 터득한 '止'의 극치이다.

그리고 이를 추구하는 방법으로 그는 '敬'을 강조하고 있다. 敬을 추구하는 방법은 다름 아닌 '主一無適'을 제시하고 있다. 그가 제시하는 '止'란 결국 敬을 통한 철저한 수양의 또 다른 이름일 뿐이다. 경으로써 마음을 진실무망한 상태로 수양하여 상황에 適宜하게 머물 줄 아는 것, 이야말로 서경덕이 추구하는 이상적인 처세관이었다.

9. 一齋 李恒(1499-1576)

이항은 자가 恒之, 호는 一齋, 본관은 星州, 시호는 文敬이며, 1499년 한양 晨昏洞에서 태어났다. 그는 어려서부터 말 타고 활 쏘는 등 무예에 뛰어났고, 성장해서도 武科에 급제하여 南致勖·南致勤·閔應瑞 등을 휘하에 두었다.

그러던 중 28세 때 伯父 李自堅의 충고로 武를 버리고 학문에 뜻을 두어 『大學』을 읽었다. 이즈음 이웃에 살던 高漢佐의 집에서 「朱子十訓」과 「白鹿洞學規」를 보고서야 발분하여 求道에 더욱 뜻을 두었

고, 곧바로 道峯山 望月庵에 들어가 학문에 전념하였다. 40세 때 을
사사화를 예견하고 전라도 泰仁에 은거했으며, 이 시기 경상도 善山
에 살던 松堂 朴英(1471-1540)을 찾아가 배웠다. 스승인 박영 또한 이
항과 마찬가지로 젊어 무예를 익히다가 寒暄堂 金宏弼의 문인 鄭鵬
에게 도학을 익혔으며, 醫學 등에도 밝았다고 한다.

이듬해 태인의 寶林山에 精舍를 지어 '一齋'라 이름하고는, 30년
가까이 출사하지 않고 학문연마와 강학에 진력하였다. 이 시기 그의
학문이 원숙해져 명망을 떨쳤고, 호남의 학자인 奇大升·金麟厚·盧
守愼 등과 서신을 통해 太極說과 羅欽順의 人心道心說에 대해 논변
하였다.

그 후 68세인 1566년 經明行修로 천거되어 林川 郡守에 제수되었
으나 이듬해 사직하고 고향으로 돌아왔으며, 이후에도 여러 차례 벼
슬이 내려졌으나 모두 나아가지 않았다.

그의 문집은 임진왜란 이후에 수습되어 현전하는 작품이 소략하
다. 시는 모두 22수로 대부분 贈詩이다. 당대 저명한 학자들과 性理
說을 토론한 편지글 16편과 「理氣說」을 포함한 8편의 論說이 自作의
전부이다.

그는 경전을 통해 道學의 맥을 계승하고, 敬 工夫에 주력하는 수양
론을 핵심으로 삼았다. 그리고 敬만큼이나 '勤'을 중시하였는데, 이는
'실천'을 강조한 덕목으로 볼 수 있다. 결국 학문이란 특별한 어떤 방
법이 있지 않고 敬과 勤을 통해 쉼 없이 정진하는 것만이 최선의 방법
임을 강조하고 있다.

나아가 이러한 '쉼 없는 정진'은 '窮經'을 통해 완성의 단계로 접어
들게 된다. 경을 통해 수양된 마음으로 경전을 궁구하면 모든 이치가

통하게 된다는 것이다. 특히 그는 성인이 되는 첩경이 바로 '居敬窮經'이라 하여, 敬 못지않게 경전 연구를 강조하였다. 그 중에서도 四書를, 사서 중에서도 『대학』을 특히 언급하였다. 이는 당시 형이상학적이고 추상적인 이론만을 추구하는 학문성향을 지양한 데서 나온 것이다.

이항의 理氣說의 특징은 理氣一物說에 있다. 그의 이론은 明代 羅欽順의 이기일물설에 영향을 받았다. 이항의 이기일물설은 朱子性理學의 理氣二分法的 이론에 상대한 것으로, 李滉·김인후·기대승 등에 의해 강한 비판을 받았다. 이들은 주로 편지를 통해 자신의 견해를 피력하였다. 기대승이 김인후·이항과 논변한 편지를 이황에게 보여주며 질정을 구하는 과정에서 면식이 전혀 없던 이황도 그들의 논변에 끼어들게 되었으며, 결국 이황은 이들 중 가장 강력한 비판자가 되었다.

이항의 이기일물설은 기본적으로 주자의 理氣論을 수용하는 것이었다. 그는 「理氣說」에서 주자의 말을 인용하여 '음양과 理가 뒤섞여 있어도 理 자체는 변하지 않는다'고 하여 주자의 二物論을 인정하면서도, 또한 相離而不雜이 아니라 理氣常不離而亦不雜이라 하여 글자 하나에 理氣가 一體임을 주장하였다. '常'자 하나를 덧붙임으로써 理氣가 不離함을 강조함과 동시에 실질적으로 理氣를 구별해서는 안 된다고 한 것이다.

이항은 이러한 자신의 견해를 태극과 음양을 二元的으로 구분하려는 김인후·기대승과의 논변에서도 강하게 피력하였다. '태극과 음양, 道器의 구분에 界限이 있어 一物일 수 없다'고 주장하는 그들에게 '界限이 아닌 界分이 있기는 하나 理氣는 一物'임을 강조하였다. 김인

후가 理氣를 사람과 말의 관계로 비유하여 二物이라 한 것에 대해서도 天人의 관계에 있어서도 모두 一理임을 주장하였다.

그는 理氣 자체에 대한 논변은 물론 이를 人事에까지 끌어내려서도 一物임을 주장하고 있다. 이러한 그의 일관된 주장에 대해 기대승은 예컨대 太極圖의 해석이나 사람과 말을 두고 한 이항의 변론을 세세히 비판하고서 理氣는 분명 二物임을 제시하여, 이항의 一物說에 근본적으로 잘못이 있음을 지적하였다. 이황은 이항이 理에 대한 견해가 부족하여 학문이 깊지 못하다고 비난하였다. 그는 전체를 심도 있고 정밀하게 고찰하지 못하는 이항의 학문태도를 비판했을 뿐만 아니라, 심지어 "그에게는 이미 옛사람이 이른바 '자기만 있는 줄 알고 다른 사람이 있는 줄은 모른다.'는 병통이 있음을 알겠습니다."라고 하여, 그의 일물설 자체가 근원적으로 문제가 있음을 주장하였다.

이황의 이분법적 견해는 心性論의 입장에서 마음을 선과 악의 이분구조로 이해하여 거기서 순수한 善만을 확보하려는 것이 그 목적이었다. 인욕의 악을 제어하고 天理와 道心의 선을 확보하기 위해서는 이분법적 구조를 견지할 수밖에 없었던 것이다. 그러나 이에 대한 대결구조로써 일물설이 제기되었으나 그 또한 도덕적 선을 해명하기가 어렵고 나아가 선천적인 善의 확보가 어렵다는 문제를 안고 있었다. 그럼에도 이항의 일물설은 서경덕의 氣 이론과 함께 16세기 다양한 학문적 성향을 반영하는 하나의 지류였으며, 또한 이후 李珥로 이어지는 氣一元論의 과도기적 역할을 담당했다고 볼 수 있다.

10. 黃江 李希顔(1504-1559)

이희안의 자는 愚翁, 호는 黃江이며, 본관은 합천이다. 아버지는
호조참판을 지낸 李允儉이며, 어머니는 崔潤德의 증손녀이다. 맏형
은 月暉堂 李希曾(1486-1509)이고, 仲兄은 李希閔(1498-1521)인데, 장
래가 촉망되는 인재들이었으나 일찍 세상을 떠났다. 16세 때 기묘사
화가 일어나 金湜과 친분이 두텁던 부친이 구금되고, 중형인 이희민
이 조광조의 문인이라는 이유로 삭탈관직되는 불운을 겪었다.

이희안은 김안국의 문인으로 알려져 있으나, 그의 「年譜」에 의하
면 21세 때 김안국을 찾아가 부친의 묘갈명을 청한 것으로 되어 있다.
김안국이 쓴 묘갈에 의하면, 그의 동생 思齋 金正國(1485-1541)이 이
희안 형제와 교유하여 그 인연으로 자신과도 교유하게 되었으며 또
묘갈을 청하게 되었다고 하였다. 22세 때 문과에 장원급제하였으나
출사하지 않았고, 松溪 申季誠(1499-1562)의 竹林精舍와 南冥 曺植
의 김해 山海亭을 방문하여 道義之交를 맺는 등 석학들과의 교유에
힘썼다.

28세 때인 1531년 黃江亭을 지어 소요하였다. 황강정은 성수침·
성운·조식·신계성·성제원 등 당대 處士들이 내방하여 학문을 강
마하는 등 회합장소로서의 역할을 담당하였다. 예컨대 33세 때는 성
운이 내방하였고, 36세 때는 성제원이, 47세 때는 성수침이, 54세 때
는 퇴계의 문인 月川 趙穆(1524-1606)과 錦溪 黃俊良(1517-1563) 등이
찾아와 학문을 강마하였다.

40세에 尙瑞院 職掌에 제수되고 朝奉大夫로 승진하여 이황과 성
균관에서 교유하였다. 49세(1552)에는 조식·성제원과 함께 遺逸로

천거되어 高靈 縣監에 부임하였으나, 관찰사와 뜻이 맞지 않아 곧바로 사직하였다. 이에 당시 감사였던 鄭彦慤이 조정에 狀啓하여 이희안에게 벌을 청하였는데, 이때 立巖 柳仲郢(1515-1573)이 "지금 이희안은 유일로 천거되어 일어났다가 관직을 버린 것인데, 갑자기 엄한 법으로써 속박한다면 조정에서 선비를 대우하는 예를 상하게 할까 두렵습니다."라고 하여, 관직을 거두는 것으로 마무리되었다.

이후 軍資監 判官 등의 관직이 제수되었으나 나아가지 않았고, 조식 등 학자들과 교유하며 학문연구에 전념하였다. 조식·신계성과 절친하여 '嶺中三高'라 불리었다.

현전하는 『黃江實記』는 1900년 편찬한 『陜川李氏世稿』에 수록된 合本인데, 그나마도 이희안의 自作은 碑文 2편뿐이다. 그의 문인 濯溪 全致遠(1527-1596)이 스승의 글을 수집해 자기 집안에 보관해 오다가, 전치원의 冑孫 때 원고가 화재로 소실되었다고 한다. 현전하는 것은 이후 후손들이 『東國儒先錄』·『羹牆錄』·『國朝寶鑑』 및 여러 문집에서 이희안과 관련한 글을 모아 완성한 것이다.

참고문헌

1. 經書 및 叢書類

『國朝人物考』, 서울大學校出判部, 1978.

『論語』·『孟子』·『莊子』·『禮記』·學古房, 1982.

『大東野乘』, 民族文化推進會, 1984.

『東儒師友錄』, 경상대학교 고문헌도서관 소장.

『說文解字』·『爾雅』·『廣韻』·『玉篇』, 경상대학교 고문헌도서관 소장.

『性理大全』, 學民文化社 影印, 1994.

『燃藜室記述』, 民族文化推進會, 1984.

『朝鮮王朝實錄』, 民族文化推進會.

『增補文獻備考』, 세종대왕기념사업회 국역본, 1995.

『晉書』·『宋書』·『隋書』등 二十四史, 경상대학교 고문헌도서관 소장.

『退溪先生言行錄』, 경상대학교 고문헌도서관 소장.

2. 文集類

姜希盟, 『晉山世稿』, 경상대학교 고문헌도서관 소장.

金　範, 『后溪集』, 경상대학교 남명학연구소 藏書.

金　烋, 『海東文獻總錄』, 學文閣 刊.

金宇宏, 『開巖集』, 경상대학교 남명학연구소 藏書.

金宇顒, 『東岡集』, 한국문집총간 50집, 민족문화추진회.

金麟厚, 『河西全集』, 한국문집총간 33집, 민족문화추진회.

金馹孫, 『濯纓集』, 한국문집총간 17집, 민족문화추진회.

金昌協, 『農巖集』, 한국문집총간 161-162집, 민족문화추진회.

金千鎰, 『健齋集』, 한국문집총간 47집, 민족문화추진회.

奇大升, 『高峰集』, 한국문집총간 40집, 민족문화추진회.

羅士忱, 『錦湖遺稿』, 경상대학교 고문헌도서관 소장.

盧禛, 『玉溪集』, 한국문집총간 37집, 민족문화추진회.

盧守愼, 『蘇齋集』, 한국문집총간 35집, 민족문화추진회.

朴世采, 『南溪集』, 한국문집총간 140집, 민족문화추진회.

朴汝樑, 『感樹齋集』, 경상대학교 남명학연구소 藏書.

朴趾源, 『燕巖集』, 한국문집총간 252집, 민족문화추진회.

徐敬德, 『花潭集』, 한국문집총간 24집, 민족문화추진회.

成運, 『大谷集』, 한국문집총간 28집, 민족문화추진회.

成渾, 『牛溪集』, 한국문집총간 43집, 민족문화추진회.

成壽益, 『三賢珠玉』, 서울大學校 奎章閣 藏書.

成守琛, 『聽松集』, 한국문집총간 26집, 민족문화추진회.

成悌元, 『東洲集』, 경상대학교 남명학연구소 藏書.

宋時烈, 『尤庵集』, 한국문집총간 114-115집, 민족문화추진회.

申欽, 『象村稿』, 한국문집총간 71-72집, 민족문화추진회.

沈守慶, 『遣閑雜錄』, 민족문화추진회 국역본.

尹鑴, 『白湖集』, 한국문집총간 123집, 민족문화추진회.

李選, 『芝湖集』, 한국문집총간 143집, 민족문화추진회.

李植, 『澤堂集』, 한국문집총간 88집, 민족문화추진회.

李珥, 『栗谷全書』, 한국문집총간 44-45집, 민족문화추진회.

李楨, 『龜巖集』, 한국문집총간 33집, 민족문화추진회.

李埈, 『蒼石集』, 한국문집총간 64집, 민족문화추진회.

李恒, 『一齋集』, 한국문집총간 28집, 민족문화추진회.

李滉, 『退溪集』, 한국문집총간 29-31집, 민족문화추진회.

李之菡, 『土亭遺稿』, 한국문집총간 36집, 민족문화추진회.

李希顔, 『黃江實記』, 경상대학교 남명학연구소 藏書.

林芸, 『瞻慕堂集』, 한국문집총간 36집, 민족문화추진회.

林悌, 『林白湖集』, 한국문집총간 58집, 민족문화추진회.

林薰, 『葛川集』, 한국문집총간 28집, 민족문화추진회.

張顯光, 『旅軒集』, 한국문집총간 60집, 민족문화추진회.

鄭　澈,『松江集』, 한국문집총간 46집, 민족문화추진회.

鄭汝昌,『一蠹集』, 한국문집총간 15집, 민족문화추진회.

曺　植,『南冥集』, 한국문집총간 31집, 민족문화추진회.

趙　昱,『龍門集』, 한국문집총간 28집, 민족문화추진회.

崔興霖,『溪堂遺稿』, 國立中央圖書館 藏書.

河　沆,『覺齋集』, 한국문집총간 48집, 민족문화추진회.

許　筠,『海東野言』, 慶尙大學校 文泉閣 藏書.

洪仁祐,『恥齋遺稿』, 한국문집총간 36집, 민족문화추진회.

休　靜,『淸虛集』, 서울大學校 奎章閣 藏書.

3. 중국서적 및 번역서

馬華・陳正宏/강성범・천현경 역주,『中國隱士文化』, 東文選, 1992.

小尾郊一, 윤수영 역,『중국의 은둔사상』, 강원대학교 출판부, 2008.

王　立,『中國古代文學十代主題』, 遼寧敎育出版社, 1990.

劉文剛,『宋代的隱士與文學』, 四川大學出版社, 1992.

이나미리츠코/김석회 역주,『中國의 隱者』, 한길사, 2002.

蔣星煜,『中國隱士與中國文化』, 上海書店, 1992.

장파/유중하 외 역주,『東洋과 西洋 그리고 美學』, 푸른숲, 1999.

장파/백승도 역,『장파교수의 중국미학사』, 푸른숲, 2012.

曹植/경상대 남명학연구소 역주,『사람의 길 배움의 길, 學記類編』, 한길사, 2002.

존 샤피/梁鍾國 역주,『宋代 中國人의 科擧生活』, 신서원, 2001.

주래상/남석헌 외 역,『中國古典美學』, 미진사, 2003.

최석기・강정화 역주,『선인들의 지리산 기행시 1』, 보고사, 2015.

최석기・강정화 역주,『선인들의 지리산 기행시 2』, 보고사, 2016.

최석기・강정화 역주,『선인들의 지리산 기행시 3』, 보고사, 2016.

최석기・강정화 외 역주,『선인들의 지리산 유람록』, 돌베개, 2000.

최석기・강정화 외 역주,『선인들의 지리산 유람록 3』, 보고사, 2009.

최석기・강정화 외 역주,『선인들의 지리산 유람록 4』, 보고사, 2010.

최석기·강정화 외 역주, 『지리산 유람록, 용이 머리를 숙인 듯 꼬리를 치켜
    든 듯』, 보고사, 2008.
한린더/이찬훈 역. 『한 권으로 읽는 동양 미학』, 이학사, 2012.
許尤娜, 『魏晉隱逸思想及其美學涵義』, 文津出版社, 2001.

4. 연구서

강민경, 『조선중기 遊仙文學과 환상의 전통』, 한국학술정보, 2007.
강정화, 『남명과 그의 벗들』, 경인문화사, 2007.
강정화, 『남명과 지리산 유람』, 경인문화사, 2013.
강정화 외, 『지리산 유람록의 이해』, 보고사, 2016.
고영진, 『朝鮮時代 思想史를 어떻게 볼 것인가』, 풀빛, 1999.
권태을, 『尙州의 文化』, 尙州大學校 尙州文化研究所, 1994.
金谷治, 『中國思想史』, 이론과실천, 1990.
금장태, 『朝鮮前期의 儒學思想』, 서울대학교출판부, 2003.
금장태, 『退溪學脈의 思想 1』, 集文堂, 1996.
금장태, 『한국의 선비와 선비정신』, 서울대학교출판부, 2001.
김철운, 『儒家가 보는 平天下의 世界』, 철학과현실사, 2001.
김학주, 『中國文學史』, 新雅社, 1991.
김정인, 『조선중기 사림의 기문 연구』, 국학자료원, 2003.
동방한문학회 편, 『葛川 林薰과 瞻慕堂 林芸 研究』, 보고사, 2002.
서신혜, 『조선인의 유토피아』, 문학동네, 2010.
손오규, 『산수미학탐구』, 제주대학교출판부, 2006.
신병주, 『南冥學派와 花潭學派 研究』, 일지사, 2000.
안종수, 『동양의 자연관』, 한국학술정보, 2006.
安晉吾, 『湖南儒學의 探究』, 이회, 1996.
양종국, 『宋代 士大夫社會 研究』, 三知院, 1996.
유봉학, 『조선후기 학계와 지식인』, 신구문화사, 1999.
윤남한, 『朝鮮時代의 陽明學 研究』, 集文堂, 1986.
윤주필, 『韓國의 方外人文學』, 集文堂, 1999.

이민홍, 『士林派文學의 硏究』, 月印, 2000.

이병휴, 『朝鮮前期 畿湖士林派 硏究』, 一潮閣, 1984.

이병휴, 『朝鮮前期 士林派의 現實認識과 對應』, 一潮閣, 1999.

이상우, 『東洋美學論』, 시공사, 1999.

이상익, 『畿湖性理學 硏究』, 한울, 1998.

이상필, 『南冥學派의 形成과 展開』, 臥牛, 2005.

이수건, 『嶺南學派의 形成과 展開』, 一潮閣, 1995.

이정우, 『韓國近世 鄕村社會史 硏究』, 중앙인문사, 2002.

이종은, 『한국의 도교문학』, 태학사, 1999.

이혜순 외, 『조선중기의 유산기 문학』, 集文堂, 1997.

이희덕, 『한국 고대 자연관과 왕도정치』, 혜안, 1999.

임용한, 『조선전기 관리등용제도 연구』, 혜안, 2008.

임형택, 『韓國文學史의 視角』, 창작과비평사, 1984.

정경주, 『成宗朝 新進士類의 文學世界』, 法仁文化社, 1993.

정구선, 『朝鮮時代 處士列傳』, 서경, 2005.

정구선, 『朝鮮時代薦擧制度硏究』, 초록배, 1995.

정구선, 『韓國官吏登用制度史』, 초록배, 1999.

정민, 『초월의 상상』, 휴머니스트, 2007.

정우락, 『남명학파의 문학적 상상력』, 역락, 2009.

정인석, 『인간중심 자연관의 극복』, 나노미디어, 2005.

정일균, 『葛川 林薰의 生涯와 思想』, 예문서원, 2000.

정재서, 『도교와 문학 그리고 상상력』, 푸른숲, 2002.

정진영, 『朝鮮時代 鄕村社會史』, 한길사, 1998.

조민환, 『중국철학과 예술정신』, 예문서원, 1997.

중국철학연구회, 『논쟁으로 보는 중국철학』, 예문서원, 1994.

최근덕 외, 『元代性理學』, 圃隱思想硏究院, 1993.

최상은, 『조선 사대부가사의 미의식과 문학상』, 보고사, 2004.

최석기, 『남명과 지리산』, 경인문화사, 2007.

최영성, 『韓國儒學思想史 1·2·3』, 아세아문화사, 1995.

최이돈, 『朝鮮中期 士林政治構造硏究』, 一潮閣, 1997.

최진덕, 『朱子學을 위한 변명』, 청계, 2000.

退溪學硏究所・南冥學硏究所, 『退溪學과 南冥學』, 지식산업사, 2001.

한흥섭, 『莊子의 예술정신』, 서광사, 1999.

5. 학위논문

강정화, 『大谷 成運 硏究』, 경상대학교 석사학위논문, 1994.

강정화, 『16세기 遺逸文學 硏究』, 경상대학교 박사학위논문, 2006.

金敬恩, 『後漢時代 隱逸之士 硏究』, 충남대학교 석사학위논문, 1998.

金永眞, 『宋代 士大夫의 地域社會에서의 活動』, 연세대학교 박사학위논문, 1995.

白淑鍾, 『一齋 李恒에 관한 硏究』, 원광대학교 석사학위논문, 1997.

朴連鎬, 『朝鮮前期 士大夫敎養에 대하여』, 정신문화연구원 한국학대학원 박사학위논문, 1994.

王仁祥, 『先秦兩漢의 隱逸』, 대만국립대학 석사학위논문, 1995.

劉日煥, 『孔子의 隱遁觀에 대한 考察』, 충남대학교 석사학위논문, 1991.

이동희, 『朱子學의 哲學的 特性과 그 展開樣相에 관한 硏究』, 성균관대학교 박사학위논문, 1990.

李性源, 『16세기 處士的文學의 形成과 展開』, 고려대학교 석사학위논문, 1994.

임상섭, 『中國 隱逸文化와 士大夫園林의 관계에 대하여』, 서울대학교 석사학위논문, 1998.

6. 연구논문

강민구, 「갈천 임훈의 문학적 상상력과 諸意識의 표출」, 『동방한문학』 22, 동방한문학회, 2002.

강정화, 「16세기 유일의 방외인적 성향에 대한 고찰」, 『동방한문학』 38, 동방한문학회, 2009.

강정화, 「16세기 유일의 산수인식과 문학적 표출양상」, 『남명학연구』 23, 경상대 남명학연구소, 2007.

강정화, 「東洲 成悌元의 學問性向과 處世觀」, 『남명학연구』17, 경상대학교 남명학연구소, 2004.

강정화, 「명종연간 유일의 한시에 나타난 미의식」, 『동방한문학』50, 동방한문학회, 2012.

강정화, 「조선조 문인의 지리산 청학동 유람과 공간 인식」, 『장서각』36, 한국학중앙연구원, 2016.

강정화, 「后溪 金範의 學問性向과 士意識」, 『남명학연구』10, 경상대학교 남명학연구소, 2000.

고영진, 「16세기 湖南士林의 活動과 學問」, 『남명학연구』3, 경상대학교 남명학연구소, 1993.

구덕회, 「宣祖代 후반 政治體制의 재편과 政局의 動向」, 『韓國史論』20, 서울대학교 국사학과, 1988.

권인호, 「朝鮮中期 士林派의 社會政治思想 硏究」, 『東洋哲學硏究』11, 東洋哲學硏究會, 1990.

금장태, 「退溪와 南冥의 學風과 學問體系」, 『남명학연구』13, 경상대학교 남명학연구소, 2002.

金塘澤, 「高麗後期의 士族과 士大夫」, 『全南史學』11, 全南史學會, 1997.

김문기, 「權好文의 詩歌 硏究」, 『韓國의 哲學』14, 경북대학교 퇴계연구소, 1986.

김문준, 「東洲 成悌元의 生涯와 道學精神」, 『東西哲學硏究』24, 韓國東西哲學會, 2002.

김 범, 「朝鮮後期 勳舊・士林勢力 硏究의 諸檢討」, 『韓國史學報』15, 高麗史學會, 2003.

김병현, 「花潭 徐敬德의 氣 槪念에 대한 考察」, 『韓國哲學論集』9, 韓國哲學史硏究會, 2000.

김시업, 「寒暄堂 金宏弼의 道學的 詩世界와 인간자세」, 『大同文化硏究』48, 성균관대학교 대동문화연구원, 2004.

金永眞, 「宋代 士大夫에 대하여」, 『民族文化』4, 한성대학교 민족문화연구소, 1989.

金允濟, 「南冥 曺植의 學問과 出仕觀」, 『韓國史論』 24, 서울대학교 국사학과, 1991.

金昌煥, 「中國 隱逸文化의 類型考」, 『中國文學』 34, 韓國中國語文學會, 2000.

金翰奎, 「高麗時代의 薦擧制에 대하여」, 『歷史學報』 73, 歷史學會, 1977.

김항수, 「16세기 후반 士林의 經世論」, 『韓國思想과 文化』 6, 韓國思想文化學會, 1999.

김훈식, 「朱子學의 수용에 관한 논의」, 『歷史와 現實』 35, 韓國歷史硏究會, 2000.

文喆永, 「高麗後期 新儒學 收容과 士大夫의 意識世界」, 『韓國史論』 41, 서울대학교 국사학과, 1999.

朴英柱, 「梅月堂 金時習의 文學世界」, 『泮矯語文硏究』 12, 泮矯語文學會, 2000.

朴賢淳, 「16세기 士大夫家의 親族秩序」, 『韓國史硏究』 107, 韓國史硏究會, 1999.

朴鴻植, 「南冥思想이 후대에 끼친 영향」, 『남명학연구』 4, 경상대학교 남명학연구소, 1994.

변성규, 「隱逸槪念의 形成에 관하여」, 『中國文學』 32, 한국중국어문학회, 1999.

三浦國雄, 「曺南冥의 老莊思想」, 『慶南文化硏究』 11, 경상대학교 경남문화연구소, 1988.

薛錫圭, 「16세기 處士型 士林의 性理學 理解와 出處觀」, 『南冥學硏究論叢』 9, 南冥學硏究院, 2001.

孫弘烈, 「朝鮮時代 士大夫의 養生觀」, 『敎育科學硏究』 15, 경남대학교 교육문제연구소, 2001.

宋雄燮, 「中宗代 己卯士林의 구성과 출신배경」, 『韓國史論』 45, 서울대학교 국사학과, 2001.

신병주, 「大谷 成運의 學風과 處世」, 『南冥學硏究論叢』 7, 남명학연구원, 1999.

신병주, 「宣祖 後半에서 光海君代의 政局과 鄭仁弘의 役割」, 『남명학연구』

11, 경상대학교 남명학연구소, 2001.

오종록, 「16세기 朝鮮社會의 歷史的 位置」, 『歷史와 現實』16, 韓國歷史硏究會, 1995.

우응순, 「16세기 畿湖士林派의 형성과 그 문학적 지향」, 『韓國漢文學硏究』31, 韓國漢文學會, 2003.

우인수, 「18·19세기 山林의 機能弱化와 性格變化」, 『大邱史學』55, 大邱史學會, 1998.

윤주필, 「26史에 나타난 방외인전의 전개 양상(1)」, 『중국어문학논집』11, 중국어문학연구회, 1999.

윤주필, 「方外人文學의 전통(I)」, 『한국한문학연구』17, 한국한문학회, 1994.

이동환, 「16세기 士林에서의 出處觀 問題」, 경상대학교 남명학연구소 학술대회 논문자료집, 2002.

이병휴, 「朝鮮前期 中央權力과 鄕村勢力의 對應」, 『國史館論叢』12, 국사편찬위원회, 1990.

이상필, 「16세기 儒學思想의 展開와 南冥의 學問」, 『남명학연구』3, 경상대학교 남명학연구소, 1993.

이희한, 「朝鮮前期 士大夫·士類·士林의 用例」, 『全南史學』24, 전남사학회, 2005.

임형택, 「조선전기 문인유형과 방외인문학」, 『한국문학연구입문』, 지식산업사, 1982.

임형택, 「朝鮮前期의 士大夫文學」, 『韓國文學史의 視角』, 창작과비평사, 1984.

장원철, 「남명시 세계의 한 국면-그 사상적 기저와 미의식을 중심으로」, 『남명학연구』5, 경상대 남명학연구소, 1995.

장원철, 「南冥學의 歷史的 評價의 한 局面」, 『남명학연구』11, 경상대학교 남명학연구소, 2001.

장원철, 「隱逸과 自適의 美學-南冥과 大谷」, 『남명학연구』13, 경상대학교 남명학연구소, 2002.

정경주, 「朝鮮中期 處士文學의 傾向」, 『釜山漢文學硏究』2, 釜山漢文學硏究會, 1987.

정대환, 「一齋 李恒의 性理學(一)」, 『東西哲學硏究』 25, 韓國東西哲學會, 2002.

정우락, 「사림과 문인의 유형과 隱求型 사림의 전쟁체험」, 『한국사상과 문화』 28집, 한국사상문화학회, 2005.

최석기, 「南冥과 葛川의 思想的 基底와 現實對應 樣相」, 『남명학연구』 13, 경상대학교 남명학연구소, 2002.

최석기, 「南冥의 '神明舍圖'·'神明舍銘'에 대하여」, 『남명학연구』 4, 경상대 남명학연구소, 1994.

최석기, 「南冥의 山水遊覽에 대하여」, 『남명학연구』 5, 경상대학교 남명학연구소, 1995.

최석기, 「忘憂堂 郭再祐의 節義活動」, 『남명학연구』 6, 경상대학교 남명학연구소, 1996.

최석기, 「朝鮮中期 士大夫들의 智異山遊覽과 그 性向」, 『慶南文化硏究』 22, 경상대학교 경남문화연구소, 2000.

최선혜, 「조선 전기 유일 천거제의 운영과 그 의의」, 『朝鮮時代史學報』 56집, 조선시대사학회, 2011.

최연식, 「조선시대 사림의 정치참여와 향촌자치의 이념」, 『韓國政治外交史論叢』 27, 韓國政治外交史學會, 2005.

홍성욱, 「南冥과 一齋의 學問方法과 處世態度」, 『남명학연구』 13, 경상대학교 남명학연구소, 2002.

홍성욱, 「花潭哲學의 性格 規定에 대한 비평적 考察」, 『韓國哲學論集』 5, 韓國哲學史研究會, 1996.

황광욱, 「洪仁祐와 南彦經의 陽明學 理解에 대한 고찰」, 『韓國思想과 文化』 18, 韓國思想文化學會, 2002.

황위주, 「方外人文學의 槪念과 性格」, 『국어교육연구』 18, 국어교육학회, 1986.

찾아보기

강정화 姜貞和

경상남도 산청에서 태어나, 국립경상대학교 한문학과를 졸업하고 같은 대학교 대학원에서 한국한문학을 전공하여 문학박사학위를 받았다. 현재 경상대학교 인문대학 한문학과 조교수로 재직 중이다.

조선시대 재야지식인 중 遺逸의 문학과 지리산유람록을 중심으로 한 기행문학 및 산수문학 등을 집중 연구하고 있다. 특히 전국 각 지역의 명산에 은거했던 유일의 활동과 작품을 통해 '인간과 산, 그리고 문학'과의 연관성을 찾는 연구에 열중하고 있다.

연구성과로는『선인들의 지리산 유람록 1-6』(공역),『선인들의 지리산 기행시 1-3』(공역),『금강산 유람록 1-3』(공역),『지리산, 인문학으로 유람하다』(공저),『남명과 지리산 유람』외에 10여 권의 저서가 있으며,「조선조 문인의 지리산 청학동 유람과 공간인식」을 비롯해 연구논문 30여 편이 있다.

遺逸文學의 이해

2017년 4월 27일 초판 1쇄 펴냄

지은이 강정화
펴낸이 김흥국
펴낸곳 도서출판 보고사

등록 1990년 12월 13일 제6-0429호
주소 경기도 파주시 회동길 337-15 보고사 2층
전화 031-955-9797(대표), 02-922-5120~1(편집), 02-922-2246(영업)
팩스 02-922-6990
메일 kanapub3@naver.com / bogosabooks@naver.com
http://www.bogosabooks.co.kr

ISBN 979-11-5516-672-7 93810
ⓒ 강정화, 2017

정가 20,000원